镜花缘

书名题字/沈尹默

插图本

中国古典小说藏本

镜花缘（上）

李汝珍 著
张友鹤 校注
孙继芳 插图

人民文学出版社

图书在版编目（CIP）数据

镜花缘：全2册/（清）李汝珍著；张友鹤校注；（清）孙继芳插图.—北京：人民文学出版社，2020（2022.4重印）
（中国古典小说藏本：插图本）
ISBN 978-7-02-011079-7

Ⅰ.①镜… Ⅱ.①李…②张…③孙… Ⅲ.①章回小说—中国—清代 Ⅳ.①I242.4

中国版本图书馆CIP数据核字（2018）第029214号

责任编辑　胡文骏
装帧设计　刘　静
责任印制　任　祎

出版发行　人民文学出版社
社　　址　北京市朝内大街166号
邮政编码　100705

印　　刷　北京新华印刷有限公司
经　　销　全国新华书店等

字　　数　537千字
开　　本　787毫米×1092毫米　1/32
印　　张　25.625　插页37
印　　数　10001—13000
版　　次　1955年4月北京第1版
印　　次　2022年4月第2次印刷

书　　号　978-7-02-011079-7
定　　价　66.00元（全两册）

如有印装质量问题，请与本社图书销售中心调换。电话：010-65233595

出版说明

中国古典小说源远流长、佳作如林,是蕴含与传承中华优秀传统文化的重要文学体裁,在中国文学史及至世界文学史上占有重要地位。人民文学出版社在成立之初即致力于中国古典小说的整理与出版,半个多世纪以来陆续出版了几乎所有重要的中国古典小说作品。这些作品的整理者,均为古典文学研究名家,如聂绀弩、张友鸾、张友鹤、张慧剑、黄肃秋、顾学颉、陈迩冬、戴鸿森、启功、冯其庸、袁世硕、朱其铠、李伯齐等,他们精心的校勘、标点、注释使这些读本成为影响几代读者的经典。

此次我们推出"中国古典小说藏本(插图本)"丛书,将这些优秀的经典之作集结在一起,再次进行全面细致的修订和编校,以期更加完善;所选插图为名家绘图或精美绣像,如孙温绘《红楼梦》、孙继芳绘《镜花缘》、金协中绘《三国演义》、程十髪绘《儒林外史》等,以丰富读者的阅读体验。

人民文学出版社编辑部
2020年1月

目　录

前言___001

第 一 回　女魁星北斗垂景象　老王母西池赐芳筵___001
第 二 回　发正言花仙顺时令　定罚约月姊助风狂___008
第 三 回　徐英公传檄起义兵　骆主簿修书寄良友___013
第 四 回　吟雪诗暖阁赌酒　挥醉笔上苑催花___018
第 五 回　俏宫娥戏夸金盏草　武太后怒贬牡丹花___023
第 六 回　众宰承宣游上苑　百花获谴降红尘___029
第 七 回　小才女月下论文科　老书生梦中闻善果___037
第 八 回　弃嚣尘结伴游寰海　觅胜迹穷踪越远山___043
第 九 回　服肉芝延年益寿　食朱草入圣超凡___050
第 十 回　诛大虫佳人施药箭　搏奇鸟壮士奋空拳___058
第十一回　观雅化闲游君子邦　慕仁风误入良臣府___067
第十二回　双宰辅畅谈俗弊　两书生敬服良箴___073
第十三回　美人入海遭罗网　儒士登山失路途___085
第十四回　谈寿夭道经聂耳　论穷通路出无肠___092
第十五回　喜相逢师生谈故旧　巧遇合宾主结新亲___099
第十六回　紫衣女殷勤问字　白发翁傲慢谈文___108

第 十 七 回	因字声粗谈切韵	闻雁唳细问来宾___117
第 十 八 回	辟清谈幼女讲羲经	发至论书生尊孟子___126
第 十 九 回	受女辱潜逃黑齿邦	观民风联步小人国___135
第 二 十 回	丹桂岩山鸡舞镜	碧梧岭孔雀开屏___143
第二十一回	逢恶兽唐生被难	施神枪魏女解围___152
第二十二回	遇白民儒士听奇文	观药兽武夫发妙论___161
第二十三回	说酸话酒保咬文	讲迂谈腐儒嚼字___169
第二十四回	唐探花酒楼闻善政	徐公子茶肆叙衷情___178
第二十五回	越危垣潜出淑士关	登曲岸闲游两面国___184
第二十六回	遇强梁义女怀德	遭大厄灵鱼报恩___190
第二十七回	观奇形路过翼民郡	谈异相道经豕喙乡___199
第二十八回	老书生仗义舞龙泉	小美女衔恩脱虎穴___208
第二十九回	服妙药幼子回春	传奇方老翁济世___215
第 三 十 回	觅蝇头林郎货禽鸟	因恙体枝女作螟蛉___222
第三十一回	谈字母妙语指迷团	看花灯戏言猜哑谜___228
第三十二回	访筹算畅游智佳国	观艳妆闲步女儿乡___239
第三十三回	粉面郎缠足受困	长须女玩股垂情___247
第三十四回	观丽人女主定吉期	访良友老翁得凶信___253
第三十五回	现红鸾林贵妃应课	揭黄榜唐义士治河___258
第三十六回	佳人喜做东床婿	壮士愁为举案妻___266
第三十七回	新贵妃反本为男	旧储子还原作女___273
第三十八回	步玉桥茂林观凤舞	穿金户宝殿听鸾歌___279

第三十九回	轩辕国诸王祝寿	蓬莱岛二老游山	286
第四十回	入仙山撒手弃凡尘	走瀚海牵肠归故土	293
第四十一回	观奇图喜遇佳文	述御旨欣逢盛典	302
第四十二回	开女试太后颁恩诏	笃亲情佳人盼好音	318
第四十三回	因游戏仙猿露意	念劬劳孝女伤怀	325
第四十四回	小孝女岭上访红蕖	老道姑舟中献瑞草	333
第四十五回	君子国海中逢水怪	丈夫邦岭下遇山精	339
第四十六回	施慈悲仙子降妖	发慷慨储君结伴	348
第四十七回	水月村樵夫寄信	镜花岭孝女寻亲	355
第四十八回	睹碑记默喻仙机	观图章微明妙旨	360
第四十九回	泣红亭书叶传佳话	流翠浦搴裳觅旧踪	369
第五十回	遇难成祥马能伏虎	逢凶化吉妇可降夫	376
第五十一回	走穷途孝女绝粮	得生路仙姑献稻	385
第五十二回	谈春秋胸罗锦绣	讲礼制口吐珠玑	392
第五十三回	论前朝数语分南北	书旧史挥毫贯古今	405
第五十四回	通智慧白猿窃书	显奇能红女传信	413
第五十五回	田氏女细谈妙剂	洛家娃默祷灵签	420
第五十六回	诣芳邻姑嫂巧遇	游瀚海主仆重逢	426
第五十七回	读血书伤情思旧友	闻凶信仗义访良朋	434
第五十八回	史将军陇右失机	宰少女途中得胜	442
第五十九回	洛公子山中避难	史英豪岭下招兵	447
第六十回	熊大郎途中失要犯	燕小姐堂上宴嘉宾	453

第六十一回	小才女亭内品茶	老总兵园中留客 ___ 462
第六十二回	绿香园四美巧相逢	红文馆群芳小聚会 ___ 468
第六十三回	论科场众女谈果报	误考试十美具公呈 ___ 474
第六十四回	赌石砚舅甥斗趣	猜灯谜姊妹陶情 ___ 480
第六十五回	盼佳音虔心问卜	预盛典奉命抡才 ___ 488
第六十六回	借飞车国王访储子	放黄榜太后考闺才 ___ 499
第六十七回	小才女卞府谒师	老国舅黄门进表 ___ 508
第六十八回	受荣封三孤膺敕命	奉宠召众美赴华筵 ___ 518
第六十九回	百花大聚宗伯府	众美初临晚芳园 ___ 526
第七十回	述奇形蚕茧当小帽	谈异域酒坛作烟壶 ___ 531
第七十一回	触旧事神往泣红亭	联新交情深凝翠馆 ___ 537
第七十二回	古桐台五美抚瑶琴	白荒亭八女写春扇 ___ 545
第七十三回	看围棋姚妹谈弈谱	观马吊孟女讲牌经 ___ 554
第七十四回	打双陆嘉言述前贤	下象棋谐语谈故事 ___ 565
第七十五回	弄新声水榭吹箫	隐俏体纱窗听课 ___ 574
第七十六回	讲六壬花前阐妙旨	观四课槛下窃真传 ___ 580
第七十七回	斗百草全除旧套	对群花别出新裁 ___ 588
第七十八回	运巧思对酒纵谐谈	飞旧句当筵行妙令 ___ 598
第七十九回	指迷团灵心讲射	擅巧技妙算谈天 ___ 604
第八十回	打灯虎亭中赌画扇	抛气球园内舞花鞋 ___ 614
第八十一回	白荒亭董女谈诗	凝翠馆兰姑设宴 ___ 623
第八十二回	行酒令书句飞双声	辩古文字音讹叠韵 ___ 632

第八十三回	说大书佐酒为欢	唱小曲飞觞作乐	641
第八十四回	逞豪兴朗吟妙句	发婆心敬诵真经	650
第八十五回	论韵谱冷言讥沈约	引毛诗佳句美庄姜	659
第八十六回	念亲情孝女挥泪眼	谈本姓侍儿解人颐	667
第八十七回	因旧事游戏仿楚词	即美景诙谐编月令	675
第八十八回	借月旦月姊释前嫌	逞风狂风姨泄旧忿	684
第八十九回	阐元机历述新诗	溯旧迹质明往事	693
第九十回	乘酒意醉诵凄凉句	警芳心惊闻惨淡词	703
第九十一回	拆妙字换柱抽梁	掣牙签指鹿为马	716
第九十二回	论果赢佳人施慧性	辩壶卢婢子具灵心	725
第九十三回	百花仙即景露禅机	众才女尽欢结酒令	734
第九十四回	文艳王奉命回故里	女学士思亲入仙山	742
第九十五回	因旧恙筵上谈医	结新交庭中舞剑	748
第九十六回	秉忠诚部下起雄兵	施邪术关前摆毒阵	755
第九十七回	仙姑山上指迷团	节度营中解妙旨	764
第九十八回	逞雄心挑战无火关	启欲念被围巴刀阵	771
第九十九回	迷本性将军游幻境	发慈心仙子下凡尘	779
第一百回	建奇勋节度还朝	传大宝中宗复位	791

前　言

《镜花缘》这部小说,是由两个部分组成的。

第一回到第五十回,这是第一部分。这个部分所叙述的:武则天夺取了唐帝国的政权,改国号为周,废了她的儿子唐中宗,自己做了中国历史上仅有的一个女皇帝。唐室旧臣徐敬业、骆宾王等起兵,企图恢复唐帝国,但全部失败。一天,在残冬大雪严寒的气候里,武则天乘醉下诏,要百花齐放。总管百花的女神,名百花仙子,其日恰好出游,不在洞府。众花神无从请示,只好开花。上帝因百花仙子并未奏闻,竟然"任听部下呈艳于非时之候,献媚于世主之前",于是把百花仙子和其他九十九位花神,都贬降凡尘。百花仙子降生为秀才唐敖之女,取名小山。唐敖进京应试,中了探花,谁知却因当初曾和徐敬业等结拜为异姓弟兄,经人告发,致被革去探花,仍然降为秀才。唐敖受了这个打击,对世事感到消极。他的妻兄林之洋,一向跑海外经商,恰好这时又要跑一趟。于是唐敖就和他结伴同行,想借游览来抒散郁闷。一路上,经过了许多国家,见识了许多奇风异俗、奇人异事和神怪的草木虫鱼鸟兽。后来唐敖吃到了"仙草","入圣超凡",进入小蓬莱山上,再没有回家。唐小山得到父亲失踪的消息,就逼着林之洋带领她到海外去寻访,按照上次路线,遍历艰险,终于未见。走到小蓬莱,从一个樵夫的手中得到唐敖的信。信中要她改名"唐闺臣",约她中过才女,再行相聚。山上有泣红亭,亭中有碑,上镌一百名花神所主管的花名和降生人世后名姓,从"司曼陀罗花仙子第一名才女蠹书虫史幽探"起,到"司百合花仙子第一百名才女一卷书毕全贞"止。其中有"司百花仙子第十一名才女梦中梦唐闺臣"。每人名下,都注有事迹。唐闺臣就把碑文全部抄下,上船回国。

第五十一回到第一百回,是第二部分。这个部分叙述的:武则天开科考试才女,录取了一百人,名次恰如泣红亭中碑文所载。才女们举行了多次庆祝的宴会,在宴会中,表演了"书画琴棋医卜星相,音韵算法……还有各样灯谜,诸般酒令,以及双陆、马吊、射鹄、蹴球、斗草、投壶,各种百戏之类"。后来分别散去。唐闺臣再去小蓬莱寻父,也入山不返。这时候,徐敬业、骆宾王等人的儿子,和剑南节度文芸联合一起,起兵反对武则天。才女中章兰英等数十人,因夫妻、姻亲关系,参加军中,有殉难而死者。终于大军打破了武家军的酒、色、财、气四座关,武则天失败,唐中宗复辟,仍尊武则天为"则天大圣皇帝"。武则天又复下诏,宣布明年仍开女试,并命前科录取的才女重赴"红文宴"。全书到此结束。

从全书的内容看来,作者是博识多通,"于学无所不窥"的人。他在小说中,为了表现自己的学识,往往"论学说艺,数典谈经,连篇累牍而不能自已"(鲁迅:《中国小说史略》)。在第一部分,所写的那些海外各国,以及各地的奇风异俗、奇人异事和神怪的草木虫鱼鸟兽,还有天上的神仙,大多是根据古书的记载,全有它的来历。第二部分,所写的各种百戏,其中有很多在当时已近失传,或者是一般人只知其当然而不知其所以然的东西。然作者在这两部分中,同样在表现自己的学识,而且由于他的介绍,都能使读者增加了许多知识,但把这两部分加以比较,却显然可见,其中是有所区别的:第一部分,虽是根据古书的记载,而主要却在用自己的想象,针对当时社会上他所认识到的一些不合理的现象,提出了他认为合理和有效的改革主张和批评;第二部分,却只着重在介绍古代游艺的花色,作一些文字、音韵的游戏,有如鲁迅先生所说:"盖以为学术之汇流,文艺之列肆,然亦与《万宝全书》为邻比矣。"

《镜花缘》的第一部分,精粹所在,是写唐敖、林之洋游历海外经过的那几十个国家。通过对于这些国家风土人情的叙述,作者表达了自己的政治、社会、文化的理想。这几十个国家的名称,大都依据《山海经》的记载。《山海经》是古代一部神话书,里面充满了千百年前人们对世界的幻想,而记载文字却十分简略。《镜花缘》借它作个引子,加以夸张描写,发抒自己改革社会的意见。例如说,唐、林到海外经过的第一个国家是"君子国",《山海经》的《海外东经》部分写道:

> 君子国在其北。衣冠带剑,食兽,使二大虎在旁。其人好让不争。有薰华草,朝生夕死。一曰,在肝榆之尸北。

《大荒东经》部分又写道:

> 有东口之山,有君子之国,其人衣冠带剑。

《镜花缘》就采取其中"其人好让不争"这一句话,写成了那样一个"礼乐之邦"的君子国。于是,在那个国家里,"耕者让畔,行者让路"。"士庶人等,无论富贵贫贱,举止言谈,莫不恭而有礼,也不愧'君子'二字"。那个国家的市场交易当中,卖主力争的是要付上等货,受低价;买主力争的却是要拿次等货,付高价。那个国家的"国主向有严谕:臣民如将珠宝献进,除将本物烧毁,并问典刑"。《镜花缘》这样写那个君子国,就反映了作者当时所生活的中国社会,必然是市场盛行欺诈,必然是"寡人好货"、苞苴贿赂公行。由于它反对当时社会上这些现象,就借用君子国来做它的"乌托邦"。又例如说,"女儿国",是《镜花缘》中最有名的故事,这个国名的原始根据虽然也出自《山海经》,而内容却完全是《镜花缘》作者的创造,可以说是和《山海经》没有关系了。《山海经》的《海外西经》部分写道:

女子国,在巫咸北。两女子居,水周之。一曰,居一门中。

《大荒西经》部分又写道:

大荒之中,有龙山,日月所入。有三泽水,名曰三淖,昆吾之所食也。有人衣青,以袂蔽面,名曰女丑之尸。有女子之国。

而《镜花缘》中的女儿国,却想象有那么一个以女性为中心的社会,"男子反穿衣裙,作为妇人,以治内事;女子反穿靴帽,作为男人,以治外事"。不论是处理政治事务以及从事生产劳动,女子的智慧才能都无异于男子。并且用"易地而处"的方法来对照,说明作者当时所生活的中国社会上"男尊女卑"的许多制度的不合理。《镜花缘》这样写了君子国、女儿国,也这样写了黑齿国、白民国、淑士国、两面国和无肠国、犬封国等国家。此外,《镜花缘》还写了聂耳国、玄股国、不死国、三首国这些国家,或是以人们形体的奇异,或是以人们生活方式的奇异,或是以人们特有的才学技能,或是以地方风土的特点,或是以地方特有的古迹文物,从各方面表现出作者极力扩张古人的幻想,要向中国之外发现不同的国家和不同的人们的愿望。

通过对于那几十个国家的叙述,包括了正面的议论和侧面的讽刺,不难看出,它所主张的和反对的,主要有这样一些:第一,它主张男女平等。它要求女子也应自幼读书,和男子同样参加考试。它反对男子对女子的压迫,尤其是对于缠足、穿耳这些摧残人类肢体的行为,表示愤怒的抗议。第二,它反对某一些迷信制度,类如因为选择风水而置父母之柩多年不能入土,将子女送入空门,让三姑六婆出入家宅,以及风鉴卜筮,讲属相,算命合婚,等等。第三,对文化方面,它反对八股文,瞧不起科举中人,同情终身潦倒的秀才。它主张人人要读书明理,博古通今。它希望有"或以通经,或以明史,或以词赋,或以诗文,或以策论,或以书启,或以乐律,或以音韵,或以刑法,或以历算,或以书画,或以医卜"这样的分科考试。第四,对生活方面,它主张朴素节约,反对铺张。反对日常饮食考究,弄得好吃懒做。反对盛宴待客。反对子女初生时的三朝、满月、百日、周岁的张筵设戏。反对"嫁娶、葬殡、饮食、衣服以及居家用度"的"失之过侈"。第五,对社会风气方面,它要求真诚,反对假道学、伪君子。它赞美好让不争,谦恭有礼,遇善争先。它反对嫌贫爱富。它主张与人为善,允许人"改过自新"。它反对争讼。它要求把生死看得透彻,把名利心看淡。它极力嘲笑那些"明明晓得腹中一无所有,他偏装作充足样子"的没有学识的人。第六,它反对过分严重的剥削行为,像无肠国的富户那样把在腹中通过的食物,"好好收存,以备仆婢下顿之用",而且还舍不得让仆婢尽量饱餐,要他们"三次四次"地"吃而再吃"。

《镜花缘》产生于十八世纪、十九世纪之间,它的作者是一位知识分子,接受了浓厚的儒家思想教育。作者认为:"下民"是没有知识的,对于一切不良的风气,是不负多大责任的;读书人——尤其是读书人中间的"君子",却应该带头矫正那些不良的风气(第十二回君子国吴之和、吴之祥谈话中,特别显露这一看法)。因而,书中所反映的一些现象,大部都是当时中层以上社会中的现象。从上面胪列的内容中,足以说明这一点。这些现象,既然都是依托封建制度而存在的,那么,它对之提出改革的主张和批评,就绝不是没有意义的事了。同时,我们又还必须认识,《镜花缘》的作者既然是这样的一位知识分子,他在提出主张和批评时,就不免有许多拘迂而不彻底的地方,甚而有企图用复古来代替改革的地方。例如说,它反对男子压迫女子,多方面举出事例来说明男女应该平等,而最终极的要求,却不过是女子也能有开科考试的机会。这样,就显得它对妇女问题的认识很浅陋了。它既主张解除对于妇女许多束缚,而在第四十回所写武则天的十二条"恩诏"之中,却又大大提倡妇女贞节。足见它对男女平等也不是毫无保留的。它反对迷信,劝人"努力尽其在我",反对有什么"前生造定"的说法,但是,在某些地方,却又流露出来,它是在用"善恶到头终有报"这一因果说法来劝人向善的。例如说,它劝人勿宰耕牛,已经说明"人非五谷不生,五谷非耕牛不长"这个唯一的原因了,偏还要讲"吃牛肉之人其罪更无可逃"。于是就产生了这样的议论:"若以罪之大小而论,那宰牛的原算罪魁;但此辈无非市井庸愚,只知惟利是趋,岂知善恶果报之道?况世间之牛,又焉知不是若辈的后身?"这些地方,就影响了作品的价值。

《镜花缘》的作者李汝珍,字松石,直隶大兴人。生死的确切年月,查不出来。根据一些材料去推算,大约生于一七六三年(乾隆二十八年)以后,死于一八三〇年(道光十年)以前。这因为:一七八二年(乾隆四十七年),他在海州,拜凌廷堪为师,那时凌才二十六岁,他最多不过二十岁。假定他是二十岁,上推二十年,就是一七六三年(乾隆二十八年);假定他不够二十岁,那就生在一七六三年(乾隆二十八年)以后了。一八三一年(道光十一年)编刻的《朐海诗存》,书中凡例规定,不选还活着的人的诗,不"借才异地"。又声明,"久作寓公"的李汝珍等人,虽然"诗名藉甚",也"概所不录"。假使他这时还活着,就不会被列入这一条声明之中了。至迟,他是死在一八三〇年(道光十年)。

李汝珍弟兄三人,兄名汝璜,字佛云;弟名汝琮,字宗玉。已知的他有两个侄子:时翺,时翔。他前妻早死,到海州后,续娶许桂林的姐姐为继室。有无子女不可考。他的要好朋友,有:许乔林,许桂林,许祥龄,萧荣修,孙吉昌,吴振勃,陈云,徐铨,徐鉴,徐廷和,沈橘夫等人。这些人,都是讲究学问的人,有的是音韵学的专家。

李汝璜一七八二年(乾隆四十七年)到海州,一七八三年(乾隆四十八年)去做板浦场盐课司大使,一直到一七九九年(嘉庆四年)

才去任。卸任后,在板浦还住了一些时候;后来迁往淮南草堰场。一八〇四年(嘉庆九年)曾到西川去了一趟,第二年(或当年下半年)就回来了。李汝珍在一八〇一年(嘉庆六年)到河南做过县丞,一八〇五年(嘉庆十年)以前又回到江苏,除了这几年以外,差不多都是跟着哥哥,住在淮南、淮北一带。有人以为,一八〇五年(嘉庆十年),李汝珍又到河南做过官。原是根据一八〇五年(嘉庆十年)石文燨给《李氏音鉴》作的序,里面有"今松石行将官中州矣"这样一句话而来。但是,根据一八六八年(同治七年)重修"木樨山房藏板"的《李氏音鉴》,石序中却没有这一句。这一句并不犯忌讳,为什么后刻的板本把它删掉呢?大概"官中州"只是"行将"而已,后来并没有实现;重修本的《李氏音鉴》,是李时翱、李时翔弟兄校订的,他们知道叔叔的行踪,认为不符事实,因而删去了这一句。虽然他再到河南做官的话不可靠,但是,一八〇七年(嘉庆十二年)许桂林作的《音鉴》后序,其中说:"今所著《音鉴》,行将问世,远以见寄,属之参定。"许桂林作后序时,住在板浦,既说"远以见寄",就说明了,这一时期,他不在板浦,甚而也可能不在江苏。同时,他在《李氏音鉴》题词的跋里说:"甲戌冬在东海。"这个甲戌是一八一四年(嘉庆十九年),我们可以知道,他在这一年以前又回去了。他的后期生活无可考。《胊海诗存》既然说他"久作寓公",可能他因妻子是海州人,就一直住在海州,以至老死。

  李汝珍是"读书不屑屑章句帖括之学"的人,因此,他一生没有得到什么"功名",做的那个小官只属于"佐杂"。一八〇一年(嘉庆六年),他在河南做县丞,赶上黄河决口,几十万民夫在那里从事疏浚和修堤的工作。当时许乔林曾作一首长诗送他,诗中有"丞尉虽小官,汛地有分段"和"三防与四守,供职勿辞倦"这一类句子,对他加以鼓励。他做的成绩如何,不得而知;但是,我们读到《镜花缘》中女儿国治河这一段,应该承认他是经过生活体验然后才写出来的。有人说,他曾经做过医生,这也无可考。但从《镜花缘》中所载的一些药方来看,他即使没有做过医生,至少他是懂得医药的。

李汝珍是"于学无所不窥"的这样一个多才多艺的人,特别有研究的是音韵学。刊行的著作,除《镜花缘》之外,还有《李氏音鉴》、《受子谱》两书。《李氏音鉴》共五卷,又《字母五声图》一卷,是他集中一生精力著作的一部有学术价值的书。他是北方人,住在南方很久,对音韵的"南北分合异同",研究得很深入,南音北音,兼列书中,"不囿于一隅之见"。《镜花缘》第三十一回所写从歧舌国得到的那张字母,就是《李氏音鉴》的提纲。《李氏音鉴》何年写成,不得而知;但在一八〇五年(嘉庆十年)就有几个人写了序。直到一八一〇年(嘉庆十五年)方才刊行。《受子谱》是围棋谱,共搜集二百余局,刊行于一八一七年(嘉庆二十二年)。此外,他曾计划写一部"《广方言》",但未写成。其他诗文,多已散失。

《镜花缘》现存的版本,大体上较少分歧,这次重印主要以北京大学图书馆所藏(马廉隅卿旧藏)"原刊初印本"为底本,并参照别的本子校正了一些文字。由于本书作者引用典故的地方太多,为了减轻读者检阅辞书的麻烦,加了若干注释。注释的标准大略如下:(一)比较不常用到的典故加注,常用的就不注。例如第八十三、第八十四两回中孟玉芝所谈的那些古人、天文、星象……名词,有的加注,有的不注。(二)诗文、谈话中引用典故,和小说正文有联系时加注,没有联系的就不注。例如第八十九、第九十两回中道姑作的诗加注,第六十七回"女儿国"表章、第八十八回"《天女散花赋》"不注。又如第八十二回中的酒令,"王祥"加注,"张良"不注。(三)典故不从正面提出的加注。例如第十八回"大儒祖居新安",第三十九回"天朝有部书,是夏朝人作的,晋朝人注的"之类。(四)有些封建迷信的典故,知不知道,于阅读并没有什么影响的,不注。例如第二十七回"于公治狱,大兴驷马之门;窦氏济人,高折五枝之桂;救蚁中状元之选;埋蛇享宰相之荣"之类。(五)小说背景是武则天时代,而文字有时引用到那个时代以后的典故,且加以"再过几十年就看见了"等类语句的解释;这些地方,加注。例如第十九回谈"识荆",第七十二回谈"《多宝塔》"之类。(六)小说中有些对古书发表议论的地方,加注。注释在说明那个议论中所根据的历史记载,而不求旁及他家的议论,或作如何详尽深入的批判研究。例如第五十二回关于谈论《春秋》的注释。上述的标准,自然还不是非常妥善的。而且在具体工作中,有时因为事实上的困难,还不免或有出入,以及取舍、繁简之间,容有未能全面考虑的情形,尚请读者随时给予指正。

第一回

女魁星北斗垂景象　老王母西池赐芳筵

昔曹大家《女诫》[1]云:"女有四行:一曰妇德,二曰妇言,三曰妇容,四曰妇功。"此四者,女人之大节而不可无者也。今开卷为何以班昭《女诫》作引？盖此书所载,虽闺阁琐事,儿女闲情,然如大家所谓四行者,历历有人:不惟金玉其质,亦且冰雪为心。非素日恪遵《女诫》,敬守良箴,何能至此。岂可因事涉杳渺,人有妍媸,一并使之泯灭？故于灯前月夕,长夏余冬,濡毫戏墨,汇为一编:其贤者彰之,不肖者鄙之;女有为女,妇有为妇;常有为常,变有为变。所叙虽近琐细,而曲终之奏,要归于正,淫词秽语,概所不录。其中奇奇幻幻,悉由群芳被谪,以发其端,试观首卷,便知梗概。

且说天下名山,除王母所住昆仑之外,海岛中有三座名山:一名蓬莱,二名方丈,三名瀛洲。都是道路窎远,其高异常。当日《史记》

---

[1] 曹大家(gū)《女诫》——曹大家,东汉人,姓班名昭。嫁曹世叔。曹死后,刘肇(汉和帝)找她到宫里做后妃们的老师,尊称她做"大家",后人就称她曹大家。《女诫》,书名,班昭作,共七篇,内容全是要求妇女遵守封建礼教的一些教条。

曾言这三座山都是神仙聚集之处。后来《拾遗记》[1]同《博物志》[2]极言其中珍宝之盛,景致之佳。最可爱的,四时有不谢之花,八节[3]有长青之草。他如仙果、瑞木、嘉谷、祥禾之类,更难枚举。

内中单讲蓬莱山有个薄命岩,岩上有个红颜洞,洞内有位仙姑,总司天下名花,乃群芳之主,名百花仙子,在此修行多年。这日正值三月初三日王母圣诞,正要前去祝寿,有素日相契的百草仙子来约同赴"蟠桃胜会"。百花仙子即命女童捧了"百花酿";又约了百果、百谷二位仙子。四位仙姑,各驾云头,向西方昆仑而来。行至中途,四面祥云缭绕,紫雾缤纷,原来都是各洞神仙,也去赴会。忽见北斗宫中现出万丈红光,耀人眼目,内有一位星君,跳舞而出。装束打扮,虽似魁星,而花容月貌,却是一位美女。左手执笔,右手执斗;四面红光围护,驾着彩云,也向昆仑去了。

百谷仙子道:"这位星君如此模样,想来必是魁星夫人——原来魁星竟有浑家,却也罕见!"百花仙子道:"魁星既为神道,岂无匹偶。且神道变幻不测,亦难详其底细。或者此时下界别有垂兆,故此星以变相出现,亦未可知。"百果仙子笑道:"据小仙看来:今日是西王母圣诞,所以魁星特命娘子祝寿;将来到了东王公圣诞,才是魁星亲自拜寿哩。但这夫人四面红光护体,紫雾盘旋,不知是何垂兆?"百花

---

[1]《拾遗记》——神话书,后秦王嘉作。
[2]《博物志》——神话书,晋张华作。其中有一部分据说是后人凑入的。
[3] 八节——立春、立夏、立秋、立冬,春分、秋分,夏至、冬至八个节令的总称。

仙子道:"小仙向闻魁星专司下界人文。近来每见斗宫红光四射,华彩腾霄。今以变相出现,又复紫气毫光,彻于天地。如此景象,下界人文,定卜其盛。奈吾辈道行浅薄,不知其兆应在何时何处。"百草仙子道:"小仙闻海外小蓬莱有一玉碑,上具人文,近日常发光芒,与魁星遥遥相映,大约兆应玉碑之内。"百花仙子道:"玉碑所载是何人文?我们可能一见?"百草仙子道:"此碑内寓仙机,现有仙吏把守,须俟数百年后,得遇有缘,方得出现。此时机缘尚早,我们何能骤见。"百花仙子道:"不知小仙与这玉碑可能有缘?可惜我们虽成正果,究系女身,将来即使得睹玉碑人文之盛,其中所载,设或俱是儒生,无一闺秀,我辈岂不减色?"百草仙子道:"现在魁星既现女像,其为坤兆无疑。况闻玉碑所放文光,每交午后,或逢双日,尤其焕彩,较平时迥不相同。以阴阳而论,午后属阴,双亦属阴;文光主才,纯阴主女。据这景象,岂但一二闺秀,只怕尽是巾帼〔1〕奇才哩!"百花仙子道:"仙姑所见固是。小仙看来,即使所载竟是巾帼,设或无缘,不能一见,岂非'镜花水月',终虚所望么?"百草仙子道:"这派景象,我们今日既得预睹,岂是无缘。大约日后总有一位姐姐恭逢其盛。此时渺渺茫茫,谈也无用,我们且去赴会,何必只管猜这哑谜。"

只见魁星后面又来了四位仙长,形容相貌,与众不同:第一位,绿面獠牙,绿发盖顶,头戴束发金箍,身披葱绿道袍;第二位,红面獠牙,

---

〔1〕 巾帼(guó)——原是古时妇女用的头巾一类的东西,后来一般用这两个字作妇女的代词。

红发盖顶,头戴束发金箍,身披朱红道袍;第三位,黑面獠牙,黑发盖顶,头戴束发金箍,身披元[1]色道袍;第四位,黄面獠牙,黄发盖顶,头戴束发金箍,身披杏黄道袍。各人都捧奇珍异宝,也向昆仑进发。

百花仙子道:"这四位仙长,向日虽在'蟠桃会'中见过,不知都住那座名山?是何洞主?"百果仙子道:"那位嘴上无须,脖儿长长,脸儿黑黑,行动迂缓,倒像一个假道学[2]。仔细看去,宛似龟形,莫非乌龟大仙么?"百草仙子道:"仙姑休得取笑。这四位仙长,乃麟、凤、龟、龙四灵之主:那穿绿袍的,总司天下毛族,乃百兽之主,名百兽大仙;那穿红袍的,总司天下禽族,乃百鸟之主,名百鸟大仙;那穿黑袍的,总司天下介族,乃百介之主,名百介大仙;那穿黄袍的,总司天下鳞族,乃百鳞之主,名百鳞大仙。今日各携宝物,大约也因祝寿而来。"说话间,四灵大仙过去。

只见福禄寿财喜五位星君,同着木公、老君、彭祖、张仙、月老、刘海蟾、和合二仙,也远远而来。后面还有红孩儿、金童儿、青女儿、玉女儿,都脚驾风火轮,并各洞许多仙翁仙姑。前前后后,到了昆仑。

---

[1] 元——这里是"玄"字的代字。封建时期,皇帝的名字不许臣民写,叫做"避讳"。不得已要写的时候,或写缺笔,或用代字。清圣祖名玄烨,因此,就要把"玄"写作"𤣥",或用"元"字代替。本书作者生在清代,他采用后一种的避讳方法。这里的元色,就是玄色。后文的元女、元机、元道、元股、郑元、元妙,就是玄女、玄机、玄道、玄股、郑玄、玄妙。

[2] 道学——这里是"道学夫子"的省词。道学,也叫理学。讲的修身养性功夫,教人听天信命,是帮助统治阶级压迫人民的一种学说。这种学说是矫情的;相信这种学说的,必然成为迂腐、虚伪的人。道学夫子,就指的这种人。这种人,有时就被称为假道学。

四位仙姑,也都跟着,齐上瑶池行礼,各献祝寿之物。侍从一一收了。留众仙筵宴。王母坐在中间;旁有元女、织女、麻姑、嫦娥及众女仙,左右相陪;其余各仙,俱列瑶台两旁,遥遥侍坐。王母各赐仙桃一枚,众仙拜谢,按次归坐。说不尽天庖盛馔,玉府仙醪。又闻仙乐和鸣,云停风静。

不多时,歌舞已罢。嫦娥向众仙道:"今日金母圣诞,难得天气清和,各洞仙长,诸位星君,莫不齐来祝寿。今年之会,可谓极盛!适才众仙女歌舞,虽然绝妙,但每逢桃筵,都曾见过。小仙偶然想起,素闻鸾凤能歌,百兽能舞,既有如此妙事,何不趁此良辰,请百鸟、百兽二位大仙,分付手下众仙童来此歌舞一番?诸位大仙以为何如?"众仙刚要答言,那百鸟、百兽二仙都躬身道:"蒙仙姑分付,小仙自当应命。但歌难悦耳,舞难娱目。兼恐众童儿卤莽性成,倘或失仪,王母见罪,小仙如何禁当得起!"王母笑道:"偶尔游戏,这有何妨。"百鸟仙同百兽仙听了,随即分付侍从传命。登时只见许多仙童,围着丹凤、青鸾两个童儿,脚踏祥云,到了瑶池,拜过王母,见了百鸟大仙,领了法旨,将身一转,变出丹凤、青鸾两个本相:一个是彩毫炫耀,一个是翠翼鲜明。那些随来的童儿,也都变出各色禽鸟。随后麒麟童儿带着许多仙童,也如飞而至,一个个参拜王母,见了百兽大仙,领了法旨,都变出本相,无非虎豹犀象,獐狍麋鹿之类。那边是众鸟围着鸾凤,歌喉宛转;这边是麒麟带着众兽,舞态盘旋。在琼阶玉砌之间,各献所长。连那瑶草琪花,也分外披拂有致。王母此时不觉大悦,随命侍从把"百花酿"各赐众仙一杯。

嫦娥举杯向百花仙子道:"仙姑既将仙酿祝寿,此时鸾凤和鸣,百兽率舞,仙姑何不趁此也发个号令,使百花一齐开放,同来称祝?既可助他歌舞声容,又可添些酒兴,岂不更觉有趣?"众仙听了,齐声说"妙",都催百花仙子即刻施行,以成千秋未有一场胜会。百花仙子连忙说道:"小仙所司各花,开放各有一定时序,非比歌舞,随时皆可发令。月姊今出此言,这是苦我所难了!况上帝于花,号令极严,稽查最密。凡下月应开之花,于上月先呈图册,其应否增减须瓣、改换颜色之处,俱候钦裁。上命披香玉女细心详察,务使巧夺人工,别开生面。所以同一梅花,有绿萼、硃砂〔1〕之异;同一莲花,有重台、并蒂〔2〕之奇。牡丹、芍药,佳号极繁;秋菊、春兰,芳名更伙。一枝一朵,悉遵定数而开;或后或先,俱待临期而放。又命催花使者,往来保护,以期含苞吐萼之时,如式呈妍。果无舛错,注明金篆云签〔3〕,来岁即移雕栏之内,绣阃之前,令得净土栽培,清泉灌溉,邀诗人之题品,供上客之流连。花日增荣,以为奖励。设有违误,纠察灵官奏请分别示罚。其最重的,徙植津亭驿馆〔4〕,不特任人攀折,兼使沾泥和土,见蹂于马足车轮。其次重的,蜂争蝶闹,旋见凋残;雨打霜摧,

---

〔1〕 绿萼、硃砂——绿萼梅,白花,绿蒂;硃砂梅,花作硃砂色:都是梅的异种。
〔2〕 重台、并蒂——重台,复瓣的花;并蒂,一茎上并生两花。并蒂的莲花,一般称做"并头莲"。
〔3〕 金篆云签——神话中形容神仙所用的簿册。
〔4〕 津亭驿馆——津亭,船只停集的渡口码头;驿馆,在驿站上设置的官员招待处。

登时零落。其最轻的,亦谪置深山穷谷,青眼〔1〕稀逢,红颜谁顾;听其萎谢,一任沉埋。有此种种考察,是以小仙奉令惟谨,不敢参差,亦不敢延缓。今要开百花于片刻,聚四季于一时,月姊此言,真是戏论了。"嫦娥听这一片话,甚觉有理,再难勉强;当不起风姨与月府素日亲密,与花氏向来不和,在旁便说出一段话来。

未知如何,下回分解。

---

〔1〕 青眼——故事传说:晋阮籍善为"青白眼"。正着眼睛看人,眼球全露,叫做"青眼";用青眼看人,叫做"垂青",是瞧得起人的表示。反之,就叫做"白眼"。

第二回

发正言花仙顺时令　定罚约月姊助风狂

话说风姨闻百花仙子之言,在旁便说道:"据仙姑说得其难其慎,断不可逆天而行。但梅乃一岁之魁,临春而放,莫不皆然。何独岭[1]上有十月先开之异?仙姑所谓号令极严、不敢参差者安在?世间道术之士,以花为戏,布种发苗,开花顷刻。仙姑所谓稽查最密、临期而放者又安在?他如园叟花佣,将牡丹、碧桃之类,浇肥炙炭,岁朝时候,亦复芬芳逞艳,名曰'唐花'[2]。此又何人发号播令?总之:事权在手,任我施为。今月姊既有所恳,无须推托。待老身再助几阵和风,成此胜会。况在金母筵前,即玉帝闻知,亦未便加罪。设有过失,老身情愿与你分任,何如?"百花仙子见风姨伶牙俐齿,以话相难,不觉吃惊,含笑道:"姨姨请听小仙告白:那岭上梅开,乃地有南北暖寒之异,小春偶放,得气稍先,好事者即见于吟咏,岂为定论。至花开顷刻,乃道人幻术,过眼即空。若'唐花'不过矫揉造作,更何足道。此事非可任我施为。即如姨姨职司风纪,四季不同,岂能于阳

---

[1] 岭——指梅岭。梅岭,大庾岭的别名。古时大庾岭上梅花多,所以有此别名。古人说大庾岭的梅花十月就开花,所以这里下文有"十月先开"的话。
[2] 唐花——唐,这里同煻火烘的意思。唐花就是冬天用火烘出来的提前开放的花。

和之候,肆肃杀之威;解愠之时,发刁萧之令?再如月轮晦明圆缺,晷刻难差,月姊能使皓魄常圆,夜夜对此青天碧海么?今既承尊命,小仙即命桃花仙子、杏花仙子,各执上等本花,来此歌舞一番,何如?"

嫦娥听了,不觉冷笑道:"桃杏二花,此时遍地皆是,何劳费心!小仙所以相恳者,并非希冀娱目,意在趁此嘉辰,博金母尽日之欢,庶不虚此胜会。不意仙姑意存爱惜,恐劳手下诸位仙子,我又何必勉强。但仙姑不过举口之劳,偏执意作难,一味花言巧语,这样拿腔做势,未免太过分了!"百花仙子见话不是头,不觉发话道:"群花齐放,固虽甚易。第小仙向来承乏其事,系奉上帝之命。若无帝旨,即使下界人王有令,也不敢应命,何况其余!且小仙素本胆小,兼少作为,既不能求不死之灵丹,又不能造广寒之胜境。种种懦弱,概不如人。道行如此之浅,岂敢妄为!此事只好得罪,有方尊命了。"嫦娥见他话中明明讥刺"窃药"一事,不觉又羞又气,因冷笑道:"你不肯开花也罢了,为何语中却带讥讽?"织女劝道:"二位向以楸枰[1]朝夕过从,何等情厚。今忽如此,岂不有伤和气?——况事涉游戏,何必纷争?"元女道:"二位角口,王母虽然宽宏,不肯出言责备,但以瑶池清静之地,视同儿戏,任意喧哗,未免有失敬上之道。倘值日诸神奏闻上帝,他年'桃会',恐不能再屈二位大驾了。"

嫦娥道:"适才百花仙姑说,惟有上帝敕旨,才能群花齐放;纵让

---

[1] 楸枰——枰,棋盘;楸枰,楸木做的棋盘。一般用"楸枰"二字指棋具或包括下棋的意思在内。下文"黑白双丸",指围棋子。

下界帝王有令,也不能应命。此去千百年后,倘下界有位高兴帝王,使出回天手段,出此一令,那时竟是百花齐开,却如何受罚?今趁王母并诸位仙长做个证见,倒要预先说明。"麻姑戏说道:"据小仙愚见:将来如有此事,即罚百花仙子在广寒殿打扫落花三年。月姊以为何如?"百花仙子道:"那人王乃四海九州之主,代天宣化,岂肯颠倒阴阳,强人所难。要便是嫦娥仙子临凡,做了女皇帝,出这无道之令;别个再不肯的。那时我果糊涂,竟任百花齐放,情愿堕落红尘,受孽海无边之苦,永无翻悔!"话言未毕,那边女魁星早已执笔过来,把百花仙子顶上点了一笔,驾着红光,离了瑶池,竟奔小蓬莱保护玉碑去了。

这里嫦娥闻百花仙子之言,正要发挥。织女劝道:"刚才魁星夫人因不肯开花,已将百花仙姑责了一管,愤然而去,月姊也可略消气恼。二位如再喧哗,不独耽误娇音妙舞,怕金母要下逐客之令了。"王母暗暗点头道:"善哉!善哉!这妮子道行浅薄,只顾为着游戏小事,角口生嫌,岂料后来许多因果,莫不从此而萌。适才彩毫点额,已露元机。无奈这妮子犹在梦中,毫无知觉。这也是群花定数,莫可如何!"登时歌停舞罢,王母都赏赐果品琼浆,叩领而去。众仙宴毕,也就拜谢四散。

百花仙子与百草、百果、百谷,四位仙姑,共坐云軿,一同回洞。百谷仙子在路说道:"今日是庆寿良辰,争奈这嫦娥恃强倚宠,卖弄新鲜题目,平白惹这场闲气,我至今还觉不平!幸亏百花姐姐有情有理,说得他满面羞惭,无言可答。"百草仙子道:"那歌舞是件有趣的事,怎么要那不伦不类的百兽乱闹起来!瑶池乃幽静之所,今被兽蹄鸟迹,遭遢不堪,明日那些执事仙官,着人打扫,还不知怎样埋怨嫦娥哩!"百果仙子道:"幸而龟不能歌,蛟不能舞。若能歌舞,嫦娥少不得又请百介、百鳞二仙发号施令。那时弄得满瑶池尽是虾兵蟹将,臭气熏天,那才是个笑话哩!——当时我在座上,见百草妹妹嬉笑不止,不知为甚。想是看得乐了?"百草仙子道:"我看那些鸟儿,如凤管鸾笙,莺啼燕语,虽不成腔调,还不讨厌。至于百兽,到底算些甚么东西:那笨牛、癫象,摇来摆去,已觉不雅;又弄个毛猴子,夹在里头,东奔西跳,偏是他忙;最令人喷饭的,那小耗子又要舞,又怕猫,躲躲藏藏,贼头贼脑,任他装出斯文样子,终失不了偷油的身分;还有那小兔子,站在旁边,正自躲懒,忽然看见凤凰手下那只癫鹰,惟恐鹰来捉他,登时使出无穷身段,扭扭蹑蹑,向着癫鹰笑容可掬,百般跳舞。我因小兔子他也会哄骗,所以不觉好笑。看了他们这种样子,无怪百花姐姐宁与我辈草木并腐,不屑与鸟兽同群了。"百花仙子听他三位问答,却也化怒成欢。谈笑间,已至蓬莱,各自归洞。每逢闲暇,无非敲枰相聚。日复一日,年复一年,也不知人间岁月几何。

一日,百花仙子因时值残冬,群芳暂息,既少稽查之役,又无号令之烦。消闲静摄,颐养天和。一时忽然静中思动,因命牡丹、兰花众仙子看守洞府。去访百草仙子,不意适值外出。又访百果、百谷二仙,亦皆不遇。忽见阴云四合,飘下几点雪花。正要回洞,偶然想起麻姑久未会面,于是来到麻姑洞府。彼此见面,各道久阔。麻姑道:

"今日这般寒冷,满天雪片飘扬,仙姑忽来下顾,真是意想不到。如果消闲,趁此六出纷霏之际,我们虽不必学人间暖阁围炉那些俗态,何妨清吟联句,遣此长宵?现在家酿初熟,先请共饮数杯,好助诗兴。"百花仙子道:"佳酿延龄,乃不易得的,一定遵命拜领。至于联句,乃冷淡生涯,有何趣味!不如以黑白双丸,赌个胜负,倒还有些意思。——莫要偷棋摸着,施出狡狯伎俩,我就不敢请教了。"

未知如何,下回分解。

第三回

徐英公[1]传檄[2]起义兵　骆主簿[3]修书寄良友

话说麻姑闻百花仙子之言,不觉笑道:"你既要骗我酒吃,又斗我围棋,偏有这些尖嘴薄舌的话说!我看你只怕未必延龄,反要促寿哩。若讲着棋,我虽喜同你着,却又嫌你……"百花仙子道:"这却为何?"麻姑道:"我喜你者:因你棋不甚高,臭的有趣,同你对着,可以无须用心,即可取胜,所谓'杀屎棋以作乐',颇可借此消遣。无如你棋品平常,每每下到半盘,看势头不好,不是一掳,就想推故要走。古人云:'未角智,先练品。'谁知你是未角智,先练掳,又练走。所以我又嫌你。我们今日预先讲定,或三盘五盘,必须见个胜负,不准半途而废。如果有事,请办过再来,免得临时闹诡。"百花仙子笑道:"小仙今拜南极仙翁为师,若论高手,大约除了敝老师就要轮到小仙,岂

---

[1] 徐英公——就是本书正文中所说的徐敬业。历史记载:唐开国功臣徐勣,封英国公。徐敬业是徐勣的孙子,继承爵位封号,所以称徐英公。

[2] 传檄——檄,古时刻有通告文字的木片;传檄,是把这种木片传送各地的意思。檄上的通告文字一般是征召、罪责、晓慰之类,后来虽然不用木片,却仍把这一类文字称做檄文,成为公文体裁的一种。正文中所说"同骆宾王做了一道檄文",指骆宾王起草的《讨武曌檄》,这篇檄文,在当时是一个煽动性很强的文件。

[3] 骆主簿——就是正文中所说的骆宾王。主簿是秘书之类的官职。骆宾王曾做过主簿,所以称骆主簿。

可与从前一例看待。——就下十盘,我也不惧!且命贵仙女暖酒安枰,我两人好一饮一着,分个高下。"麻姑道:"仙姑休得夸强,到了终局,你才知利害,那才后悔不该同我对局哩!"百花仙子道:"仙姑今日如果得胜,小仙闻得下界高手甚多,我去凡间访求明师,就便将弈秋[1]请来,看你可怕?"麻姑道:"那弈秋老先生,连孟夫子都佩服的,我如何不怕!但仙姑'下凡访师'这句话,未免动了红尘之念,将来只怕下界有人聘你去做棋中高手哩。"一面说笑,随命仙女摆设酒肴,安排棋局,登时各逞心思,对着起来。

百花仙子只顾在此着棋,那知下界帝王忽有御旨命他百花齐放。

原来这位帝王并非须眉男子,系由太后而登大宝。乃唐中宗之母,姓武,名曌,自号则天。按天星心月狐临凡。当日太祖、太宗本是隋朝臣子,后来篡了炀帝江山。虽是天命,但杀戮过重,且涉于淫私,伤残手足;所以炀帝并各路烟尘,趁他这个亏处,都在阴曹控告唐家父子种种暴戾荼毒之苦。冥官具奏。幸亏众神条陈:与其令杨氏出世报仇,又结来生不了之案,莫若令一天魔下界,扰乱唐室,任其自兴自灭,以彰报施。适有心月狐思凡获谴,即请敕令投胎为唐家天子,错乱阴阳,消此罪案。心月狐得了此信,欢喜非常,日盼下凡吉期。

这日来到广寒,与太阴告辞。嫦娥触动前事,因悄悄说道:"星君此去下界为帝,享受玉食万方皆不足道。倘能于一日之中,使四季

---

[1] 弈秋——古时最会下棋的人。见《孟子》。

名花莫不齐放,普天之下尽是万紫千红,那才称得锦绣乾坤,花团世界。不独名传千古,也显得星君通天手段。"心月狐笑道:"这有何难! 我既为帝,莫讲百花教他齐放,他不敢不遵;就是那从不开花的铁树,也要开朵花儿给我看看哩。此时说来无凭,日后便见明白。"说罢作别。——后来下凡,托生为则天皇帝,即唐中宗之母。

当时中宗在位,一切谨守彝训,天下虽然太平,无如做人仁慈,不合武太后之意。未及一载,废为庐陵王,贬在房州。武后自立为帝,改国号周,年号光宅。自中宗嗣圣元年甲申即位,赖唐家一点庇荫,天下倒也无事。

无奈武后一味尊崇武氏弟兄,荼毒唐家子孙。那时恼了一位豪杰,是英国公徐勣之孙徐敬业,在外聚集英雄,同骆宾王做了一道檄文,布告天下,以讨武后。武后即发强兵三十万,命李孝逸率领众将征剿。徐敬业手下虽有兵十万,究竟寡不敌众;兼之不听魏思温之言,误从薛仲璋之计[1],以致大败亏输。后来被周兵追到至急之际,手下只剩千余人。彼时徐敬业、骆宾王各有一子,跟在军前,都不满十岁。徐敬业见事机万无挽回,即同骆宾王商议,选了四名精壮偏将,保护两位公子,暗暗奔逃。并将所讨武氏檄文,割下袍襟,咬破手

---

[1] 不听魏思温之言,误从薛仲璋之计——历史记载:徐敬业起兵时,薛仲璋主张渡江攻取常、润等州做基础;魏思温却主张渡过淮河,打到北方去,招集山东豪杰,直取东都(洛阳)。徐敬业没有听魏思温的话,而采取了薛仲璋的计策,渡江攻占润州。后来武则天派军队进攻,徐军打败了退回扬州,结果完全崩溃。

指，每人各书一张，交付两位公子，丁宁嘱付，教他日后务保主上复位，以承父志。——所以徐敬业之子取名徐承志，骆宾王之子取名骆承志。——当时骆宾王又割一幅袍襟，匆匆写了一封血书，递给儿子道："此信日后送到陇右节度使[1]史伯伯处。此人名叫史逸，向日同我结拜至交。为人忠心赤胆，素谙天文。刻下虽有勤王之意，因兵微将寡，未敢妄动。将来首先起兵剿灭武氏，必是此人。我儿前去，得能替我出得半臂之劳，我亦含笑九泉。切须勉力为之！"徐敬业也写两封血书，递给儿子道："此信吾儿一送淮南节度使文伯伯处，一送河东节度使章伯伯处。文伯伯名隐，章伯伯名更。为人都是血心仗义。本欲起兵剿除内乱，迎主还朝，因兵马甚少，尚未举事。吾儿只要逃得性命，或在淮南，或在河东，投了此信，得能安身，将来自有出头之日。……"丁宁未毕，后面追兵甚近，父子四人，只得洒泪而别。

后来徐敬业被偏将王那相刺死，即持敬业首级投降；余党俱被擒捕；其兄徐敬功带领家眷，逃在外洋。骆宾王竟无下落；其父骆龙带领孙女，亦逃海外。余如唐之奇、杜求仁、魏思温、薛仲璋诸人，悉皆奔逃。

武后剿灭徐敬业，惟恐城池不固，日与武氏弟兄计议，大兴土木，

---

〔1〕 节度使——唐代官名。主管两三州到十几州，用人和财政都可以自主，权力很大，也称"藩镇"。

于长城外,另起东西南北四座高关,把个长安团团围在居中,真是水泄不通。这四座关就命武氏弟兄把守。武四思镇守北关:北方属水,兼之关下河道西通酉阳之水,取名酉水关。武五思镇守西关:西方属金,主肃杀之象,兼因地近巴蜀,取名巴刀关。武六思镇守东关:东方属木,又因关下河道向产紫贝,——本名木贝关,他因"木"字犯了武氏祖讳,却把"木"字少写一笔,——名叫才贝关。武七思镇守南关:南方属火,因造此关之后,关内屡遭回禄[1],恐火太旺,取名无火关。[2] 弟兄四个,都得异人传授,颇有妖术。关前各设"迷魂阵"一座,极其利害。因此四方闻风而惧。当时虽有几家忠良欲为勤王之计,因有此关阻隔,未敢冒昧兴师,暂且臣服于周,相时而动。

　　武后恃有高关,又仗武氏弟兄骁勇,自谓稳如泰山,十分得意。一日,正值残冬,同太平公主在暖阁饮酒,推窗赏雪,并与宫娥上官婉儿唱和吟诗。武后因雪越下越大,不觉喜道:"古人云:'雪兆丰年。'朕才登极,就得如此佳兆,明岁自然五谷丰登,天下太平了。"公主同上官婉儿率领众宫娥都山呼叩贺。

　　未知如何,下回分解。

---

[1] 回禄——迷信传说:火神名回禄。后来一般用"回禄"二字做火灾的代词。
[2] 这里四座关的名称,是由酒、色、财、气四字拆字而成。气字别写应该作"炁",这里却拆为"无火",所以后文第九十六回说:"就只'炁'字暗中缺一笔未免矫强。"

第四回

吟雪诗暖阁赌酒　　挥醉笔上苑催花

话说武后赏雪心欢,趁着酒兴,又同上官婉儿赌酒吟诗。上官婉儿每做"雪兆丰年"诗一首,武后即饮一杯。起初是一首诗一杯酒,后来从两首诗一杯酒,慢慢加到十首诗一杯酒。上官婉儿刚把诗机做的略略活了,诗兴还未一分,武后酒已十分。正饮得高兴,只觉阵阵清香扑鼻,武后朝外一望,原来庭前有几株蜡梅开了。不觉赞道:"这样寒天,蜡梅忽然大放,岂非知朕饮酒,特来助兴?如此殷勤,自应懋赏!"分付挂红、赏金牌。宫娥答应,登时俱挂红绫、金牌。

武后醉眼矇眬,又分付宫人道:"此地蜡梅既来伺候,想来园中各花素知朕有爱花之癖,自然也都大放。即刻备辇,朕同公主往群芳圃、上林苑赏花去。"众宫娥只得答应,传旨备辇。公主道:"蜡梅本系冬花,此时得了雪气滋润,所以大放。至别的花卉,开放各有其时,此刻离春令虽近,天气甚寒,焉能都开呢?"武后道:"各花都是一样草木:蜡梅既不畏寒,与朕陶情;别的花卉,自然也都讨朕欢喜。古人云:'圣天子百灵相助。'我以妇人而登大宝,自古能有几人?将来真可上得《无双谱》[1]的。此时朕又岂止百灵相助;这些花卉小事,安

---
[1]《无双谱》——书名,清金古良作,记录从汉张良起到宋文天祥止这一时期四十个"独一无二"的人的事迹。武则天是历史上唯一的女皇帝,所以也被编入。因为《无双谱》是唐代以后的书,这里就说"将来真可上得《无双谱》",有意把真实的书名作为假想的书名。

有不遂朕心所欲？即便朕要挽回造化,命他百花齐放,他又焉能违拗！你们且随朕去,只怕园内各花早已伺候开了。"公主再三谏阻;武后那里肯听,随即乘辇,命公主、上官婉儿同去赏花。

到了群芳圃,下得辇来,四处一望,各样花木,除蜡梅、水仙、天竺、迎春之外,尽是一派枯枝,莫讲赏花,要求赏个青叶也是难的。看了一遍,不觉面红过耳,真是众目之下,羞愧难当,几乎把酒都羞醒了。正要到上林苑去,只见有个小太监走来奏道:"奴婢才到上苑看过,那边也同这边一样。据奴婢看来:大约众位花仙还不晓得万岁要来赏花,所以未来伺候。刚才奴婢已向各花宣过圣意,倘万岁亲自再下一道御旨,明日自然都来开花了。"武后听罢,心中忽然动了一动,倒像触起从前一件事来。再四寻思,却又无从捉摸。不觉把头点了两点道:"也罢！今日已晚,权且施恩,限他明日开罢。"分付预备金笺笔砚,提起笔来,想了一想,在那笺纸上,醉笔草草写了四句:

　　　　明朝游上苑,火速报春知;花须连夜发,莫待晓风催！

写罢,分付太监拿去用了御宝[1],即发上林苑张挂。并命御膳房,明早预备赏花酒宴。公主同上官婉儿听了,都不觉暗笑。武后酒醉难支,即带众人乘辇回宫。太监遵旨,把金笺用了御宝,张挂上林苑内。

那上林苑蜡梅仙子同水仙仙子见了这道御旨,忙到洞中送信。谁知这日百花仙子正同麻姑着棋,因天晚落雪,尚未回洞。当时牡丹

---

〔1〕御宝——皇帝的印信、图章。

仙子得了此信,不知洞主下落,即同兰花仙子冒雪分头到百草、百果各位仙姑洞中寻访,毫无踪迹。天已夜晚,雪仍不止,只得回洞。

牡丹仙子道:"此旨限期又迫,偏偏洞主又无下落,这却怎好?"桃花仙子道:"据小仙愚见:为今之计,惟有各司本花,前去承旨。况我们这座蓬莱,周围七万里,上面仙姑洞府,不计其数,焉能个个遍访。设或逾限,违了圣旨,岂同儿戏!此时即找着洞主,禀如此事,除承旨之外,安能另有别见。且洞主向来谨慎,从不越分妄为,岂有违旨之理!"杨花仙子在旁听了,不觉暗暗点头。牡丹仙子道:"话虽如此,洞主究系众人领袖,——岂可不候号令,擅自前去。不知兰、桂二位仙姑,可另有高见?"兰花仙子道:"小仙同桂花仙姑所司之花,原有'四季'之名,四时莫不可放。此刻就去承旨,也无不合。但细细忖度,自应找寻洞主,禀知为是。况'罚不责众',如果立意都不承旨,谅那世主亦难遽将群芳尽废。且众姊妹虽以花卉为名,并非独供玩赏,其中隶于药品济世的亦复不少,若都废了,何以疗疾?以此看来,更可放心。况时值隆冬,概令群花齐放,未免时序颠倒。虽皇皇圣谕,究竟于理不顺,即使违误,谅难加罪。所谓'言不顺则事不成'。——若'名正言顺',事在必行,我们一经闻命:自应即去承旨,又何须禀知洞主;现在行止在于两可,所以不能不候洞主之命:小仙拙见如此。"桂花、梅花、菊花、莲花四位仙子听了,莫不点头,都道:"仙姑所见极是。"只见杨花、芦花、藤花、蓼花、萱花、葵花、蘋花、菱花八位仙子,彼此交头接耳,商议多时,一齐说道:"诸位仙姑去不去,小仙也不敢勉强。但我等虽忝列群芳,质极贱微,道行本浅,位分又卑,既乏香艳之姿,兼无济世之用,何能当此违旨重谴?一经被谪,区区微末,岂能保全?再四斟酌,不能不筹'且顾眼前'之计。此时业经交丑,——那旨内说:'莫待晓风催。'——转瞬就要发晓,我们惟有各司本花,先去承旨。日后即使洞主责备,亦当垂鉴下情。且吾辈倘竟违旨,俱获重罪,洞主身为领袖,又安能置身事外?今既循分承旨,彼此均无过失,洞主犒赏不暇,岂有责备之理!"因向桃花仙子道:"适才仙姑曾言,惟恐逾限获罪,何不趁此结伴同行?"不由分说,即拉了桃花仙子,竟自一同而去。九位仙子刚去,只见上林苑土地并值日功曹也来相催。登时众仙子莫不纷纷前往。

那时天已渐晓,雪已住了。牡丹仙子向兰花仙子叹道:"众心不齐,又将奈何!小仙惟有再去寻访。至于行止,只好悉听诸位。"说着去了。兰花仙子等之许久,总无音信。功曹、土地,络绎来催。转眼间,红日已升,众花仙十去八九。洞中只剩桂花、梅花、菊花、莲花、海棠、芍药、水仙、蜡梅、玉兰、杜鹃、兰花,共十一位仙子。大家商议多时,并无良策,只得勉强一同去了。牡丹仙子又在四处访问,直到辰时,仍无影响。回到洞中,只剩两个女童看守洞门。呆了半晌,无计可施,惟恐违旨,只得也向上林苑而来。

武后自从上林苑回宫,睡到黎明,宿酒已消。猛然想起昨日写诏之事,连忙起来,心内着实懊悔:酒后举动,过于孟浪,倘群花竟不开放,将来传扬出去,这场羞愧,如何遮掩?正在寻思,早有上林苑、群芳圃司花太监来报,各处群花大放。武后这一喜非同小可!登时把公主宣来,用过早膳,齐到上林苑。只见满园青翠萦目,红紫迎人,真是锦绣乾坤,花花世界。天时甚觉和暖,池沼都已解冻,陡然变成初春光景。正是:

池鱼戏叶仍含冻,谷鸟啼花乍报春。

武后细细看去,只见众花惟牡丹尚未开放。即查群芳圃,亦是如此。不觉大怒道:"朕自进宫以来,所有上林苑、群芳圃各花,每于早晚,俱令宫人加意浇灌,百般培养,自号'督花天王'。因素喜牡丹,尤加爱护:冬日则围布幔以避严霜,夏日则遮凉篷以避烈日。三十余年,习以为常。朕待此花,可谓深仁厚泽。不意今日群芳大放,彼独无花。负恩昧良,莫此为甚!"分付太监:"即将各处牡丹,连根掘起,多架柴炭,立时烧毁。"公主劝道:"此时众花既放,牡丹为花中之王,岂敢不遵御旨。但恐其花过大,开放不易。尚望主上再宽半日限期。倘仍无花,再治其罪,彼草木有知,谅亦无怨。"武后道:"你既替他恳求,姑且施恩,再限两个时辰。如再无花,就怨不得朕了。"因问太监道:"此处牡丹若干株?"太监奏道:"上林苑共约二千余株,与群芳圃数目相仿。"武后道:"此时已交辰初,就以辰时为限。尔等即烧炭火千盆,先把千株枝梗炙枯,不可伤根。——炙后如放叶开花,即将炭火撤去。俟到巳时无花,再将所余千余株,也用炭火炙枯。一交午时,如再不开,立将各处牡丹,一总掘起,用刀斧捣为齑粉。那时朕再降旨,令天下尽绝其种。所有群芳圃牡丹,亦照此处一例办理。"太监答应,登时炭火齐备。

未知如何,下回分解。

第五回

俏宫娥戏夸金盏草〔1〕　武太后怒贬牡丹花

话说太监把炭火预备,上林苑牡丹二千株,转眼间已用炭火炙了一半。群芳圃也是如此。上官婉儿向公主轻轻笑道:"此时只觉四处焦香扑鼻,倒也别有风味。向来公主最喜赏花,可曾闻过这样异香么?"公主也轻轻笑道:"据我看来:今日不独赏花,还炮制药料哩。"上官婉儿道:"请教公主:是何药料?"公主笑道:"好好牡丹,不去浇灌,却用火炙,岂非六味丸用的炙丹皮么!"上官婉儿笑道:"少刻再把所余二千株也都炙枯,将来倒可开个丹皮药材店哩。向来俗传有'击鼓催花〔2〕'之说。今主上催花,与众不同,纯用火攻,可谓'霸王风月〔3〕'了。"

公主道:"闻得向来你将各花有'十二师'、'十二友'、'十二婢'

---

〔1〕 金盏草——花名,属菊科。这里却指的月季花。月季花属蔷薇科,原与金盏草不同,但两花的别名都称"长春花",所以这里用金盏草作月季花的代词。
〔2〕 击鼓催花——故事传说:李隆基(唐玄宗)看见柳杏发芽,就在树前作了一只曲子,打了一阵鼓,再看杏花,都有要开的样子。后来就把这个故事称做"击鼓催花"。后文第九十回'击鼓催花之令',是一种酒令:一人打鼓,在席的人把一枝花轮流传递,当鼓声停歇的时候,花传到谁手里,谁就喝酒。
〔3〕 霸王风月——霸王,这里用来象征强暴和粗野;风月,指赏玩清风明月幽雅的事情。"霸王风月"就是说用强暴和粗野的态度去对待幽雅的事情。

之称,不知何意。此时主上正在指拨宫人炮制牡丹,趁此无事,何不将师、友、婢的寓意谈谈呢?"上官婉儿道:"这是奴婢偶尔游戏,倘说的不是,公主莫要发笑。所谓师者,即如牡丹、兰花、梅花、菊花、桂花、莲花、芍药、海棠、水仙、蜡梅、杜鹃、玉兰之类,或古香自异,或国色无双,此十二种,品列上等。当其开时,虽亦玩赏,然对此态浓意远,骨重香严,每觉肃然起敬,不啻事之如师,因而叫作'十二师'。他如珠兰、茉莉、瑞香、紫薇、山樱、碧桃、玫瑰、丁香、桃花、杏花、石榴、月季之类,或风流自赏,或清芬宜人,此十二种,品列中等。当其开时,凭栏拈韵,相顾把杯,不独蔼然可亲,真可把袂共话,亚似投契良朋,因此呼之为'友'。至如凤仙、蔷薇、梨花、李花、木香、芙蓉、蓝菊、栀子、绣球、罂粟、秋海棠、夜来香之类,或嫣红腻翠,或送媚含情,此十二种,品列下等。当其开时,不但心存爱憎,并且意涉亵狎,消闲娱目,宛如解事小鬟一般,故呼之为'婢'。惟此三十六种,可师,可友,可婢。其余品类虽多:或产一隅之区,见者甚少;或乏香艳之致,别无可观。故奴婢悉皆不取。"公主道:"你把三十六花,借师、友、婢之意,分为上、中、下三等,固因各花品类,与之区别;据我看来,其中似有爱憎之偏。即如芙蓉应列于友,反列于婢;月季应列于婢,反列于友:岂不教芙蓉抱屈么?"上官婉儿道:"芙蓉生成媚态娇姿,外虽好看,奈朝开暮落,其性无常。如此之类,岂可与友?至月季之色虽稍逊芙蓉,但四时常开,其性最长,如何不是好友?"

正在谈论,已交巳初。只见宫人纷纷来报,此处同群芳围牡丹,俱已放叶含苞,顷刻就要开花了。武后道:"原来他也晓得朕的炮制利害！既如此，权且施恩，把火撤去。"宫人遵旨，撤去火盆。霎时，各处牡丹大放。连那炭火炙枯的，也都照常开花。——如今世上所传的枯枝牡丹，淮南卞仓最多。无论何时，将其枝梗摘下，放入火内，如干柴一般，登时就可烧着。这个异种，大约就是武则天留的"甘棠遗爱[1]"。——当时武后见牡丹已放，怒气虽消，心中究竟不快，因下一道御旨道："昨朕赏雪，偶尔高兴，欲赴上苑赏花，曾降勅旨，令百花于来晨黎明齐放，以供玩赏。牡丹乃花中之王，理应遵旨先放。今开在群花之后，明系玩误。本应尽绝其种。姑念素列药品，尚属有用之材，着贬去洛阳。所有大内[2]牡丹四千株，俟朕宴过群臣，即命兵部派人解赴洛阳，着该处节度使章更，每岁委员采贡丹皮若干石，以备药料之用。"——此旨下过，后来纷纷解往，日渐滋生，所以天下牡丹，至今惟有洛阳最盛。

武后又命司花太监，将上林苑、群芳圃所开各花，细细查点，共计若干种，开单呈览。其中如有外域及各处所贡者，亦皆一一载明。太监领旨，登时查明，共九十九种，把名目开列清单呈上。武后见各花开的如许之多，颇有喜色，把单子递给公主观看。因向上官婉儿笑道："你向有才女之名，最是博古通今，可曾见过灵芝、铁树均在残冬

---

[1] 甘棠遗爱——故事传说：周大臣姬奭（召公）到南国巡察，曾在一株甘棠树下休息。他走后，人民因为怀念他，就特别爱护那株甘棠树。后来一般用"甘棠遗爱"这四个字去恭维地方官。这里引用这句成语，是从反面说的，讥讽的意思。
[2] 大内——皇宫内苑。

开花？那洛如、青囊、瑞圣、曼陀罗各花来历，可都晓得么？"上官婉儿奏道："臣婢向闻灵芝产自名山，乃神仙所服。因其每岁三花，又名'三秀'。虽前古圣明之世，亦属罕有。今不独芬芳大放，并有五色之异。至铁树开花，尤属罕见。相传每逢丁卯年，或可一放，今系甲申，更非其时。不意竟于寒冬，与灵芝一齐吐艳，实为国家嘉祥。洛如花，据古人传说，其种既不易得，其花尤为少见，惟国有文人，始能放花。青囊花，按史鉴本出契丹。其详虽不可考，然以'青囊'二字言之，据《晋书》，当日郭公曾得《青囊》[1]之秘，象属文明。今同洛如一并开放，必主人文辅佐圣明之兆。他如瑞圣花，一经开放，必经九月之久，象主国祚永长。曼陀罗，当日世尊说法，上天雨之，象主西方宁谧。以上各花，皆为希世之宝，今俱遵旨立时齐放，真是主上洪福齐天所致，可谓亘古未有盛事，亦是千秋一段佳话。"

公主道："今观洛如、青囊所放之花，不独鲜艳冠于群芳，而且枝多连理，花皆并蒂。以阴阳、奇偶而论：连理、并蒂为双，属阴；阴为女象。适才上官婉儿所奏洛如、青囊主文，以臣女所见：连理、并蒂主女。据这景象，将来必主圣上广得闺才之兆。盖圣上既奉天运承了大统，天下闺中，自应广育英才，以为辅弼，亦如古之八元、八恺[2]，风云际会。所以草木有知，也都预为呈兆。臣等叨蒙圣上洪福，恭逢

---

[1] 青囊——《晋书》载：郭璞拜郭公为师，郭公传给他《青囊中书》九卷，郭璞就精通了五行、天文、卜筮的道理。这个记载是含有迷信内容的。

[2] 八元、八恺——古代传说：高辛氏（古帝喾）有才子八人，天下称为八元；高阳氏（古帝颛顼）有才子八人，天下称为八恺。出《左传》。

其盛，不胜欢欣颂祷！"于是率领众宫人山呼叩贺。武后听罢，不觉大悦道："此虽上天垂象，但朕何德何能，岂敢妄冀巾帼中有八元、八恺之盛。倘得一二良才，共理朝纲，得备顾问，心愿也就足了。"于是分付宫人，即与众花挂红。并降敕旨，封洛如花为"文运女史"，青囊花为"文化女史"。又命太监制金牌二面，一镌"文运女史"，一镌"文化女史"，登时制就，挂于洛如、青囊之上。谁知各花一经挂红，开的更觉鲜艳。那洛如、青囊挂了金牌，尤其茂盛，不独并蒂，并从花心又出一花。武后越看越爱，不觉喜笑颜开道："此时洛如、青囊二花，经朕封为女史，莫不蒂中结蒂，花中套花，真是双双吐艳，两两争妍。若以奇偶而论，其为坤象无疑。公主所言闺才之兆，实非无因。但向来两花并放，谓之并蒂。至花心又出一花，却是罕见，历来亦无其名。若据形状，宛然子伏母怀，似宜呼为'怀中抱子'。现在各花将及百种，至并蒂以及怀中抱子，只得洛如、青囊二种。今特降旨：'众花中如再开有并蒂或怀中抱子者，即赐金牌一面，并赏御酒三杯。'"说罢，将旨写了，随即张挂。却也作怪：不多时，各花中竟有十余种开出并蒂；至怀中抱子，虽有数种，内中惟石榴最盛。武后即命宫人各赏金牌，并奠御酒。

公主道："臣女向在上苑游玩，石榴甚少。今岁忽有数百株之多，不独五色备具，并有花心另挺枝叶，复又生出怀中抱子。奇奇幻幻，夺尽造物之巧。如此异种，不知从何而来？"武后道："此处石榴，乃朕特命陇右节度使史逸从西域采办来的。据说此花颜色种类既多不同，并有夏秋常开者。此时不但开出异色，且多怀中抱子。世俗本有'榴开见子'之说,今又开出怀中抱子,多子之象,无过于此。宜封为'多子丽人'。朕见此花,偶然想起侄儿武八思,年已四旬,尚无子息,昨朕派往东海郡镇防海口,何不将此送去,以为侄儿得子之兆?"于是分付太监,俟宴过群臣,即将石榴二百株,传谕兵部,解交武八王爷查收。——此花后来送至东海郡,附近流传,莫不保护。所以沭阳地方,至今仍有异种,并有一株而开五色者。每花一盆,非数十金不可得,真可甲于天下。

武后正在分付,只见宫人奏道:"现在查点各处牡丹,除解洛阳四千株,仍余四百株。应栽何处,请旨定夺。"武后道:"所有大内牡丹,俟宴赏后,毋许留存一株。——这样丧心负恩,岂可仍留于此!所余四百株,朕闻淮南节度使文隐,昨在剑南剿灭倭寇,颇为出力,现在积劳成疾。闻彼处牡丹甚少,可将此花赐给文隐,令其玩花养病,以示朕轸念劳臣之意。"宫人领旨。武后又到群芳圃看了一遍,分付摆宴与公主赏花饮酒。

未知如何,下回分解。

第六回

众宰承宣游上苑　　百花获谴降红尘

　　话说武后分付摆宴，与公主赏花饮酒。次日下诏，命群臣齐赴上苑赏花，大排筵宴。并将九十九种花名，写牙签九十九根，放于筒内。每掣一签，俱照上面花名做诗一首。——武后因前日赏雪，上官婉儿做了许多诗，毫不费力，知他学问非凡。意欲卖弄他的才情，所以也令上官婉儿与群臣一同做诗。先交卷者，赐大缎二匹；交卷过迟者，罚酒三巨觥。所有题目，或五言、七言，或用何韵，皆临时掣签，以免众人之疑。谁知一连做了几首，总是上官婉儿第一交卷。这日共做了五十首诗，上官婉儿就得了五十分赏赐。次日又同群臣做了四十九首诗，上官婉儿只得了四十八分半的赏赐。因交卷之时，内有一位臣子，不前不后，恰恰同他一齐交卷，因此分了一半赏赐。总而言之：一连两日，并无一人在上官婉儿之先交卷。不但才情敏捷，而且语句清新，真是"胸罗锦绣，口吐珠玑"。诸臣看了，莫不吐舌，都道："天生奇才，自古无二！"

　　武后连日赏花，虽然欢喜，就只恨上苑地势太阔，众花开的过多，每每一眼望去，那派美景，竟不能全在目前，心里只觉美中不足。于是下一道旨意，饬令工部于上苑适中之地，立时起一高台，以便四面眺望。就取各花开放将及百种之意，名"百花台"。自从宴过群臣，日与公主在百花台赏花。

那百花仙子那日同麻姑着棋,因落雪无事,足足着到天明。及至五盘着完,已有辰时光景。只见女童来报:"外面众花齐放,甚觉可爱,请二位仙姑出去赏花。"二人出洞朝外一望,果然群花齐放,四处青红满目,艳丽非常,迥然别有天地。

百花仙子看了,甚觉骇异,连忙推算,只吓的惊疑不止道:"昨日我们着棋时,仙姑无意中曾有'终局后悔'之话,彼时小仙听了就觉生疑,不意今日果然生出一事。刚才我见众花开的甚奇,细细推算,谁知下界帝王昨日偶尔高兴,命我群花齐放。小仙只顾在此着棋,不知其详,未去奏明上帝,以致数百年前同嫦娥所定那个罚约,竟自输了。这却怎好?"麻姑不觉叹道:"这总怪我们道行浅薄,只能晓得已往,不能深知未来。当日所定罚约,那知数百年后,却有此事。昔日嫦娥因仙姑当众仙之面,语带讥刺,每每同我谈起,还有瞋怪之意。今既如此,他岂肯干休。仙姑要求无事,为今之计,惟有先将'失于觉察,未及请旨'的话,具表自行检举,一面即向嫦娥请罪,或可挽回。若不如此,不但嫦娥不肯干休,兼恐稽查各神参奏[1]。必须早做准备,以免后患。"百花仙子道:"具表自请处分,乃应分当行之事。若向嫦娥请罪,小仙实无此厚颜。——况嫦娥自从与我角口,至今见面不交一言,我又何必恳他。"麻姑道:"仙姑既不陪罪,将来可肯替

---

[1] 参奏——向皇帝提出对官吏的弹劾。下文"弹章",就是提出的弹劾文件。

他打扫落花?"百花仙子道:"小仙修行多年,并非他的侍从,安能去作洒扫之事!当年我原有言在先:如爽前约,教我堕落红尘。今既犯了此誓,神明鉴察,岂能逃过此厄。这是小仙命该如此,所以不因不由就有群花齐放一事,更有何言!只好静听天命。至于自行检举,也可不必了。"

说罢,不觉满面愁容,道声"失陪",即至本洞。两个女童把连日奉诏之事禀过。只见嫦娥那边命女童来请仙姑去扫落花。百花仙子只羞的满面绯红,因说道:"你回去告知你家仙姑:我当日有言在先,如爽前约,情愿堕落红尘。今我既已失信,将来自然要受一番轮回〔1〕之苦。只要你家仙姑留神,看我在那红尘中,有无根基,可能不失本性?日后缘满,还是另须苦修,方能返本;还是刚弃红尘,就能还原。到了那时,才知我的道行并非浅薄之辈哩。"女童答应去了。

到了下晚,只见百草、百果、百谷三位仙子,满面愁容,来至洞中。匆匆行礼,按次归坐。百草仙子道:"适闻有位尊神上了弹章,把仙姑参了一本。小仙同他二位侦听真实,特来探望。不知仙姑可曾得信?"百花仙子叹道:"小仙自知身获重罪,追悔莫及,惟有闭门思过,敬听天命。今承下顾,足感盛情。被参之事,小仙并无所闻,尚求明示。"百果仙子道:"仙姑被参,就因群花齐放一事。所上弹章,大略言下界帝王虽有御诏,但非为国计民生起见,且系酒后游戏,该仙子

---

〔1〕 轮回——一般写作轮迴。佛家迷信说法:阴阳世界中共分六道:三善道,三恶道。行恶的,可以从善道堕入恶道;行善的,可以从恶道升入善道。众生像车轮一样,在这六道里转来转去,所以叫做轮回。

何以迫不及待,并不奏闻请旨,任听部下逞艳于非时之候,献媚于世主之前,致令时序颠倒,骇人听闻?况身为一洞之主,任情闲旷,不能约束所属,既已失察获愆,有乖职守,仍不自请处分;而属下目无洞主,亦不恪遵约束:均有不合。请旨一并谪入红尘,受其磨折,以为不能约束、不遵约束者戒。闻仙姑谪在岭南,年未及笄[1],遍历海外,走蛮烟瘴雨之乡,受骇浪惊涛之险,以应前誓,以赎前愆,即日就要下凡。我等敬治薄酒一杯奉饯,特来面请。"百花仙子道:"请教三位仙姑:如水仙、蜡梅……几位仙子,可在被谪之列?"百谷仙子道:"闻得他们所司之花,虽系当令,原无不合;但不能力阻众人,亦属非是。因此,也都谪入红尘。连仙姑共计百人。限期虽迟早不等,大约不出三年,都要陆续下凡。"百花仙子道:"小仙身获重谴,今被参谪,固罪所应得;第拖累多人,于心何安!此后一别,不惟天南地北,后会无期;而风流云散,绿暗红稀,回首仙山,能毋惨目!"说罢,叹息不止。

百草仙子道:"仙姑不消烦恼。小仙探得将来被谪之人,或在十道,或在外域,虽散居四处,日后自能团聚一方。俟仙姑历过各国,尘缘期满,那时王母自然命我等前来相迎,仍至瑶池,以了这段公案。此是仙机,我等窃听而来,万万不可泄漏。"百花仙子道:"请教仙姑:是那十道?是何外域?"百草仙子道:"如今唐朝地理,因山川形势,分天下为十道。凡县分隶于郡,郡归于道,——道即后世之省,——

---

[1] 及笄(jī)——指女子到了十五岁左右年龄。笄,簪子;及笄,到了戴簪子的时候。古时女子年十五岁,就要把头发用簪子簪起来,表示已经成年了。

如关内、河南、河东、河北、山南、陇右、淮南、江南、剑南、岭南之类。至于外域,海外甚多,不能历举。若以众仙姑降生而论,如君子、黑齿、淑士、歧舌、智佳、女儿各国,大约亦有几人,谪在其内。"

说话间,元女、织女、麻姑,也来探望。谈起此事,叹息之间,大家都埋怨百花仙子并不自请处分,又不与嫦娥陪罪,以致降落红尘。将来棋会少了一人,好不扫兴。麻姑道:"当日仙姑同嫦娥角口时,小仙曾见王母不住点头,似有嗟叹之意,彼时甚觉不解。及至今日,才晓得王母当日嗟叹,已料定有此一事。若论过去未来,我们虽亦略知一二;至数百年后之事,我们道行浅薄,何能深知。"元女道:"此事固有定数。当日倘能谨言,不必纷争;今日再能容忍,略尽人事:想来也不至此。此时无可如何,只好归之于命了。"百花仙子道:"据仙姑所言,此事固由不能慎言而起,难道小仙此厄竟非天命造定么?"元女道:"仙姑岂不闻'小不忍则乱大谋'?又谚云:'尽人事以听天命。'今仙姑既不能忍,又人事未尽,以致如此,何能言得天命。早间若听麻姑之言,具表自行检举,并与嫦娥陪罪,此时或仍被谪,所谓人事已尽,方能委之于命。即如下界俗语言:'天下无场外举子[1]。'盖未进场,如何言中;就如人事未尽,如何言得天命。世上无论何事,若人力未尽,从无坐在家中,那能平空落下随心所欲事来。强求固属不可;至应分当行之事,坐失其机,及至事后委之于命,常人之情,往往

---

[1] 举子——唐、宋时对被荐举去应进士科试的称举子,也称举人。到了明、清两代,对乡试考中的称做举人。这里指后者。本书虽说的是唐代故事,但某些典章文物,却指的清代制度。以后不备注。

如此。不意仙姑也有此等习气,无怪要到凡间走一遭了。"织女道:"'成事不说,既往不咎。'我们原是各治水酒饯行的,还说我们饯行正文罢。"于是众仙姑都当面定了日期,接二连三,各备酒宴,替百花仙子饯行。

那牡丹仙子同众仙子,在上林苑伺候武后宴毕,陆续回洞,都在洞主面前请罪。百花仙子不但并不责备,一概归罪于己。众仙子见洞主如此宽洪,心中更觉不安。——那杨花、芦花、藤花、蓼花、萱花、葵花、藕花、菱花八位仙子,更是追悔无及。过了几日,这九十九位仙子,也有素日许多相好仙姑,接接连连,分着饯行。

一日,红孩儿、金童儿同青女儿、玉女儿,在入梦岩游幻洞备了酒果,替百花仙姑并诸位仙子饯行。请百草、百果、百谷、元女、织女、麻姑并四灵大仙,相陪饮酒。百花仙子因百草仙子说他将来下凡要遍历海外各国,恐有风波及妖魔盗贼之害,甚为忧惧。红孩儿道:"仙姑只管放心!今日大家既来祖饯[1],都是休戚相关之人,将来设有危急,岂有袖手之理。此后倘在下界有难,如须某人即可解脱,不妨直呼其名,令其速降。我们一时心血来潮,自然即去相救。"金童儿道:"何谓'心血来潮'?小仙自来从未'潮'过,也不知'心血'是什么味。毕竟怎样'潮'法?求大仙把这情节说明,日后好等他来潮。"红孩儿道:"我见下界说部书上往往有此一说,其实我也不知怎样潮

---

[1] 祖饯——迷信传说:道路的神名祖神。出门上路的人,临行时都要祭一祭祖神,以求一路平安。"祖饯",原指的祭祖神,后来却作为一般送行酒筵的通称。

法。大仙要问来历,你只问那做书的就明白了。"玉女儿道:"下界说部原有几种好的,但如'心血来潮'旧套满篇的也就不少。你若追他来历,连他也是套来的,何能知道怎样潮法。刚才红孩大仙说,百花仙姑如在下界有难,教他呼我众人之名前去相救,这话只怕错了:百花仙姑既已托生,岂能记得前生之事?若能呼我众人之名,与仙家何异?既是仙家,岂不自知趋避,何须呼人解脱?此话令人不解。"红孩儿道:"呸!呸!这话我说错了!将来百花诸位仙姑如在下界有难,今日我等在坐诸人,如系某位大仙或某位仙姑应分当去拯救的,本人即去相救;如须某人相帮,立即知会同往。彼此务须时时在意。事关百位仙姑,非同小可。倘有遗误,怠惰不前,教他也堕红尘!"——只因红孩儿这句话,又生出许多事来。

当时青女儿、玉女儿都与百花仙子把盏。酒过数巡,百兽、百鸟、百介、百鳞四仙向百花仙子道:"仙姑此去,小仙等无以奉饯,特赠灵芝一枝。此芝产于天皇盛世,至今二百余万年,因得先天正气,受日月精华,故仙凡服食,莫不寿与天齐。些须微意,望仙姑哂存。"百花仙子刚要道谢,只见百草、百果、百谷、元女、织女、麻姑六位仙子也接着说道:"我等偶于海岛深山觅得回生仙草一枝,特来面呈,以为临别之赠。此草生于开辟之初,历年既深,故功有九转[1]之妙,洵为希世奇珍。无论仙凡,一经服食,不惟起死回生,并能同天共老。区

---

[1] 九转——道家迷信说法:仙家炼丹,把丹炼的次数越多,神力越大。炼过一次的仙丹,吃了三年成仙;炼过九次的仙丹,吃了三天就成仙。九转,就是炼九次的意思。

区微敬,略表离衷,亦望仙姑笑纳。"百花仙子忙向众仙道谢拜领,即托百草仙子代为收存,以备他年返本还原之用。青女儿道:"这两种仙品,都是不死金丹[1],百草仙姑虽代收存,切莫偷吃才好。诚恐日后百花仙姑在下界须用,一时呼名,命你送去,那时你虽'心血来潮',若两手空空,无物可送,不独仙姑心血枉自来潮,并恐百花仙姑在下界守候着急,他的心血也要来潮哩。"说罢,合座不觉大笑。

众仙祖饯未罢,早有几位仙姑限期已到,一个个各按年月,都朝下界投胎去了。那百花仙子降生岭南唐秀才[2]之家,乃河源县地方。

未知如何,下回分解。

---

[1] 金丹——道家迷信说法:丹砂加进黄金汁,炼成的丹就叫做金丹。
[2] 秀才——唐初科举考试有"秀才"这一项目,其地位与进士略同,但不久就废止了。明、清两代,则以童生(后文也作生童)先经府、县考试,再经全省的院(或道)考录取的称秀才,也叫秀士、生员、诸生。

第七回

小才女月下论文科　　老书生梦中闻善果

话说这位唐秀才,名敖,表字以亭。祖籍岭南循州海丰郡河源县。妻子久已去世,继娶林氏。兄弟名唐敏,也是本郡秀士。弟妇史氏。至亲四口,上无父母。喜得祖上留下良田数顷,尽可度日。唐敏自进学后,无志功名,专以课读为业。唐敖素日虽功名心胜,无如秉性好游,每每一年倒有半年出游在外,因此学业分心,以致屡次赴试,仍是一领青衫[1]。

恰喜这年林氏生了一女。将产时,异香满室,既非冰麝,又非旃檀,似花香而非花香,三日之中,时刻变换,竟有百种香气,邻舍莫不传以为奇,因此都将此地唤作"百香衢"。未生之先,林氏梦登五彩峭壁,醒来即生此女,所以取名小山。隔了两年,又生一子,就从姐姐小山之意,取名小峰。小山生成美貌端庄,天姿聪俊。到了四五岁,就喜读书,凡有书籍,一经过目,即能不忘。且喜家中书籍最富,又得父亲、叔叔指点,不上几年,文义早已清通。兼之胆量极大,识见过人,不但喜文,并且好武,时常舞枪耍棒,父母也禁他不住。

---

[1] 青衫——青领的长衫,原是古时读书人的服装,这里却是指的科举时代秀才的服装。"仍是一领青衫",表示仍然是个秀才的意思。

这年唐敖又去赴试。一日,正值皓月当空,小山同唐敏坐在檐下,玩月谈文。小山问道:"爹爹屡赴科场[1];叔叔也是秀才,为何不去应试?"唐敏道:"我素日功名心淡;且学业未精,去也无用。与其奔驰辛苦,莫若在家课读,倒觉自在。况命中不能发达,也强求不来的。"小山道:"请问叔叔:当今[2]既开科考文,自然男有男科,女有女科了。不知我们女科几年一考?求叔叔说明,侄女也好用功,早作准备。"唐敏不觉笑道:"侄女今日怎么忽然讲起女科?我只晓得医书有个'女科';若讲考试有甚女科,我却不知。如今虽是太后为帝,朝中并无女臣。莫非侄女也想发科发甲[3]去做官?真是你爹爹一样心肠,可谓'父子天性'了。"小山道:"侄女并非要去做官。因想当今既是女皇帝,自然该有女秀才、女丞相,以做女君辅弼,庶男女不致混杂:所以请问一声。那知竟是未有之事。若这样说来,女皇帝倒用男丞相,这也奇了。既如此,我又何必读书,跟着母亲、婶婶学习针黹,岂不是好?"过了两日,把书果真收过,去学针黹。学了几时,只觉毫无意味,不如吟诗作赋有趣,于是仍旧读书。小山本来颖悟,再加时刻用功,腹中甚觉渊博,每与叔叔唱和,唐敏竟敌他不住;因此外面颇有才女之名。

---

[1] 科场——科举考试的考场。
[2] 当今——指当时在位的皇帝。
[3] 发科发甲——科、甲,指科举考试,因为科举考试每一届称为一科,考试中又有甲科、乙科之类的分别。明、清两代称进士考试为甲科。发,这里作吉利、顺遂、考试得中解释。

谁知唐敖前去赴试,虽然连捷中了探花[1],不意有位言官[2],上了一本,言:"唐敖于宏道[3]年间,曾在长安同徐敬业、骆宾王、魏思温、薛仲璋等,结拜异姓弟兄。后来徐、骆诸人谋为不轨,唐敖虽不在内,但昔日既与叛逆结盟,究非安分之辈。今名登黄榜[4],将来出仕,恐不免结党营私。请旨谪为庶人[5],以为结交匪类者戒。"本章上去,武后密访,唐敖并无劣迹,因此施恩,仍旧降为秀才。唐敖这番气恼,非同小可,终日思思想想,遂有弃绝红尘之意。

唐敏得了连捷喜音,恐哥哥需用,早已差人送了许多银两。唐敖有了路费,更觉放心,即把仆从遣回,自己带着行囊,且到各处游玩,暂解愁烦。一路上逢山起旱,遇水登舟,游来游去,业已半载,转瞬腊尽春初。这日,不知不觉到了岭南,前面已是妻舅林之洋门首,相隔自己家内不过二三十里。路途虽近,但意懒心灰,羞见兄弟妻子之面,意欲另寻胜境畅游,又不知走那一路才好。一时无聊,因命船户把船拢岸。上得岸来,走未数步,远远有一古庙,前进观看,上写"梦

---

[1] 探花——原是科举考试对殿试中最年轻的进士的称呼,后来却作殿试录取的第一甲第三名的专称。
[2] 言官——职掌对皇帝提出有关政治、人事意见的官。
[3] 宏道——宏道,就是弘道,李治(唐高宗)的年号。清高宗名弘历,本书避讳,用"宏"字或"红"字代"弘"字,所以把弘道写作宏道。后文的陶宏景、红文馆、红文宴,就是陶弘景、弘文馆、弘文宴。
[4] 黄榜——皇帝的文告是用黄纸书写的,叫做黄榜。这里指会试殿试录取名单的榜示。
[5] 庶人——没有功名和官职的平民。

神观"三个大字。不觉叹道:"我唐敖年已半百,历来所做之事,如今想起,真如梦境一般。从前好梦歹梦,俱已做过;今看破红尘,意欲求仙访道,未卜此后何如,何不叩求神明指示?"于是走进神殿,暗暗祷告,拜了神像,就在神座旁席地而坐。恍惚间,有个垂髫童子走来道:"我家主人奉请处士[1],有话面谈。"唐敖跟着来至后殿,有一老者迎出。随即上前行礼,分宾主坐下道:"请问老丈尊姓? 不知见召有何台命?"老者道:"老夫姓孟,向在如是观居住。适因处士有求仙访道之意,所以奉屈一谈。请问处士:向来有何根基? 如今所恃何术? 毕竟如何修为,去求仙道?"唐敖道:"我虽无甚根基,至求仙一事,无非远离红尘,断绝七情六欲[2],一意静修,自然可入仙道了。"老者笑道:"此事谈何容易! 处士所说清心寡欲,不过略延寿算,身无疾病而已。若讲仙道,那葛仙翁说的最好,他道:'要求仙者,当以忠、孝、和、顺、仁、信为本。若德行不修,务求元道,终归无益。要成地仙,当立三百善;要成天仙,当立一千三百善。'今处士既未立功,又未立言,而又无善可立;一无根基,忽要求仙,岂非'缘木求鱼'[3],枉自费力么?"唐敖道:"贱性庸愚,今承指教,嗣后自当众善奉行,以求正果。但小子初意,原想努力上进,恢复唐业,以解生灵涂炭,立功于朝。无如甫得登第,忽有意外之灾。境遇如此,莫可若何。老丈何

---

[1] 处士——有学问而没有出去做官的人。
[2] 七情六欲——佛家分喜、怒、忧、惧、爱、憎、欲为七情,色欲、形貌欲、威仪姿态欲、言语声音欲、细滑欲、人想欲为六欲。
[3] 缘木求鱼——比喻白费气力去做那绝对办不到的事情。语出《孟子》。

以教我？"那老者道："处士有志未遂,甚为可惜。然'塞翁失马,安知非福'[1]。此后如弃浮幻,另结良缘,四海之大,岂无际遇？现闻百花获愆,俱降红尘,将来虽可团聚一方,内有名花十二,不幸飘零外洋。倘处士悯其凋零,不辞劳瘁,遍历海外,或在名山,或在异域,将各花力加培植,俾归福地,与群芳同得返本还原,不至沦落海外,冥冥之中,岂无功德？再能众善奉行,始终不懈,一经步入小蓬莱,自能名登宝箓,位列仙班。此中造化,处士本有宿缘,即此前进,自有不期然而然者。今承下问,故述梗概,亟须勉力行之！"唐敖听罢,正要朝下追问,那个老者忽然不见。连忙把眼揉了一揉,四处观看,谁知自己仍坐神座之旁。仔细一想,原来却是一梦。将身立起,再看神像,就是梦中所见老者。因又叩拜一番。

回到船上,随即开船。细想梦中光景,暗暗忖道："此番若到海外,其中必有奇缘。第百花不知因何获愆？毕竟都降何处？为何却又飘流外洋？此事虚虚实实,令人费解。好在我生性好游,今功名无望,业已看破红尘,正想海外畅游,以求善果,恰喜又得此梦,可谓天从人愿。适才梦神所说名花十二,不知都唤何名,可惜未曾问得详细。将来到了海外,惟有处处留神,但遇好花,即加培植,倘逢仙缘,亦未可知。此时且去寻访妻舅。他常出外飘洋,倘能结伴同行,那更

---

[1] 塞翁失马,安知非福——比喻看起来像倒霉,也许很走运的事情。意思是,事情还在继续发展之中,不要过早地就作结论。寓言出《淮南子》:塞上有个老头子,走失了一匹马,别人去安慰他,他说:怎么知道马跑了不是运气呢？过了几个月,那匹马引了许多匹好马一同回来了。

好了。"

于是把船拢到妻舅林之洋门首。只见里面挑发货物,匆匆忙忙,倒像远出样子。原来林之洋乃河北德州平原郡人氏,寄居岭南,素日作些海船生意。父母久已去世。妻子吕氏。跟前一女名唤婉如,年方十三,生得品貌秀丽,聪慧异常,向日常在海船跟着父母飘洋。如今林之洋又去贩货,把家务托丈母江氏照应。正要起身,忽见唐敖到他家来。彼此道了久阔,让至内室,同吕氏见礼。婉如也来拜见,唐敖还礼道:"侄女向未读书,今两年未见,为何满面书卷秀气?大约近来也学小山不做针黹、一味读书了?"林之洋道:"他心心念念原想读书。俺也知道读书是件好事,平时俺也替他买了许多书。奈俺近年多病穷忙,那有工夫教他!"唐敖道:"舅兄可知近来女子读书,如果精通,比男子登科发甲还妙哩!"林之洋道:"为甚有这好处?"唐敖道:"这个好处,你道从何而起?却是宫娥上官婉儿起的根苗。此话已有十余年了。舅兄既不知道,待小弟慢慢讲来。"

未知如何,下回分解。

第八回

弃嚣尘结伴游寰海　觅胜迹穷踪越远山

话说唐敖向林之洋道:"舅兄:你道为何女子读书甚妙? 只因太后有个宫娥,名唤上官婉儿,那年百花齐放,曾与群臣作诗,满朝臣子都作他不过,因此文名大振。太后十分宠爱,将他封为昭仪[1];因要鼓励人才,并将昭仪父母也封官职。后来又命各处大臣细心查访,如有能文才女,准其密奏,以备召见,量才加恩。外面因有这个风声,所以数年来无论大家小户,凡有幼女,莫不读书。目今召见旷典虽未举行,若认真用功,有了文名,何愁不有奇遇。侄女如此清品,听其耽搁,岂不可惜!"吕氏道:"将来全仗姑夫指教。如识得几字,那敢[2]好了。但他虽未读书,却喜写字,每日拿着字帖临写,时刻不离。教他送给小山姐姐批改,他又不肯。究竟不知写的何如。"唐敖道:"侄女所临何帖? 何不取来一看?"林婉如道:"侄女立意原想读书,无奈父亲最怕教书烦心,只买一本字帖,教俺学字。侄女既不认得,又不知从何下笔,只好依样葫芦,细细临写。平时遇见小山姐姐,怕他耻

---
[1] 昭仪——皇宫里地位最高的女官。
[2] 敢——这里是"敢情"的省词,犹如说当然、自然;后文有时也作大约、莫非解释。

笑，从未谈及。今写了三年，字体虽与帖上相仿，不知写的可是。求姑夫看看批改。"说罢取来。唐敖接过一看，原来是本汉隶。再将婉如所临，细细观看，只见笔笔藏锋，字字秀挺，不但与帖无异，内有几字，竟高出原帖之上。看罢，不觉叹道："如此天资，若非宿慧，安能如此。此等人若令读书，何患不是奇才！"林之洋道："俺因他要读书，原想送给甥女作伴，求妹夫教他。偏这几年妹夫在家日子少。只好等你作了官，再把他送去。谁知去年妹夫刚中探花，忽又闹出结盟事来。俺闻前朝并无探花，这个名号，是太后新近取的。据俺看来：太后特将妹夫中个探花，必因当年百花齐放一事，派你去探甚花消息哩。"唐敖道："小弟记得那年百花齐放，太后曾将牡丹贬去洛阳，其余各花至今仍在上苑。所有名目，现有上官昭仪之诗可凭，何须查探。舅兄此言，未免过于附会。但我们相别许久，今日见面，正要谈谈，不意府上如此匆忙。看这光景，莫非舅兄就要远出么？"林之洋道："俺因连年多病，不曾出门。近来喜得身子强壮，贩些零星货物到外洋碰碰财运，强如在家坐吃山空。这是俺的旧营生，少不得又要吃些辛苦。"唐敖听罢，正中下怀，因趁势说道："小弟因内地山水连年游玩殆遍，近来毫无消遣。而且自从都中回来，郁闷多病，正想到大洋看看海岛山水之胜，解解愁烦。舅兄恰有此行，真是天缘凑巧。万望携带携带！小弟带有路费数百金，途中断不有累。至于饭食舟资，悉听分付，无不遵命。"林之洋道："妹夫同俺骨肉至亲，怎说船钱饭食来了！"因向妻子道："大娘：你听妹夫这是甚话！"吕氏道："俺们海船甚大，岂在姑爷一人。就是饭食，又值几何。但海外非内河可比,俺们常走,不以为意;若胆小的,初上海船,受了风浪,就有许多惊恐。你们读书人,茶水是不离口的,盥漱沐浴也日日不可缺的;上了海船,不独沐浴一切先要从简,就是每日茶水也只能略润喉咙,若想尽量,却是难的。姑爷平素自在惯了,何能受这辛苦!"林之洋道:"到了海面,总以风为主,往返三年两载,更难预定。妹夫还要忖度。若一时高兴,误了功名正事,岂非俺们耽搁你么?"唐敖道:"小弟素日常听令妹说:'海水极咸,不能入口,所用甜水,俱是预装船内,因此都要撙节。'恰好小弟平素最不喜茶,沐浴一切更是可有可无。至洋面风浪甚险,小弟向在长江大湖也常行走,这又何足为奇。若讲往返难以刻期,恐误正事,小弟只有赴考是正事,今已功名绝望,但愿迟迟回来,才趁心愿,怎么倒说你们耽搁呢!"林之洋道:"你既恁般[1]立意,俺也不敢相拦。妹夫出门时,可将这话告知俺家妹子?"唐敖道:"此话我已说过。舅兄如不放心,小弟再寄一封家信,将我们起身日子也教令妹知道,岂不更好。"

　　林之洋见妹夫执意要去,情不可却,只得应允。唐敖一面修书央人寄去;一面开发船钱,把行李发来。取了一封银子以作舟资饭食之费,林之洋执意不收,只好给了婉如为纸笔之用。林之洋道:"姑夫给他这多银子,若买纸笔,写一世还写不清哩!俺想妹夫既到海外,为甚不买些货物碰碰机会?"唐敖道:"小弟才拿了银子,正要去置

---

[1] 恁(nèn)般——这样。后文有时只用一个"恁"字,意思相同,如第十三回"回来恁晚"。

货,恰被舅兄道着,可谓意见相同。"于是带了水手,走到市上,买了许多花盆并几担生铁回来。林之洋道:"妹丈带这花盆,已是冷货,难以出脱;这生铁,俺见海外到处都有,带这许多,有甚用处?"唐敖道:"花盆虽系冷货,安知海外无惜花之人。倘乏主顾,那海岛中奇花异草,谅也不少,就以此盆栽植数种,沿途玩赏,亦可陶情。至于生铁,如遇买主固好;设难出脱,舟中得此,亦压许多风浪,纵放数年,亦无朽坏:小弟熟思许久,惟此最妙,因而买来。好在所费无多,舅兄不必在意。"林之洋听了,明知此物难以退回,只得点头道:"妹夫这话也是。"不多时,收拾完毕,大家另坐小船,到了海口。众水手把货发完,都上三板〔1〕渡上海船,趁着顺风,扬帆而去。

此时正是正月中旬,天气甚好,行了几日,到了大洋。唐敖四围眺望,眼界为之一宽,真是"观于海者难为水",心中甚喜。走了多日,绕出门户山,不知不觉顺风飘来,也不知走出若干路程。唐敖一心记挂梦神所说名花,每逢崇山峻岭,必要泊船,上去望望。林之洋因唐敖是读书君子,素本敬重;又知他秉性好游,但可停泊,必令妹夫上去。就是茶饭一切,吕氏也甚照应。唐敖得他夫妻如此相待,十分畅意。途中虽因游玩不无耽搁,喜得常遇顺风;兼之飘洋之人,以船为家,多走几时也不在意。倒是林之洋惟恐过于耽搁,有误妹夫考试;谁知唐敖立誓不谈功名,因此只好由他尽兴游了。游玩之暇,因婉如生的聪慧,教他念念诗赋。恰喜他与诗赋有缘,一读便会,毫不

〔1〕三板——小船名。现在一般写做"舢板"。

第一回 · 女魁星北斗垂景象　老王母西池賜芳筵

第三回·徐英公传檄起义兵　骆主簿修书寄良友

第四回·吟雪诗暖阁赌酒 挥醉笔上苑催花

第五回・俏宫娥戏夸金盏草　武太后怒贬牡丹花

第六回 · 众宰承宣游上苑 百花获谴降红尘

第八回·弃嚣尘结伴游寰海　觅胜迹穷踪越远山

第九回·服肉芝延年益寿 食朱草人圣超凡

第十回·诛大虫佳人施药箭 搏奇鸟壮士奋空拳

费事。沿途借着课读,倒解许多烦闷。

这日正行之际,迎面又有一座大岭。唐敖道:"请教舅兄:此山较别处甚觉雄壮,不知何名?"林之洋道:"这岭名叫东口山,是东荒第一大岭。闻得上面景致甚好。俺路过几次,从未上去。今日妹夫如高兴,少刻停船,俺也奉陪走走。"唐敖听见"东口"二字,甚觉耳熟,偶然想起道:"此山既名东口,那君子国、大人国,自然都在邻近了?"林之洋道:"这山东连君子,北连大人,果然邻近。妹夫怎么得知?"唐敖道:"小弟闻得海外东口山有君子国,其人衣冠带剑,好让不争。又闻大人国在其北,只能乘云而不能走。不知此话可确?"林之洋道:"当日俺到大人国,曾见他们国人都有云雾把脚托住,走路并不费力。那君子国无论甚人,都是一派文气。这两国过去,就是黑齿国,浑身上下,无处不黑。其余如劳民、聂耳、无肠、犬封、元股、毛民、毘骞、无䏿、深目等国,莫不奇形怪状,都在前面。将来到彼,妹夫去看看就晓得了。"

说话间,船已泊在山脚下。郎舅两个下船上了山坡。林之洋提着鸟枪火绳[1],唐敖身佩宝剑,曲曲弯弯,越过前面山头,四处一看,果是无穷美景,一望无际。唐敖忖道:"如此崇山,岂无名花在内? 不知机缘如何。"只见远远山峰上走出一个怪兽,其形如猪,身

---
〔1〕 火绳——土枪枪口里塞有火药,发射时要用引子把火药点着,这种引子叫做火绳。

长六尺，高四尺，浑身青色，两只大耳，口中伸出四个长牙，如象牙一般，拖在外面。唐敖道："这兽如此长牙，却也罕见。舅兄可知其名么？"林之洋道："这个俺不知道。俺们船上有位柁工，刚才未邀他同来。他久惯飘洋，海外山水，全能透彻，那些异草奇花，野鸟怪兽，无有不知。将来如再游玩，俺把他邀来。"唐敖道："船上既有如此能人，将来游玩，倒是不可缺的。此人姓甚？也还识字么？"林之洋道："这人姓多，排行第九，因他年老，俺们都称多九公，他就以此为名。那些水手，因他无一不知，都同他取笑，替他起个反面绰号，叫作'多不识'。幼年也曾入学〔1〕，因不得中，弃了书本，作些海船生意。后来消折本钱，替人管船拿柁为生，儒巾久已不戴。为人老诚，满腹才学。今年八旬向外，精神最好，走路如飞。平素与俺性情相投，又是内亲，特地邀来相帮照应。"恰好多九公从山下走来，林之洋连忙点手相招。唐敖迎上拱手道："前与九公会面，尚未深谈。刚才舅兄说起，才知都是至亲，又是学中先辈。小弟向日疏忽失敬，尚求恕罪。"多九公连道："岂敢！……"林之洋道："九公想因船上拘束，也来舒畅舒畅？俺们正在盼望，来的恰好。"因指道："请问九公：那个怪兽，满嘴长牙，唤作甚名？"多九公道："此兽名叫'当康'。其鸣自叫。每逢盛世，始露其形。今忽出现，必主天下太平。"话未说完，此兽果然口呼"当康"，鸣了几声，跳舞而去。

---

〔1〕 入学——明、清两代 科举考试中取得秀才资格的，被准许进到府、州、县学里读书；因此，童生考取了秀才叫入学，也叫进学。

唐敖正在眺望,只觉从空落一小石块,把头打了一下,不由吃惊道:"此石从何而来?"林之洋道:"妹夫:你看那边一群黑鸟,都在山坡啄取石块。刚才落石打你的,就是这鸟。"唐敖进前细看,只见其形似鸦,身黑如墨,嘴白如玉,两只红足,头上斑斑点点,有许多花文,都在那里啄石,来往飞腾。林之洋道:"九公可知这鸟搬取石块有甚用处?"多九公道:"当日炎帝有个少女,偶游东海,落水而死,其魂不散,变为此鸟。因怀生前落水之恨,每日衔石吐入海中,意欲把海填平,以消此恨。那知此鸟年深日久,竟有匹偶,日渐滋生,如今竟成一类了。"唐敖听了,不觉叹息不止。

未知如何,下回分解。

第九回

服肉芝延年益寿　食朱草入圣超凡

话说唐敖闻多九公之言，不觉叹道："小弟向来以为衔石填海，失之过痴，必是后人附会。今日目睹，才知当日妄议，可谓'少所见多所怪'了。据小弟看来：此鸟秉性虽痴，但如此难为之事，并不畏难，其志可嘉。每见世人明明放着易为之事，他却畏难偷安，一味蹉跎；及至老大，一无所能，追悔无及。如果都像精卫这样立志，何患无成！——请问九公：小弟闻得此鸟生在发鸠山[1]，为何此处也有呢？"多九公笑道："此鸟虽有衔石填海之异，无非是个禽鸟，近海之地，何处不可生，何必定在发鸠一山。况老夫只闻鸜鹆不逾济[2]，至精卫不逾发鸠，这却未曾听过。"

林之洋道："九公：你看前面一带树林，那些树木又高又大，不知甚树？俺们前去看看。如有鲜果，摘取几个，岂不是好？"登时都至崇林。迎面有株大树，长有五丈，大有五围[3]；上面并无枝节，惟有

---

[1] 发鸠山——在山西境内，是太行山的分支。《山海经》说："发鸠之山，有鸟焉，名曰精卫。"所以这里有"此鸟生在发鸠山"的话。
[2] 鸜鹆不逾济——鸜鹆，八哥；济，济水。不逾济，是不飞过济水的意思。古代传说：在济水以北，从来找不着八哥的窠巢。
[3] 围——计算圆周大小的一种尺寸标准，从来说法不一：一说是人用双臂去合抱，一抱是一围；一说是直径一尺或五寸的圆周是一围。

无数稻须,如禾穗一般,每穗一个,约长丈余。唐敖道:"古有'木禾'之说,今看此树形状,莫非木禾么?"多九公点头道:"可惜此时稻还未熟。若带几粒大米回去,倒是罕见之物。"唐敖道:"往年所结之稻,大约都被野兽吃去,竟无一颗在地。"林之洋道:"这些野兽就让嘴馋好吃,也不能吃得颗粒无存。俺们且在草内搜寻,务要找出,长长见识。"说罢,各处寻觅。不多时,拿着一颗大米道:"俺找着了。"二人进前观看,只见那米有三寸宽,五寸长。唐敖道:"这米若煮成饭,岂不有一尺长么?"多九公道:"此米何足为奇!老夫向在海外,曾吃一个大米,足足饱了一年。"林之洋道:"这等说,那米定有两丈长了?当日怎样煮他?这话俺不信。"多九公道:"那米宽五寸,长一尺。煮出饭来,虽无两丈,吃过后满口清香,精神陡长,一年总不思食。此话不但林兄不信,就是当时老夫自己也觉疑惑。后来因闻当年宣帝时背阴国来献方物〔1〕,内有'清肠稻',每食一粒,终年不饥,才知当日所食大约就是清肠稻了。"林之洋道:"怪不得今人射鹄〔2〕,每每所发的箭离那鹄子还有一二尺远,他却大为可惜,只说'差得一米',俺听了着实疑惑,以为世上那有那样大米。今听九公这话,才知他说'差得一米',却是煮熟的清肠稻!"唐敖笑道:"'煮熟'二字,未免过刻。舅兄此话被好射歪箭的听见,只怕把嘴还要打歪哩!"

---

〔1〕 方物——土产品。
〔2〕 射鹄——鹄是一种小鸟,很难射中。古人把鹄的形象画在布上,作为箭靶;射箭靶就叫"射鹄"。后来一般把射箭的目的物都称做"鹄"。

忽见远远有一小人，骑着一匹小马，约长七八寸，在那里走跳。多九公一眼瞥见，早已如飞奔去。林之洋只顾找米，未曾理会。唐敖一见，那敢怠慢，慌忙追赶。那个小人也朝前奔走。多九公腿脚虽便，究竟筋力不及，兼之山路崎岖，刚离小人不远，不防路上有一石块，一脚绊倒。及至起来，腿上转筋，寸步难移。唐敖得空，飞忙越过，赶有半里之遥，这才赶上，随即捉住，吃入腹内。多九公手扶林之洋，气喘嘘嘘走来，望着唐敖叹道："'一饮一酌，莫非前定。'何况此等大事！这是唐兄仙缘凑巧，所以毫不费事，竟被得着了。"林之洋道："俺闻九公说有个小人小马被妹夫赶来。俺们远远见你放在嘴边，难道连人带马都吃了？俺甚不明，倒要请问：有甚仙缘？"唐敖道："这个小人小马，名叫'肉芝'。当日小弟原不晓得。今年从都中回来，无志功名，时常看看古人养气服食等法，内有一条，言：'行山中如见小人乘着车马，长五七寸的，名叫"肉芝"，有人吃了，延年益寿，并可了道成仙。'此话虽不知真假，谅不致有害，因此把他捉住，有偏二兄吃了。"林之洋笑道："果真这样，妹夫竟是活神仙了。你今吃了肉芝，自然不饥，只顾游玩；俺倒饿了。刚才那个小人小马，妹夫吃时，可还剩条腿儿，给俺解解馋么？"

多九公道："林兄如饿，恰好此地有个充饥之物。"随向碧草丛中摘了几枝青草道："林兄把他吃了，不但不饥，并且头目还觉清爽。"林之洋接过，只见这草宛如韭菜，内有嫩茎，开着几朵青花。即放口内。不觉点头道："这草一股清香，倒也好吃。请问九公：他叫甚么名号？以后俺若游山饿时，好把他来充饥。"唐敖道："小弟闻得海外鹊山有草,青花如韭,名'祝余',可以疗饥。大约就是此物了?"多九公连连点头。于是又朝前走。林之洋道:"好奇怪!果真饱了!这草有这好处,俺要多找两担,放在船上,如遇缺粮,把他充饥,比当年妹夫所传辟谷[1]方子,岂不省事?"多九公道:"此草海外甚少,何能找得许多。况一经离土,其叶即枯。若要充饥,必须嫩茎,枯即无用了。"

只见唐敖忽在路旁折了一枝青草,其叶如松,青翠异常。叶上生着一子,大如芥子。把子取下,手执青草道:"舅兄才吃祝余,小弟只好以此奉陪了。"说罢,吃入腹内。又把那个芥子,放在掌中,吹气一口,登时从那子中生出一枝青草,也如松叶,约长一尺;再吹一口,又长一尺;一连吹气三口,共有三尺之长。放在口边,随又吃了。林之洋笑道:"妹夫要这样狠嚼,只怕这里青草都被你吃尽哩。这芥子忽变青草,这是甚故?"多九公道:"此是'蹑空草',又名'掌中芥'。取子放在掌中,一吹长一尺,再吹又长一尺,至三尺止。人若吃了,能立空中,所以叫作'蹑空草'。"林之洋道:"有这好处,俺也吃他几枝,久后回家,倘房上有贼,俺撺空捉他,岂不省事?"于是各处寻了多时,并无踪影。多九公道:"林兄不必找了。此草不吹不生,这空山中有谁吹气栽他?刚才唐兄所吃的,大约此子因鸟雀啄食,受了呼吸之气,因此落地而生,并非常见之物,你却从何寻找?老夫在海外多年,

---
　　[1] 辟谷——不需要吃粮食的意思。道家迷信说法:人能修炼得不需要吃粮食,就可以成仙。

今日也是初次才见。若非唐兄吹他,老夫还不知就是蹑空草哩。"林之洋道:"吃了这草,就能站在空中,俺想这话到底古怪。要求妹夫试试,果能平空站住,俺才信哩。"唐敖道:"此草才吃未久,如何就有效验。——也罢,小弟权且试试。"随即将身一纵,就如飞舞一般,撺将上去,离地约有五六丈。果然两脚登空,犹如脚踹实地,将身立住,动也不动。林之洋拍手笑道:"妹夫如今竟是'平步青云'了。果真吃了这草就能撺空,倒也好顽。妹夫何不再走几步?若走的灵便,将来行路,你就空中行走,两脚并不沾土,岂不省些鞋袜?"唐敖听了,果真就要空中行走,谁知方才举足,随即坠下。

林之洋道:"恰好那边有颗枣树,上面有几个大枣,妹夫既会撺高,为甚不去摘他几个?解解口渴,也是好的。"都至树下,仔细一看,并非枣树。多九公道:"此果名叫'刀味核',其味全无定准,随刀而变,所以叫作'刀味核'。有人吃了,可成地仙。我们今日如得此核,即不能成仙,也可延年益寿。无如此核生在树杪,其高十数丈,唐兄纵会撺高,相去悬远,何能到手?"林之洋道:"妹夫只管撺去,设或够着,也不可定。"唐敖道:"小弟撺空离地不过五六丈,此树高不可攀,何能摘他?这是'癞虾蟆想吃天鹅肉'了。"林之洋听了,那肯甘心,因低头忖了一忖,不觉喜道:"俺才想个主意:妹夫撺在空中,略停片时,随又朝上一撺,就如登梯一般,慢慢撺去,不怕这核不能到手。"唐敖听了,仍是不肯。无奈林之洋再三催逼,唐敖只得将身一纵,撺在空中。停了片刻,静气宁神,将身立定,复又用力朝上一撺,只觉身如蝉翼,悠悠扬扬,飘飘荡荡,登时间不知不觉,倒像断线风筝一般,落了下来。林之洋顿足道:"妹夫怎么不朝上撺,倒朝下坠?这是甚意?"唐敖道:"小弟刚才明明朝上撺去,谁知并不由我作主,何尝是我有意落下。"多九公笑道:"你在空中要朝上撺,两脚势必用力,又非脚踹实地,焉有不坠?若依林兄所说,慢慢一层一层撺去,倘撺千百遍,岂不撺上天么?安有此理!"

　　唐敖道:"此时忽觉一阵清香,莫非此核还有香味么?"多九公道:"这股香气,细细闻去,倒像别处随风刮来。我们何不顺着香味,各处看看?"大家于是分路找寻。唐敖穿过树林,走过峭壁,各处探望。只见路旁石缝内生出一枝红草,约长二尺,赤若涂朱,甚觉可爱。端详多时,猛然想起:"服食方内言:'朱草'状如小桑,茎似珊瑚,汁流如血;以金玉投之,立刻如泥。——投金名叫'金浆',投玉名叫'玉浆'。——人若服了,皆能入圣超凡。且喜多、林二人俱未同来,今我得遇仙草,可谓有缘。奈身边并无金器,这却怎好?……"因想了一想:"头巾上有个小小玉牌,何不试试?"想罢,取下玉牌,把朱草从根折断,齐放掌中,连揉带搓,果然玉已成泥,其色甚红。随即放入口内,只觉芳馨透脑。方才吃完,陡然精神百倍。不觉喜道:"朱草才吃未久,就觉神清气爽,可见仙家之物,果非小可。此后如能断谷,其余别的工夫更好做了。今日吃了许多仙品,不知膂力可能加增?"只见路旁有一残碑,倒在地下,约有五七百斤。随即走进,弯下腰去,毫不费力,轻轻用手捧起;借着蹑空草之术,乘势将身一纵,撺在空中,略停片刻,慢慢落下。走了两步,将碑放下道:"此时服了朱草,只觉耳聪目明;谁知回想幼年所读经书,不但丝毫不忘,就是平时所作诗文,也都如在目前。不意朱草竟有如许妙处!"只见多九公携着林之洋走来道:"唐兄忽然满口通红,是何缘故?"唐敖道:"不瞒九公说:小弟才得一枝朱草,却又有偏二位吃了。"林之洋道:"妹夫吃他有甚好处?"多九公道:"此草乃天地精华凝结而生,人若服了,有根基的,即可了道成仙。老夫向在海外,虽然留心,无如从未一见。今日又被唐兄遇着,真是天缘凑巧。将来优游世外,名列仙班,已可概见。那知这阵香气,却成就了唐兄一段仙缘!"林之洋道:"妹夫不久就要成仙,为甚忽然愁眉苦脸?难道舍不得家乡,怕做神仙么?"唐敖道:"小弟吃了朱草,此时只觉腹痛,不知何故。"话言未了,只听腹中响了一阵,登时浊气下降,微微有声。林之洋用手掩鼻道:"好了!这草把妹夫浊气赶出,身上想必畅快?不知腹中可觉空疏?旧日所作诗文可还依旧在腹么?"唐敖低头想了一想,口中只说"奇怪"。因向多九公道:"小弟起初吃了朱草,细想幼年所作诗文,明明全都记得。不意此刻腹痛之后,再想旧作,十分中不过记得一分,其余九分再也想不出,不解何意?"多九公道:"却也奇怪。"林之洋道:"这事有甚奇怪!据俺看来:妹夫想不出的那九分,就是刚才那股浊气;朱草嫌他有些气味,把他赶出;他已露出本相,钻入俺的鼻内,你却那里寻他?其余一分,并无气味,朱草容他在内,如今好好在你腹中,自然一想就有了。——俺只记挂妹夫中探花那本卷子,不知朱草可肯留点情儿?——妹夫平日所作窗稿,将来如要发刻,据俺主意:不须托人去选,就把今日想不出的那九分全都删去,只刻想得出的那一分,包你必是好的。若不论好歹,一概发刻,在你自己刻的是诗,那知朱草却大为不然。可惜这草甚少,若带些回去给人吃了,岂不省些刻工?朱草有这好处,九公为甚不吃两枝? 难道你无窗稿要刻么?"多九公笑道:"老夫虽有窗稿要刻,但恐赶出浊气,只怕连一分还想不出哩。林兄为何不吃两枝,赶赶浊气?"林之洋道:"俺又不刻'酒经',又不刻'食谱',吃他作甚?"唐敖道:"此话怎讲?"林之洋道:"俺这肚腹不过是酒囊饭袋,若要刻书,无非酒经食谱,何能比得二位。怪不得妹夫最好游山玩水,今日俺见这些奇禽怪兽,异草仙花,果然解闷。"

多九公道:"林兄刚说果然,巧巧竟有'果然'来了。"只见山坡上有个异兽,——形象如猿,浑身白毛,上有许多黑文;其体不过四尺,后面一条长尾,由身子盘至顶上,还长二尺有余;毛长而细,颊下许多黑髯。——守着一个死兽在那里恸哭。林之洋道:"看这模样,竟像一个络腮胡子。不知为甚这样啼哭? 难道他就叫作'果然'么?"多九公道:"此兽就是'果然',又名'猓兽'。其性最义,最爱其类。猎户取皮作褥,货卖获利。往往捉住一个打死放在山坡,如有路过之猓,一经看见,即守住啼哭,任人捉获,并不逃窜。此时在那里守着死猓恸哭,想来又是猎户下的鹈子[1]。少刻猎户看见,毫不费力,就捉住了。"

忽见山上起一阵大风,刮的树木刷刷乱响。三人见风来的古怪,慌忙躲入树林。风头过去,有只斑毛大虫,从空撺了下来。

未知如何,下回分解。

---

[1] 鹈(méi)子——把野鸡养驯,用来诱捕其他野鸡,这种驯野鸡就叫做"雉鹈"。训练其他动物,来进行这一类工作的,泛称"鹈子"。鹈字,同媒。

第十回

诛大虫佳人施药箭　　搏奇鸟壮士奋空拳

话说三人躲入树林。风头过去,有只斑毛大虫,从高峰撺至果然面前。果然一见,吓的虽然发抖,还是守着死猿不肯远离。那大虫撺下,如山崩地裂一般,吼了一声,张开血盆大口,把死猿咬住。只见山坡旁隐隐跃跃,倒像撺出一箭,直向大虫面上射去。大虫着箭,口中落下死猿,大吼一声,将身纵起,离地数丈,随即落下,四脚朝天。眼中插着一箭,竟自不动。多九公喝彩道:"真好神箭!果然'见血封喉'!"唐敖道:"此话怎讲?"多九公道:"此箭乃猎户放的药箭,系用毒草所制。凡猛兽着了此箭,任他凶勇,登时血脉凝结,气嗓紧闭,所以叫作'见血封喉'。但虎皮甚厚,箭最难入,这人把箭从虎目射入,因此药性行的更快。若非本领高强,何能有此神箭!不意此处竟有如此能人!少刻出来,倒要会他一会。"

忽见山旁又走出一只小虎,行至山坡,把虎皮揭去,却是一个美貌少女。身穿白布箭衣,头上束着白布渔婆巾,臂上跨着一张琱弓[1]。走至大虫跟前,腰中取出利刃,把大虫胸膛剖开,取出血淋淋斗大一颗心,提在手中。收了利刃,卷了虎皮,走下山来。林之洋

---

[1] 琱弓——琱,同雕。琱弓,弓背上有刻画的弓。

道："原来是个女猎户。这样小年纪,竟有恁般胆量!俺且吓他一吓。"说罢,举起火绳,迎着女子放了一声空枪。那女子叫道:"我非歹人!诸位暂停贵手,婢子有话告禀。"登时下来万福[1]道:"请教三位长者上姓?从何至此?"唐敖道:"他二人一位姓多,一位姓林;老夫姓唐。都从中原来。"女子道:"岭南有位姓唐的,号叫以亭,可是长者一家?"唐敖道:"以亭就是贱字。不知何以得知?"女子听了,慌忙下拜道:"原来唐伯伯在此。侄女不知,望求恕罪。"唐敖还礼道:"请问小姐尊姓?为何如此称呼?府上还有何人?适才取了虎心,有何用处?"女子道:"侄女天朝[2]人氏,姓骆名红蕖。父亲曾任长安主簿,后降临海丞,因同敬业伯伯获罪,不知去向。官差缉捕家属,母亲无处存身,同祖父带了侄女,逃至海外,在此古庙中敷衍度日。此山向无人烟,尽可藏身。不意去年大虫赶逐野兽,将住房压倒,母亲肢体折伤,疼痛而死。侄女立誓杀尽此山之虎,替母报仇。适用药箭射伤大虫,取了虎心,正要回去祭母,不想得遇伯伯。侄女常闻祖父说伯伯与父亲向来结拜,所以才敢如此相称。"

唐敖叹道:"原来你是宾王兄弟之女。幸逃海外,未遭毒手。不知老伯现在何处?身体可安?望侄女带去一见。"骆红蕖道:"祖父现在前面庙内。伯伯既要前去,侄女在前引路。"说罢,四人走不多

---

[1] 万福——从前妇女敬礼时,双手在襟前合拜,口里说着"万福"。后来就用"万福"作为这种敬礼的代词。
[2] 天朝——从前藩属对宗主国的尊称;本书用作任何外国对中国的尊称,而且中国人在外国时也用以自称或互称。

时,来至庙前,上写"莲花庵"三字。四面墙壁俱已朽坏,并无僧道,惟剩神殿一座,厢房两间。光景虽然颓败,喜得怪石纵横,碧树丛杂,把这古庙围在居中,倒也清雅。进了庙门,骆红蕖提着虎心,先去通知;三人随后进了大殿。只见有个须发皆白的老翁迎出,唐敖认得是骆龙,连忙抢进行礼;多、林二人也见了礼。一同让坐献茶。

骆龙问了多、林二人名姓,略谈两句,因向唐敖叹道:"吾儿宾王不听贤侄之言,轻举妄动,以致合家离散。孙儿跟在军前,存亡未卜。老夫自从得了凶信,即带家口奔逃。偏偏媳妇身怀六甲,好容易逃至海外,生下红蕖孙女,就在此处敷衍度日。屈指算来,已一十四载。不意去岁大虫压倒房屋,媳妇受伤而亡。孙女恸恨,因此弃了书本,终日搬弓弄箭,操练武艺,要替母亲报仇。自制白布箭衣一件,誓要杀尽此山猛虎,方肯除去孝衣。果然有志竟成,上月被他打死一个;今日又去打虎,谁知恰好遇见贤侄。邂逅相逢,真是'万里他乡遇故知',可谓三生有幸!惟是老夫年已八旬,时常多病。现在此处,除孙女外,还有乳母、老苍头[1]二人。老夫为痴儿宾王所累,万不能复回故土,自投罗网;况已老迈,时光有限。红蕖孙女,正在少年,困守在此,终非长策。老夫意欲拜恳贤侄,俯念当日结义之情,将红蕖作为己女,带回故乡,俟他年长,代为择配,完其终身。老夫了此心

---

[1] 苍头——指奴仆。苍,深青的颜色。汉代社会制度,奴仆要用苍色的头巾包头,因此后来称奴仆做苍头。

愿,虽死九泉,亦必衔感[1]!"说着,落下泪来。唐敖道:"老伯说那里话来!小侄与宾王兄弟情同骨肉,侄女红蕖就如自己女儿一般。今蒙慈命带回家乡,自应好好代他择配,何须相托。若论子侄之分,原当奉请老伯同回故乡,侍奉余年,稍尽孝心,庶不负当日结拜之情。奈近日武后纯以杀戮为事,唐家子孙,诛戮殆尽,何况其余。且老伯昔日出仕多年,非比他们妇女可以隐藏,倘走露风声,不独小侄受累,兼恐老伯受惊,因此不敢冒昧劝驾。小侄初意原想努力上进,约会几家忠良,共为勤王之计,以复唐业。无如功名未遂,鬓已如霜。既不能显亲扬名,又不能兴邦定业,碌碌人世,殊愧老大无成,所以浪游海外。今虽看破红尘,归期未卜;家中尚有兄弟妻子,此女带回故乡,断不有负慈命。老伯只管放心!"骆龙道:"蒙贤侄慷慨不弃,真令人感激涕零!但你们贸易不能耽搁,有误程途。老夫寓此枯庙,也不能屈留。"因向红蕖道:"孙女就此拜认义父,带着乳母,跟随前去,以了我的心愿。"骆红蕖听了,不由大放悲声。一面哭着,走到唐敖面前,四双八拜,认了义父。又与多、林二人行礼。因向唐敖泣道:"侄女蒙义父天高地厚之情,自应随归故土。奈女儿有两桩心事:一者,祖父年高,无人侍奉,何忍远离;二者,此山尚有两虎,大仇未报,岂能舍之而去。义父如念苦情,即将岭南住址留下,他年倘遇皇恩大赦,那时

----

[1] 衔感——迷信传说:汉杨宝幼年时候,救过一只被蚂蚁所困的黄雀,夜里梦见黄雀变做一个黄衣童子,衔着四只白环来拜谢,祝福他的子孙将如白环一样的洁白,而且世世发达。"衔感",像衔环一样的感激,表示必要报恩的意思。后文"衔恩"、"雀衔',都是这个意思。

再同祖父投奔岭南,庶免两下牵挂。此时若教抛撇祖父,一人独去,即使女儿心如铁石,亦不能忍心害理至此。"骆龙听了,复又再三解劝。无奈红蕖意在言外,总要侍奉祖父百年后方肯远离。任凭苦劝,执意不从。多九公道:"小姐既如此立志,看来一时也难挽回。据老夫愚见:与其此时同到海外,莫若日后回来,唐兄再将小姐带回家乡,岂不更便?"唐敖道:"小弟日后设或不归,却将如何?"林之洋道:"妹夫这是甚话!今日俺们一同去,将来自然一同来,怎么叫作'设或不归'?俺倒不懂!"唐敖道:"这是小弟偶尔失言,舅兄为何如此认真。"因向骆龙道:"寄女具此孝心,将来自有好处,老伯倒不可强他所难。况他立志甚坚,劝也无益。"说罢,取过纸笔,开了地名。

骆红蕖道:"义父此去,可由巫咸国路过?当日薛仲璋伯伯被难,家眷也逃海外。数年前在此路过,女儿曾与薛蘅香姐姐拜为异姓姊妹,并在神前立誓:'无论何人,倘有机缘得归故土,总要携带同行。'去岁有丝货客人带来一信,才知现在寄居巫咸。女儿有书一封,如系便路,求义父寄去。"多九公道:"巫咸乃必由之路,将来林兄亦要在彼卖货,带去甚便。"当时骆红蕖去写书信。唐敖即托林之洋上船取了两封银子,给骆龙以为贴补薪水之用。不多时,骆红蕖书信写完。唐敖把信接过,不觉叹道:"原来仲璋哥哥家眷也在海外!当日敬业兄弟若听思温哥哥之言,不从仲璋哥哥之计,唐业久已恢复,此时天下何至属周!彼此又何至离散!这是气数如此,莫可如何!"说罢叩辞。大家互相嘱付一番,洒泪而别。骆红蕖送至庙外,自去祭母、侍奉祖父。

唐敖三人因天色已晚，回归旧路。多九公道："如此幼女，既能不避艰险，替母报仇；又肯尽孝，侍奉祖父余年；惟知大义，其余全置度外。可见世间忠孝节义之事，原不在年之大小。此女如此立志，大约本山大虫从此要除根了。"林之洋道："刚才俺见大虫吃那果然，因想起闻得人说，虎豹吃人，总是那人前生造定，该伤虎口；若不造定，就是当面遇见，他也不吃。请问九公：这话可是？"多九公摇头道："虎豹岂敢吃人！至前生造定，更不足凭。当日老夫曾见有位老翁，说的最好。他说：'虎豹从来不敢吃人，并且极其怕人，素日总以禽兽为粮；往往吃人者，必是此人近于禽兽，当其遇见之时，虎豹并不知他是人，只当也是禽兽，所以吃他。'人与禽兽之别，全在顶上灵光。禽兽顶上无光，如果然之类，纵有微光，亦甚稀罕。人之天良不灭，顶上必有灵光，虎豹看见，即远远回避。倘天良丧尽，罪大恶极，消尽灵光，虎豹看见与禽兽无异，他才吃了。至于灵光或多或少，总在为人善恶分别。有善无恶，自然灵光数丈，不独虎豹看见逃窜，一切鬼怪莫不远避。即如那个果然，一心要救死猿回生，只管守住啼哭。看他那般行为，虽是兽面，心里却怀义气，所谓'兽面人心'，顶上岂无灵光？纵让大虫觌面，也不伤他。大虫见了'兽面人心'的既不敢伤，若见了'人面兽心'的如何不啖！世人只知恨那虎豹伤人，那知有这缘故。"唐敖点头道："九公此言，真可令人回心向善，警戒不小。"林之洋道："俺有一个亲戚，做人甚好，时常吃斋念佛。一日，同朋友上山进香，竟被老虎吃了。难道这样行善，头上反无灵光么？"多九公道："此等人岂无灵光。但恐此人素日外面虽然吃斋念佛，或者一时把持不定,一念之差,害人性命;或忤逆父母,忘了根本;或淫人妻女,坏人名节:其恶过重,就是平日有些小小灵光,陡然大恶包身,就如'杯水车薪'一般,那里抵得住!所以登时把灵光消尽,虎才吃了。不知此人除了吃斋念佛,别的行为若何?"林之洋道:"这人诸般都好,就只忤逆父母,闻得还有甚么'桑间月下〔1〕'之事。除了这两样,总是吃斋行善,并无恶处。"多九公道:"'万恶淫为首,百善孝为先。'此人既忤逆父母,又有'桑间月下'损人名节之事:乃罪之魁,恶之首。就让吃斋念佛,又有何益。"林之洋道:"据九公这话,世人如作了孽,就是极力修为,也不中用了?"多九公道:"林兄这是甚话!善恶也有大小:以善抵恶,就如将功赎罪,其中轻重,大有区别,岂能一概而论。即如这人忤逆父母,淫人妻女,乃罪大恶极,不能宽宥的。你却将他吃斋念佛那些小善,就要抵他两桩大恶,岂非拿了杯水要救车薪之火么?况吃斋念佛不过外面向善,究竟不知其心如何。若外面造作行善虚名,心里却怀着凶恶,如此险诈,其罪尤重。总之,为人心地最是要紧,若谓吃斋念佛都是善人,恐未尽然。"

说话间,离船不远,忽见路旁林内飞出一只大鸟,其形如人,满口猪牙,浑身长毛,四肢五官,与人无异。惟肋下舒着两个肉翅。顶上两个人头:一头像男,一头像女。额上有文,细细看去,却是"不孝"二字。多九公道:"我们刚说不孝,就有'不孝鸟'出来。"林之洋听见

---

〔1〕 桑间月下——故事传说:古代卫国男女常在桑间濮上聚会。因而后来一般用"桑间濮上"作男女幽会的代词。这里引用这句成语,把"濮上"改作"月下",意指夜晚。

"不孝"二字,忙举火绳,放了一枪。此鸟着伤坠地,仍要展翅飞腾。林之洋赶去,一连几拳,早已打倒。三人进前细看,不但额有"不孝"二字,并且口有"不慈"二字,臂有"不道"二字,右胁有"爱夫"二字,左胁有"怜妇"二字。唐敖叹道:"当日小弟虽闻古人有此传说,以为未必实有其事。今亲目所睹,果真不错。可见天地之大,何所不有。据小弟看来,这是世间那些不孝之人,行为近于禽兽,死后不能复投人身,戾气凝结,因而变为此鸟。"多九公点头道:"唐兄高见,真是格物至论。当日老夫曾见此鸟,虽是两个人头,却都是男像,并无'爱夫'二字。——因天下并无不孝妇女,所以都是男像。——他这人头时常变幻,还有两个女头之时。闻得此鸟最通灵性,善能修真悟道:起初身上虽有文字,每每修到后来竟会一字全无;及至文字脱落,再加静修,不上几年,脱了皮毛,登时成仙去了。"唐敖道:"此非'放下屠刀,立刻成佛'么!可见上天原许众生回心向善。"只见船上众水手因在山泉取水,也来观看。问知详细,都鼓噪道:"他既不孝,我们就要得罪了!这样一身好翎毛,就是带些回去做个掸帚,也是好的。"说罢上前,这个一把,那个一把,只见拔的翎毛满地飞舞。唐敖道:"他额上虽有'不孝'二字,都是戾气所锺,与他何干?"众人道:"我们此时只算替他除戾气,把戾气除净,将来少不得要做好人。况他身上翎毛着实富厚,可见他生前吝啬,是'一毛不拔'的。如今我们将这'一'字换个'无'字:他是'一毛不拔',我们是'无毛不拔',把他拔的一干二净,看他如何!"

翎毛拔完,正要回船,忽见林内喷出许多胶水,腥臭异常。众人连忙跑开。林内飞出一只怪鸟,其形如鼠,身长五尺,一只红脚,两个大翅,飞到不孝鸟跟前,随即抱住,腾空而起。林之洋忙拿枪装药,对准此鸟。正要放时,谁知火绳沾水已熄,转眼间,那鸟去远。众水手道:"我们常在海外,这样怪鸟,倒也少见。向来九公最是知古知今,大约今日也要难住了。"多九公道:"此鸟海外犬封国最多,名叫'飞涎鸟':口中有涎如胶。如遇饥时,以涎洒在树上,别的鸟儿飞过,沾了此涎,就被粘住。今日大约还未得食,所以口内垂涎。此时得了不孝鸟,必是将他饱餐。可见这股戾气是犯万物所忌的:不但人要拔他的毛,禽兽还要吃他的肉哩!"说罢,一齐回船。唐敖把信收了。林之洋取出大米给婉如。吕氏看了,无不称奇。

登时扬帆。

不多几日,到了君子国,将船泊岸。林之洋上去卖货。唐敖因素闻君子国好让不争,想来必是礼乐之邦,所以约了多九公上岸,要去瞻仰。走了数里,离城不远,只见城门上写着"惟善为宝"四个大字。

未知如何,下回分解。

第十一回

观雅化闲游君子邦　　慕仁风误入良臣府

话说唐、多二人把匾看了,随即进城。只见人烟辏集,作买作卖,接连不断。衣冠言谈,都与天朝一样。唐敖见言语可通,因向一位老翁问其何以"好让不争"之故。谁知老翁听了,一毫不懂。又问国以"君子"为名是何缘故,老翁也回不知。一连问了几个,都是如此。多九公道:"据老夫看来:他这国名以及'好让不争'四字,大约都是邻邦替他取的,所以他们都回不知。刚才我们一路看来,那些'耕者让畔,行者让路'光景,已是不争之意。而且士庶人等,无论富贵贫贱,举止言谈,莫不恭而有礼,也不愧'君子'二字。"唐敖道:"话虽如此,仍须慢慢观玩,方能得其详细。"

说话间,来到闹市。只见有一隶卒在那里买物,手中拿着货物道:"老兄如此高货,却讨恁般贱价,教小弟买去,如何能安!务求将价加增,方好遵教。若再过谦,那是有意不肯赏光交易了。"唐敖听了,因暗暗说道:"九公:凡买物,只有卖者讨价,买者还价。今卖者虽讨过价,那买者并不还价,却要添价。此等言谈,倒也罕闻。据此看来,那'好让不争'四字,竟有几分意思了。"只听卖货人答道:"既承照顾,敢不仰体!但适才妄讨大价,已觉厚颜;不意老兄反说货高价贱,岂不更教小弟惭愧?况敝货并非'言无二价',其中颇有虚头。

俗云：'漫天要价，就地还钱。'今老兄不但不减，反要加增，如此克己，只好请到别家交易，小弟实难遵命。"唐敖道："'漫天要价，就地还钱'，原是买物之人向来俗谈；至'并非言无二价，其中颇有虚头'，亦是买者之话。不意今皆出于卖者之口，倒也有趣。"只听隶卒又说道："老兄以高货讨贱价，反说小弟克己，岂不失了'忠恕之道'？凡事总要彼此无欺，方为公允。试问那个腹中无算盘，小弟又安能受人之愚哩。"谈之许久，卖货人执意不增。隶卒赌气，照数付价，拿了一半货物。刚要举步，卖货人那里肯依，只说"价多货少"，拦住不放。路旁走过两个老翁，作好作歹，从公评定，令隶卒照价拿了八折货物，这才交易而去。唐、多二人不觉暗暗点头。

走未数步，市中有个小军，也在那里买物。小军道："刚才请教贵价若干，老兄执意吝教，命我酌量付给。及至遵命付价，老兄又怪过多。其实小弟所付业已刻减。若说过多，不独太偏，竟是'违心之论'了。"卖货人道："小弟不敢言价，听兄自付者，因敝货既欠新鲜，而且平常，不如别家之美。若论价值，只照老兄所付减半，已属过分，何敢谬领大价。"唐敖道："'货色平常'，原是买者之话；'付价刻减'，本系卖者之话；那知此处却句句相反，另是一种风气。"只听小军又道："老兄说那里话来！小弟于买卖虽系外行，至货之好丑，安有不知。以丑为好，亦愚不至此。第以高货只取半价，不但欺人过甚，亦失公平交易之道了。"卖货人道："老兄如真心照顾，只照前价减半，最为公平。若说价少，小弟也不敢辩，惟有请向别处再把价钱谈谈，才知我家并非相欺哩。"小军说之至再，见他执意不卖，只得照前减半付价,将货略略选择,拿了就走。卖货人忙拦住道:"老兄为何只将下等货物选去?难道留下好的给小弟自用么?我看老兄如此讨巧,就是走遍天下,也难交易成功的。"小军发急道:"小弟因老兄定要减价,只得委曲从命,略将次等货物拿去,于心庶可稍安。不意老兄又要责备。且小弟所买之物,必须次等,方能合用;至于上等,虽承美意,其实倒不适用了。"卖货人道:"老兄既要低货方能合用,这也不妨。但低货自有低价,何能付大价而买丑货呢?"小军听了,也不答言,拿了货物,只管要走。那过路人看见,都说小军欺人不公。小军难违众论,只得将上等货物、下等货物,各携一半而去。

二人看罢,又朝前进,只见那边又有一个农人买物。原来物已买妥,将银付过,携了货物要去。那卖货的接过银子仔细一看,用戥秤了一秤,连忙上前道:"老兄慢走。银子平水〔1〕都错了。此地向来买卖都是大市中等银色,今老兄既将上等银子付我,自应将色扣去。刚才小弟秤了一秤,不但银水未扣,而且戥头过高。此等平色小事,老兄有余之家,原不在此;但小弟受之无因。请照例扣去。"农人道:"些须银色小事,何必锱铢〔2〕较量。既有多余,容小弟他日奉买宝货,再来扣除,也是一样。"说罢,又要走。卖货人拦住道:"这如何使得!去岁有位老兄照顾小弟,也将多余银子存在我处,曾言后来买货

---

〔1〕 平水——用银子做货币,在兑换和买卖货物时,先要检查银子的重量和质量,然后据以计算价值。用天平、戥子去称,决定重量,叫做"平";质量成分,叫做"水",也叫做"色"。"平水"或"平色",指经过重量和质量的检查。

〔2〕 锱铢——古代极小数目的钱。后来一般用以形容微末的价值。

再算。谁知至今不见。各处寻他,无从归还。岂非欠了来生债么?今老兄又要如此。倘一去不来,到了来生,小弟变驴变马归还先前那位老兄,业已尽够一忙,那里还有工夫再还老兄。岂非下一世又要变驴变马归结老兄?据小弟愚见:与其日后买物再算,何不就在今日?况多余若干,日子久了,倒恐难记。"彼此推让许久,农人只得将货拿了两样,作抵此银而去。卖货人仍口口声声只说"银多货少,过于偏枯"。奈农人业已去远,无可如何。忽见有个乞丐走过,卖货人自言自语道:"这个花子只怕就是讨人便宜的后身,所以今生有这报应。"一面说着,即将多余平色,用戥秤出,尽付乞丐而去。

唐敖道:"如此看来,这几个交易光景,岂非'好让不争'一幅行乐图〔1〕么?我们还打听甚么!且到前面再去畅游。如此美地,领略领略风景,广广识见,也是好的。"

只见路旁走过两个老者,都是鹤发童颜,满面春风,举止大雅。唐敖看罢,知非下等之人,忙侍立一旁。四人登时拱手见礼,问了名姓。原来这两个老者都姓吴,乃同胞弟兄:一名吴之和,一名吴之祥。唐敖道:"不意二位老丈都是泰伯〔2〕之后,失敬,失敬!"吴之和道:"请教二位贵乡何处?来此有何贵干?"多九公将乡贯来意说了。吴

〔1〕 行乐图——人物画像,从画像中画出愉快的动作和表情。
〔2〕 泰伯——历史记载上称赞的最能廉让的人:古公亶父(周太王)的长子,姬昌(周文王)的伯父。他知道古公亶父希望姬昌能继承王位,因而让开了,跑到南方,自号"句吴",他的子孙,就以吴为姓。这里说"泰伯之后",是对姓吴的敬重的话。

之祥躬身道："原来贵邦天朝！小子向闻天朝乃圣人之国,二位大贤荣列胶庠[1],为天朝清贵,今得幸遇,尤其难得。第不知驾到,有失迎迓,尚求海涵！"唐、多二人连道："岂敢！……"吴之和道："二位大贤由天朝至此,小子谊属地主,意欲略展杯茗之敬,少叙片时,不知可肯枉驾? 如蒙赏光,寒舍就在咫尺,敢劳玉趾一行。"二人听了,甚觉欣然,于是随着吴氏弟兄一路行来。不多时,到了门前。只见两扇柴扉,周围篱墙,上面盘着许多青藤薛荔;门前一道池塘,塘内俱是菱莲。进了柴扉,让至一间敞厅,四人重复行礼让坐。厅中悬着国王赐的小额,写着"渭川别墅"。再向厅外一看,四面都是翠竹,把这敞厅团团围住,甚觉清雅。小童献茶。唐敖问起吴氏昆仲事业,原来都是闲散进士[2]。多九公忖道："他两个既非公卿大宦,为何国王却替他题额？看来此人也就不凡了。"唐敖道："小弟才同敝友瞻仰贵处风景,果然名不虚传,真不愧'君子'二字！"吴之和躬身道："敝乡僻处海隅,略有知识,莫非天朝文章教化所致,得能不致陨越,已属草野之幸,何敢遽当'君子'二字。至于天朝乃圣人之邦,自古圣圣相传,礼乐教化,久为八荒景仰,无须小子再为称颂。但贵处向有数事,愚弟兄草野固陋,似多未解。今日虽得二位大贤至此,意欲请示,不知可肯赐教?"唐敖道："老丈所问,还是国家之事,还是我们世俗之事?"吴之和道："如今天朝圣人在位,政治纯美,中外久被其泽,所谓

---

〔1〕 胶庠——古时学校的名称。科举时代称考取秀才进学的人为"名列胶庠"。
〔2〕 进士——明、清两代科举制度,举人会试录取后,再经过殿试录取的,称进士。

‘巍巍荡荡,惟天为大,惟天朝则之[1]’。国家之事,小子僻处海滨,毫无知识,不惟不敢言,亦无可言。今日所问,却是世俗之事。"唐敖道:"既如此,请道其详。倘有所知,无不尽言。"吴之和听罢,随即说出一番话来。

未知如何,下回分解。

---

[1] 巍巍荡荡,惟天为大,惟天朝则之——《论语》:"巍巍乎,唯天为大,唯尧则之。荡荡乎,民无能名焉。"是孔子赞美唐尧的。巍巍荡荡,高大广阔的样子。意思说:天是这么高大广阔,只有尧才可以比得上。这里套用这句话,把"尧"字改作"天朝"。

第十二回

双宰辅畅谈俗弊　两书生敬服良箴

话说吴之和道:"小子向闻贵处世俗,于殡葬一事,作子孙的,并不计及'死者以入土为安',往往因选风水[1],置父母之柩多年不能入土,甚至耽延两代三代之久,相习成风。以至庵观寺院,停柩如山;圹野荒郊,浮厝[2]无数。并且当日有力时,因选风水蹉跎;及至后来无力,虽要求其将就殡葬,亦不可得:久而久之,竟无入土之期。此等情形,死者稍有所知,安能瞑目! 况善风水之人,岂无父母? 若有好地,何不留为自用? 如果一得美地,即能发达,那通晓地理的,发达曾有几人? 今以父母未曾入土之骸骨,稽迟岁月,求我将来毫无影响之富贵,为人子者,于心不安,亦且不忍。此皆不明'人杰地灵'之义,所以如此。即如伏羲、文王、孔子之陵,皆生蓍草,卜筮极灵[3];他处虽有,质既不佳,卜亦无效。人杰地灵,即此可见。今人选择阴

---

[1] 风水——迷信的说法:坟地的山脉、方向、水流都和死者直系亲属的运气有关。好的坟地,是能"聚气"的。"气"遇风就散,遇水就止。所以选择坟地,就叫做选择风水。专门做选择坟地工作的人,叫做"风水先生"。
[2] 浮厝(cuò)——棺材停在地面,浅浅遮盖,等待埋葬。
[3] 蓍(shī)草——菊科,多年生草本。古人认为蓍草是长寿的草,历年既久,知道的事情多,用它卜卦,一定灵验;因之,蓍草成为卜卦的主要工具之一。用蓍草卜卦,叫做"筮"。

地,无非欲令子孙兴旺,怕其衰败。试以兴衰而论,如陈氏之昌,则有'凤鸣'之卜[1];季氏之兴,则有'同复'之筮[2]:此由气数使然呢,阴地所致呢?卜筮既有先兆,可见阴地好丑,又有何用。总之:天下事非大善不能转祸为福,非大恶亦不能转福为祸。《易经》[3]'余庆余殃'之言,即是明证。今以阴地,意欲挽回造化,别有希冀,岂非'缘木求鱼'?与其选择徒多浪费,何不遵着《易经》'积善之家,必有余庆'之意,替父母多做好事,广积阴功,日后安享余庆之福?较之阴地渺渺茫茫,岂不胜如万万?据小子愚见:殡葬一事,无力之家,自应急办,不可蹉跎;至有力之家,亦惟择高阜之处,得免水患,即是美地。父母瞑目无恨,人子扪心亦安。此海外愚谈,不知可合尊意?"

唐、多二人正要回答,只见吴之祥道:"小子闻得贵处世俗,凡生子女,向有三朝、满月、百日、周岁之称。富贵家至期非张筵,即演戏,必猪羊鸡鸭类大为宰杀。吾闻'上天有好生之德'。今上天既赐子女与人,而人不知仰体好生之意,反因子女宰杀许多生灵。花是上天赐一生灵,反伤无数生灵,天又何必再以子女与人?凡父母一经得有子女,或西庙烧香,或东庵许愿,莫不望其无灾无病,福寿绵长。今以

---

[1] 陈氏之昌,则有"凤鸣"之卜——迷信传说:春秋时,懿氏打算把女儿嫁给陈厉公的儿子敬仲,卜卦有"凤凰于飞,其鸣锵锵"这两句,是吉利的。后来敬仲夫妇到齐国,世代繁盛,享着极高的声誉。
[2] 季氏之兴,则有"同复"之筮——迷信传说:春秋时,鲁桓公将生儿子季友时,叫人卜筮,得了"同复"的卦,是吉利的。季友的后裔是季孙氏,为"三桓"之一。三桓是掌握鲁国政权的三大家族。
[3] 《易经》——就是《周易》,也叫《羲经》。传说是伏羲作卦,姬昌(周文王)作卦辞,孔子作"十翼"。十翼是对卦文的解释说明。

他的毫无紧要之事,杀无数生灵,许多浪费,是先替他造孽,忏悔犹恐不及,何能望其福寿?往往贫寒家子女多享长年,富贵家子女每多夭折,揆其所以,虽未必尽由于此,亦不可不以为戒。为人父母的,倘以子女开筵花费之资,尽为周济贫寒及买物放生之用,自必不求福而福自至,不求寿而寿自长。并闻贵处世俗,有将子女送入空门的,谓之'舍身'。盖因俗传做了佛家弟子,定蒙神佛护佑:其有疾者从此自能脱体,寿短者亦可渐转长年。此是僧尼诱人上门之语,而愚夫愚妇无知,莫不奉为神明,相沿既久,故僧尼日见其盛。此教固无害于人,第为数过多,不独阴阳有失配合之正,亦生出无穷淫奔之事。据小子愚见:凡乡愚误将子女送入空门的,本地父老即将'寿夭有命'以及'无后为大'之义,向其父母恺切劝谕。久之舍身无人,其教自能渐息。此教既息,不惟阴阳得配合之正,并且乡愚亦可保全无穷贞妇。总之:天下少一僧或少一道,则世间即多一贞妇。此中固贤愚不等,一生未近女色者,自不乏人;然如好色之辈,一生一世,又岂止奸淫一妇女而已。鄙见是否,尚求指教。"

吴之和道:"吾闻贵处向有争讼之说。小子读古人书,虽于'讼'字之义略知梗概,但敝地从无此事,不知究竟从何而起。细访贵乡兴讼之由,始知其端不一:或因口角不睦,不能容忍;或因财产较量,以致相争。偶因一时尚气,鸣之于官。讼端既起,彼此控告无休。其初莫不苦思恶想,掉弄笔头,不独妄造虚言,并以毫无影响之事,硬行牵入,惟期耸听,不管丧尽天良。自讼之后,即使百般浪费,并不爱惜钱财;终日屈膝公堂,亦不顾及颜面。幸而官事了结,花却无穷浪费,焦头烂额,已属不堪;设或命运坎坷,从中别生枝节,拖延日久,虽要将就了事,欲罢不能:家道由此而衰,事业因此而废。此皆不能容忍,以致身不由己。即使醒悟,亦复何及。尤可怪的,又有一等唆讼之人,哄骗愚民,勾引兴讼,捕风捉影,设计铺谋,或诬控良善,或妄扳无辜。引人上路,却于暗中分肥;设有败露,他即远走高飞。小民无知,往往为其所愚,莫不被害。此固唆讼之人造孽无穷,亦由本人贪心自取。据小子看来:争讼一事,任你百般强横,万种机巧,久而久之,究竟不利于己。所以《易经》说:'讼则终凶。'世人若明此义,共臻美俗,又何争讼之有!再闻贵处世俗,每每屠宰耕牛,小子以为必是祭祀之用。及细为探听,却是市井小人,为获利起见,因而饕餮口馋之辈,竞相购买,以为口食。全不想人非五谷不生,五谷非耕牛不长。牛为世人养命之源,不思所以酬报,反去把他饱餐,岂非恩将仇报?虽说此牛并非因我而杀,我一人所食无几;要知小民屠宰,希图获利,那良善君子倘尽绝口不食,购买无人,听其腐烂,他又安肯再为屠宰?可见宰牛的固然有罪,而吃牛肉之人其罪更不可逃。若以罪之大小而论,那宰牛的原算罪魁;但此辈无非市井庸愚,只知惟利是趋,岂知善恶果报之道。况世间之牛,又焉知不是若辈后身?据小子愚见:'《春秋》责备贤者[1]',其罪似应全归买肉之人。倘仁人君子终身以此为戒,胜如吃斋百倍,冥冥中岂无善报!又闻贵处宴客,往往珍羞罗

----

[1]《春秋》责备贤者——《春秋》,孔子作的历史书。书中立论,对当时所谓贤者的要求比较严格,意思说,贤者本来应该多懂道理、少犯错误的。后来一般在对人进行批评的时候,常引用"《春秋》责备贤者"这句话,表示客气。

列,穷极奢华:桌椅既设,宾主就位之初,除果品冷菜十余种外;酒过一二巡,则上小盘小碗,——其名南唤'小吃',北呼'热炒',——少者或四或八,多者十余种至二十余种不等;其间或上点心一二道;小吃上完,方及正肴,菜既奇丰,碗亦奇大,或八九种至十余种不等。主人虽如此盛设,其实小吃未完而客已饱,此后所上的,不过虚设,如同供献而已。更可怪者:其肴不辨味之好丑,惟以价贵的为尊。因燕窝价贵,一肴可抵十肴之费,故宴会必以此物为首。既不恶其形似粉条,亦不厌其味同嚼蜡。及至食毕,客人只算吃了一碗粉条子,又算喝了半碗鸡汤,而主人只觉客人满嘴吃的都是'元丝课[1]'。岂不可笑?至主人待客,偶以盛馔一二品,略为多费,亦所不免,然惟美味则可;若主人花钱而客人嚼蜡,这等浪费,未免令人不解。敝地此物甚多,其价甚贱,贫者以此代粮,不知可以为菜。向来市中交易,每谷一升,可换燕窝一担。庶民因其淡而无味,不及米谷之香,吃者甚少;惟贫家每多屯积,以备荒年。不意贵处尊为众肴之首。可见口之于味,竟有不同嗜者。孟子云:'鱼我所欲,熊掌亦我所欲。'鱼则取其味鲜,熊掌取其肥美。今贵处以燕窝为美,不知何所取义:若取其味淡,何如嚼蜡?如取其滋补,宴会非滋补之时;况荤腥满腹,些须燕窝,岂能补人?如谓希图好看,可以夸富,何不即以元宝放在菜中?——其实燕窝纵贵,又安能以此夸富?这总怪世人眼界过浅,把他过于尊重,以致相沿竟为众肴之首,而并有主人亲上此菜者。此在

---

[1] 元丝课——合乎官定成色标准的一种银锭。

贵处固为敬客之道,若在敝地观之,竟是捧了一碗粉条子上来,岂不肉麻可笑? 幸而贵处倭瓜甚贱;倘竟贵于诸菜,自必以他为首。到了宴会,主人恭恭敬敬捧一碗倭瓜上来,能不令人喷饭? 若不论菜之好丑,亦不辨其有味无味,竟取价贵的为尊,久而久之,一经宴会,无可卖弄,势必煎炒真珠,烹调美玉,或煮黄金,或煨白银,以为首菜了。当日天朝士大夫曾作'五簋论'一篇,戒世俗宴会不可过奢,菜以五样为度,故曰'五簋'。其中所言,不丰不俭,酌乎其中,可为千古定论,后世最宜效法。敝处至今敬谨遵守。无如流传不广。倘惜福[1]君子,将'五簋论'刊刻流传,并于乡党中不时劝诫,宴会不致奢华,居家饮食自亦节俭,一归纯朴,何患家室不能充足。此话虽近迂拙,不合时宜,后之君子,岂无采取?"

吴之祥道:"吾闻贵地有三姑六婆[2],一经招引入门,妇女无知,往往为其所害,或哄骗银钱,或拐带衣物。及至妇女察知其恶,惟恐声张家长得知,莫不忍气吞声,为之容隐。此皆事之小者。最可怕的:来往既熟,彼此亲密,若辈必于此中设法,生出奸情一事,以为两处起发银钱地步。怂恿之初,或以美酒迷乱其性,或以淫词摇荡其心,一俟言语可入,非夸某人豪富无比,即赞某人美貌无双。诸如哄

---

[1] 惜福——迷信的说法:每人的寿命有一定的长短,一生的享受有一定的数量。如果享受过分,就会提前把应有的数量用完,因而缩短了寿命。这是从迷信观点来主张节约,从前的人把这样的节约叫做"惜福"。
[2] 三姑六婆——三姑:尼姑、道姑、卦姑;六婆:牙婆、媒婆、师婆、虔婆、药婆、稳婆。

骗上庙,引诱朝山,其法种种不一。总之:若辈一经用了手脚,随你三贞九烈,玉洁冰清,亦不能跳出圈外。甚至以男作女,暗中奸骗,百般淫秽,更不堪言。良家妇女因此失身的不知凡几。幸而其事不破,败坏门风,吃亏已属不小;设或败露,名节尽丧,丑声外扬,而家长如同聋聩,仍在梦中。此固由于妇女无知所致,但家长不能预为防范,预为开导,以致'绿头巾'戴在顶上,亦由自取,归咎何人?小子闻《礼经》有云:'内言不出于梱,外言不入于梱。[1]'古人于妇女之言,尚且如此谨慎;况三姑六婆,里外搬弄是非,何能不生事端?至于出头露面,上庙朝山,其中暧昧不明,更不可问。倘明哲君子,洞察其奸,于家中妇女不时正言规劝,以三姑六婆视为寇仇,诸事预为防范,毋许入门,他又何所施其伎俩?再闻贵处向有'后母'之称,此等人待前妻儿女莫不视为祸根,百般荼毒:或以苦役致使劳顿,或以疾病故令缠绵,或任听饥寒,或时常打骂。种种磨折,苦不堪言。其父纵能爱护,安有后眼?此种情形,实为儿女第一黑暗地狱。——贫寒之家,其苦尤甚。至富贵家,虽有乳母亲族照管,不能过于磨折;一经生有儿女,希冀独吞家财,莫不铺谋设计,枕边谗言:或诬其女不听教训,或诬其儿忤逆晚娘,或诬好吃懒做,或诬胡作非为;甚至诬男近于偷盗,诬女事涉奸淫。种种陷害。此等弱女幼儿,从何分辩?一任拷打,无非哀号,因此磨折而死或忧忿而亡。历来命丧后母者,岂能胜

---

[1] 内言不出于梱,外言不入于梱——梱,门槛;一般写做"阃"。这两句话的意思是:不让家里妇女的话传到外面去,也不让外面男子的话传到家里来。

计！无如其父始而保护婴儿,亦知防范;继而逸言入耳,即身不由己;久之染了后母习气,不但不能保护,并且自己渐渐亦施毒手。是后母之外,又添'后父'。里外夹攻,百般凌辱。以致'枉死城'中,不知添了若干小鬼。此皆耳软心活,只重夫妇之情,罔顾父子之恩。请看大舜捐阶焚廪,[1]闵子冬月芦衣,[2]申生遭谤,[3]伯奇负冤,[4]千古之下,一经谈起,莫不心伤。处此境者,视此前车之鉴,仍不加意留神,岂不可悲!"

吴之和道:"吾闻尊处向有妇女缠足之说。始缠之时,其女百般痛苦,抚足哀号,甚至皮腐肉败,鲜血淋漓。当此之际,夜不成寐,食不下咽,种种疾病,由此而生。小子以为此女或有不肖,其母不忍置之于死,故以此法治之。谁知系为美观而设;若不如此,即不为美!试问鼻大者削之使小,额高者削之使平,人必谓为残废之人;何以两足残缺,步履艰难,却又为美?即如西子、王嫱,皆绝世佳人,彼时又何尝将其两足削去一半?况细推其由,与造淫具何异?此圣人之所

---

〔1〕 大舜捐阶焚廪——捐,除去;阶,梯子;廪,米粮仓库。故事传说:舜是古代的部落首领。在他未做部落首领以前,他的父亲瞽瞍欢喜后妻养的儿子像,时时想害死他:叫他修治米仓,却放火焚烧;叫他穿井,又把梯子去掉,甩土填塞。但两次都被他逃了出来。

〔2〕 闵子冬月芦衣——闵子:闵损,字子骞,春秋时鲁人。故事传说:闵损幼年时候被后母虐待,后母给亲生的两个儿子穿棉衣,却给他芦花衣穿。

〔3〕 申生遭谤——申生,春秋时晋献公的太子。故事传说:献公宠爱骊姬,想改立她的儿子奚齐做太子;骊姬在献公面前毁谤申生,结果申生被迫自杀。

〔4〕 伯奇负冤——古代神话:周尹伯奇因后母的谗害,被父亲撵到野外去,由于悲怨,他变成了伯劳鸟。

必诛,贤者之所不取。惟世之君子,尽绝其习,此风自可渐息。又闻贵处世俗,于风鉴卜筮外,有算命合婚之说。至境界不顺,希冀运转时来,偶一推算,此亦人情之常,即使推算不准,亦属无伤。婚姻一事,关系男女终身,理宜慎重,岂可草草。既要联姻,如果品行纯正,年貌相当,门第相对,即属绝好良姻,何必再去推算?左氏云:'卜以决疑,不疑何卜。'若谓必须推算,方可联姻,当日河上公、陶宏景〔1〕未立命格之先,又将如何?命书岂可做得定准?那推算之人,又安能保其一无错误?尤可笑的:俗传女命北以属羊为劣,南以属虎为凶。其说不知何意?至今相沿,殊不可解。人值未年而生,何至比之于羊?寅年而生,又何至竟变为虎?——且世间惧内之人,未必皆系属虎之妇。况鼠好偷窃,蛇最阴毒,那属鼠、属蛇的,岂皆偷窃、阴毒之辈?龙为四灵之一,自然莫贵于此,岂辰年所生,都是贵命?此皆愚民无知,造此谬论,往往读书人亦染此风,殊为可笑。总之:婚姻一事,若不论门第相对,不管年貌相当,惟以合婚为准,势必将就勉强从事,虽有极美良姻,亦必当面错过,以致日后儿女抱恨终身,追悔无及。为人父母的,倘能洞察合婚之谬,惟以品行、年貌、门第为重,至于富贵寿考,亦惟听之天命,即日后别有不虞,此心亦可对住儿女,儿女似亦无怨了。"

吴之祥道:"小子向闻贵地世俗最尚奢华,即如嫁娶、殡葬、饮

---

〔1〕 河上公、陶宏景——河上公,神话中汉代的仙人。陶宏景,就是陶弘景,南北朝时齐秣陵人,很博学,也爱研究所谓道术。

食、衣服以及居家用度,莫不失之过侈。此在富贵家不知惜福,妄自浪费,已属造孽;何况无力下民,只图目前适意,不顾日后饥寒。倘惜福君子于乡党中不时开导,毋得奢华,各留余地,所谓:'常将有日思无日,莫待无时思有时。'如此剀切劝谕,奢侈之风,自可渐息,一归俭朴,何患家无盖藏[1]。即偶遇饥岁,亦可无虞。况世道俭朴,愚民稍可糊口,即不致流为奸匪;奸匪既少,盗风不禁自息;盗风既息,天下自更太平。可见'俭朴'二字,所关也非细事。……"

正说的高兴,有一老仆,慌慌张张进来道:"禀二位相爷:适才官吏来报,国主因各处国王约赴轩辕祝寿,有军国大事,面与二位相爷相商,少刻就到。"多九公听了,暗暗忖道:"我们家乡每每有人会客,因客坐久不走,又不好催他动身,只好暗向仆人丢个眼色。仆人会意,登时就来回话,不是'某大老即刻来拜',就是'某大老立等说话'。如此一说,客人自然动身。谁知此处也有这个风气,并且还以相爷吓人。——即或就是相爷,又待如何?未免可笑。"因同唐敖打躬告别。吴氏弟兄忙还礼道:"蒙二位大贤光降,不意国主就临敝宅,不能屈留大驾,殊觉抱歉。倘大贤尚有耽搁,愚弟兄俟送过国主,再至宝舟奉拜。"

唐、多二人匆匆告别,离了吴氏相府。只见外面洒道清尘,那些庶民都远远回避。二人看了,这才明白果是实情。于是回归旧路。多九公道:"老夫看那吴氏弟兄举止大雅,器宇轩昂,以为若非高人,

---

[1] 盖藏——本指仓库里收藏的东西;这里作积蓄解释。

必是隐士。及至见了国王那块匾额,老夫就觉疑惑:这二人不过是个进士,何能就得国王替他题额?那知却是两位宰辅!如此谦恭和蔼,可谓脱尽仕途习气。若令器小易盈、妄自尊大那些骄傲俗吏看见,真要愧死!"唐敖道:"听他那番议论,却也不愧'君子'二字。"不多时,回到船上。林之洋业已回来,大家谈起货物之事。原来此地连年商贩甚多,各色货物,无不充足,一切价钱,均不得利。

正要开船,吴氏弟兄差家人拿着名帖,送了许多点心、果品,并赏众水手倭瓜十担、燕窝十担。名帖写着:"同学教弟吴之和、吴之祥顿首拜。"唐敖同多九公商量把礼收了,因吴氏弟兄位尊,回帖上写的是:"天朝后学教弟多某、唐某顿首拜。"来人刚去,吴之和随即来拜。让至船上,见礼让坐。唐、多二人,再三道谢。吴之和道:"舍弟因国主现在敝宅,不能过来奉候。小弟适将二位光降之话奏明,国主闻系天朝大贤到此,特命前来奉拜。小弟理应恭候解缆[1],因要伺候国主,只得暂且失陪。倘宝舟尚缓开行,容日再来领教。"即匆匆去了。

众水手把倭瓜、燕窝搬到后梢,到晚吃饭,煮了许多倭瓜燕窝汤。都欢喜道:"我们向日只听人说燕窝贵重,却未吃过;今日倭瓜叨了燕窝的光,口味自然另有不同。连日辛辛苦苦,开开胃口,也是好的。"彼此用箸,都把燕窝夹一整瓢,放在嘴里嚼了一嚼,不觉皱眉道:"好奇怪!为何这样好东西,到了我们嘴里把味都走了!"内中有

---

[1] 解缆——缆,拴船的绳索;解缆,指开船。

几个咂嘴道:"这明明是粉条子,怎么把他混充燕窝?我们被他骗了!"及至把饭吃完,倭瓜早已干干净净,还剩许多燕窝。林之洋闻知,暗暗欢喜,即托多九公照粉条子价钱给了几贯钱向众人买了,收在舱里道:"怪不得连日喜鹊只管朝俺叫,原来却有这股财气!"

这日收口,正要停泊,忽听有人喊叫救命。

未知如何,下回分解。

第十三回

美人入海遭罗网　　儒士登山失路途

　　话说林之洋船只方才收口,忽听有人喊叫救命。唐敖连忙出舱,原来岸旁拢着一只极大渔船,因命水手将船拢靠渔船之旁。多九公、林之洋也都过来。只见渔船上站着一个少年女子,浑身水湿,生得齿白唇红,极其美貌。头上束着青绸包头,身上披着一件皮衣,内穿一件银红小袄,腰中系着丝绦,下面套着一条皮裤,胸前斜插一口宝剑,丝绦上挂着一个小小口袋,项上扣着一条草绳,拴在船桅上。旁边立着一个渔翁、渔婆。三人看了,不解何意。唐敖道:"请教渔翁:这个女子是你何人?为何把他扣在船上?你是何方人氏?此处是何地名?"渔翁道:"此系君子国境内。小子乃青邱国人,专以打鱼为业。素知此处庶民,都是正人君子,所为不肯攻其不备,暗下毒手取鱼,历来产鱼甚多,所以小子时常来此打鱼。此番局运不好,来了数日,竟未网着大鱼。今日正在烦恼,恰好网着这个女子。将来回去多卖几贯钱,也不枉辛苦一场。谁知这女子只管求我放他。不瞒三位客人说:我从数百里到此,吃了若干辛苦,花了许多盘费,若将落在网的仍旧放去,小子只好喝风了。"唐敖向女子道:"你是何方人氏?为何这样打扮?还是失足落水,还是有意倾生?快把实情讲来,以便设法救你。"女子听了,满眼垂泪道:"婢子即本地君子国人氏,家住水仙村。

现年十四岁,幼读诗书。父亲廉礼,曾任上大夫之职。三年前,邻邦被兵,遣使求救,国主因念邻国之谊,发兵救应,命我父参谋军机。不意至彼失算,误入重地,兵马折损;以致发遣远戍[1],死于异乡。家产因此耗散,仆婢亦皆流亡。母亲良氏,素有阴虚之症,服药即吐,惟以海参煮食,始能稍安。此物本国无人货卖,向来买自邻邦。自从父亲获罪,母病又发,点金无术,惟有焦愁。后闻此物产自大海,如熟水性,入海可取。婢子因思:人生同一血肉之躯,他人既能熟谙水性,将身入海,我亦人身,何以不能?因置大缸一口,内中贮水,日日伏在其中,习其水性,久而久之,竟能在水一日之久。得了此技,随即入海取参,母病始能脱体。今因母病又来取参,不意忽遭罗网。婢子一身如同蒿草[2];上有寡母,无人侍奉。惟求大德拯救,倘得重见母面,来生当变犬马,以报大恩!"说着,不觉放声恸哭。唐敖听罢,甚觉诧异道:"女子且慢伤悲。刚才你说幼读诗书,自然该会写字了?"女子听了,连连点头。唐敖因命水手把纸笔取来,送至女子面前道:"小姐请把名姓写来赐我一看。"女子提笔在手,略想一想,匆匆写了几字。水手拿来,唐敖接过,原来是首七言绝句:

不是波臣暂水居,竟同涸鲋困行车[3]。愿开一面仁人

---
〔1〕 远戍——充军到边远的地方。
〔2〕 蒿草——水边长的青蒿,最不值价的东西。
〔3〕 涸鲋困行车——比喻处在困难危急的境界。寓言出《庄子》:庄周在路上听见有人喊他,一看,是车轮压地的轨印里一条鲋鱼,自称是东海里的"波臣",干渴要死,请庄周给它一点水救它性命。

网[1],可念儿鱼是孝鱼。

诗后写着:"君子国水仙村虎口难女廉锦枫和泪拜题。"唐敖看罢,忖道:"刚才我因此女话语过于离奇,所以教他写几个字,试他可真读书;谁知他不假思索,举笔成文。可见取参奉母,并非虚言。真可算得才德兼全!"因向渔翁道:"据这诗句看来,此女实是千金小姐。我今给你十贯酒资,你也发个善心,把这小姐放了,积些阴功。"林之洋道:"你果放了,以后包你网不虚发,生意兴隆。"渔翁摇头道:"我得这股财气,后半世全要指他过日,岂是十贯钱就能放的。奉劝客人:何必管这闲事。"多九公不悦道:"我们好意出钱给你,为何倒说不必管闲事?难道好好千金小姐,落在网里,就由你主张么?"林之洋道:"俺对你说:鱼落网里,由你做主;如今他是人,不是鱼,你莫眼瞎认差了!你教俺们莫管闲事,你也莫想分文!你不放这女子,俺偏要你放!俺就跟着你,看你把他怎样!"说罢,将身一纵,跳过船去。那个渔婆大哭大喊道:"青天白日,你们这些强盗敢来打劫!我将老命拚了罢!"登时就要跳过船来。众水手连忙拦住。唐敖道:"渔翁:你究竟须得几贯钱方肯放这小姐?"渔翁道:"多也不要。只须百金,也就够了。"唐敖进舱,即取一百银子,付给渔翁。渔翁把银收过,这才解去草绳。廉锦枫同林之洋走过大船,除去皮衣皮裤,就在船头向唐敖拜谢,问了三人名姓。渔船随即开去。

---

[1] 开一面仁人网——故事传说:商代开国之君汤,是一个仁人。他看见猎人四面张网,祝告上下四方的鸟雀都进入网中,就说:如果这样,鸟雀都要被打尽了。于是叫猎人把三面的网都解开,只留一面。这里引用这个故事,把网开三面改作网开一面。

唐敖道："请问小姐：贵府离此多远？"廉锦枫道："婢子住在前面水仙村，此去不过数里。村内向来水仙花最盛，所以以此为名。"唐敖道："离此既近，我们就送小姐回去。"廉锦枫道："婢子刚才所取之参，都被渔翁拿去。我家虽然临海，彼处水浅，无处可取。婢子意欲就此下去，再取几条，带回奉母。不知恩人可肯稍等片时？"唐敖道："小姐只管请便，就候片时何妨。"锦枫听罢，把皮衣皮裤穿好，随即将身一纵，撺入水中。林之洋道："妹夫不该放这女子下去！这样小年纪，入这大海，据俺看来：不是淹死，就被鱼吞，枉送性命。"多九公道："他时常下海，熟谙水性，如鱼入水，焉能淹死。况有宝剑在身，谅那寻常鱼鳖，也不足惧。林兄放心！少刻得参，自然上来。"三人闲谈，等了多时，竟无踪影。林之洋道："妹夫：你看俺的话灵不灵！这女子总不上来，谅被大鱼吞了。俺们不能下去探信，这便怎处？"多九公道："老夫闻得我们船上有个水手，下得海去，可以换得五口水。何不教他下去，看是怎样？"只见有个水手，答应一声，撺下海去。不多时，回报道："那女子同一大蚌相争，业已杀了大蚌，顷刻就要上来。"说话间，廉锦枫身带血迹，撺上船来，除去皮衣皮裤，手捧明珠一颗，向唐敖下拜道："婢子蒙恩人救命，无以报德。适在海中取参，见一大蚌，特取其珠，以为'黄雀衔环'之报，望恩人笑纳。"唐敖还礼道："小姐得此至宝，何不敬献国王？或可沾沐殊恩，稍助萱堂[1]

---

[1] 萱堂——古来将萱草种在北堂，北堂是妇女住的地方，后来就用萱堂、萱室做母亲的代词。

甘旨[1]。何必拘拘以图报为念。况老夫非望报之人。请将宝珠收回,献之国王,自有好处。"廉锦枫道:"国主向有严谕:臣民如将珠宝进献,除将本物烧毁,并问典刑。国门大书'惟善为宝',就是此意。此珠婢子拿去无用,求恩人收了,愚心庶可稍安。"唐敖见他出于至诚,只得把珠收下,随命水手扬帆,望水仙村进发。大家进舱,锦枫拜了吕氏,并与婉如见礼,彼此一见如故,十分亲爱。

登时到了水仙村,将船停泊。锦枫别了婉如、吕氏,取了参袋、皮衣。唐敖因念廉锦枫寒苦,随身带了银子,携了多、林二人,一同渡到岸上。锦枫在前引路,不多时,到了廉家门首。锦枫敲门,里面走出一个老嬷,把门开了,接过皮衣道:"小姐为何回来恁晚?夫人比前略觉好些。可曾取得参来?"廉锦枫不及答话,把唐敖三人让至书房,随即进内,搀扶良氏夫人出来,拜谢唐敖救命之恩,并与多、林二人见礼。谈起世业,原来廉锦枫曾祖向居岭南,因避南北朝之乱,逃至海外,就在君子国成家立业。唐敖曾祖乃廉家女婿。细细叙起,唐敖同夫人是平辈表亲。良氏不觉喜道:"难得恩人却是中表至亲!寒家在此虽住了三代,究系寄居,亲友甚少;兼之丈夫去世,并无弟兄,又无产业;跟前一子,尚在年幼;贱妾母家,久已雕零,一切更无倚靠。现在岭南尚有嫡亲支派。贱妾久有回乡之愿,奈迢迢数万里,寡妇孤儿,带着弱女,何能前往。今幸得遇恩人,又属亲谊,将来回府,

---

[1] 甘旨——美味,一般指儿子养亲的食物。

倘蒙垂念孤寡,携带母子得归故乡,不致做了海外饿殍,生生世世,永感不忘!"唐敖道:"表嫂既有回乡之意,他日小弟如回家乡,自然奉请同往。但我们各处卖货,归期迟早未定,贵体有恙,断不可时常牵挂。表侄现年几岁?何不请出一见?"良氏即将公子廉亮唤出,与唐敖三人行礼。唐敖道:"表侄生得眉目清秀,器宇轩昂,日后定成大器。今年贵庚多少?所读何书?"廉亮答道:"小侄今年十三岁。因家寒无力延师,跟随姐姐念书。九经业已读完,现读《老》、《庄》子书之类。"良氏道:"贱妾这所住宅虽已倒败,尚有空房三间。去岁有一秀士来此开馆〔1〕,小儿跟随肄业,以房资作为脩金〔2〕,彼此都便。无如此人今岁另就他馆,以致小儿又复蹉跎。"唐敖道:"表兄去世,既未留下产业,表嫂何以度日?表侄如在外面读书,每岁脩金约须若干?"良氏道:"小儿外面附馆,每年不过一二十金。至于家中用度,亏得连年米粮甚贱,母女每日作些针黹货卖,衣食尚可敷衍。"唐敖听罢,从怀中取出两封银子递给廉亮,向夫人道:"此银留为表侄读书并贴补薪水之用。表侄乃极美之材,读书一事,万万不可耽搁。如果努力用功,将来到了故乡,自必科名联捷,家道复兴。表嫂有此佳儿,日后福分不小。"良氏拜谢,垂泪道:"恩人大德,今生谅难图报。

---

〔1〕 开馆——馆,学塾、学堂。"开馆",设立学塾和开学的意思。后文"附馆",附在别人的学塾里读书;"处馆",教书;"谋馆",找个教书的位置。
〔2〕 脩金——学生送给教书先生的报酬,就是学费。

贱妾之恙,虽得女儿取参略延残喘,奈病入膏肓[1],不啻风中之烛。将来无论或存或亡,恩人如回故土,所有儿女一切终身大事,尚望留意代为主张。"唐敖道:"既蒙表嫂见委,又属至亲,小弟自当在意。只管放心!"当时辞别回船。唐敖谈起廉锦枫如此至孝,颇有要将此女聘为儿媳之意。

走了几日,到了大人国。林之洋因此处与君子国地界毗连,风俗言谈以及土产,都与君子国相仿。君子国连年商贩既多,此地相去甚近,看来也难得价,所以不去卖货。因唐敖要去游玩,即约多九公一齐登岸。唐敖道:"当日小弟闻大人国只能乘云而不能走,每每想起,恨不能立刻见见,今果至其地,真是天从人愿。"多九公道:"到虽到了,离此二十余里,才有人烟。我们必须趱行。恐回来过晚,路上不便。且前面有一危岭,岔路甚多。他们国中就以此岭为城:岭外俱是稻田,岭内才有居民。"走了多时,离岭不远,田野中已有人烟。其人较别处略长二三尺不等。行动时,下面有云托足,随其转动,离地约有半尺;一经立住,云即不动。三人上了山坡,曲曲折折,绕过两个峰头,前面俱是岔路,走来走去,只在山内盘旋,不能穿过岭去。

未知如何,下回分解。

---

[1] 病入膏肓(huāng)——膏是心下面的脂膏,肓是鬲上面的薄膜。肓上膏下,是心鬲中间,古来认为药力不容易达到的地方,所以把没有办法医治的病就叫做病入膏肓。

第十四回

谈寿夭道经聂耳　论穷通路出无肠

话说三人走了多时,不能穿过岭去。多九公道:"看这光景,大约走错了。恰好那边有个茅庵,何不找个僧人问问路径?"登时齐至庵前。正要敲门,前面来了一个老叟,手中提着一把酒壶,一个猪首,走至庵前,推开庵门,意欲进去。唐敖拱手道:"请教老丈:此庵何名? 里面可有僧人?"老叟听罢,道声"得罪",连忙进内,把猪首、酒壶放下,即走出拱手道:"此庵供着观音大士。小子便是僧人。"林之洋不觉诧异道:"你这老兄既是和尚,为甚并不削发? 你既打酒买肉,自然养着尼姑了?"老叟道:"里面虽有一个尼姑,却是小僧之妻。此庵并无别人,只得小僧夫妇自幼在此看守香火。至僧人之称,国中向无此说,因闻天朝自汉以后,住庙之人俱要削发,男谓之僧,女谓之尼,所以此地也遵天朝之例,凡入庙看守香火的,虽不吃斋削发,称谓却是一样。即如小子称为僧,小子之妻即称为尼。——不知三位从何到此?"多九公告知来意。老叟躬身道:"原来三位却是天朝大贤! 小僧不知,多多有罪。何不请进献茶?"唐敖道:"我们还要赶过岭去,不敢在此耽搁。"林之洋道:"你们和尚尼姑生出儿女叫作甚么? 难道也同俺们一样么?"老叟笑道:"小僧夫妇不过在此看守香火,既不违条犯法,又不作盗为娼,一切行为,莫不与人一样,何以生出儿女称谓就不同呢?大贤若问僧人所生儿女唤作甚么,只问贵处那些看守文庙的所生儿女唤作甚么,我们儿女也就唤作甚么。"唐敖道:"适见贵邦之人都有云雾护足,可是自幼生的?"老叟道:"此云本由足生,非人力可能勉强。其色以五彩为贵,黄色次之,其余无所区别,惟黑色最卑。"多九公道:"此地离船往返甚远,我们即恳大师指路,趁早走罢。"老叟于是指引路径,三人曲曲弯弯穿过岭去。

到了市中,人烟辏集,一切光景,与君子国相仿。惟各人所登之云,五颜六色,其形不一。只见有个乞丐,脚登彩云走过。唐敖道:"请教九公:云之颜色,既以五彩为贵,黑色为卑,为何这个乞丐却登彩云?"林之洋道:"岭上那个秃驴,又吃荤,又喝酒,又有老婆,明明是个酒肉和尚,他的脚下也是彩云。难道这个花子同那和尚有甚好处么?"多九公道:"当日老夫到此,也曾打听。原来云之颜色虽有高下,至于或登彩云,或登黑云,其色全由心生,总在行为善恶,不在富贵贫贱。如果胸襟光明正大,足下自现彩云;倘或满腔奸私暗昧,足下自生黑云。云由足生,色随心变,丝毫不能勉强。所以富贵之人,往往竟登黑云;贫贱之人,反登彩云。话虽如此,究竟此间民风淳厚,脚登黑云的竟是百无一二。盖因国人皆以黑云为耻,遇见恶事,都是藏身退后;遇见善事,莫不踊跃争先:毫无小人习气,因而邻邦都以'大人国'呼之。远方人不得其详,以为大人国即是长大之义,那知是这缘故。"唐敖道:"小弟正在疑惑:每每闻得人说,海外大人国,身长数丈,为何却只如此?原来却是讹传。"多九公道:"那身长数丈的是长人国,并非大人国。将来唐兄至彼,才知'大人'、'长人'迥然不同了。"

忽见街上民人都向两旁一闪,让出一条大路。原来有位官员走过:头戴乌纱,身穿员领,上罩红伞;前呼后拥,却也威严;就只脚下围着红绫,云之颜色,看不明白。唐敖道:"此地官员大约因有云雾护足,行走甚便,所以不用车马。但脚下用绫遮盖,不知何故?"多九公道:"此等人,因脚下忽生一股恶云,其色似黑非黑,类如灰色,人都叫做'晦气色'。凡生此云的,必是暗中做了亏心之事,人虽被他瞒了,这云却不留情,在他脚下生出这股晦气,教他人前现丑。他虽用绫遮盖,以掩众人耳目,那知却是'掩耳盗铃'。好在他们这云,色随心变,只要痛改前非,一心向善,云的颜色也就随心变换。若恶云久生足下,不但国王访其劣迹,重治其罪;就是国人因他过而不改,甘于下流,也就不敢同他亲近。"林之洋道:"原来老天做事也不公!"唐敖道:"为何不公?"林之洋道:"老天只将这云生在大人国,别处都不生,难道不是不公?若天下人都有这块招牌,教那些瞒心昧己、不明道德的,两只脚下都生一股黑云,个个人前现丑,人人看着惊心,岂不痛快?"多九公道:"世间那些不明道德的,脚下虽未现出黑云,他头上却是黑气冲天,比脚下黑云还更利害!"林之洋道:"他头上黑气,为甚俺看不见?"多九公道:"你虽看不见,老天却看的明白,分的清楚。善的给他善路走,恶的给他恶路走,自有一定道理。"林之洋道:"若果这样,俺也不怪他老人家不公了。"大家又到各处走走,惟恐天晚,随即回船。

走了几时,到了劳民国,收口上岸。只见人来人往,面如黑墨,身子都是摇摆而行。三人看了,以为行路匆忙,身子自然乱动;再看那些并不行路的,无论坐立,身子也是摇摇摆摆,无片刻之停。唐敖道:"这个'劳'字,果然用的切当。无怪古人说他'躁扰不定'。看这形状,真是举动浮躁,坐立不安。"林之洋道:"俺看他们倒像都患羊角风。身子这样乱动,不知晚上怎样睡觉?幸亏俺生天朝;倘生这国,也教俺这样,不过两天,身子就摇散了。"唐敖道:"他们终日忙忙碌碌,举止不宁,如此操劳,不知寿相如何?"多九公道:"老夫向闻海外传说,劳民同智佳国有两句口号,叫作:'劳民永寿,智佳短年。'原来此处虽然忙碌,不过劳动筋骨,并不操心;兼之本地不产五谷,都以果木为食,煎炒烹调之物,从不入口:因此莫不长寿。但老夫向有头目眩晕之症,今见这些摇摆样子,只觉头晕眼花,只好失陪,先走一步。你们二位各处走走,随后来罢。"唐敖道:"此处街市既小,又无可观。九公既怕头晕,莫若一同回去。"登时齐归旧路。

只见那些国人提着许多双头鸟儿货卖。那鸟立在笼中,百般鸣噪,极其好听。林之洋道:"若把这鸟买去,到了歧舌国,有人见了,倘或要买,包管赚他几坛酒吃。"于是买了两个,又买许多雀食,回到船上。

走了数日,到了聂耳国。其人形体面貌与人无异,惟耳垂至腰,行路时两手捧耳而行。唐敖道:"小弟闻得相书言:'两耳垂肩,必主大寿。'他这聂耳国一定都是长寿了?"多九公道:"老夫当日见他这个长耳,也曾打听。谁知此国自古以来,从无寿享古稀[1]之人。"唐敖道:"这是何意?"多九公道:"据老夫看来:这是'过犹不及'。大约两耳过长,反觉没用。当日汉武帝问东方朔[2]道:'朕闻相书言:人中长至一寸,必主百岁之寿。今朕人中约长寸余,似可寿享百年之外,将来可能如此?'东方朔道:'当日彭祖寿享八百。若这样说来,他的人中自然比脸还长了。——恐无此事。'"林之洋道:"若以人中比寿,只怕彭祖到了末年,脸上只长人中,把鼻子、眼睛挤的都没地方了。"多九公道:"其实聂耳国之耳还不甚长。当日老夫曾在海外见一附庸小国,其人两耳下垂至足,就像两片蛤蜊壳,恰恰将人夹在其中。到了睡时,可以一耳作褥,一耳作被。还有两耳极大的,生下儿女,都可睡在其内。若说大耳主寿,这个竟可长生不老了!"大家说笑。

那日到了无肠国,唐敖意欲上去。多九公道:"此地并无可观。兼之今日风顺,船行甚快,莫若赶到元股、深目等国,再去望望罢。"唐敖道:"如此,遵命。但小弟向闻无肠之人,食物皆直通过,此事可确?"多九公道:"老夫当日也因此说,费了许多工夫,方知其详。原来他们未曾吃物,先找大解之处;若吃过再去大解,就如饮酒太过一般,登时下面就要还席。问其所以,才知吃下物去,腹中并不停留,一

---

[1] 古稀——杜甫诗:"人生七十古来稀",后来就用"古稀"做七十岁的代词。
[2] 东方朔——人名,刘彻(汉武帝)亲近的侍臣,擅长文学,欢喜诙谐,说话里常含有讽刺。

面吃了,随即一直通过。所以他们但凡吃物,不肯大大方方,总是贼头贼脑,躲躲藏藏,背人而食。"唐敖道:"既不停留,自然不能充饥,吃他何用?"多九公道:"此话老夫也曾问过。谁知他们所吃之物,虽不停留,只要腹中略略一过,就如我们吃饭一般,也就饱了。你看他腹中虽是空的,在他自己光景却是充足的。这是苦于不自知,却也无足为怪。就只可笑那不曾吃物的,明明晓得腹中一无所有,他偏装作充足样子;此等人未免脸厚了。他们国中向来也无极贫之家,也无大富之家。虽有几个富家,都从饮食打算来的。——那宗打算,人所不能行的,因此富家也不甚多。"唐敖道:"若说饮食打算,无非'俭省'二字,为何人不能行?"多九公道:"如果俭省归于正道,该用则用,该省则省,那倒好了。此地人食量最大,又易饥饿,每日饮食费用过重。那想发财人家,你道他们如何打算?说来倒也好笑:他因所吃之物,到了腹中随即通过,名虽是粪,但入腹内并不停留,尚未腐臭,所以仍将此粪好好收存,以备仆婢下顿之用。日日如此,再将各事极力刻薄,如何不富!"林之洋道:"他可自吃?"多九公道:"这样好东西,又不花钱,他安肯不吃!"唐敖道:"如此腌臜,他能忍耐受享,也不必管他。第以秽物仍令仆婢吃,未免太过。"多九公道:"他以腐臭之物,如教仆婢尽量饱餐,倒也罢了;不但忍饥不能吃饱,并且三次、四次之粪,还令吃而再吃,必至闹到'出而哇之',饭粪莫辨,这才'另起炉灶'。"林之洋道:"他家主人,把下面大解的,还要收存;若见上面哇出的,更要爱惜,留为自用了。"

正自闲谈,忽觉一股酒肉之香。唐敖道:"这股香味,令人闻之好不垂涎!茫茫大海,从何而来?"多九公道:"此地乃犬封境内,所以有这酒肉之香。'犬封',按古书又名'狗头民',生就人身狗头。过了此处,就是元股,乃产鱼之地了。"唐敖道:"'犬封'二字,小弟素日虽知,为何却有如此美味,直达境外?这是何故?"

未知如何,下回分解。

第十五回

喜相逢师生谈故旧　巧遇合宾主结新亲

话说唐敖道:"为何此地却有如此美味直达境外?莫非这些'狗头民'都善烹调么?"多九公道:"你看他虽是狗头狗脑,谁知他于'吃喝'二字却甚讲究。每日伤害无数生灵,想着方儿,变着样儿,只在饮食用功。除吃喝之外,一无所能,因此海外把他又叫'酒囊、饭袋'。"唐敖道:"我们何不上去看看?"多九公吐舌道:"闻得他们都是有眼无珠,不识好人。设或上去被他狂吠乱咬起来,那还了得!"唐敖道:"小弟闻犬封之旁,有个鬼国,其人可有形象?"多九公道:"《易》有'伐鬼方'之说。若无形象,岂能空伐。"林之洋道:"他既有形,为甚把他叫鬼?"多九公道:"只因他终夜不眠,以夜作昼,阴阳颠倒,行为似鬼,故有'鬼国'之称。"

这日路过元股国。那些国人,头戴斗笠,身披坎肩,下穿一条鱼皮裤,并无鞋袜。上身皮色与常人一样,惟腿脚以下黑如锅底。都在海边取鱼。唐敖道:"原来元股却这样荒凉!"正与多九公商量可以不去,因众水手都要买鱼,将船泊岸。林之洋道:"这里鱼虾又多又贱,他们买鱼,俺们为甚不去望望?"唐敖道:"如此甚好。"

三人于是上去,沿着海边,看国人取鱼。只见有一渔人,网起一个怪鱼,一个鱼头,十个鱼身。众人都不认识。唐敖道:"请教九公:这鱼莫非就是沘水所产'茈鱼'么?闻说此鱼味如蘼芜,宛如兰花之香,不知可确?"多九公还未答言;林之洋听了,即到此鱼跟前,弯下腰去闻了一闻。不觉眉头一皱,口中呕了一声,吐出许多清水道:"妹夫这个顽的利害!俺只当果真香如兰花,上前狠狠一闻,谁知比朱草赶的浊气还臭!"多九公笑道:"林兄怎么忽然哇出来了?你且慢哇;且去踢他一脚,不知其鸣可像犬吠?"言还未毕,那鱼忽然鸣了几声,果如犬吠一般。唐敖猛然想起道:"九公:此鱼想是'何罗鱼'了?"林之洋道:"此鱼既不是茈鱼,妹夫为甚不早说,却教俺闻他臭气?"多九公道:"何罗鱼同茈鱼形状都是一首十身,其所分的,一是香如蘼芜,一是音如犬吠。这怪他鸣的迟了,并非唐兄有意骗你。"只见那边又网起几个大鱼,才撂岸上,转眼间,一齐腾空而去。唐敖道:"小弟向闻飞鱼善能疗痔,可是此类?"多九公连连点头。林之洋道:"这鱼若不飞去,俺们带几条替人医痔疮也是好的。"多九公道:"当日黄帝时,仙人宁封吃了飞鱼,死了二百年复又重生。岂但医痔,还能成仙哩!"林之洋道:"吃了这鱼,成了神仙,虽是快活,就只当中死的二百年,糊里糊涂,令人难熬。"忽见海面远远冒出一个鱼背,金光闪闪,上面许多鳞甲,其背竖在那里,就如一座山峰。唐敖道:"海中竟有如此大鱼!无怪古人言:大鱼行海,一日逢鱼头,七日才逢鱼尾。"

只见有个白发渔翁走来拱手道:"唐兄请了!可认得老夫么?"唐敖看时,其人头戴竹篾斗笠,身披鱼皮坎肩,两腿黑如锅底,赤着一双黑脚,并无鞋袜,也是本处打扮。再把面貌仔细一看,只吓的惊疑不止。原来却是原任御史、业师尹元。看了这宗光景,忍不住一阵心酸,连忙深深打躬道:"老师何日到此?为何如此打扮?莫非门生做梦么?"尹元叹道:"此话提起甚长。今日难得海外幸遇。此间说话不便,寒舍离此不远,贤契〔1〕如不弃嫌,就请过去略略一叙。"唐敖道:"门生多年未见老师,无日不思,今日得瞻慈颜,不胜欣慰,自应登堂叩谒。"当时尹元同多、林二人见礼,问了名姓。一齐来至尹元住处。只见两扇柴门,里面两间草屋,十分矮小,屋上茅草俱已朽坏,景象甚觉清寒。四人进了草屋,重复行礼。因无桌椅,就在下面席地而坐。尹元道:"老夫自从嗣圣元年因主上被废,武后临朝,心中郁闷,曾三上封章〔2〕,劝其谨守妇道,迎主还朝,武后俱留中不发〔3〕。嗣因逸奸当道,朝政日非,老夫勤王无计,耻食周禄,随即挂冠〔4〕而归。在家数载,足不出户。此贤契所深知的。不意前岁忽有新进谗臣,在武后面前提起当年英公敬业之事,言起事之由,俱系老夫代为主谋。老夫闻知,惟恐被害,逃至外洋。无奈囊橐萧瑟,衣食甚难。飘流到此,因见渔人

----

〔1〕 贤契——亲友中长辈对晚辈和先生对学生亲切而客气的称呼。
〔2〕 封章——臣子呈皇帝的文书叫做"章奏";呈递的章奏要封口,以免泄漏机密,所以叫做封章。
〔3〕 留中不发——皇帝收到臣子的章奏,留在宫里,不表示意见,也不公布出来。
〔4〕 挂冠——指辞官不做。故事传说:王莽做皇帝时,有一个官吏认为他无道,把做官戴的帽子挂在城门上,丢官走了。

谋食尚易,原想打鱼为生,无如土人向来不准外人来分其业。幸亏小女结得好网,卖给渔人,可以稍获其利。后来邻舍怜我异乡寒苦,命老夫暗将腿足用漆涂黑,假冒土人,邻舍认为亲谊,众人这才听我取鱼,因此尚可糊口。近来朝中光景如何?主上有无复位佳音?贤契今来外洋,有何贵干?"唐敖叹道:"原来老师被人谗害,以致流落异乡,若非今日相遇,门生何由得知。近年以来,唐家宗室,被武后屠戮殆尽。主上虽无复位佳音,幸而远在房州,尚未波及。门生今春侥幸登第,因当年同徐、骆诸人结盟一事,被人参奏'妄交匪类',依旧降为诸生。门生有志未遂,殊惭碌碌红尘;兼得异梦,拟结来世良缘,是以浪游海外。不意老师境界竟至如此!令人回想当年光景,能无伤感!近日师母可安?世弟、世妹[1]多年未见,谅已长成?求老师领去一见。"

尹元叹道:"拙妻久已去世。儿名尹玉,现年十二;女名红蕖,现年十三。贤契既要相见,好在多、林二兄都是令亲,并非外人。"因大声叫道:"红蕖女儿同尹玉都过来见见世兄。"只听外面答应,姐弟二人,登时进来。大家连忙立起。尹元引着二人,都见了礼。唐敖看那尹玉生得文质彬彬,极其清秀;尹红蕖眼含秋水,唇似涂朱,体度端庄,十分艳丽。身上衣服虽然褴褛,举止甚是大雅。二人见礼退出,大家仍旧归坐。唐敖道:"门生当年见世妹、世弟时,俱在年幼;今日

---

[1] 世弟、世妹——学生和先生的子女,依彼此年龄长幼,互称世兄弟或世姐妹。世,表示上一代有交情的意思。朋友或疏远的亲戚,称对方的儿子为世兄,是客气的称呼。

都生得端庄福相,将来老师后福不小。"尹元道:"老夫年已花甲[1],如今已做海外渔人,还讲甚么后福! 喜得他们还肯用心读书,因此稍觉自慰。"

唐敖道:"连年逸臣参奏当日与徐、骆同谋之人,武后每每察访,因事隔多年,并无实在劣迹,亦多置之不问。老师之事,大约久已消灭。据门生愚见:老师年高,此间举目无亲,在此久居,终非良策,莫若急归故乡。不独世弟趁此青年可以应试,就是两位婚姻之事,故乡亲友也易于凑合。"尹元道:"老夫因年纪日渐衰迈,未尝不虑及此。奈现在衣食尚费张罗,何能计及数万里路费。况被害一事,据贤契之言,虽可消灭,究竟吉凶未卜,岂可冒昧钻入罗网。"唐敖道:"老师慎重固是。第久住在此,日与这些渔人为伍,所谓'语言无味,面目可憎'。兼之世妹、世弟俱在年轻,以老师之家教,固不在乎'择邻',但海外之大,何处不可栖身,——即如君子、大人等国,都是民风淳厚,礼义传家,——何必定居于此?"尹元叹道:"老夫岂愿处此恶劣之地。左思右想,舍此无可为生,莫可如何。今幸遇贤契,快慰非常。倘蒙垂念衰残,替我筹一善地,脱此火坑,得免饥寒,老夫又岂甘为渔人。无如贤契亦在客中,此时说来恐亦无用,惟望在意。他日归来,路过此地,尚望上来一看。倘老夫别有不测,贤契俯念师生之情,提

---

[1] 花甲——甲是十干的第一位,子是十二支的第一位,干支互配,数目共有六十,所以古人认为六十年是一甲子;由于六十这个数目,是综错穿插组织起来的,因而把六十岁叫做花甲。

携孤儿弱女,同归故乡,不致飘流海外,就是贤契莫大之德了。"

唐敖听罢,思忖多时,忽然想起廉家西席[1]一事,因说道:"此时虽然有一安身之处,但系西宾,老师可肯俯就?"尹元道:"离此多远?是何地名?"唐敖把救廉锦枫之事告知,因又说道:"现在其母极要儿女读书,因无力延师,是以蹉跎。其家现有空房三间,去岁本有西宾在彼设帐,以房租作为脩金;今岁西宾另就他席,廉家尚未延师。莫若门生写一信去,老师就在他家处馆,再招几个蒙童[2],又有世妹作些针黹,大约足可糊口。惟恐别有缺乏,门生再备百金,老师带去,以备不虞。日后门生如果回来,自然要到水仙村,彼时再议同回故乡,也是一举两便。"尹元听了,不觉大悦道:"倘得如此,老夫以渔人忽升西宾之尊,不独免了风霜劳苦,兼且儿女亦可专心读书;将来回乡亦便;又得贤契慨赠,得免饥寒:如此成全,求之师生中实为罕有!第恨老夫业已衰迈,只好来世再为图报了。"

唐敖道:"老师言重!门生如何禁当得起!刚才门生偶然想起廉锦枫入海行孝一事,自古少有。兼之品貌端正,举笔成文,可谓才、德、貌三全。门生本欲聘为儿妇,适因他们姐弟同世妹、世弟比较,不独年貌相当,而且门第相对,真是绝好两对良姻。门生意欲作伐[3],成此

---

[1] 西席——指教书先生。古人坐席以西边为大,为了尊师,先生的座位坐西朝东,所以叫做西席,也叫西宾。
[2] 蒙童——初到学塾里念书的孩子。蒙是糊里糊涂,知识没有开化的样子。
[3] 作伐——为人作媒。因为《诗经》上有"伐柯如何?匪斧不克。取妻如何?匪媒不得"这几句譬喻的话。

好事。就是老师在彼,彼此都有照应,门生也好放心。老师意下如何?"尹元道:"如此孝女佳儿,得能一为儿妇,一为东床[1],仍有何言!奈老夫现在境界如此,彼处焉肯俯就?只怕有负贤契这番美意。"唐敖道:"老师如携门生信去,此事断无不谐。就只事成后,世妹、世弟做了晚亲,门生未免叨长,这却于理不顺。"尹元道:"这有何妨。但只何以贤契信去,此事就能必成?"唐敖就把良氏嘱托儿女婚姻之事告诉一遍。尹元不觉喜道:"当日既有此话,贤契如有信去,此事必有八九。第如此孝女,贤契不替令郎纳采[2],今反舍己从人,教老夫心中如何能安!"唐敖道:"门生犬子定婚尚可从缓。且此女之外,还有一个孝女,亦可与犬子联姻。将来尚望老师留意。"于是就把东口山遇见骆红蕖打虎认为义女之事,说了一遍。尹元道:"东口山既在君子国境内,将来到了廉家,略为消停,老夫必当至彼,以成这段良姻。况骆年伯当日与我同朝,最为相契,此事一说必成。贤契只管放心!"唐敖道:"倘蒙老师作伐,门生感激不浅!此时诸事既已酌定,门生就此回船,把书信写来,以便老师作速起身,恐廉家一时请了西宾,未免又有许多不便。"尹元连连点头。唐敖即同多、林二人告辞回船,把信写好。带了两封银子,又取几件衣服上来,送交

---

[1] 东床——指女婿。故事传说:晋郗鉴派人到王导家里选择一个好子弟做女婿,王家子弟个个显着矜持,只有王羲之睡在东厢的床上不加理会。郗鉴认为这样不做作的才是好女婿,就把女儿嫁给了王羲之。
[2] 纳采——订婚的意思。原指女方接受男方求婚的要求,后来却作男方送给女方求婚的礼物解释。

尹元。师生洒泪而别。

尹元置了鞋袜,洗去腿上黑漆,换了衣服,带着儿女,由水路到了水仙村,投了书信。良氏见了尹家姐弟,十分心欢;尹元见了廉亮,也甚喜爱。于是互相纳聘,结为良姻,一同居住,俟回故乡再议合卺[1]。过了几日,尹元到了东口山,见了骆龙,把骆红蕖姻事替唐小峰说定。回到水仙村,就在廉家课读儿子女婿,并又招了几个蒙童,兼有女儿红萸作些针黹,一家三口,颇可度日。

尹元因念骆宾王两代同僚之谊,见骆龙年老多病,时常前去探望。未几,骆龙去世。骆红蕖自唐敖去后,又杀二虎,大仇已报,即将唐敖留存银两,置了棺椁,把骆龙葬在庙旁。良氏闻骆红蕖是唐敖儿媳,既系至亲,兼感唐敖周济之德,即恳尹元把骆红蕖并乳母、苍头接来,一同居住。隔了两年,因唐敖杳无音信,恐其另由别路回家,大家只得商酌同回家乡,投奔唐敖去了。

唐敖那日别了尹元,来到海边,离船不远,忽听许多婴儿啼哭。顺着声音望去,原来有个渔人网起许多怪鱼。恰好多、林二人也在那里观看。唐敖进前,只见那鱼鸣如儿啼,腹下四只长足,上身宛似妇人,下身仍是鱼形。多九公道:"此是海外'人鱼'。唐兄来到海外,

---

[1] 合卺(jǐn)——举行婚礼的意思。古人把瓠剖开,做成两个瓢,新郎新娘,各取一瓢吃酒,叫做"合卺";是婚礼中一个节目。后来用杯不用瓢,就叫做"吃交杯酒"。

大约初次才见,何不买两个带回船去?"唐敖道:"小弟因此鱼鸣声甚惨,不觉可怜,何忍带上船去!莫若把他买了放生,倒是好事。"因向渔人尽数买了,放入海内。这些人鱼㨋在水中,登时又都浮起,朝着岸上,将头点了几点,倒像叩谢一般,于是攸然而逝。三人上船,付了鱼钱,众水手也都买鱼登舟。

行了两日,过了毛民国。林之洋道:"好端端的人,为甚生这一身长毛?"多九公道:"向日老夫也因此事上去打听。原来他们当日也同常人一样,后来因他生性鄙吝,一毛不拔,死后冥官投其所好,所以给他一身长毛。那知久而久之,别处凡有鄙吝一毛不拔的,也托生此地,因此日见其多。"

又走几时,这日到了一个大邦。多九公把罗盘望一望道:"原来前面却是毗骞国。"唐敖听了,不觉满心欢喜。

未知如何,下回分解。

第十六回

紫衣女殷勤问字　　白发翁傲慢谈文

话说唐敖闻多九公之言,不觉喜道:"小弟向闻海外有个毗骞国,其人皆寿享长年。并闻其国有前盘古所存旧案。我们何不上去瞻仰瞻仰?"多、林二人点头称善。于是收口登岸,步入城中。只见其人生得面长三尺,颈长三尺,身长三尺,颇觉异样。林之洋道:"他这颈项生得恁长,若到天朝,要教俺们家乡裁缝作领子,还没三尺长的好领样儿哩。"

登时访到前盘古成案处,见了掌管官吏,说明来意。那官吏闻是天朝上邦来的,怎敢怠慢,当即请进献茶,取钥匙开了铁橱。唐敖伸手取了一本,面上签子写着"第一弓[1]"。林之洋道:"原来盘古旧案都是论弓的。"那官吏听了,不觉笑了一笑。唐敖忙遮饰道:"原来舅兄今日未戴眼镜,未将此字看明。这是'卷'字,并非'弓'字。"用手展开,只见上面圈圈点点,尽是古篆,并无一字可识。多九公也翻了几本,皆是如此。三人只得道了搅扰,扫兴而回。林之洋道:"他书上尽是圈子,大约前盘古所做的事总不能跳出这个圈子,所以篇篇

---

[1] 弓——就是"卷"字。《辍耕录》:"《真诰》中谓一卷为一弓,或以为弔字及篇字者,皆非。"

都是这样。这叫作：'惟有圈中人，才知圈中意。'俺们怎能猜这哑谜！"登时上船。

又走两日。这日唐敖正同婉如谈论诗赋，忽听船头放了一枪，只当遇见贼盗，吓的惊疑不止，连忙携了林之洋出舱。——原来那些人鱼，自从放入海内，无论船只或走或住，他总紧紧相随。众水手看见，因用鸟枪打伤一个。唐敖道："前因此鱼身形类人，鸣声甚惨，所以买来放生。今反伤他，前日那件好事，岂非白做么？"林之洋道："他跟船后碍你甚事，这样恨他？"唐敖道："或者此鱼稍通灵性，因念救命之恩，心中感激，恋恋不舍，也未可知。你们何苦伤他性命！"众水手正要放第二枪，因闻唐敖之言，甚觉近理，这才住手。

二人来至船后，与多九公闲谈。唐敖道："前在东口，舅兄曾言过了君子、大人二国，就是黑齿，为何此时还不见到？"多九公道："林兄只记得黑齿离君子国甚近，谁知那是旱路，并非水路。前面过了无脊，再过深目，才是黑齿交界哩。"

唐敖道："这个无脊，大约就是无继国。小弟闻彼国之人，从不生育，并无子嗣。可有其事？"多九公道："老夫也闻此话。又因他们并无男女之分，甚觉不解。当日到彼，也曾上去看过，果然无男无女，光景都差不多。"唐敖道："既无男女，何能生育？既不生育，这些国人一经死后，岂不人渐少了？自古至今，其人仍旧不绝，这是何故？"多九公道："彼国虽不生育，那知死后其尸不朽，过了一百二十年，仍旧活转。古人所谓'百年还化为人'，就是指此而言。所以彼国之人,活了又死,死了又活,从不见少。他们虽知死后还能重生,素于名利心肠倒是雪淡。他因人生在世终有一死,纵让争名夺利,富贵极顶,及至'无常'一到,如同一梦,全化乌有。虽说死后还能复生,但经百余年之久,时迁世变,物改人非,今昔情形,又迥不同,一经活转,另是一番世界,少不得又要在那名利场中努力一番。及至略略有点意思,不知不觉,却又年已古稀,冥官又来相邀。细细想去,仍是一场春梦。因此他们国中凡有人死了叫作'睡觉',那活在世上的叫作'做梦'。他把生死看的透彻,名利之心也就淡了。至于强求妄为,更是未有之事。"林之洋道:"若是这样,俺们竟是痴人!他们死后还能活转,倒把名利看破;俺们死后并无一毫指望,为甚倒去极力巴结?若教无肾国看见,岂不被他耻笑么?"唐敖道:"舅兄既怕耻笑,何不将那名利之心略为冷淡呢?"林之洋道:"俺也晓得,为人在世,就如做梦,那'名利'二字,原是假的,平时听人谈论,也就冷淡。无奈到了争名夺利关头,心里不由就觉发迷,倒像自己永世不死,一味朝前奔命。将来到了昏迷时,怎能有人当头一棒,指破迷团?或者那位提俺一声,也就把俺惊醒。"多九公道:"尊驾如到昏迷时,老夫虽可提你一声,恐老兄听了,不但并不醒悟,反要责备老夫是个痴人哩。"唐敖道:"九公此话却也不错。世上名利场中,原是一座'迷魂阵'。此人正在阵中吐气扬眉,洋洋得意,那个还能把他拗得过!看来不到睡觉,他也不休。一经把眼闭了,这才晓得从前各事都是枉用心机,不过做了一场春梦。人若识透此义,那争名夺利之心固然一时不能打断,倘诸事略为看破,退后一步,忍耐三分,也就免了许多烦恼,少了

第十一回·观雅化闲游君子邦　慕仁风误入良臣府

第十三回・美人入海遭罗网　儒士登山失路途

第十四回・谈寿夭道经聂耳 论穷通路出无肠

第十五回·喜相逢师生谈故旧　巧遇合宾主结新亲

第十九回·受女辱潜逃黑茜邦　观民风联步小人国

第二十回·丹桂岩山鸡舞镜　碧梧岭孔雀开屏

第二十一回・逢恶兽唐生被难 施神枪魏女解围

第二二回・遇白民儒士听奇文 观药兽武夫发妙论

无限风波。如此行去,不独算得处世良方,亦是一生快活不尽的秘诀。就让无脊国看见,也可对得住了。小弟向闻无脊国历来以土为食,不知何故?"多九公道:"彼处不产五谷,虽有果木,亦都不食,惟喜以土代粮。大约性之所近,向来吃惯,也不为怪。"林之洋道:"幸亏无肠国那些富家不知土可当饭,他若晓得,只怕连地皮都要刮尽哩。"

无脊过去,到了深目国。其人面上无目,高高举着一手,手上生出一只大眼:如朝上看,手掌朝天;如朝下看,手掌朝地;任凭左右前后,极其灵便。林之洋道:"幸亏眼生手上,若嘴生手上,吃东西时,随你会抢也抢他不过。不知深目国眼睛可有近视?若将眼镜戴在手上,倒也好看。请问九公:他们把眼生在手上,是甚缘故?"多九公道:"据老夫看来:大约他因近来人心不测,非上古可比,正面看人,竟难捉摸,所以把眼生手上,取其四路八方都可察看,易于防范,就如'眼观六路,耳听八方',无非小心谨慎之意。"唐敖道:"古人书上虽有'眼生手掌'之说,却未言其所以然之故。今听九公这番妙论,真可补得古书之不足了。"

这日到了黑齿国。其人不但通身如墨,连牙齿也是黑的,再映着一点朱唇,两道红眉,一身红衣,更觉其黑无比。唐敖因他黑的过甚,面貌想必丑陋,奈相离过远,看不明白,因约多九公要去走走。林之洋见他们要去游玩,自己携了许多脂粉,先货卖去了。唐、多二人随后也就登岸。唐敖道:"他们形状如此,不知其国风俗是何光景?"多九公道:"此地水路离君子国虽远,旱路却是紧邻,大约其国风俗还不过于草野。老夫屡过此地,因他生的面貌可憎,想来语言也就无味,因此从未上来。今蒙唐兄携带,却是初次瞻仰。大约我们不过借此上来舒舒筋骨,要想有甚可观可谈之处,只怕未必。唐兄只看其人,其余就可想见。"唐敖连连点头。

不知不觉进了城。作买作卖,倒也热闹。语言也还易懂。市中也有妇女行走,男女却不混杂,因市中有条大街,行路时,男人俱由右边行走,妇人都向左边行走,虽系一条街,其中大有分别。唐敖起初不知,误向左边走去,只听右边有人招呼道:"二位贵客,请向这边走来。"二人连忙走过。细细打听,才知那边是妇人所行之路。唐敖笑道:"我倒看不出,他们生的虽黑,于男女礼节倒分的明白。九公,你看:他们来来往往,男女并不交言,都是目不邪视,俯首而行。不意此地竟能如此,可见君子国风气感化也不为不远了。"多九公道:"前在君子国,那吴氏弟兄曾言他们国中世俗人文,莫非天朝文章教化所致;今黑齿国又是君子国教化所感:以木本水源而论,究竟我们天朝要算万邦根本了。"

谈论间,迎面到了十字路口,旁有一条小巷。二人信步进了小巷。走了几步,只见有一家门首贴着一张红纸,写着"女学塾"三个大字。唐敖因立住道:"九公,你看:此地既有女学塾,自然男子也会读书了。不知他们女子所读何书?"只见门内走出一个龙钟老者,把唐、多二人看了一看,见衣服面貌不同,知是异乡来的,因拱手道:

"二位贵客,想由邻邦至此。若不嫌草野,何不请进献茶?"唐敖正要问问风俗,听了此话,忙拱手道:"初次识荆[1],就来打搅,未免造次。"于是拉了多九公,一同进去。三人重复行礼。里面有两个女学生,都有十四五岁;一个穿着红衫,一个穿着紫衫;面貌虽黑,但弯弯两道朱眉,盈盈一双秀目,再衬着万缕青丝,樱桃小口,底下露着三寸金莲,倒也不俗。都上来拜了一拜,仍就归位。唐、多二人还礼。老者让坐,女学生献茶。彼此请问姓氏。谁知这个老者两耳甚聋,大家费了无限气力,才把名姓来历略略说明。

原来此人姓卢,乃本地有名老秀才,为人忠厚,教读有方。他闻唐、多二人都是身在黉门[2],兼系天朝人,不觉躬身道:"小子素闻天朝为万国之首,乃圣人之邦,人品学问,莫不出类超群。鄙人虽久怀钦仰,无如晤教无由。今得幸遇,足慰生平景慕。第草野无知,兼且重听,今以草舍冒昧屈驾,未免简亵,尚求海涵。"唐敖连道:"岂敢!……"因大声问道:"小弟向闻贵处乃文盛之邦,老丈想已高发多年,如今退归林下了?"老者道:"敝处向遵天朝之例,也以诗赋取士。小子幼而失学,兼之质性鲁钝,虽屡次观光,奈学问浅薄,至今年已八旬,仍是一领青衫。数年来无志功名,学业已废。年老衰残,肩

---

〔1〕 识荆——唐李白写信给荆州刺史韩朝宗说:我听到许多人说,生不愿封万户侯,但愿一识"韩荆州"。后人就引用"识荆"作为初次见面的敬辞。
〔2〕 黉(hóng)门——学校、学宫的意思。这里意指秀才们读书的地方府、州、县学。"身在黉门",犹如说身为秀才。

不能担,手不能提,无以糊口,惟有课读几个女学生,以舌耕[1]为业。至敝乡考试,历来虽无女科,向有旧例,每到十余年,国母即有观风盛典:凡有能文处女,俱准赴试,以文之优劣,定以等第,或赐才女匾额,或赐冠带荣身,或封其父母,或荣及翁姑,乃吾乡胜事。因此,凡生女之家,到了四五岁,无论贫富,莫不送塾读书,以备赴试。"因指紫衣女子道:"这是小女;那穿红衫的姓黎,是敝门生。现在国母已定明春观风。前者小女同敝门生赴学臣考试,幸而都取三等之末,明岁得与观风盛典,尚有几希之望,所以此时都在此赶紧用功。不瞒二位大贤说,这叫作'临时抱佛脚',也是我们读书人通病,何况他们孤陋寡闻的幼女哩。"因向两女子道:"今日难得二位大贤到此,你们平日所读书内如有甚么不明之处,何不请教?广广识见,岂不是好!"

多九公道:"不知二位才女可有见教?老夫于学问一道,虽未十分精通,至于眼前文义,粗枝大叶,也还略知一二。"紫衣女子听了,因欠身道:"婢子向闻天朝为人文渊薮,人才之广,自古皆然。大贤世居大邦,见多识广,而且荣列胶庠,自然才贯二酉,学富五车[2]了。婢子僻处海隅,赋性既钝,兼少见闻,于先圣先贤经书之旨,每每未能窥寻其端。蕴疑既久,问字无由。今欲上质高贤,又恐语涉浅

---
[1] 舌耕——指教书。
[2] 二酉、五车——二酉,大酉山、小酉山的合称。传说二酉山洞里古时藏书很多。五车,出《庄子》"惠施多方,其书五车",也是形容书多。

陋,未免'以莛叩钟[1]',自觉唐突,何敢冒昧请教!"多九公忖道:"据这女子言谈倒也不俗,看来书是读过几年的。可惜是个幼年女流,不知可有一二可谈之处。如稍通文墨,今同外国黑女谈谈,倒也是段佳话。必须用话引他一引,只要略略懂得文墨,就可慢慢谈了。"因说道:"才女请坐,休得过谦。老夫虽忝列胶庠,素日糊口四方,未能博览,惟幼年所读经书,尚能略知一二,其余荒疏日久,已同隔世。才女有何下问,请道其详。倘有所知,无不尽言。"唐敖道:"我们都是抛了书本,荒疏多年,诚恐下问,见识不到,尚望指教。"多九公听见"指教"二字,鼻中不觉哼了一声,口虽不言,心中忖道:"他们不过海外幼女,腹中学问可想而知,唐兄何必如此过谦,未免把他看的过高了。"

只见紫衣女子又立起道:"婢子闻得读书莫难于识字,识字莫难于辨音。若音不辨,则义不明。即如经书所载'敦'字,其音不一。某书应读某音,敝处未得高明指教,往往读错,以致后学无所适从。大贤旁搜博览,自知其详了?"多九公道:"才女请坐。按这'敦'字在灰韵[2]应当读堆,《毛诗》[3]所谓'敦彼独宿';元韵音惇,《易经》

---

[1] 以莛(tíng)叩钟——比喻没有学问的人在有学问的人面前问话。莛,草茎。用草茎去撞钟,是发不出什么声音来的。语出《汉书》。
[2] 灰韵——按照字的音韵分部编排、以便做诗押韵时检查之用的书,叫做《诗韵》。《诗韵》各部部首叫做韵目。灰韵,是《诗韵》中韵目之一。下文元、寒、萧、轸、阮、队、愿、号,都是韵目。后文八庚,庚是韵目,八是韵目排列的次序。
[3] 《毛诗》——就是《诗经》。据历史记载:《诗经》是由毛亨(大毛公)、毛苌(小毛公)传下来的,所以又称《毛诗》。

'敦临吉'；又元韵音豚，《汉书》'敦煌，郡名'；寒韵音团，《毛诗》'敦彼行苇'；萧韵音雕，《毛诗》'敦弓既坚'；轸韵音准，《周礼》'内宰出其度量敦制'；阮韵音遁，《左传》'谓之浑敦'；队韵音对，《仪礼》'黍稷四敦'；愿韵音顿，《尔雅》[1]'太岁在子曰困敦'；号韵音导，《周礼》所谓'每敦一几'：除此十音之外，不独经传未有他音，就是别的书上也就少了。幸而才女请教老夫，若问别人，只怕连一半还记不得哩。"紫衣女子道："婢子向闻这个'敦'字倒像还有吞音、俦音之类。今大贤言十音之外，并无别音，大约各处方音不同，所以有多寡之异了。"多九公听见还有几音，因刚才话已说满，不好细问，只得说道："这些文字小事，每每一字数音甚多，老夫那里还去记他。况记几个冷字，也算不得学问。这都是小孩子的工课。若过于讲究，未免反觉其丑。可惜你们都是好好质地，未经明人指教，把工夫都错用了。"紫衣女子听罢，又说出一段话来。

未知如何，下回分解。

---

[1]《尔雅》——书名，共十九篇，内容包含对语言、文字、器物、天文、地理、草木、鸟兽、虫鱼等的解释。

第十七回

因字声粗谈切韵[1]　　闻雁唳细问来宾

话说紫衣女子道:"婢子闻得要读书必先识字,要识字必先知音。若不先将其音辨明,一概似是而非,其义何能分别？可见字音一道,乃读书人不可忽略的。大贤学问渊博,故视为无关紧要;我们后学,却是不可少的。婢子以此细事上渎高贤,真是贻笑大方。即以声音而论,婢子素又闻得:要知音,必先明反切;要明反切,必先辨字母。若不辨字母,无以知切;不知切,无以知音;不知音,无以识字。以此而论:切音一道,又是读书人不可少的。但昔人有言:每每学士大夫论及反切,便瞠目无语,莫不视为绝学[2]。若据此说,大约其义失传已久。所以自古以来,韵书虽多,并无初学善本。婢子素于此道潜研细讨,略知一二,第义甚精微,未能穷其秘奥。大贤天资颖悟,自能得其三昧[3],应如何习学可以精通之处,尚求指教。"多九公道:"老夫幼年也曾留心于此,无如未得真传,不能十分精通。才女才说学士大夫论及反切尚且

---

[1] 切韵——用两个字的音拼成一个字的音的方法,叫做"反切";依反切发声来分别声音,再将声音分别成韵,叫做"切韵"。
[2] 绝学——指已经失传,无从研究的学问;也指专门研究,别人不懂得的学问。后文绝唱、绝调、绝对,是赞美诗做得好、琴弹得好、对子对得好,以后不可能有人比得上的意思。
[3] 三昧——这里作诀窍、奥妙解释。

瞠目无语,何况我们不过略知皮毛,岂敢乱谈,贻笑大方!"紫衣女子听了,望着红衣女子轻轻笑道:"若以本题而论,岂非'吴郡大老倚闾满盈'么?"红衣女子点头笑了一笑。唐敖听了,甚觉不解。

多九公道:"适因才女谈论切音,老夫偶然想起《毛诗》句子总是叶[1]着音韵。如'爰居爰处',为何次句却用'爰丧其马',末句又是'于林之下'?'处'与'马'、'下'二字,岂非声音不同,另有假借[2]么?"紫衣女子道:"古人读'马'为'姥',读'下'为'虎',与'处'字声音本归一律,如何不同?即如'吉日庚午,既差我马',岂非以'马'为'姥'?'率西水浒,至于岐下',岂非以'下'为'虎'?韵书始于晋朝,秦、汉以前,并无韵书。诸如'下'字读'虎','马'字读'姥',古人口音,原是如此,并非另有假借。即如'风'字《毛诗》读作'分'字,'服'字读作'迫'字,共十余处,总是如此。若说假借,不应处处都是假借,倒把本音置之不问,断无此理。即如《汉书》、《晋书》所载童谣,每多叶韵之句。既称为童谣,自然都是街上小儿随口唱的歌儿。若说小儿唱歌也会假借,必无此事。其音本出天然,可想而知。但每每读去,其音总与《毛诗》相同,却与近时不同。即偶有一二与近时相同,也只得《晋书》。因晋去古已远,非汉可比,故晋朝声音与今相近。音随世转,即此可见。"多九公道:"据才女所讲各音

---

[1] 叶——同协。谐和、协调的意思。
[2] 假借——古人分析造字和用字共有六种方法,叫做"六书"。假借是六书中用字方法的一种,指本来没有那个字,利用另外意义的字去代替,例如用长短的长代替尊长的长之类。

古今不同,老夫心中终觉疑惑,必须才女把古人找来,老夫同他谈谈,听他到底是个甚么声音,才能放心。若不如此,这番高论,只好将来遇见古人,才女再同他谈罢。"

紫衣女子道:"大贤所说'爰居爰处,爰丧其马,于以求之,于林之下'这四句,音虽辨明,不知其义怎讲?"多九公道:"《毛传》郑笺、孔疏[1]之意,大约言军士自言:'我等从军,或有死的、病的,有亡其马的。于何居呢?于何处呢?于何丧其马呢?若我家人日后求我,到何处求呢?当在山林之下。'是这个意思。才女有何高见?"紫衣女子道:"先儒虽如此解,据婢子愚见:上文言'从孙子仲,平陈与宋,不我以归,忧心有忡。'军士因不得归,所以心中忧郁。至于'爰居爰处……'四句,细绎经文,倒像承着上文不归之意,复又述他忧郁不宁,精神恍惚之状,意谓:偶于居处之地,忽然丧失其马;以为其马必定不见了,于是各处找求;谁知仍在树林之下。这总是军士忧郁不宁,精神恍惚,所以那马明明近在咫尺,却误为丧失不见,就如'心不在焉,视而不见'之意。如此解说,似与经义略觉相近。尚求指教。"多九公道:"凡言诗,总要不以文害辞,不以辞害志,方能体贴诗人之意。即以此诗而论,前人注解,何等详明,何等亲切。今才女忽发此论,据老夫看来:不独妄作聪明,竟是'愚而好自用'了。"

紫衣女子道:"大贤责备,婢子也不敢辩。适又想起《论语》有一段书,因前人注解,甚觉疑惑,意欲以管见请示;惟恐大贤又要责备,

---

[1] 《毛传》郑笺、孔疏——《毛诗训诂传》,是郑玄笺释,孔颖达注疏的。

所以不敢乱言,只好以待将来另质高明了。"唐敖道:"适才敝友失言,休要介意。才女如有下问,何不明示?《论语》又是常见之书,或者大家可以参酌。"紫衣女子道:"婢子要请教的,并无深微奥妙,乃'颜路[1]请子之车,以为之椁[2]'这句书,不知怎讲?"多九公笑道:"古今各家注解,言颜渊死,颜路因家贫不能置椁,要求孔子把车卖了,以便买椁。都是这样说。才女有何见教?"紫衣女子道:"先儒虽如此解,大贤可另有高见?"多九公道:"据老夫之意,也不过如此,怎敢妄作聪明,乱发议论。"紫衣女子道:"可惜婢子虽另有管见,恨未考据的确,原想质之高明,以释此疑,不意大贤也是如此,这就不必谈了。"唐敖道:"才女虽未考据精详,何不略将大概说说呢?"紫衣女子道:"婢子向于此书前后大旨细细参详,颜路请车为椁,其中似有别的意思。若说因贫不能买椁,自应求夫子资助,为何指名定要求卖孔子之车?难道他就料定孔子家中,除车之外,就无他物可卖么?即如今人求人资助,自有求助之话,岂有指名要他卖物资助之理!此世俗庸愚所不肯言,何况圣门贤者。及至夫子答他之话,言当日鲤[3]死也是有棺无椁,我不肯徒行,以为之椁。若照上文注解,又是卖车买椁之意。何以当日鲤死之时,孔子注意要卖的在此一车;今日回死

---

[1] 颜路——春秋时鲁人,和他的儿子颜回(即颜渊)同是孔子学生。颜回很年轻就死了,孔子常在言语中表示惋惜。后文第七十一回中所说的颜子,就指的颜回。
[2] 椁(guǒ)——同椁。古来棺材外面还要套一具棺材,外面的棺材就叫做椁。前文(第十五回)"置了棺椁",就指的内外两具棺材。
[3] 鲤——这里指的是孔子儿子的名字。

之际,颜路觊觎要卖的又在此一车?况椁非希世之宝,即使昂贵,亦不过价倍于棺。颜路既能置棺,岂难置椁?且下章又有门人厚葬之说,何不即以厚葬之资买椁,必定硬派孔子卖车,这是何意?若按'以为之椁'这个'为'字而论,倒像以车之木要制为椁之意,其中并无买卖字义,若将'为'字为'买',似有未协。但当年死者必要大夫之车为椁,不知是何取义?婢子历考诸书,不得其说。既无其说,是为无稽之谈,只好存疑,以待能者。第千古疑团,不能质之高贤一旦顿释,亦是一件恨事。"多九公道:"若非卖车买椁,前人何必如此注解?才女所发议论,过于勉强,而且毫无考据,全是谬执一偏之见。据老夫看来:才女自己批评那句'无稽之谈',却有自知之明;至于学问,似乎还欠工夫。日后倘能虚心用功,或者还有几分进益;若只管闹这偏锋,只怕越趋越下,岂能长进!况此等小聪明,也未有甚见长之处,实在学问,全不在此。即如那个'敦'字,就再记几音,也不见得就算通家;少记几音,也不见得不通。若认几个冷字,不论腹中好歹,就要假作高明,混充文人,只怕敝处丫鬟小厮比你们还高哩!"

正在谈论,忽听天边雁声嘹亮。唐敖道:"此时才交初夏,鸿雁从何而来?可见各处时令自有不同。"只见红衣女子道:"婢子因这雁声,偶然想起《礼记》'鸿雁来宾[1]',郑康成[2]注解及《吕

---

[1] 《礼记》"鸿雁来宾"——"鸿雁来宾"句出《礼记·月令》,全句是"鸿雁来宾爵入大水为蛤"。对于此句的断句,有人主张作:"鸿雁来宾,爵入大水为蛤。"有人主张作:"鸿雁来,宾爵入大水为蛤。"因此而有各种不同的解释。
[2] 郑康成——东汉人,名玄,注书很多,流传得广而且久。

览》[1]、《淮南》[2]诸注,各有意见。请教大贤:应从某说为是?"多九公见问,虽略略晓得,因记不清楚,难以回答。唐敖道:"老夫记得郑康成注《礼记》,谓'季秋鸿雁来宾'者,言其客止未去,有似宾客,故曰'来宾'。而许慎[3]注《淮南子》,谓先至为主,后至为宾。迨高诱[4]注《吕氏春秋》,谓'鸿雁来'为一句,'宾爵[5]入大水为蛤'为一句,盖以仲秋来的是其父母,其子翮[6]翼稚弱,不能随从,故于九月方来;所谓'宾爵'者,就是老雀,常栖人堂宇,有似宾客,故谓之'宾爵'。鄙意'宾爵'二字,见之《古今注》[7],虽亦可连;但按《月令》[8],仲秋已有'鸿雁来'之句,若将'宾'字截入下句,季秋又是'鸿雁来',未免重复。如谓仲秋来的是其父母,季秋来的是其子孙,此又谁得而知?况《夏小正》[9]于'雀入于海为蛤'之句上无'宾'字,以此更见高氏之误。据老夫愚见:似以郑注为当。才女以为何如?"两个女子一齐点头道:"大贤高论极是。可见读书人见解自有不同,敢不佩服!"

---

[1]《吕览》——书名,也名《吕氏春秋》。传说秦吕不韦叫门客们作的。
[2]《淮南》——书名,就是《淮南子》。传说汉淮南王刘安作。
[3]许慎——东汉人,作有《说文解字》十四篇。
[4]高诱——东汉人,曾注解《吕览》和《淮南子》。
[5]爵——古写的"雀"字。
[6]翮——羽字的代字。清代尊重关羽,为了避讳,本书就用"翮"字替代羽字。
[7]《古今注》——考证名物的书,晋崔豹作。
[8]《月令》——《礼记》篇名,记载十二月的政令。
[9]《夏小正》——《大戴礼记》篇名,隋时把它另列十卷,是记每月物候的书。物候是记一些动物、植物随着季节气候而发生的变迁。

多九公忖道："这女子明知郑注为是，他却故意要问，看你怎样回答。据这光景，他们那里是来请教，明是考我们的。若非唐兄，几乎出丑。他既如此可恶，我也搜寻几条，难他一难。"因说道："老夫因才女讲《论语》，偶然想起'未若贫而乐，富而好礼'之句。以近来人情而论，莫不乐富恶贫，而圣人言'贫而乐'，难道贫有甚么好处么？"红衣女子刚要回答，紫衣女子即接着道："按《论语》自遭秦火[1]，到了汉时，或孔壁[2]所得，或口授相传，遂有三本：一名《古论》，二名《齐论》，三名《鲁论》[3]。今世所传，就是《鲁论》，向有今本、古本之别。以皇侃《古本论语义疏》[4]而论，其'贫而乐'一句，'乐'字下有一'道'字，盖'未若贫而乐道'与下句'富而好礼'相对。即如'古者言之不出'，古本'出'字上有一'妄'字。又如'虽有粟吾得而食诸'，古本'得'字上有一'岂'字。似此之类，不能枚举。《史记·世家》[5]亦多类此。此皆秦火后阙遗之误。请看古本，自知其详。"

多九公见他伶牙俐齿，一时要拿话驳他，竟无从下手。因见案上

---

[1] 秦火——指嬴政（秦始皇）的焚书。嬴政为了执行愚民政策，下令焚书，除掉医药、卜筮、种树之类的书及《秦纪》以外，其余的书，一概烧掉。
[2] 孔壁——指孔子住宅的墙壁。汉时鲁恭王拆毁孔子住宅，在墙壁里发现了古文《尚书》、《礼记》、《论语》、《孝经》等书。
[3] 《古论》、《齐论》、《鲁论》——《论语》有《古论》、《齐论》、《鲁论》三种：鲁人学的叫《鲁论》，齐人学的叫《齐论》，孔壁发现的叫《古论》。后来通行的《论语》是《鲁论》。
[4] 皇侃《古本论语义疏》——皇侃梁人，著有《论语义疏》一书。
[5] 《世家》——《史记》记载侯王一类事迹的那一部分，称做"世家"。

摆着一本书,取来一看,是本《论语》。随手翻了两篇,忽然翻到"颜渊、季路[1]侍"一章,只见"衣轻裘"之旁写着"衣,读平声。"看罢,暗暗喜道:"如今被我捉住错处了!"因向唐敖道:"唐兄,老夫记得'愿车马衣轻裘'之'衣'倒像应读去声,今此处读作平声,不知何意?"紫衣女子道:"'子华使于齐,……乘肥马,衣轻裘'之'衣',自应读作去声,盖言子华所骑的是肥马,所穿的是轻裘。至此处'衣'字,按本文明明分著'车'、'马'、'衣'、'裘'四样,如何读作去声?若将'衣'字讲作穿的意思,不但与'愿'字文气不连,而且有裘无衣,语气文义,都觉不足。若读去声,难道子路裘可与友共,衣就不可与友共么?这总因'裘'字上有一'轻'字,所以如此;若无'轻'字,自然读作'愿车马衣裘与朋友共'了。或者'裘'字上既有'轻'字,'马'字上再有'肥'字,后人读时,自必以车与肥马为二,衣与轻裘为二,断不读作去声。况'衣'字所包甚广,'轻裘'二字可包藏其内;故'轻裘'二字倒可不用,'衣'字却不可少。今不用'衣'字,只用'轻裘',那个'衣'字何能包藏'轻裘'之内?若读去声,岂非缺了一样么?"多九公不觉皱眉道:"我看才女也过于混闹了!你说那个'衣'字所包甚广,无非纱的绵的,总在其内。但子路于这轻裘贵重之服,尚且与朋友共,何况别的衣服?言外自有'衣'字神情在内。今才女必要吹毛求疵,乱加批评,莫怪老夫直言:这宗行为,不但近于狂妄,而且随嘴乱说,竟是不知人事了!"因又忖道:"这两个女子既要赴

------

[1] 季路——就是子路,姓仲名由,孔子学生。

试,自必时常用功,大约随常经书也难他不住。我闻外国向无《易经》,何不以此难他一难?或者将他难倒,也未可知。"

未知如何,下回分解。

第十八回

辟清谈幼女讲羲经　　发至论书生尊孟子

话说多九公思忖多时,得了主意,因向两女子道:"老夫闻《周易》一书,外邦见者甚少。贵处人文极盛,兼之二位才女博览广读,于此书自能得其精奥。第自秦、汉以来,注解各家,较之说《礼》,尤为歧途叠出。才女识见过人,此中善本,当以某家为最,想高明自有卓见定其优劣了?"紫衣女子道:"自汉、晋以来,至于隋季,讲《易》各家,据婢子所知的,除子夏《周易传》[1]二卷,尚有九十三家。若论优劣,以上各家,莫非先儒注疏,婢子见闻既寡,何敢以井蛙之见,妄发议论。尚求指示。"

多九公忖道:"《周易》一书,素日耳之所闻,目之所见,至多不过五六十种;适听此女所说,竟有九十余种。但他并无一字评论。大约腹中并无此书,不过略略记得几种,他就大言不惭,以为吓人地步。我且考他一考,教他出出丑,就是唐兄看着,也觉欢喜。"因说道:"老夫向日所见,解《易》各家,约有百余种,不意此地竟有九十三种,也算难得了。至某人注疏若干卷,某人章句若干卷,才女也还记得

---

〔1〕　子夏《周易传》——子夏,春秋时卫人,姓卜名商,孔子学生。擅长文学,作有《周易传》。

么?"紫衣女子笑道:"各书精微,虽未十分精熟,至注家名姓、卷帙,还略略记得。"多九公吃惊道:"才女何不道其一二?其卷帙、名姓,可与天朝一样?"紫衣女子就把当时天下所传的《周易》九十三种,某人若干卷,由汉至隋,说了一遍,道:"大贤才言《周易》有一百余种,不知就是才说这几种,还是另有百余种?请大贤略述一二,以广闻见。"多九公见紫衣女子所说书名倒像素日读熟一般,口中滔滔不绝。细细听去,内中竟有大半所言卷帙、姓名,丝毫不错。其余或知其名,未见其书;或知其书,不记其名;还有连姓名、卷帙一概不知的。登时惊的目瞪神呆,惟恐他们盘问,就要出丑。正在发慌,适听紫衣女子问他书名,连忙答道:"老夫向日见的,无非都是才女所说之类,奈年迈善忘,此时都已模模糊糊,记不清了。"紫衣女子道:"书中大旨,或大贤记不明白,婢子也不敢请教,苦人所难。但卷帙、姓名,乃书坊中三尺之童所能道的,大贤何必吝教?"多九公道:"实是记不清楚,并非有意推辞。"紫衣女子道:"大贤若不说出几个书名,那原谅的不过说是吝教,那不原谅的就要疑心大贤竟是妄造狂言欺骗人了。"多九公听罢,只急的汗如雨下,无言可答。紫衣女子道:"刚才大贤曾言百余种之多,此刻只求大贤除婢子所言九十三种,再说七个,共凑一百之数。此事极其容易,难道还吝教么?"多九公只急的抓耳搔腮,不知怎样才好。紫衣女子道:"如此易事,谁知还是吝教!刚才婢子费了唇舌,说了许多书名,原是抛砖引玉,以为借此长长见识,不意竟是如此!但除我们所说之外,大贤若不加增,未免太觉空疏了!"红衣女子道:"倘大贤七个凑不出,就说五个;五个不能,就是两个也是好的。"紫衣女子接着道:"如两个不能,就是一个;一个不能,就是半个也可解嘲了。"红衣女子笑道:"请教姐姐:何为半个?难道是半卷书么?"紫衣女子道:"妹子惟恐大贤善忘,或记卷帙,忘其姓名;或记姓名,忘其卷帙:皆可谓之半个,——并非半卷。我们不可闲谈,请大贤或说一个,或半个罢。"多九公被两个女子冷言冷语,只管催逼,急的满面青红,恨无地缝可钻。莫讲所有之书,俱被紫衣女子说尽;即或尚未说过,此时心内一急,也就想不出了。

那个老者坐在下面,看了几篇书,见他们你一言、我一语,不知说些甚么。后来看见多九公面上红一阵、白一阵,头上只管出汗,只当怕热,因取一把扇子,道:"天朝时令交了初夏,大约凉爽不用凉扇。今到敝处,未免受热,所以只管出汗。请大贤扇扇,略为凉爽,慢慢再谈。莫要受热,生出别的病来。你们都是异乡人,身子务要保重。——你看,这汗还是不止,这却怎好?"因用汗巾替九公揩道:"有年纪的人,身体是个虚的,那里受的惯热!唉!可怜,可怜!"多九公接过扇子道:"此处天气果然较别处甚热。"老者又献两杯茶道:"小子这茶虽不甚佳,但有灯心在内,既能解热,又可清心。大贤吃了,就是受热,也无妨了。今虽幸会,奈小子福薄重听,不能畅聆大教,真是恨事。大贤既肯屈尊同他们细谈,日后还可造就么?"多九公连连点头道:"令爱来岁一定高发的。"

只见紫衣女子又接着说道:"大贤既执意不肯赐教,我们也不必苦苦相求。况记几个书名,若不晓得其中旨趣,不过是个卖书佣,何足为奇。但不知大贤所说百余种,其中讲解,当以某家为最?"多九公道："当日仲尼既作《十翼》，《易》道大明。自商瞿[1]受《易》于孔子，嗣后传授不绝。前汉有京房、费直[2]各家，后汉有马融[3]、郑元诸人。据老夫愚见：两汉解《易》各家，多溺于象占之学。到了魏时，王弼注释《周易》，撇了象占旧解，独出心裁，畅言义理，于是天下后世，凡言《易》者，莫不宗之，诸书皆废。以此看来，由汉至隋，当以王弼为最。"紫衣女子听了，不觉笑道："大贤这篇议论，似与各家注解及王弼之书尚未了然，不过摭拾前人牙慧，以为评论，岂是教诲后辈之道！汉儒所论象占，固不足尽《周易》之义；王弼扫弃旧闻，自标新解，惟重义理，孔子说'《易》有圣人之道四焉'，岂止'义理'二字？晋时韩康伯见王弼之书盛行，因缺《系辞》之注，于是本王弼之义，注《系辞》二卷，因而后人遂有王、韩之称。其书既欠精详，而又妄改古字，如以'嚮'为'鄉'，以'驱'为'敺'之类，不能枚举。所以昔人云：'若使当年传汉《易》，王、韩俗字久无存。'当日范宁说王弼的罪甚于桀、纣，岂是无因而发。今大贤说他注的为最，甚至此书一出，群书皆废，何至如此？可谓痴人说梦！总之：学问从实地上用功，议论自然确有根据；若浮光掠影，中无成见，自然随波逐流，无所适从。大贤恰受此病。并且强不知以为知，一味大言欺人，未免把人看的过于不知文了！"

---

[1] 商瞿——春秋时鲁人，孔子学生。喜欢研究《易经》，孔子就传授他《易》学。
[2] 京房、费直——两人都是汉代人，都是《易经》研究者，也都是认为《易经》是讲星象、卜卦的方法的。
[3] 马融——汉代人，郑玄的老师，《易经》的研究者，注书很多。

多九公听了,满脸是汗,走又走不得,坐又坐不得,只管发痰[1],无言可答。正想脱身,那个老者又献两杯茶道:"斗室屈尊,致令大贤受热,殊抱不安。但汗为人之津液,也须忍耐少出才好。大约大贤素日喜吃麻黄,所以如此。今出这场痛汗,虽痢疟之症,可以放心,以后如麻黄发汗之物,究以少吃为是。"二人欠身接过茶杯。多九公自言自语道:"他说我吃麻黄,那知我在这里吃黄连哩!"

只见紫衣女子又接着说道:"刚才进门就说经书之义尽知,我们听了甚觉钦慕,以为今日遇见读书人,可以长长见识,所以任凭批评,无不谨谨受命。谁知谈来谈去,却又不然。若以'秀才'两字而论,可谓有名无实。适才自称'忝列胶庠',谈了半日,惟这'忝'字还用的切题。"红衣女子道:"据我看来:大约此中亦有贤愚不等,或者这位先生同我们一样,也是常在三等、四等的亦未可知。"紫衣女子道:"大家幸会谈文,原是一件雅事,即使学问渊博,亦应处处虚心,庶不失谦谦君子之道。谁知腹中虽离渊博尚远,那目空一切,旁若无人光景,却处处摆在脸上。可谓'螳臂当车,自不量力'!"两个女子,你一言,我一语,把多九公说的脸上青一阵,黄一阵。身如针刺,无计可施。唐敖在旁,甚觉无趣。

正在为难之际,只听外面喊道:"请问女学生可买脂粉么?"一面说着,手中提着包袱进来。唐敖一看,不是别人,却是林之洋。多九

---

[1] 发痰——痰同楞。发呆叫做发楞,后文"痰了一痰"就是呆了一呆的意思。

公趁势立起道："林兄为何此时才来？惟恐船上众人候久,我们回去罢。"即同唐敖拜辞老者。老者仍要挽留献茶。林之洋因走的口渴,正想歇息,无奈二人执意要走。老者送出门处,自去课读。

三人匆匆出了小巷,来至大街。林之洋见他二人举动怆惶,面色如土,不觉诧异道："俺看你们这等惊慌,必定古怪。毕竟为着甚事？"二人略略喘息,将神定了一定,把汗揩了,慢慢走着。多九公把前后各话,略略告诉一遍。唐敖道："小弟从未见过世上竟有这等渊博才女！而且伶牙俐齿,能言善辩！"多九公道："渊博倒也罢了,可恨他丝毫不肯放松,竟将老夫骂的要死。这个亏吃的不小！老夫活了八十多岁,今日这个闷气却是头一次！此时想起,惟有怨恨自己！"林之洋道："九公:你恨甚么？"多九公道："恨老夫从前少读十年书;又恨自己既知学问未深,不该冒昧同人谈文。"

唐敖道："若非舅兄前去相救,竟有走不出门之苦。不知舅兄何以不约而同,也到他家？"林之洋道："刚才你们要来游玩,俺也打算上来卖货,奈这地方从未做过交易,不知那样得利。后来俺因他们脸上比炭还黑,俺就带了脂粉上来。那知这些女人因搽脂粉反觉丑陋,都不肯买,倒是要买书的甚多。俺因女人不买脂粉,倒要买书,不知甚意。细细打听,才知这里向来分别贵贱,就在几本书上。"唐敖道："这是何故？"林之洋道："他们风俗,无论贫富,都以才学高的为贵,不读书的为贱。就是女人,也是这样,到了年纪略大,有了才名,才有人求亲;若无才学,就是生在大户人家,也无人同他配婚。因此,他们国中,不论男女,自幼都要读书。闻得明年国母又有甚么女试大典,这些女子得了这个信息,都想中个才女,更要买书。俺听这话,原知货物不能出脱,正要回船,因从女学馆经过,又想进去碰碰财气,那知凑巧遇见你们二位。俺进去话未说得一句,茶未喝得一口,就被你们拉出,原来二位却被两个黑女难住。"唐敖道:"小弟约九公上来,原想看他国人生的怎样丑陋。谁知只顾谈文,他们面上好丑,我们还未看明,今倒被他们先把我们腹中丑处看去了!"多九公道:"起初如果只作门外汉,随他谈甚么,也不至出丑。无奈我们过于大意,一进门去,就充文人,以致露出马脚,补救无及。偏偏他的先生又是聋子,不然,拿这老秀才出出气,也可解嘲。"唐敖道:"据小弟看来:幸而老者是个聋子。他若不聋,只怕我们更要吃亏。你只看他小小学生尚且如此,何况先生!固然有'青出于蓝而胜于蓝[1]'的,究竟是他受业之师,况紫衣女子又是他女,学问岂能悬殊?若以寻常老秀才看待,又是'以貌取人'了。世人只知'纱帽底下好题诗',那里晓得草野中每每埋没许多鸿儒!大约这位老翁就是榜样。"

多九公道:"刚才那女子以'衣轻裘'之'衣'读作平声,其言似觉近理。若果如此,那当日解作去声的,其书岂不该废么?"唐敖道:"九公此话未免罪过!小弟闻得这位解作去声的乃彼时大儒,祖居新安[2]。其书阐发孔、孟大旨,殚尽心力,折衷旧解,言近旨远,文

---

[1] 青出于蓝而胜于蓝——比喻学生的学问高过了先生。语出《荀子》:"青,取之于蓝,而青于蓝。"
[2] 大儒祖居新安——大儒,指朱熹。朱熹,宋婺源人;婺源本属新安郡地,所以朱熹尝自称"新安朱熹"。

简义明,一经诵习,圣贤之道,莫不灿然在目。汉、晋以来,注解各家,莫此为善,实有功于圣门,有益于后学的,岂可妄加评论。即偶有一二注解错误,亦不能以蚊睫[1]一毛,掩其日月之光。即如《孟子》'诛一夫'及'视君如寇仇'之说,[2]后人虽多评论,但以其书体要而论,昔人有云:'总群圣之道者,莫大乎六经[3];绍六经之教者,莫尚乎孟子。'当日孔子既没,儒分为八[4];其他纵横捭阖,波谲云诡。惟孟子挺命世之才,距杨、墨[5],放淫辞:明王政之易行,以救时弊;阐性善之本量,以断群疑;致孔子之教,独尊千古。是有功圣门,莫如孟子,学者岂可訾议。况孟子'闻诛一夫'之言,亦因当时之君,惟知战斗,不务修德,故以此语警戒;至'寇仇'之言,亦是劝勉宣王,待臣宜加恩礼:都为要救时弊起见。时当战国,邪说横行,不知仁义为何物,若单讲道学,徒费唇舌;必须喻之利害,方能动听,故不觉言之过当。读者不以文害辞,不以辞害志,自得其义。总而言之:尊崇孔子之教,实出孟子之力;阐发孔、孟之学,却是新安之功。小弟愚见如

---

[1] 蚊睫——比喻非常细小的东西。睫,眼睫毛;蚊睫,蚊子的眼睫毛。
[2] 《孟子》"诛一夫"及"视君如寇仇"之说——《孟子》,孟轲作。孟轲有"民贵君轻"的见解,他说到殷代王朝的被打倒,是由于殷代统治主纣为人暴虐,因而人民反对他;反对纣是反对一个孤立的人,而不是反对君主。他又说过,君主如果把臣子当作草芥那么轻看,臣子就可以把君主看作仇敌。
[3] 六经——通常对《诗》、《书》、《礼》、《乐》、《易》、《春秋》六种书的总称。
[4] 儒分为八——孔子之后,儒家分为八,有子张、子思、颜氏、孟氏、漆雕氏、仲良氏、孙氏、乐正氏各家的分别。见《韩非子》。
[5] 距杨、墨——距,抵制。杨,杨朱;墨,墨翟;都是战国时人。杨朱主张为我,墨翟主张兼爱,孟轲却反对他们的学说。

此,九公以为何如?"多九公听了,不觉连连点头。

未知如何,下回分解。

第十九回

受女辱潜逃黑齿邦　观民风联步小人国

话说多九公闻唐敖之言,不觉点头道:"唐兄此言,至公至当,可为千载定论。老夫适才所说,乃就事论事,未将全体看明,不无执着一偏。即如左思《三都赋》[1]序,他说扬雄《甘泉赋》'玉树青葱',非本土所出,以为误用。谁知那个玉树,却是汉武帝以众宝做成,并非地土所产。诸如此类,若不看他全赋,止就此序而论,必定说他如此小事尚且考究未精,何况其余。那知他的好处甚多,全不在此。所以当时争着传写,洛阳为之纸贵。以此看来,若只就事论事,未免将他好处都埋没了。"

说话间,又到人烟辏集处。唐敖道:"刚才小弟因这国人过黑,未将他的面目十分留神,此时一路看来,只觉个个美貌无比。而且无论男妇,都是满脸书卷秀气,那种风流儒雅光景,倒像都从这个黑气中透出来的。细细看去,不但面上这股黑气万不可少,并且回想那些脂粉之流,反觉其丑。小弟看来看去,只觉自惭形秽。如今我们杂在众人中,被这书卷秀气四面一衬,只觉面目可憎,俗气逼人。与其教

---

[1] 左思《三都赋》——左思,晋人。传说他用十年的工夫,作成一篇《三都赋》。赋作成后,大家纷纷传抄,以致洛阳地方的纸价都贵了。

他们看着耻笑,莫若趁早走罢!"三人于是躲躲闪闪,联步而行。一面走着,看那国人都是端方大雅;再看自己,只觉无穷丑态。相形之下,走也不好,不走也不好;紧走也不好,慢走也不好,不紧不慢也不好:不知怎样才好!只好叠着精神,稳着步儿,探着腰儿,挺着胸儿,直着颈儿,一步一趋,望前而行。好容易走出城外,喜得人烟稀少,这才把腰伸了一伸,颈项摇了两摇,嘘了一口气,略为松动松动。林之洋道:"刚才被妹夫说破,细看他们,果都大大方方,见那样子,不怕你不好好行走。俺素日散诞惯了,今被二位拘住,少不得也装斯文混充儒雅。谁知只顾拿架子,腰也酸了,腿也直了,颈也痛了,脚也麻了,头也晕了,眼也花了,舌也燥了,口也干了,受也受不得了,支也支不住了。再要拿架子,俺就瘫了!快逃命罢!此时走的只觉发热。——原来九公却带着扇子。借俺扇扇,俺今日也出汗了!"

多九公听了,这才想起老者那把扇子还在手中,随即站住,打开一齐观看。只见一面写着曹大家七篇《女诫》,一面写着苏若兰《璇玑全图》[1],都是蝇头[2]小楷,绝精细字。两面俱落名款:一面写着"墨溪夫子大人命书",下写"女弟子红红谨录";一面写着"女亭亭谨录"。下面还有两方图章:"红红"之下是"黎氏红薇","亭亭"之

---

[1] 《璇玑全图》——璇玑,古时测天文的仪器,圆形,可以旋转着看。前秦苏蕙,字若兰,做了一首回文诗,那首诗循环可通,和璇玑一样,所以叫做"璇玑图"。参看第四十一回图。
[2] 蝇头——微细的意思。这里拿蝇头比喻小字;第三十回回目中的蝇头却是比喻微利。

下是"卢氏紫萱"。唐敖道:"据这图章,大约红红、亭亭是他乳名,红薇、紫萱方是学名。"多九公道:"两个黑女既如此善书而又能文,馆中自然该是诗书满架,为何却自寥寥? 不意腹中虽然渊博,案上倒是空疏,竟与别处不同。他们如果诗书满架,我们见了,自然另有准备,岂肯冒昧,自讨苦吃?"林之洋接过扇子搧着道:"这样说,日后回家,俺要多买几担书摆在桌上作陈设了。"唐敖道:"奉劝舅兄:断断不要竖这文人招牌! 请看我们今日光景,就是榜样。小弟足足够了! 今日过了黑齿,将来所到各国,不知那几处文风最盛? 倒要请教,好作准备,免得又去'太岁头上动土[1]'。"林之洋道:"俺们向日来往,只知卖货,那里管他文风、武风。据俺看来:将来路过的,如靖人、跂踵、长人、穿胸、厌火各国,大约同俺一样,都是文墨不通;就只可怕的前面有个白民国,倒像有些道理;还有两面、轩辕各国,出来人物,也就不凡。这几处才学好丑,想来九公必知,妹夫问他就知道了。"唐敖道:"请教九公:……"说了一句,再回头一看,不觉诧异道:"怎么九公不见? 又到何处去了?"林之洋道:"俺们只顾说话,那知他又跑开。莫非九公恨那黑女,又去同他讲理么? 俺们且等一等,少不得就要回来。"二人闲谈,候了多时,只见多九公从城内走来道:"唐兄,你道他们案上并无多书,却是为何? 其中有个缘故。"唐敖笑道:"原来九公为这小事又去打听。如此高年,还是这等兴致,可见遇事留心,

---

[1] 太岁头上动土——自找倒霉的意思。古人迷信,称木星做太岁,认为是凶煞;如若朝着木星出现的方向动土建筑,就要发生灾祸。

自然无所不知。我们慢慢走着,请九公把这缘故谈谈。"多九公举步道:"老夫才去问问风俗,原来此地读书人虽多,书籍甚少。历年天朝虽有人贩卖,无如刚到君子、大人境内,就被二国买去。此地之书,大约都从彼二国以重价买的。至于古书,往往出了重价,亦不可得,惟访亲友家,如有此书,方能借来抄写。要求一书,真是种种费事。并且无论男妇,都是绝顶聪明,日读万言的不计其数,因此,那书更不够他读了。本地向无盗贼,从不偷窃,就是遗金在地,也无拾取之人。他们见了无义之财,叫作'临财毋苟得'。就只有个毛病:若见了书籍,登时就把'毋苟得'三字撇在九霄云外,不是借去不还,就是设法偷骗,那作贼的心肠也由不得自己了。所以此地把窃物之人叫作'偷儿',把偷书之人却叫作'窃儿';借物不还的叫作'拐儿',借书不还的叫作'骗儿'。因有这些名号,那藏书之家,见了这些窃儿、骗儿,莫不害怕,都将书籍深藏内室,非至亲好友,不能借观。家家如此。我们只知以他案上之书定他腹中学问,无怪要受累了。"

说话间,不觉来到船上。林之洋道:"俺们快逃罢!"分付水手,起锚扬帆。唐敖因那扇子写的甚好,来到后面,向多九公讨了。多九公道:"今日唐兄同那老者见面,曾说'识荆'二字,是何出处?"唐敖道:"再过几十年,九公就看见了[1]。小弟才想紫衣女子所说'吴郡

---

[1] 再过几十年,九公就看见了——本书托称所演的是武则天时代的故事,约在公元六八四年到七〇四年;而李白却是七〇一年到七六二年间的人。武则天时代的人,不可能知道李白"识荆"的故事,所以这里把它说成是预言。参看第十六回"识荆"注。

大老倚闾满盈'那句话,再也不解。九公久惯江湖,自然晓得这句乡谈了?"多九公道:"老夫细细参详,也解不出。我们何不问问林兄?"唐敖随把林之洋找来,林之洋也回不知。唐敖道:"若说这句隐着骂话,以字义推求,又无深奥之处。据小弟愚见:其中必定含着机关。大家必须细细猜详,就如猜谜光景,务必把他猜出。若不猜出,被他骂了还不知哩!"林之洋道:"这话当时为甚起的? 二位先把来路说说。看来,这事惟有俺林之洋还能猜,你们猜不出的。"唐敖道:"何以见得?"林之洋道:"二位老兄才被他们考的胆战心惊,如今怕还怕不来,那里还敢乱猜! 若猜的不是,被黑女听见,岂不又要吃苦出汗么?"多九公道:"林兄且慢取笑。我把来路说说:当时谈论切音,那紫衣女子因我们不知反切,向红衣女子轻轻笑道:'若以本题而论,岂非"吴郡大老倚闾满盈"么?'那红衣女子听了,也笑一笑。这就是当时说话光景。"林之洋道:"这话既是谈论反切起的,据俺看来:他这本题两字自然就是甚么反切。你们只管向这反切书上找去,包你找得出。"多九公猛然醒悟道:"唐兄:我们被这女子骂了! 按反切而论:'吴郡'是个'问'字,'大老'是个'道'字,'倚闾'是个'于'字,'满盈'是个'盲'字。他因请教反切,我们都回不知,所以他说:'岂非"问道于盲"么!'"林之洋道:"你们都是双目炯炯,为甚比作瞽目? 大约彼时因他年轻,不将他们放在眼里,未免旁若无人,因此把你比作瞽目,却也凑巧。"多九公道:"为何凑巧?"林之洋道:"那'旁若无人'者,就如两旁明明有人,他却如未看见。既未看见,岂非瞽目么? 此话将来可作'旁若无人'的批语。海外女子这等淘气,将来到了女儿国,他们成群打伙,聚在一处,更不知怎样利害。好在俺从来不会谈文;他要同俺论文,俺有绝好主意,只得南方话一句,一概给他'弗得知'。任他说得天花乱坠,俺总是弗得知,他又其奈俺何!"多九公笑道:"倘女儿国执意要你谈文,你不同他谈文,把你留在国中,看你怎样?"林之洋道:"把俺留下,俺也给他一概弗得知。你们今日被那黑女难住,走也走不出,若非俺去相救,怎出他门?这样大情,二位怎样报俺?"唐敖道:"九公才说恐女儿国将舅兄留下,日后倘有此事,我们就去救你出来,也算'以德报德'了。"多九公道:"据老夫看来,这不是'以德报德',倒是'以怨报德'。"唐敖道:"此话怎讲?"多九公道:"林兄如被女儿国留下,他在那里,何等有趣,你却把他救出,岂非'以怨报德'么?"林之洋道:"九公既说那里有趣,将来到了女儿国,俺去通知国王,就请九公住他国中。"多九公笑道:"老夫倒想住在那里,却教那个替你管舵呢?"唐敖道:"岂但管舵,小弟还要求教韵学哩。请问九公:小弟素于反切虽是门外汉,但'大老'二字,按音韵呼去,为何不是'岛'字?"多九公道:"古来韵书'道'字本与'岛'字同音;近来读'道'为'到',以上声读作去声。即如是非之'是'古人读作'使'字,'动'字读作'董'字,此类甚多,不能枚举。大约古声重,读'岛';今声轻,读'到'。这是音随世传,轻重不同,所以如此。"林之洋道:"那个'盲'字,俺们向来读与'忙'字同音,今九公读作'萌'字,也是轻重不同么?"多九公道:"'盲'字本归八庚,其音同'萌';若读'忙'字,是林兄自己读错了。"林之洋道:"若说读错,是俺先生教的,与俺何干!"多九公道:"你们先生如此疏忽,就该打他手心。"林之洋道:"先生犯了这样小错,就要打手心,那终日旷功误人子弟的,岂不都要打杀么?"

唐敖道:"今日受了此女耻笑,将来务要学会韵学,才能歇心。好在九公已得此中三昧,何不略将大概指教?小弟赋性虽愚,如果专心,大约还可领略。"多九公道:"老夫素于此道,不过略知皮毛,若要讲他所以然之故,不知从何讲起。总因当日未得真传,心中似是而非,狐疑莫定,所以如此。唐兄如果要学,老夫向闻歧舌国音韵最精,将来到彼,老夫奉陪上去,不过略为谈谈,就可会了。"唐敖道:"'歧舌'二字,是何寓意?何以彼处晓得音韵?"多九公道:"彼国人自幼生来嘴巧舌能,不独精通音律,并且能学鸟语,所以林兄前在聂耳,买了双头鸟儿,要到彼处去卖。他们各种声音皆可随口而出,因此邻国俱以'歧舌'呼之。日后唐兄听他口音就明白了。"

走了几日,到了靖人国。唐敖道:"请教九公:小弟闻得靖人,古人谓之诤人,身长八九寸,大约就是小人国。不知国内是何风景?"多九公道:"此地风俗硗薄[1],人最寡情,所说之话,处处与人相反。即如此物,明是甜的,他偏说苦的;明是咸的,他偏说淡的:教你无从捉摸。此是小人国历来风气如此,也不足怪。"二人于是登岸,到了城郭。城门甚矮,弯腰而进。里面街市极窄,竟难并行。走到城内,

---

[1] 硗(qiāo)薄——本意指土地瘠瘦不适宜于耕种,一般借作风俗人情"不厚道"解释。

才见国人,都是身长不满一尺;那些儿童,只得四寸之长。行路时,恐为大鸟所害,无论老少,都是三五成群,手执器械防身;满口说的都是相反的话,诡诈异常。唐敖道:"世间竟有如此小人,倒也少见。"游了片时,遇见林之洋卖货回来,一同回船。

走了几日,大家正在闲谈,路过一个桑林,一望无际,内有许多妇人,都生得娇艳异常。

未知如何,下回分解。

第二十回

丹桂岩山鸡舞镜　碧梧岭孔雀开屏

话说那些妇人俱以丝绵缠身,栖在林内,也有吃桑叶的,也有口中吐丝的。唐敖道:"请教九公:这些妇人,是何种类?"多九公道:"此处近于北海,名叫'呕丝之野'。古人言这妇人都是蚕类。此地既无城郭,这些妇人都以桑林为居,以桑为食,又能吐丝,倒像'鲛人泣珠[1]'光景。据老夫愚见:就仿鲛人之意,把他叫作'蚕人'。鲛人泣珠,蚕人吐丝,其义倒也相合。"林之洋道:"这些女子都生的娇娇滴滴,俺们带几个回去作妾,又会吐丝,又能生子,岂不好么?"多九公道:"你把他作妾,倘他性子发作,吐出丝来,把你身子缠住,你摆脱不开,还把性命送了哩!你去问问,那些男子,那个不是死在他们手里!"

这日到了跂踵国。有几个国人在海边取鱼。一个个身长八尺,身宽也是八尺,竟是一个方人。赤发蓬头。两只大脚,有一尺厚、二尺长,行动时以脚指行走,脚跟并不着地,一步三摇,斯斯文文,竟有

---

[1] 鲛(jiāo)人泣珠——神话传说:南海有一种"鲛人",同鱼一样住在水里,哭出的眼泪能变成珠子;善于纺织,织出的东西是丝质,名"鲛绡"。

"宁可湿衣,不可乱步"光景。唐敖因这方人过于拘板,无甚可观,不曾上去。

这日到了一个大邦,远远望见一座城池,就如峻岭一般,好不巍峨。原来却是长人国。林之洋自去卖货。唐敖同多九公上去,见了几个长人,吓的飞忙走回道:"九公!吓杀小弟了!当日我见古人书中,言长人身长一二十丈,以为必无之事,那知今日见的,竟有七八丈高,半空中晃晃荡荡,他的脚面比我们肚腹还高,令人望着好不害怕!幸亏早早逃走;他若看见,将我们用手提起,放在面前望望,我们身子已在数丈之外了!"

多九公道:"今日所见长人并不算长。若以极长的比较,他也只好算个脚面。老夫向在外洋同几位老翁闲谈,各说生平所见长人。内中有位老翁道:'当日我在海外,曾见一个长人,身长千余里,腰宽百余里;好饮天酒〔1〕,每日一饮五百斗。当时看了,甚觉诧异。后来因见古书,才知名叫"无路"。'又一老翁道:'老朽向在丁零之北,见一长人,卧在地下,其高如山,顿脚成谷,横身塞川,其长万余里。'又一老翁道:'我曾见一极长之人,若将无路比较,那无路只好算他脚面。莫讲别的,单讲他身上这件长衫,当日做时,不但天下的布都被他买绝,连天下的裁缝也都雇完,做了数年才能做成。那时布的行

---

〔1〕 天酒——也叫做"甘露"。迷信的说法:这是天上落下的一种露水,像油膏,味道很甜。

情也长了，裁缝工价也贵了，人人发财。所以布店同裁缝铺至今还在那里祷告，但愿长人再做一件长衫，他们又好齐行[1]了。彼时有一个裁缝，在那长衫底襟上偷了一块布，后来就将这布开了一个大布店，因此弃了本行，另做布行交易。你道这个长人身长若干？原来这人连头带脚，不长不短，恰恰十九万三千五百里！'众老翁都问道：'为何算的这样详细？'老翁道：'古人言由天至地有如此之高，此人恰恰头顶天、脚蹋地，所以才知就是这个里数。他不独身子长的恁高，并且那张大嘴还爱说大话，倒是身口相应。'众老翁道：'闻得天上刚风最硬，每每飞鸟过高，都被吹的化为天丝。这位长人头既顶天，他的脸上岂不吹坏么？'老翁道：'这人极其脸厚，所以不怕风吹。'众老翁道：'怎晓他的脸厚？'老翁道：'他脸如果不厚，为何满嘴只管说大话，总不怕人耻笑呢？'旁边有位老翁道：'老兄以为这人头顶天、脚蹋地就算极长了，那知老汉见过一个长人，较之刚才所说还长五百里。'众老翁道：'这人比天还大，不知怎能抬起头来？'老翁道：'他只顾大了，那知上面有天，因此只好低头混了一世。'又一老翁道：'你们所说这些长人，何足为奇！当年我见一人，睡在地下就有十九万三千五百里之高，脊背在地，肚腹顶天，这才大哩！'众老翁道：'此人肚腹业已顶天，毕竟怎样立起？倒要请教。'老翁道：'他睡在那里，两眼望着天，真是目空一切，旁若无人。如此之大，莫讲不能立起，并且翻身还不能哩！'"

---

[1] 齐行（háng）——商人为了谋取暴利相约共同抬高市价。

说着闲话,回到船上。林之洋卖了两样货物,并替唐敖卖了许多花盆,甚觉得利。郎舅两个,不免又是一番痛饮。林之洋笑道:"俺看天下事只要凑巧:素日俺同妹夫饮酒存的空坛,还有向年旧坛,俺因弃了可惜,随他撂在舱中,那知今日倒将这个出脱;前在小人国,也是无意卖了许多蚕茧。这两样都是并不值钱的,不想他们视如至宝,倒会获利;俺带的正经货物,倒不得价。人说买卖生意,全要机会,若不凑巧,随你会卖也不中用。"唐敖道:"他们买这蚕茧、酒坛,有何用处?"林之洋未曾回答,先发笑道:"若要说起,真是笑话!……"正要讲这缘故,因国人又来买货,足足忙了一日,到晚方才开船。

这日到了白民国交界。迎面有一危峰,一派清光,甚觉可爱。唐敖忖道:"如此峻岭,岂无名花?"于是请问多九公是何名山? 多九公道:"此岭总名麟凤山,自东至西,约长千余里,乃西海第一大岭。内中果木极盛,鸟兽极繁。但岭东要求一禽也不可得,岭西要求一兽也不可得。"唐敖道:"这却为何?"多九公道:"此山茂林深处,向有一麟一凤。麟在东山,凤在西山。所以东面五百里有兽无禽,西面五百里有禽无兽,倒像各守疆界光景。因而东山名叫麒麟山,上面桂花甚多,又名丹桂岩;西山名叫凤凰山,上面梧桐甚多,又名碧梧岭。此事不知始于何时,相安已久。谁知东山旁有条小岭名叫狻猊[1]岭,西山旁有条小岭名叫䴗䴗岭。狻猊岭上有一恶兽,其名就叫'狻猊',

---
〔1〕 狻(suān)猊(ní)——狮子。

常带许多怪兽来至东山骚扰;鹠鶒岭上有个恶鸟,其名就叫'鹠鶒',常带许多怪鸟来至西山骚扰。"唐敖道:"东山有麟,麟为兽长;西山有凤,凤为禽长。难道狻猊也不畏麟,鹠鶒也不怕凤么?"多九公道:"当日老夫也甚疑惑。后来因见古书,才知鹠鶒乃西方神鸟,狻猊亦可算得毛群之长,无怪要来抗横[1]了。大约略为骚扰,麟凤也不同他计较;若干犯过甚,也就不免争斗。数年前老夫从此路过,曾见凤凰与鹠鶒争斗,都是各发手下之鸟,或一个两个,彼此剥啄撕打,倒也爽目。后来又遇麒麟同狻猊争斗,也是各发手下之兽,那撕打迸跳形状,真可山摇地动,看之令人心惊。毕竟邪不胜正,闹来闹去,往往狻猊、鹠鶒大败而归。"

　　正在谈论,半空中倒像人喊马嘶,闹闹吵吵。连忙出舱仰观,只见无数大鸟,密密层层,飞向山中去了。唐敖道:"看这光景,莫非鹠鶒又来骚扰? 我们何不前去望望?"多九公道:"如此甚好。"于是通知林之洋,把船拢在山脚下,三人带了器械,弃舟登岸,上了山坡。唐敖道:"今日之游,别的景致还在其次,第一凤凰不可不看:他既做了一山之主,自然另是一种气概。"多九公道:"唐兄要看凤凰,我们越过前面峰头,只检梧桐多处游去,倘缘分凑巧,不过略走几步,就可遇见。"大家穿过峻岭,寻找桐林,不知不觉,走了数里。林之洋道:"俺们今日见的都是小鸟,并无一只大鸟,不知甚故? 难道果真都去伺候凤凰么?"唐敖道:"今日所见各鸟,毛色或紫或碧,五彩灿烂,兼之各

----

[1] 抗横——这里横同衡。势均力敌的敌对的意思。

种娇啼,不啻笙簧,已足悦耳娱目,如此美景,也算难得了。"

忽听一阵鸟鸣之声,宛转嘹亮,甚觉爽耳,三人一闻此音,陡然神清气爽。唐敖道:"《诗》言:'鹤鸣于九皋[1],声闻于天。'今听此声,真可上彻霄汉。"大家顺着声音望去,只当必是鹤鹭之类。看了半晌,并无踪影,只觉其音渐渐相近,较之鹤鸣尤其洪亮。多九公道:"这又奇了!安有如此大声,不见形象之理?"唐敖道:"九公,你看:那边有颗大树,树旁围着许多飞蝇,上下盘旋,这个声音好像树中发出的。"说话间,离树不远,其声更觉震耳。三人朝着树上望了一望,何尝有个禽鸟。林之洋忽然把头抱住,乱跳起来,口内只说:"震死俺了!"二人都吃一吓,问其所以。林之洋道:"俺正看大树,只觉有个苍蝇,飞在耳边。俺用手将他按住,谁知他在耳边大喊一声,就如雷鸣一般,把俺震的头晕眼花。俺趁势把他捉在手内。"话未说完,那蝇大喊大叫,鸣的更觉震耳。林之洋把手乱摇道:"俺将你摇的发昏,看你可叫!"那蝇被摇,旋即住声。唐、多二人随向那群飞蝇侧耳细听,那个大声果然竟是"不啻若自其口出"。多九公笑道:"若非此鸟飞入林兄耳内,我们何能想到如此大声,却出这群小鸟之口。老夫目力不佳,不能辨其颜色。林兄把那小鸟取出,看看可是红嘴绿毛?如果状如鹦鹉,老夫就知其名了。"林之洋道:"这个小鸟,从未见过,俺要带回船去给众人见识见识。设或取出飞了,岂不可惜?"于是卷了一个纸桶,把纸桶对着手缝,轻轻将小鸟放了进去。唐敖起初见这

---

[1] 九皋——流水曲折汇集的地方。

小鸟,以为无非苍蝇、蜜蜂之类,今听多九公之话,轻轻过去一看,果然都是红嘴绿毛,状如鹦鹉。忙走回道:"他的形状,小弟才去细看,果真不错。请教何名?"多九公道:"此鸟名叫'细鸟'。元封[1]五年,勘毕国曾用玉笼以数百进贡,形如大蝇,状似鹦鹉,声闻数里。国人常以此鸟候日,又名'候日虫'。那知如此小鸟,其声竟如洪钟,倒也罕见!"

林之洋道:"妹夫要看凤凰,走来走去,遍山并无一鸟。如今细鸟飞散,静悄悄连声也不闻。这里只有树木,没甚好顽,俺们另向别处去罢。"多九公道:"此刻忽然鸦雀无闻,却也奇怪。"只见有个牧童,身穿白衣,手拿器械,从路旁走来。唐敖上前拱手道:"请问小哥:此处是何地名?"牧童道:"此地叫做碧梧岭,岭旁就是丹桂岩,乃白民国所属。过了此岭,野兽最多,往往出来伤人,三位客人须要仔细!"说罢去了。

多九公道:"此处既名碧梧岭,大约梧桐必多,或者凤凰在这岭上也未可知。我们且把对面山峰越过,看是如何。"不多时,越过高峰,只见西边山头无数梧桐,桐林内立着一只凤凰:毛分五彩,赤若丹霞;身高六尺,尾长丈余;蛇颈鸡喙,一身花文。两旁密密层层,列着无数奇禽:或身高一丈,或身高八尺;青黄赤白黑,各种颜色,不能枚举。对面东边山头桂树林中也有一个大鸟:浑身碧绿,长颈鼠足,身高六尺,其形如雁。两旁围着许多怪鸟:也有三首六足的,也有四翼

---

[1] 元封——刘彻(汉武帝)的年号。

双尾的,奇形怪状,不一而足。多九公道:"东边这只绿鸟就是鹒鹠。大约今日又来骚扰,所以凤凰带着众鸟把去路拦住,看来又要争斗了。"忽听鹒鹠连鸣两声,身旁飞出一鸟,其状如凤,尾长丈余,毛分五彩;撺至丹桂岩,抖擞翎毛,舒翅展尾,上下飞舞,如同一片锦绣;恰好旁边有块云母石,就如一面大镜,照的那个影儿,五彩相映,分外鲜明。林之洋道:"这鸟倒像凤凰,就只身材短小,莫非母凤凰么?"多九公道:"此鸟名'山鸡',最爱其毛,每每照水顾影,眼花坠水而死。古人因他有凤之色,无凤之德,呼作'哑凤'。大约鹒鹠以为此鸟具如许彩色,可以压倒凤凰手下众鸟,因此命他出来当场卖弄。"忽见西林飞出一只孔雀,走至碧梧岭,展开七尺长尾,舒张两翅,朝着丹桂岩盼睐起舞;不独金翠萦目,兼且那个长尾排着许多圆文,陡然或红或黄,变出无穷颜色,宛如锦屏一般。山鸡起初也还勉强飞舞,后来因见孔雀这条长尾变出五颜六色,华彩夺目,金碧辉煌,未免自惭形秽;鸣了两声,朝着云母石一头撞去,竟自身亡。唐敖道:"这只山鸡因毛色比不上孔雀,所以羞忿轻生。以禽鸟之微,尚有如此血性,何以世人明知己不如人,反觍颜无愧?殊不可解。"林之洋道:"世人都像山鸡这般烈性,那里死得许多!据俺看来:只好把脸一老,也就混过去了。"孔雀得胜退回本林。东林又飞出一鸟,一身苍毛,尖嘴黄足,跳至山坡,口中唧唧吒咋,鸣出各种声音。此鸟鸣未数声,西林也飞出一只五彩鸟,尖嘴短尾,走到山冈,展翅摇翎,口中鸣的娇娇滴滴,悠扬宛转,甚觉可耳。唐敖道:"小弟闻得'鸣鸟'毛分五彩,有百乐歌舞之风,大约就是此类了。那苍鸟不知何名?"多九公道:"此即

'反舌',一名'百舌'。《月令》'仲夏反舌无声',就是此鸟。"林之洋道:"如今正是仲夏,这个反舌与众不同,他不按月令,只管乱叫了。"忽听东林无数鸟鸣,从中撺出一只怪鸟,其形如鹅,身高二丈,翼广丈余,九条长尾,十颈环簇,只得九头。撺至山冈,鼓翼作势,霎时九头齐鸣。多九公道:"原来'九头鸟'出来了。"

未知如何,下回分解。

第二十一回

逢恶兽唐生被难　施神枪魏女解围

话说多九公指着九头鸟道："此鸟古人谓之'鸧鸹',一身逆毛,甚是凶恶。不知凤凰手下那个出来招架?"登时西林飞出一只小鸟,白颈红嘴,一身青翠,走至山冈,望着九头鸟鸣了几声,宛如狗吠。九头鸟一闻此声,早已抱头鼠窜,腾空而去。此鸟退入西林。林之洋道:"这鸟为甚不是禽鸣,倒学狗叫?俺看他油嘴滑舌,南腔北调,到底算个甚么!可笑这九头鸟枉自又高又大,听得一声狗叫,他就跑了。原来小鸟这等利害!"多九公道:"此禽名叫'鸡鸟',又名'天狗'。这九头鸟本有十首,不知何时被犬咬去一个,其项至今流血。血滴人家,最为不祥。如闻其声,须令狗叫,他即逃走。因其畏犬,所以古人有'挼狗耳禳之'之法。"只见鹦鹉林内撺出一只驼鸟,身高八尺,状似橐驼,其色苍黑,翅广丈余,两只驼蹄,奔至山冈,吼叫连声。西林也飞出一鸟,赤眼红嘴,一身白毛,尾长丈二,身高四尺,尾上有勺,其大如斗,走至山冈,与驼鸟斗在一处。林之洋道:"这尾上有勺的倒也异样。俺们捉几个送给无肠国,他必欢喜。"唐敖道:"何以见得?"林之洋道:"他们得了这鸟,既可当菜大嚼,再把尾子取下作为盛饭盛粪的勺子,岂不好么?"唐敖道:"怪不得古人言:'驼鸟之卵,其大如瓮。'原来其形竟有如许之大!这尾上有勺的,他比驼鸟,一个身高八尺,一个身高四尺,大小悬殊,何能争斗?岂非自讨苦么?"多九公道:"此鸟名唤'鹦勺'。他既敢与驼鸟相斗,自然也就非凡。"鹦勺斗未数合,竖起长尾,一连几勺,打的驼鸟前撑后跳,声如牛吼。东林又跳出一只秃鹙,身高八尺,长颈身青,头秃无毛,撑至山冈。林之洋道:"忽然闹出和尚来了。"西边林内也飞出一鸟,浑身碧绿,一条猪尾,长有丈六,身高四尺,一只长足,跳跃而出,撑至山冈,抡起猪尾,如皮鞭一般,对着秃鹙一连几尾,把个秃头打的鲜血淋漓,吼叫连声。林之洋道:"这个和尚今日老大吃亏,怪不得大人国的和尚不肯削发,他怕秃头吃苦。"多九公道:"原来'跂踵'出来争斗。他这猪尾,随你勇鸟也敌他不过,看来鹔鹴又要大败了。"那边百舌敌不住鸣鸟,早已飞回东林;秃鹙被打不过,腾空而去;驼鸟两翅受伤,逃回本林。只听鹔鹴大叫几声,带着无数怪鸟,奔至山冈;西林也有许多大鸟飞出:登时斗成一团。那鹦勺抡起大勺,跂踵舞起猪尾,一起一落,打的落花流水。正在难解难分,忽听东边山上,犹如千军万马之声,尘土飞空,山摇地动,密密层层,不知一群甚么,狂奔而来。登时众鸟飞腾,凤凰鹔鹴,也都逃窜。

三人听了,忙躲桐林深处,细细偷看。原来是群野兽,从东奔来:为首其状如虎,一身青毛,钩爪锯牙,弭耳昂鼻,目光如电,声吼如雷;一条长尾,尾上茸毛,其大如斗;走至凤凰所栖林内,吼了两声,带着许多怪兽,浑身血迹,撑了进去。随后一群怪兽赶来,也是血迹淋漓,走至鹔鹴所栖林内,也都撑入。为首一兽:浑身青黄,其体似麏,其尾似牛,其足似马,头生一角。唐敖道:"请教九公:这个独角兽自然是麒麟;西边那个青兽可是狻猊?"多九公道:"西林正是狻猊,大约又来骚扰,所以麒麟带着众兽赶来。"只见狻猊喘息片时,将身立起,口中叫了两声。旁边撺出一只野猪,搧着两耳,一步三摇,倒像奉令一般,走到跟前,将头伸出,送到狻猊口边;狻猊嗅了一嗅,吼了一声,把嘴一张,咬下猪头,随将野猪吃入腹中。林之洋道:"这个野猪,据俺看来:生的甚觉悭吝,那肯真心请客;他的意思,不过虚让一让,那知狻猊并不推辞,竟自啖了。原来狻猊腹饥,大约吃饱就要争斗了。"正自指手画脚,谈论狻猊,不意手中那个细鸟,忽又鸣声震耳,连忙用手乱摇,那肯住声。狻猊听了,把头扬起,顺着声音望了一望,只听大吼一声,带着许多怪兽,一齐奔来。三人吓的四处奔逃。多九公喊道:"林兄!还不放枪救命,等待何时!"林之洋跑的气喘嘘嘘,弃了细鸟,迎着众兽放了一枪。虽然打倒两个,无奈众兽密密层层,毫不畏惧,仍旧奔来。多九公道:"我的林兄!难道放不得第二枪么!"林之洋战战兢兢,又放一枪;好像火上浇油,众兽更都如飞而至。林之洋不觉放声哭道:"只顾要看撕斗,那知狻猊腹饥,要吃俺肉!无肾国以土当饭,他是以人当饭!俺闻秀才最酸,狻猊如怕酸物倒牙,九公同妹夫还可躲这灾难,就只苦杀俺了!顷刻就到跟前,只要把口一张,就吞到腹中!这狻猊肚肠不知可像无肠国?但愿吞了随即通过,俺还有命;若不通过,存在里面,就要闷杀了!"唐敖正朝前奔,只觉身后鸣声震耳,回头一看,狻猊相离不远,竟向身后扑来。不由手慌脚乱,无计可施,说声"不好",一时着急,将身一纵,就如飞舞一般,撺在空中。众兽都向多、林二人扑去。二人惟有叫苦,左右乱跑。忽听山冈上呱剌剌如雷鸣一般,响了一声,一道黑烟,比箭还急,直奔狻猊;狻猊将身纵起,方才躲过;转眼间,又是一声响亮,狻猊躲避不及,登时打落山上。众兽撇了多、林二人,都来围护狻猊。只听呱剌剌、呱剌剌、……响亮连声,黑烟乱冒,尘土飞空,满山响声不绝,四处烟雾迷漫。那个响声,如雨点一般,滚将出来,把些怪兽打的尸横遍地,四处奔逃,霎时无踪。麒麟带着众兽,也都逃窜。

唐敖落下。林之洋跑来道:"妹夫当日吃了蹑空草,揎的高高的,有处躲避;竟把俺们撇了!幸亏俺有枪神救命;若不遇着枪神,只怕俺同九公久已变成狻猊的浊气了。"唐敖道:"当日小弟在东口山,手捧石碑,还能揎空,今日若将二位驼在肩上,大约也可揎高;无奈你们相离过远,狻猊紧跟身后,那里还敢迟延。舅兄只顾要将细鸟带回船去,刚才被他这阵乱叫,以致众兽闻风而至,几乎性命不保。"多九公也走来道:"这阵连珠枪好不利害!若非打倒狻猊,众兽岂能散去。此时烟雾渐散,我们前去找那放枪之人,以便拜谢。"只见山冈走下一个猎户,身穿青布箭衣,肩上担着鸟枪。生得眉清目秀,齿白唇红,年纪不过十四五岁。虽是猎户打扮,举止甚觉秀雅。三人忙上前下拜道:"多谢壮士救命之恩!请教尊姓?贵乡何处?"猎户还礼道:"小子姓魏,天朝人氏,因避难寄居于此。请教三位老丈尊姓?从何到此?"多、林二人把名姓说了。唐敖忖道:"当初魏思温、薛仲璋二位哥哥都以连珠枪出名。自从敬业兄弟兵败,闻得俱逃海外。此人莫非思温哥哥之子?——待我问他一声。"因说道:"当日天朝有位姓魏的,官名思温,惯用连珠枪,天下驰名,壮士可是一家?"猎户道："这是先父。老丈何以得知？"唐敖道："谁知壮士却是思温哥哥之子！不意竟于此处相会！"于是将名姓说明，又把当日结盟及被参各话细说一遍。猎户忙下拜道："原来却是唐叔叔到此，侄女不知，万望恕罪！"唐敖还礼道："贤侄请起。为何自称侄女？这是何故？"猎户道："侄女名唤紫樱，哥哥名魏武。因敬业叔叔遇难，父亲无处存身，带领家眷，逃至此地。本山向有狻猊，常与麒麟争斗，伤损田苗，甚至出来伤人，附近居民，屡受其害。向来虽有猎户，奈此兽极其狡猾，目力甚远，一闻枪声，即搪高逃避，非连珠枪不能捉获。因此聘请父亲，在此驱除野兽。历来打死狻猊不计其数。前岁父亲去世，虽将哥哥照旧延请，奈身弱多病，不能辛苦；若将此业弃了，无以为生。幸侄女幼年学得此枪，只得男装，权承此业，以养寡母。连日因众兽争斗，惟恐伤人，正要擒拿狻猊，不想得遇叔叔。刚才狻猊紧在叔叔身后，我看着只管着急，不敢动手。亏得叔叔朝上一撺，这才得空，放了一枪；若再稍迟一步，只怕叔叔性命难保。但是将身一纵，就能撺高，若非神灵护佑，何能如此？真是吉人天相！当日父亲临危有遗书一封，命我兄妹日后投奔岭南托叔叔照应，此书现在家口，就请叔叔过去一看，以便献茶。"唐敖道："多年未见万氏嫂嫂之面，今在海外，自应前去拜见。不意思温哥哥今已去世，竟不能一见，好不令人心酸！"当时三人同魏紫樱越过山头，向魏家而来。唐敖忖道："我自到海外，凡遇名山异域，莫不上去流览。原想遵着梦神之话，寻访名花；谁知至今一无所见，倒与这些女子有缘，每每歧路相逢，却也奇怪。"不多时，到了魏家，只见四处安设强弓弩箭。齐进客厅，魏紫樱进内通知万氏夫人同魏武出来,彼此见礼。唐敖看那魏武,虽然满面病容,生的倒也清秀。魏紫樱把父亲遗书呈出。唐敖拆开,上面写的无非丁嘱"俯念结义之情,诸事照应"的话。看罢,叹息一番,将书收过。万氏道:"贱妾自从丈夫去世,原想携了遗书,带着儿女,投奔叔叔。因本地乡邻惧怕野兽,再三挽留;兼之家乡近来不知可还缉捕余党,惟恐被害,不敢前去。今幸叔叔到此。我家现在六亲无靠,故乡举目无亲,除叔叔外,别无可托之人。将来尚恳俯推丈夫结义之情,务望携带,倘能仍回故土,就是我丈夫在九泉之下,也感大德了。"唐敖道:"缉捕之事,相隔十余年,久已淡了。日后小弟海外回来,自然奉请嫂嫂并侄儿侄女同回故乡;况今日侄女如此大德,岂敢相忘!嫂嫂只管放心!"于是又问问日用薪水。原来此处民人因魏家父子驱除野兽,感念其德,供应极厚,每年除衣食外,颇有盈余。唐敖听了,这才放心。随将身边带着散碎银子,送给魏紫樱为脂粉之用。又嘱魏武带至魏思温灵前,拈香下拜,恸哭一场,辞别回船。

次日,到了白民国。林之洋发了许多绸缎海菜去卖。唐敖来邀九公上去游玩。多九公道:"此处人烟甚广,地方富厚,语言也与我们相同。无如老夫与他无缘,每到此地,不是有事,就是抱病。今日叨光同去走走,却也难得。"一齐登岸,走了数里,只见各处俱是白壤;远远有几座小岭,都是一色矾石;田中种着荞麦,遍地开着白花;虽有几个农人在那里耕田,因离的过远,面貌看不明白,惟见一色白衣。不多时,进了玉城,步过银桥,四处房舍店面接连不断,俱是粉壁高墙；人来人往，作买作卖，热闹非凡。那些国人，无老无少，个个面白如玉，唇似涂朱，再映着两道弯眉，一双俊目，莫不美貌异常。而且俱是白衣白帽，一概绫罗，打扮极其素净；腕上都戴着金镯，手中拿着香珠；身上挂着玳瑁小刀、戳纱荷包、打子儿的扇套[1]、双飞燕的汗巾，还有许多翡翠玛瑙玩器。所穿衣服，大约都用异香薰过，远远就觉芳馨扑鼻。唐敖此时如入山阴道上，目不暇给[2]。一面看着，一面赞不绝口道："如此美貌，再配这些穿戴，真是风流盖世！海外各国人物，大约以此为最了。"再看两边店面，接接连连，都是酒肆、饭馆、香店、银局。绸缎绫罗，堆积如山；衣冠鞋袜，摆列无数。其余羊牛猪犬，鸡鸭鱼虾，诸般海菜，各种点心，不一而足。真是：吃的，喝的，穿的，戴的，无一不精，无一不备。满街满巷，那股酒肉之香，竟可上彻霄汉。

　　只见林之洋同一水手从绸缎店出来。多九公迎着问道："林兄货物可曾得利？"林之洋满面欢容道："俺今日托二位福气，卖了许多货物，利息也好。少刻回去，多买酒肉奉请。如今还有几样腰巾、荷包零星货物，要到前面巷内找个大户人家卖去。俺们何不一同走走？"唐敖道："如此甚好。"林之洋随命水手把所卖银钱先送上船，顺

------

〔1〕戳纱荷包、打子儿的扇套——戳纱荷包，一种亮纱所制、上用各色丝线纵横织成花草禽鸟等形状的荷包。打子儿的扇套，一种厚纱所制、上用丝线逐针打结使之作凸起状的扇套。
〔2〕山阴道上，目不暇给——山阴就是现在的绍兴。山阴路上风景多，看都来不及看，原是晋王献之说的话。后来被用着表示对一般事物的欣赏。

便买些酒肉带去;自己提了包袱,同唐、多二人进了前面巷子。林之洋道:"好了,前面那个高大门楼,想是大户人家。"走到门前,适值里面走出一个绝美后生。林之洋说知来意。那后生道:"既有宝货,何不请进,我家先生正要买哩。"三人刚要举步,只见门旁贴着一张白纸,上写"学塾"两个大字。唐敖一见,不觉吃了一吓道:"九公!原来此处却是学馆!"多九公看了,也吓一跳,又不好退回,只得走进。那后生见他们进来,先到里面通信去了。唐敖向多九公道:"此处国人生的清俊,其天姿聪慧,博览群书,可想而知。我们进去,须比黑齿国加倍留神才好。"林之洋道:"何必留神。据俺愚见:总是给他'弗得知'。"

三人进内,来至厅堂。里面坐着一位先生,戴着玳瑁边的眼镜,约有四旬光景。还有四五个学生,都在二旬上下,一个个品貌绝美,衣帽鲜明。那先生也是一个美丈夫。里面诗书满架,笔墨如林。厅堂当中悬一玉匾,上写"学海文林"四个泥金大字。两旁挂一副粉笺对联,写的是:

研六经以训世,括万妙而为师。

唐敖同多九公见了这样规模,不但脚下轻轻举步,并且连鼻子气也不敢出。唐敖轻轻说道:"这才是大邦人物!一切气概,与众不同。相形之下,我们又觉有些俗气了。"走进厅堂,也不敢冒昧行礼,只好侍立一旁。先生坐在上面,手里拿着香珠,把三人看了一看,望着唐敖招手道:"来,来,来!那个书生走进来!"唐敖听见先生把他叫作"书生",不知怎样被他看作形藏[1],这一惊吃的不小!

未知如何,下回分解。

---
[1] 形藏——古代医书对人的胃、大肠、小肠、膀胱等四部分总称做"形藏"。这里"看出形藏"是说把内部秘密都看出来了。后文的"行藏",那是根据《论语》"用之则行,舍之则藏"的句子,指出处和行为。

第二十二回

遇白民儒士听奇文　观药兽武夫发妙论

话说唐敖忽听先生把他叫做书生,吓的连忙进前打躬道:"晚生不是书生,是商贾。"先生道:"我且问你:你是何方人氏?"唐敖躬身道:"晚生生长天朝,今因贩货到此。"先生笑道:"你头戴儒巾,生长天朝,为何还推不是书生? 莫非怕我考么?"唐敖听了,这才晓得他因儒巾看出,只得说道:"晚生幼年虽习儒业,因贸易多年,所有读的几句书久已忘了。"先生道:"话虽如此,大约诗赋必会作的?"唐敖听说做诗,更觉发慌道:"晚生自幼从未做诗,连诗也未读过。"先生道:"难为你生在天朝,连诗也不会作? ——断无此事。你何必瞒我? 快些实说!"唐敖发急道:"晚生实实不知,怎敢欺瞒!"先生道:"你这儒巾明明是个读书幌子[1],如何不会作诗? 你既不懂文墨,为何假充我们儒家样子,却把自己本来面目失了? 难道你要借此撞骗么? 还是装出斯文样子要谋馆呢? 我看你想馆把心都想昏了! 也罢,我且出题考你一考,看你作的何如,如作的好,我就荐你一个美馆。"说罢,把《诗韵》取出。唐敖见他取出《诗韵》,更急的要死,慌忙

---
[1] 幌子——商店在门外所设的标识物,使人一望而知是在卖什么。这里指儒巾是读书人的标识物。

说道:"晚生倘稍通文墨,今得幸遇当代鸿儒,尚欲勉强涂鸦[1],以求指教,岂肯自暴自弃,不知抬举,至于如此!况且又有美馆之荐,晚生敢不勉力?实因不谙文字,所以有负尊意,尚求垂问同来之人,就知晚生并非有意推辞了。"先生因向多、林二人道:"这个儒生果真不知文墨么?"林之洋道:"他自幼读书,曾中探花,怎么不知!"唐敖暗暗顿足道:"舅兄要坑杀我了!"只听林之洋又接着说道:"俺对先生实说罢:他知是知的,自从得了功名,就把书籍撇在九霄云外。幼年读的'《左传》右传'、'《公羊》母羊'[2],还有平日做的打油诗[3]、放屁诗,零零碎碎,一总都就了饭吃了。如今腹中只剩几段'大唐律仪注单[4]',还有许多买办账。你要考他律例算盘,倒是熟的。俺求你老人家把这美馆赏俺晚生罢。"先生道:"这个儒生既已废业,想是实情。你同那个老儿可会作诗?"多九公躬身道:"我们二人向来贸易,从未读书,何能作诗。"先生道:"原来你们三个都是俗人。"因指林之洋道:"你既同他们一样,为何还要求我荐馆?可惜你枉自生

---

[1] 涂鸦——比喻文字写得不好。唐卢仝诗:"忽来案上飞墨汁,涂抹诗书如老鸦。"意思说,纸上涂的一个个墨团,就如一群黑乌鸦。

[2] 《左传》右传、《公羊》母羊——《左传》,《春秋左氏传》的省称,左丘明作;《公羊》,《春秋公羊传》的省称,公羊高作。都是古时解释《春秋》的书。右传、母羊,并无其书。这里是本书作者形容发言人没有学问,以为有《左传》就该有右传,有《公羊》就该有母羊:有意打趣的话。

[3] 打油诗——开玩笑的诗。唐张打油最先做这种诗,所以后来叫这种诗体做打油诗。

[4] 律仪注单——法律和礼节的条文纪录。

得白净,腹中也少墨水,就是出来贸易,也该略认几字。我看你们虽可造就,无奈都是行路之人,不能在此耽搁;若肯略住两年,我倒可以指点指点。不是我夸口说:我的学问,只要你们在我跟前稍为领略,就够你们终身受用;日后回到家乡,时时习学,有了文名,不独近处朋友都来相访,只怕还有朋友'自远方来'哩。"林之洋道:"据俺晚生看来:岂但'自远方来',而且心里还'乐乎'哩。[1]"先生听了,不觉吃惊,立起身来,把玳瑁眼镜取下,身上取出一块双飞燕的汗巾,将眼揩了一揩,望着林之洋上下看一看道:"你既晓得'乐乎'故典,明明懂得文墨,为何故意骗我?"林之洋道:"这是俺晚生无意碰在典上,至于他的出处,俺实不知。"先生道:"你明是通家[2],还要推辞?"林之洋道:"俺如骗你,情愿发誓:教俺来生变个老秀才,从十岁进学,不离书本,一直活到九十岁,这才寿终。"先生道:"如此长寿,你敢愿意!"林之洋道:"你只晓得长寿,那知从十岁进学活到九十岁,这八十年岁考[3]的苦处,也就是活地狱了。"先生仍旧坐下道:"你们既不晓得文理,又不会作诗,无甚可谈,立在这里,只觉俗不可耐。莫若请出,且到厅外,等我把学生功课完了,再来看货。况且我们谈文,你

---

[1] 岂但"自远方来",而且心里还"乐乎"哩——这里是引用《论语》:"有朋自远方来,不亦乐乎。"所以下文有"你既晓得'乐乎'故典,明明懂得文墨"的话。
[2] 通家——这里指有学问的内行人。
[3] 岁考——秀才每三年要到所属的府、州里应一次考,叫做岁考,也叫岁试。

们也不懂。若久站在此,惟恐你们这股俗气四处传染,我虽'上智不移[1]',但馆中诸生俱在年幼,一经染了,就要费我许多陶镕,方能脱俗哩。"三人只得诺诺连声,慢慢退出,立在厅外。唐敖心里还是扑扑乱跳,惟恐先生仍要谈文,意欲携了多九公先走一步。

忽听先生在内教学生念书。细细听时,只得两句,共八个字:上句三字,下句五字。学生跟着读道:"切吾切,以反人之切。"唐敖忖道:"难道他们讲究反切么?"林之洋道:"你们听听:只怕又是'问道于盲'来了。"多九公听了,不觉毛骨竦然,连连摇手。那先生教了数遍,命学生退去;又教一个学生念书,也是两句:上句三字,下句四字。只听师徒高声读道:"永之兴,柳兴之兴。"也教数遍退去。三人听了,一毫不懂,于是闪在门旁,暗暗偷看:只见又有一个学生,捧书上去。先生把书用硃笔点了,也教了两遍,每句四字。只听学生念道:"羊者,良也;交者,孝也;予者,身也。"唐敖轻轻说道:"九公:今日千好万好,幸未同他谈文!刚才细听他们所读之书,不但从未见过,并且语句都是古奥。内中若无深义,为何偌大后生,每人只读数句?无如我们资性鲁钝,不能领略。古人云:'不经一事,不长一智。'我们若非黑齿前车之鉴,今日稍不留神,又要吃亏了。"

忽见有个学生出来招手道:"先生要看货哩。"林之洋连忙答应,

---

[1] 上智不移——上智,古人解释是圣贤的人。《论语》:"惟上知与下愚不移。"意思说,圣贤意志坚定,不会因诱惑动摇而去做坏事;下愚也勉强做不来好事。知,同智。

提着包袱进去。二人等候多时。原来先生业已把货买了,在那里议论平色。唐敖趁空暗暗踱进书馆,把众人之书,细看一遍;又把文稿翻了两篇,连忙退出。多九公道:"他们所读之书,唐兄都看见了,为何面上胀的这样通红?"唐敖刚要开言,恰好林之洋把货卖完,也退出来,三人一齐出门,走出巷子。

唐敖道:"今日这个亏吃的不小!我只当他学问渊博,所以一切恭敬,凡有问对,自称晚生。——那知却是这样不通!真是闻所未闻,见所未见!"多九公道:"他们读的'切吾切,以反人之切',却是何书?"唐敖道:"小弟才去偷看,谁知他把'幼'字'及'字读错,是《孟子》'幼吾幼,以及人之幼'。你道奇也不奇?"多九公不觉笑道:"若据此言,那'永之兴,柳兴之兴',莫非就是'求之与,抑与之与'么?"唐敖道:"如何不是!"多九公道:"那'羊者,良也;交者,孝也;予者,身也'是何书呢?"唐敖道:"这几句他只认了半边,却是《孟子》'庠者,养也;校者,教也;序者,射也'。并且书案上还有几本文稿,小弟略略翻了两篇,惟恐先生看见,也不敢看完,忙退出来。"

多九公道:"他那文稿写着甚么?唐兄记得么?"唐敖道:"内有一本破题[1],所载甚多。小弟记得有个题目,是'闻其声,不忍食其肉'二句。他破的是:'闻其声焉,所以不忍食其肉也。'"林之洋道:"这个学生作这破题,俺不喜他别的,俺只喜他好记性。"多九公道:

---

[1] 破题——八股文文体是死板的,起头两句必须点破全题,这两句就叫做"破题"。破题之后,必须作三句到五句加以解释,这三五句叫做"承题"。破题和承题并在一起,省称叫做"破承"。

"何以见得?"林之洋道:"先生出的题目,他竟一字不忘,整个写出来,难道记性还不好么?"唐敖道:"还有一个题目,是'百亩之田,勿夺其时,八口之家,可以无饥矣'。他破的是:'一顷之壤,能致力焉,则四双人丁,庶几有饭吃矣。'"林之洋道:"他以'四双人丁'破那'八口之家',俺只喜他'四双'二字把个'八'字扣的紧紧,万不能移到七口、九口去。"唐敖道:"还有一个题目,是'子华使于齐'至'原思为之宰'。他的破承,此时记不明白。我只记得到了渡下,他有两句是:'休言豪富贵公子,且表为官受禄人。'诸如此类,小弟也记不了许多。但此等不通之人,我在他跟前卑躬侍立,口口声声,自称'晚生',岂不愧死!"林之洋道:"'晚生'二字,也无甚么卑微。若他是早晨生的,你是晚上生的;或他先生几年,你后生几年:都可算得晚生,这怕甚么! 刚才那先生念的'切吾切,以反人之切',当时俺听了,倒替你们耽心:惟恐他要讲究反切,又要吃苦。如今平安回来,就是好的,管他甚么'早生、晚生'! 据俺看来:今日任凭吃亏,并未劳神,又未出汗,若比黑齿,也算体面了。"

忽见有个异兽,宛似牛形,头上戴着帽子,身上穿着衣服,有一小童牵着,走了过去。唐敖道:"请教九公:小弟闻当日神农时白民曾进药兽,不知此兽可是?"多九公道:"此正药兽,最能治病。人若有疾,对兽细告病源,此兽即至野外衔一草归,病人捣汁饮之,或煎汤服之,莫不见效。设或病重,一服不能除根;次日再告病源,此兽又至野外,或仍衔前草,或添一二样,照前煎服,往往治好。此地至今相传。并闻此兽比当日更广,渐渐滋生,别处也有了。"林之洋道:"原来他会行医,怪不得穿着衣帽。请问九公:这兽不知可晓脉理?可读医书?"多九公道:"他不会切脉,也未读过医书,大约略略晓得几样药味。"林之洋指着药兽道:"俺把你这厚脸的畜牲!医书也未读过,又不晓得脉理,竟敢出来看病!岂非以人命当耍么!"多九公道:"你骂他,设或被他听见,准备给你药吃。"林之洋道:"俺又不病,为甚吃药?"多九公道:"你虽无病,吃了他的药,自然要生出病来。"说笑间,回到船上,大家痛饮一番。

走了几时,这日风帆顺利,舟行甚速。唐敖同林之洋立在柁楼,看多九公指拨众人推柁。忽见前面似烟非烟,似雾非雾,有万道青气,直冲霄汉,烟雾中隐隐现出一座城池。林之洋道:"这城倒也不小,不知是甚地名?"多九公把罗盘更香[1]望一望道:"据老夫看来:前面已到淑士国了。"唐敖道:"小弟只觉这青气中含着一股异味,九公可知其详么?"多九公道:"老夫虽路过此地,因未近观,不知是何气味。"林之洋道:"青属甚味,难道书上也未载着么?"唐敖道:"按五行五味而论:东方属木,其色青,其味酸。不知彼处可是如此。"林之洋望着迎面嗅了一嗅,把头点了两点,道:"妹夫这话,只怕有些意思。"说话间,相离甚近,惟见梅树丛杂,都有十数丈高。那座城池隐隐跃跃,被亿万梅树围在居中。

不多时,船已收口。林之洋素知此地不通商贩,并无交易,因恐唐敖在船烦闷,所以照会众水手在此拢岸,将船停泊,三人约会同去。

----

[1] 更香——古人没有钟表,就燃点更香,看香的长短,推算时间的长短和迟早。

多九公道:"林兄何不带些货物?设或碰着交易,也未可知。"林之洋道:"淑士国从来买卖甚少,俺带甚物去呢?"多九公道:"若据'淑士'两字而论,此地似乎该有读书人。要带货物,惟有笔墨之类最好,并且携带也便。"林之洋点头,随即携了一个包袱。三人跳上三板,众水手用棹摆到岸边,一齐上岸,穿入梅林,只觉一股酸气,直钻头脑,三人只得掩鼻而行。多九公道:"老夫闻得海外传说:淑士国四时有不断之蘆,八节有长青之梅。蘆菜多寡,虽不得而知,据这梅树看来,果真不错。"过了梅林,到处皆是菜园,那些农人,都是儒者打扮。走了多时,离关不远,只见城门石壁上镌着一副金字对联,字有斗大,远远望去,只觉金光灿烂。上面写的是:

欲高门第须为善,要好儿孙必读书。

多九公道:"据对联看来,上句含着'淑'字意思,下句含着'士'字意思。这两句却是淑士国绝好招牌,怪不得就在城上施展起来。"唐敖道:"此地国王,据古人传说乃颛顼[1]之后。看这景象,甚觉儒业,与白民国迥然不同。"来到关前,只见许多兵役上来。

未知如何,下回分解。

---

[1] 颛(zhuān)顼(xū)——历史传说中古代的部落首领,黄帝的孙子,在高阳建国,号高阳氏。

第二十三回

说酸话酒保咬文　讲迂谈腐儒嚼字

话说三人来至关前,许多兵役上来,问明来历,个个身上搜检一遍,才放进去。林之洋道:"关上这些囚徒竟把俺们当作贼人,细细盘查。可惜俺未得着蹑空草,若吃了蹑空草,俺就撺进城去,看他怎样!"三人来到大街,看那国人都是头戴儒巾,身穿青衫,也有穿着蓝衫的;那些做买卖的,也是儒家打扮,斯斯文文,并无商旅习气。所卖之物,除家常日用外,大约卖青梅、齑菜的居多,其余不过纸墨笔砚,眼镜牙杖,书坊酒肆而已。唐敖道:"此地庶民,无论贫富,都是儒者打扮,却也异样。好在此地语言易懂,我们何不去问问风俗?"走过闹市,只听那些居民人家,接二连三,莫不书声朗朗。门首都竖着金字匾额:也有写着"贤良方正"的,也有写着"孝悌力田"的,也有"聪明正直"的,也有"德行耆儒"的,也有"通经孝廉"的,也有"好善不倦"的;其余两字匾额,如"体仁"、"好义"、"循礼"、"笃信"之类,不一而足。上面都有姓名、年月。只见旁边一家门首贴着一张红纸,上写"经书文馆"四字。门上有副对联,写的是:

优游道德之场,休息篇章之囿。

正面悬着五爪盘龙金字匾额,是"教育人才"四个大字。里面书声震耳。

林之洋指着包袱道:"俺要进去发个利市,二位可肯一同走走?"唐敖道:"舅兄饶了我罢!我还留着几个'晚生'慢慢用哩!前在白民国贱卖几个,至今还觉委屈。今到此地,看这光景,固非贱卖,但非其人,也觉委屈。"林之洋道:"当日妹夫如在红红、亭亭跟前称了晚生,心中可委屈?"唐敖道:"小弟若在两位才女跟前称了晚生,不但毫不委屈,并且心悦诚服。俗语说的:'学问无大小,能者为尊。'他的学问既高,一切尚要求教,如何不是晚生?岂在年纪?若老大无知,如白民之类,他在我跟前称晚生,我还不要哩。二位才女如此通品,舅兄却直称其名,未免唐突。"林之洋道:"当日你们受了黑女许多耻笑,还有'问道于盲'的话,彼时他们虽系羞辱九公,与妹夫无涉,但不把你放在眼里,随嘴乱说,也甚狂妄;今日提起,你不恨他也罢了,为甚反要敬他?"唐敖道:"凡事无论大小,如能处处虚心,不论走到何处,断无受辱之虞。我们前在黑齿,若一切谦逊,他又从何耻笑?今不自己追悔,若再怨人,那更不是了。"多九公道:"那几日老夫奉陪唐兄游玩,每每游到山水清秀或幽僻处,唐兄就有弃绝凡尘要去求仙之意。此虽一时有感而发,若据刚才这番言谈,莫非先贤忠恕之道,倘诸事如此,就是成佛作祖的根基。唐兄学问度量,老夫万万不及,将来诸事竟要叨教了。"林之洋道:"两个黑女才学高,妹夫肯称晚生;那君子国吴家弟兄跟前,妹夫也肯称晚生么?"唐敖道:"那吴氏弟兄学问虽不深知,据他所言,莫不尽情尽理,纯是圣贤仁义之道。此等人莫讲晚生,就是在他跟前负笈担囊[1],拜他为师,也长许多见识。"

林之洋道:"俺们只顾乱讲,莫被这些走路人听见。你们就在左近走走,俺去去就来。"说罢,向学馆去了。二人仍旧闲步,只见有两家门首竖着两块黑字匾额:一写"改过自新",一写"回心向善",上面也有姓名、年月。唐敖道:"九公:你道此匾何如?"多九公道:"据这字面,此人必是做甚不法之事,所以替他竖这招牌。仔细看来,金字匾额不计其数,至于丑匾却只此两块。可见此地向善的多,违法的少,也不愧'淑士'二字。"

二人信步又到闹市,观玩许久。只见林之洋提着空包袱,笑嘻嘻赶来。唐敖道:"原来舅兄把货物都卖了。"林之洋道:"俺虽卖了,就只赔了许多本钱。"多九公道:"这却为何?"林之洋道:"俺进了书馆,里面是些生童,看了货物,都要争买。谁知这些穷酸,一钱如命,总要贪图便宜,不肯十分出价。及至俺不卖要走,他又恋恋不舍,不放俺出来。扳谈多时,许多货物共总凑起来,不过增价一文。俺因那些穷酸又不添价,又不放走,他那恋恋不舍神情,令人看着可怜;俺本心慈面软,又想起君子国交易光景,俺要学他样子,只好吃些亏卖了。"多九公道:"林兄卖货既不得利,为何满面笑容?这笑必定有因。"林之洋道:"俺生平从不谈文,今日才谈一句,就被众人称赞,一路想来,

---

[1] 负笈担囊——笈,书箱;囊,行李。出外求学的人要背书箱、挑行李前往,因此,古人就用"负笈担囊"四字或只用"负笈"二字代表出外求学。

着实快活,不觉好笑。刚才那些生童同俺讲价,因俺不戴儒巾,问俺向来可曾读书。俺想妹夫常说,凡事总要谦恭;但俺腹中本无一物,若再谦恭,他们更看不起了。因此俺就说道:'俺是天朝人。幼年时节,经史子集,诸子百家,那样不曾读过!——就是俺们本朝唐诗,也不知读过多少!'俺只顾说大话;他们因俺读过诗,就要教俺做诗,考俺的学问。俺听这话,倒吓一身冷汗。俺想俺林之洋又不是秀才,生平又未做甚歹事,为甚要受考的魔难?——就是做甚歹事,也罪不至此。俺思忖多时,只得推辞俺要趱路,不能耽搁,再三支吾。偏偏这些刻薄鬼执意不肯,务要听听口气,才肯放走。俺被他们逼勒不过,忽然想起素日听得人说,搜索枯肠,就可做诗,俺因极力搜索。奈腹中只有盛饭的枯肠,并无盛诗的枯肠,所以搜他不出。后来俺见有两个小学生在那里对对子:先生出的是'云中雁',一个对'水上鸥',一个对'水底鱼'。俺趁势说道:'今日偏偏"诗思"不在家,不知甚时才来;好在"诗思"虽不在家,"对思"却在家。你们要听口气,俺对这个"云中雁"罢。'他们都道:'如此甚好。不知对个甚么?'俺道:'鸟枪打。'他们听了,都发痴不懂,求俺下个注解。俺道:'难为你们还是生童,连这意思也不懂?你们只知"云中雁"拿那"水上鸥"、"水底鱼"来对,请教:这些字面与那"云中雁"有甚瓜葛?俺对的这个"鸟枪打",却从云中雁生出的。'他们又问:'这三字为何从"云中雁"生发[1]的? 倒要请教。'俺道:'一抬头看见云中雁,随即就用鸟枪打,

---

[1] 生发——由联想、推衍而发生的。

如何不从云中雁生出的?'他们听了,这才明白,都道:'果然用意甚奇,无怪他说诸子百家都读过,据这意思,只怕还从《庄子》"见弹而求鸮炙[1]"套出来的。'俺听这话,猛然想起九公常同妹夫谈论'庄子、老子',约略必是一部大书,俺就说道:'不想俺的用意在这书上,竟被你们猜出。可见你们学问也是不凡的。幸亏俺用"庄子";若用"老子、少子",只怕也瞒不过了。'谁知他们听了,又都问道:向来只有《老子》,并未听见有甚"少子"。不知这部"少子"何时出的?内中载着甚么?'俺被他们这样一问,倒问住了。俺只当既有'老子',一定该有'少子';平时因听你们谈讲'前汉书、后汉书',又是甚么'文子、武子[2]',所以俺谈'老子'随口带出一部'少子',以为多说一书,更觉好听;那知刚刚把对子敷衍交卷,却又闹出岔头。后来他们再三追问,定要把这'少子'说明,才肯放走。俺想了一想,登时得一脱身主意,因向他们道:'这部"少子"乃圣朝太平之世出的,是俺天朝读书人做的,——这人就是老子后裔。老子做的是《道德经》,讲的都是元虚奥妙;他这"少子"虽以游戏为事,却暗寓劝善之意,不外"风人[3]之旨"。上面载着诸子百家,人物花鸟,书画琴棋,医卜星

----

[1] 见弹而求鸮(xiāo)炙——联想得太远、太早的意思。弹可以打鸮鸟,鸮鸟是可以烧着吃的;看见了弹,立刻就要求吃烧鸮,是太远、太早了。语出《庄子》。
[2] 文子、武子——《文子》,书名,传说是李聃的学生文子所作。"武子",指《孙子十三篇》,也是书名,孙武所作,省称《孙子》;孙武,有时被称做孙武子。
[3] 风人——古时史官采录民间歌谣,借以考察研究风俗,被采录的歌谣叫做"风",采录歌谣的人就叫做"风人"。

相,音韵算法,无一不备;还有各样灯谜,诸般酒令[1],以及双陆[2]、马吊[3]、射鹄、蹴球、斗草、投壶[4],各种百戏之类,件件都可解得睡魔,也可令人喷饭。这书俺们带着许多,如不嫌污目,俺就回去取来。'他们听了,个个欢喜,都要观看,将物价付俺,催俺上船取书,俺才逃了回来。"

唐敖笑道:"舅兄这个'鸟枪打'幸而遇见这些生童;若教别人听见,只怕嘴要打肿哩!"林之洋道:"俺嘴虽未肿,谈了许多文,嘴里着实发渴。刚才俺同生童讨茶吃,他们那里虽然有茶,并无茶叶,内中只有树叶两片。倒了多时,只得浅浅半杯,俺喝了一口,至今还觉发渴。这却怎好?"多九公道:"老夫口里也觉发干,恰喜面前有个酒楼,我们何不前去沽饮三杯,就便问问风俗?"林之洋一闻此言,口中

---

[1] 酒令——宴会时进行游戏,让轮到的人或输了的人喝酒,属于这类游戏的各种方法,叫做"酒令"。行酒令时,推出一个人来主持进行,这个人就叫做"令官"。
[2] 双陆——也叫谱双,古时一种棋:把木盘左右各画十二路,叫做梁;用木头做成三寸多长、上细下粗、形如棒槌的棋子,叫做马,黑白各十五枚。两人对下,用两粒或三粒骰子掷彩而行:白马从右到左,黑马从左到右,先出完的得胜。
[3] 马吊——古时一种纸牌,共四十张,牌上画有人形和花形。分十万贯、万贯、索子、文钱四门。每门最尊的牌叫做赏肩,都是红张;其次从副肩到副趣,叫做青张;最小的牌叫做趣。四个人玩,每人拿八张,留八张做底。以大的打小的,变化很多,有冲、贺、罚、散、捉张、灭张等规矩,还有各种赔例。
[4] 投壶——古时一种游戏,一般在宴会时举行。设置三尺高、两旁有耳的壶;耳也有口,和壶口相平,但耳身甚短。壶中放些小豆;在一定距离的地方,大家依次序把箭投掷进去。或中或不中,或投到耳里,或横在口上,或歪插在口里,或连中,或最初中,或最后中,都定有一定计算规则,输的人喝酒。

不觉垂涎道:"九公真是好人,说出话来莫不对人心路!"

三人进了酒楼,就在楼下拣个桌儿坐了。旁边走过一个酒保,也是儒巾素服,面上戴着眼镜,手中拿着折扇,斯斯文文,走来向着三人打躬陪笑道:"三位先生光顾者,莫非饮酒乎?抑用菜乎?敢请明以教我。"林之洋道:"你是酒保,你脸上戴着眼镜,已觉不配;你还满嘴通文,这是甚意?刚才俺同那些生童讲话,倒不见他有甚通文,谁知酒保倒通起文来,真是'整瓶不摇半瓶摇'!你可晓得俺最喉急,耐不惯同你通文,有酒有菜,只管快快拿来!"酒保陪笑道:"请教先生:酒要一壶乎,两壶乎?菜要一碟乎,两碟乎?"林之洋把手朝桌上一拍道:"甚么'乎'不'乎'的!你只管取来就是了!你再'之乎者也'的,俺先给你一拳!"吓的酒保连忙说道:"小子不敢!小子改过!"随即走去取了一壶酒,两碟下酒之物,——一碟青梅,一碟齑菜,——三个酒杯,每人面前恭恭敬敬斟了一杯,退了下去。

林之洋素日以酒为命,见了酒,心花都开,望着二人说声:"请了!"举起杯来,一饮而尽。那酒方才下咽,不觉紧皱双眉,口水直流,捧着下巴喊道:"酒保!错了!把醋拿来了!"只见旁边座儿有个驼背老者,身穿儒服,面戴眼镜,手中拿着剔牙杖,坐在那里,斯斯文文,自斟自饮。一面摇着身子,一面口中吟哦,所吟无非'之乎者也'之类。正吟的高兴,忽听林之洋说酒保错拿醋来,慌忙住了吟哦,连连摇手道:"吾兄既已饮矣,岂可言乎?你若言者,累及我也。我甚怕哉,故尔恳焉。兄耶,兄耶!切莫语之!"唐、多二人听见这几个虚字,不觉浑身发麻,暗暗笑个不了。林之洋道:"又是一位通文的!

俺埋怨酒保拿醋算酒,与你何干?为甚累你?倒要请教。"老者听罢,随将右手食指、中指,放在鼻孔上擦了两擦,道:"先生听者:今以酒醋论之,酒价贱之,醋价贵之。因何贱之?为甚贵之?其所分之,在其味之。酒味淡之,故尔贱之;醋味厚之,所以贵之。人皆买之,谁不知之。他今错之,必无心之。先生得之,乐何如之!——第既饮之,不该言之。不独言之,而谓误之。他若闻之,岂无语之?苟如语之,价必增之。先生增之,乃自讨之;你自增之,谁来管之。但你饮之,即我饮之;饮既类之,增应同之。向你讨之,必我讨之;你既增之,我安免之?苟亦增之,岂非累之?既要累之,你替与之。你不与之,他安肯之?既不肯之,必寻我之。我纵辩之,他岂听之?他不听之,势必闹之。倘闹急之,我惟跑之;——跑之,跑之,看你怎么了之!"唐、多二人听了,惟有发笑。林之洋道:"你这几个'之'字,尽是一派酸文,句句犯俺名字,把俺名字也弄酸了。随你讲去,俺也不懂。但俺口中这股酸气,如何是好!"桌上望了一望,只有两碟青梅、虀菜。看罢,口内更觉发酸。因大声叫道:"酒保!快把下酒[1]多拿两样来!"酒保答应,又取四个碟子放在桌上:一碟盐豆,一碟青豆,一碟豆芽,一碟豆瓣。林之洋道:"这几样俺吃不惯,再添几样来。"酒保答应,又添四样:一碟豆腐干,一碟豆腐皮,一碟酱豆腐,一碟糟豆腐。林之洋道:"俺们并不吃素,为甚只管拿这素菜?还有甚么,快去取来!"酒保陪笑道:"此数肴也,以先生视之,固不堪入目矣;然以敝地

---

[1] 下酒——指下酒的菜肴食物。

论之,虽王公之尊,其所享者亦不过如斯数样耳。先生鄙之,无乃过乎？止此而已,岂有他哉！"多九公道:"下酒菜业已够了,可有甚么好酒?"酒保道:"是酒也,非一类也,而有三等之分焉:上等者,其味醲;次等者,其味淡;下等者,又其淡也。先生问之,得无喜其淡者乎？"唐敖道:"我们量窄,吃不惯醲的,你把淡的换一壶来。"酒保登时把酒换了。三人尝了一尝,虽觉微酸,还可吃得。林之洋道:"怪不得有人评论酒味,都说酸为上,苦次之。原来这话出在淑士国的。"只见外面走进一个老者,儒巾淡服,举止大雅,也在楼下检个座儿坐了。

未知如何,下回分解。

第二十四回

唐探花酒楼闻善政　徐公子茶肆叙衷情

话说那个老者坐下道:"酒保:取半壶淡酒,一碟盐豆来。"唐敖见他器宇不俗,向前拱手道:"老丈请了。请教上姓?"老者还礼道:"小弟姓儒。还未请教尊姓?"当时多、林二人也过来,彼此见礼,各通名姓,把来意说了。老者道:"原来三位都是天朝老先生,失敬,失敬!"唐敖道:"老丈既来饮酒,与其独酌,何不屈尊过去,奉敬一杯,一同谈谈呢?"老者道:"虽承雅爱,但初次见面,如何就要叨扰!"多九公道:"也罢,我们'移樽就教'罢。"随命酒保把酒菜取了过来。三人让老者上坐,老者因是地主,再三不肯,分宾主坐了。彼此敬了两杯,吃些下酒之物。唐敖道:"请教老丈:贵处为何无论士农工商都是儒者打扮,并且官长也是如此? 难道贵贱不分么?"老者道:"敝处向例,自王公以至庶民,衣冠服制,虽皆一样,但有布帛颜色之不同:其色以黄为尊,红紫次之,蓝又次之,青色为卑。至于农工商贾,亦穿儒服,因本国向有定例,凡庶民素未考试的,谓之'游民',此等人身充贱役,不列四民之中,即有一二或以农工为业,人皆耻笑,以为游民亦掌大业,莫不远而避之。因此本处人自幼莫不读书。虽不能身穿蓝衫,名列胶庠,只要博得一领青衫,戴个儒巾,得列名教之中,不在游民之内;从此读书上进固妙,如或不能,或农或工,亦可各安事业了。"唐敖道："据老丈之言，贵处庶民，莫不从考试出来。第举国之大，何能个个能文呢？"老者道："考试之例，各有不同：或以通经，或以明史，或以词赋，或以诗文，或以策论，或以书启，或以乐律，或以音韵，或以刑法，或以历算，或以书画，或以医卜。只要精通其一，皆可取得一顶头巾、一领青衫。——若要上进，却非能文不可；至于蓝衫，亦非能文不可得。所以敝处国主当日创业之始，曾于国门写一对联，下句是'要好儿孙必读书'，就是勉人上进之意。"多九公道："请教老丈：贵处各家门首所立金字匾额，想是其人贤声素著，国主赐匾表彰，使人效法之意。内有一二黑匾，如'改过自新'之类，是何寓意？"老者道："这是其人虽在名教中，偶然失于检点，作了违法之事，并无大罪，事后国主命竖此匾，以为改过自新之意。此等人如再犯法，就要加等治罪。倘痛改前非，众善奉行，或乡邻代具公呈，或官长访知其事，都可奏明，将匾除去。此后或另有善行，贤声著于乡党，仍可启奏，另竖金字匾额。至竖过金字匾额之人，如有违法，不但将匾除去，亦是加等治罪，即'《春秋》责备贤者'之义。这总是国主勉人向善，谆谆劝戒之意。幸而读书者甚多，书能变化气质，遵着圣贤之教，那为非作歹的究竟少了。"

四人闲谈，不知不觉，连饮数壶。老者也问问天朝光景，啧啧赞美。又说许多闲话。老者酒已够了，意欲先走一步；唐敖见天色不早，算还酒帐，一同起身。老者立起，从身上取下一块汗巾，铺在桌上，把碟内所剩盐豆之类，尽数包了，揣在怀中，道："老先生钱已给过，这些残肴，与其白教酒保收去，莫若小弟顺便带回，明日倘来沽饮,就可再叨余惠了。"一面说着,又拿起一把酒壶,揭开壶盖,望了一望,里面还有两杯酒,因递给酒保道:"此酒寄在你处。明日饮时,倘少一杯,要罚十杯哩。"又把酱豆腐、糟豆腐,倒在一个碟内,也递给酒保道:"你也替我好好收了。"四人一同出位,走了两步,旁边残桌上放着一根秃牙杖,老者取过,闻了一闻,用手揩了一揩,放入袖中。

出了酒楼,到了市中,只见许多人围着一个美女在那里观看。那女子不过十三四岁,生得面如傅粉,极其俊秀,惟满眼泪痕,哭声甚惨。老者叹道:"如此幼女,教他天天抛头露面,今已数日,竟无一人肯发慈心,却也可怜。"唐敖道:"这女为何如此?"老者道:"此女向充宫娥,父母久已去世。自从公主下嫁,就在驸马府伺候。前日不知为甚忤了驸马,发媒变卖,身价不拘多寡。奈敝处一钱如命,无人肯买。兼之驸马现掌兵权,杀人如同儿戏,庶民无不畏惧,谁敢'太岁头上动土'?此女因露面羞愧,每寻自尽,俱被官媒救护。此时生死不能自主,所以啼哭。二位老先生如发善心,只消十贯钱就可买去,救其一命,也是一件好事。"林之洋道:"妹夫破费十贯钱买了,带回岭南,服侍甥女,岂不是好?"唐敖道:"此女既充宫娥,其家必非下等之人,我们设法救他则可,岂敢买去以奴婢相待。不知其家还有何人?如有亲属,小弟情愿出钱,令其亲属领回,倒是一件美举。"老者道:"前日驸马有令,不准亲属领回,如有不遵,就要治罪。因此亲属都不敢来。"唐敖听了,不觉摇首道:"既无亲属来领,又无人救,这却怎好?为今之计,只好权且买去,暂救其命,再作道理。"于是托林之洋上船,取了十贯钱,交给老者,向官媒写契买了。老者交代别去。

三人领了女子,回归旧路。唐敖问其姓氏。女子道:"婢子复姓司徒,乳名蕙儿,又名妩儿;现年十四岁。自幼选为宫娥,伺候王妃。前年公主下嫁,蒙王妃派入驸马府。父亲在日,曾任领兵副将,因同驸马出兵,死在外邦。"唐敖道:"原来是千金小姐。令尊在日,小姐可曾受聘?"司徒妩儿道:"婢子获罪,蒙恩主收买,乃系奴婢,今恩主以小姐相称,婢子如何禁当得起!"林之洋道:"刚才俺妹夫说断不肯以奴仆相待,据俺主意:小姐从今拜俺妹夫为义父,彼此也好相称。"说话间,来到岸边,水手放过三板,一齐渡上大船。林之洋命司徒妩儿拜了义父,进了内舱,与吕氏、婉如见礼;复又出来,拜了多、林二人。唐敖又问可曾受聘之事,妩儿滴泪道:"女儿若非丈夫负心,今日何至如此!"唐敖道:"你丈夫现在做何事业?为何负你?"妩儿道:"他祖籍天朝。前年来此投军,驸马爱他骁勇,留在府中,作为亲随。但驸马为人刚暴,下人稍有不好,立即处死,就是国王也惧他三分;又性最多疑,惟恐此人是外邦奸细,时刻堤防。去岁把女儿许给为妻,意欲以安其心。谁知他来此投军,果非本意。女儿既有所见,兼因驸马暴戾异常,将来必有大祸,惟恐玉石俱焚,因此不避羞耻,曾于黑夜俟驸马安寝,暗至他的门首,劝他急速回乡,另寻门路。不意他把这话告知驸马,公主立将女儿责处。此是今春的事。前日女儿因驸马就要出外阅兵,恐他跟去,徒然劳苦,于事无益,又去劝他及早改图,并偷给令旗一枝,以便私自出关。不意他将此话又去禀知。因此驸马大怒,将女儿毒打,并发官媒变卖。"唐敖道:"你丈夫既来投军,为何不是本意？况跟去阅兵，或者劳苦一场，挣得一官半职，也未可知，怎么你说与他无益？这话我却不懂。你丈夫姓甚名谁？现年若干？你们既已聘定，为何尚不完婚？"妩儿道："他姓徐，名承志；现年二旬以外。驸马虽将女儿许配，终怀猜疑，惟恐仍有异心，故将婚期暂缓。女儿因他由天朝数万里至此，若非避难，定有别因，意欲探其消息，奈内外相隔，不得其详。去岁冬间，他跟驸马进朝议事，女儿探知回来尚早，正好看其行藏，即至外厢，暗将房门撬开，搜出檄文一道，血书一封，这才晓得他是英国公忠良之后，避难到此。因此今年两次舍死劝他，及早改图。女儿原想救出丈夫，冀其勉承父志，立功于朝，以复祖业，庶忠良不至无后，英公亦瞑目九泉。倘得如愿，女儿一身如同蒿草，即使驸马闻知，亦必含笑就死，复有何恨！那知他无情无义，反将女儿陷害。若说他出于无心：今春女儿被责，几至九死一生，合府无人不晓，他岂不知？今又和盘托出，竟是安心要害女儿，却将自己切己之事全置度外，岂非别有肺肠么？"说罢，放声大哭。

　　唐敖听罢，又惊又喜道："此人既是徐姓，又是英国公之后，兼有檄文、血书，必是敬业兄弟之子无疑。数年来，我在四处探信，那知盟侄却在此处。吾女如此贤德，不避祸患，劝他别图。他不听良言，已属非是；反将此话告诉驸马。此等行为，真令人不解。你休要悲恸，其中必有别情，待我前去会他一面，便见分晓。"妩儿止悲道："义父呼他为侄，是何亲眷？"唐敖就把当日结拜各话，细细告知。随即约了多、林二人，寻至驸马府，费了许多工夫，用了无限使费，才将徐承志找出。徐承志把唐敖上下打量，细细望了一望道："此非说话之处。"即携三人,走进一个茶馆,拣了一间僻室,见左右无人,这才向唐敖下拜道:"伯伯何日到此?今在异乡相逢,真令侄儿梦想不到。"唐敖忙还礼道:"贤侄如何认得老夫?"徐承志道:"当日伯伯长安赴试,常同父亲相聚,那时侄儿不及十岁,曾在家中见过。此时虽隔十余年之久,伯伯面貌如旧,所以一望而知。"因向多、林二人见礼道:"二位尊姓?"唐敖道:"这都是老夫内亲。"因将二人姓名说了。茶博士送上茶来。徐承志道:"伯伯因何来到海外?近来武后可缉捕侄儿?"唐敖即将中后被参并缉捕淡了各话告诉一遍。因又问道:"贤侄为何逃奔到此?"徐承志道:"侄儿自从父亲被难,原想持着遗书,投奔文伯伯处。奈各处缉捕甚严,只得撇了骆家兄弟,独自逃到海外。飘流数载,苦不堪言,甚至僮仆之役,亦曾做过。前岁投军到此,虽比僮仆略好,仍是度日如年。但侄儿在此,伯伯何以得知?"唐敖道:"贤侄今已二旬以外,不知可曾娶有妻室?"徐承志一闻此言,不觉滴下泪来。

未知如何,下回分解。

第二十五回

越危垣潜出淑士关　　登曲岸闲游两面国

话说徐承志因唐敖问他婚姻之事,不觉垂泪道:"伯伯若问妻室,侄儿今生只好鳏居一世了。"唐敖道:"此话怎讲?"徐承志走到门外望了一望,仍旧归位道:"此处这个驸马,性最多疑。自从侄儿进府,见我膂力过人,虽极喜爱,恐是外国奸细,时刻堤防,甚至住房夜间亦有兵役把守,亏得众同事暗暗通知,处处谨慎,始保无虞。后来驸马意欲作他膀臂,收为心腹,故将宫娥司徒妩儿许配为婚,以安侄儿之心。众同事都道:驸马如此优待,一切更要留神,将来设或婚配,宫娥面前,凡有言谈,亦须仔细。诚恐人心难测,一经疏忽,性命不保。谁知今春夜间,妩儿忽来外厢,再三劝我及早远走,此非久恋之乡,莫要耽搁自己之事,说罢去了。侄儿足足筹画一夜;次日告知众同事,众人都说:'明系驸马教他探你口气,若不禀明,必有大祸。'侄儿因将此话禀知。后来闻得妩儿被责,因内外相隔,不知真假。不意数日前此女又来劝我急急改图。侄儿忖度一夜,次日又同众人商议,仍须禀知为是。不料禀过之后,驸马竟将妩儿着实毒打,发媒变卖。这才晓得此女竟是一片血心待我。兼且春天为我被责;今不记前仇,不避祸患,又来苦口相劝。所谓'生我者父母,知我者妩儿'。如此贤德,侄儿既不知感,反去恩将仇报,仍有何颜活在人世! 侄儿在此投军,原因一时穷乏,走头无路,暂图糊口。那知误入罗网。近来屡要逃归,面投血书,设计勤王,以承父志。无如此处关口盘查甚严,向例在官人役,毋许私自出关,如有不遵,枭首示众。侄儿在府将及三年,关上人役,无不熟识,因此更难私逃。连年如入笼中,行动不能自主。前者贤德妻子虽盗令旗一枝,彼时适值昏愦,亦呈驸马,后悔无及。此时妻子不知卖在何处!"不觉哽咽起来。唐敖道:"此事侄媳虽是一片血心,奈贤侄处此境界,不能不疑,无怪有此一番举动。幸喜侄媳无恙。"因将妩儿各话说知。徐承志这才止泪,拜谢救拔妻子之恩。

唐敖道:"关上如此严紧,贤侄不能出去,这却怎好?"徐承志道:"侄儿连年费尽心机,实无良策。此时难得伯伯到此,务望垂救!倘出此关,不啻恩同再造。将来如有出头之日,莫非伯伯所赐了。"多九公道:"老夫每见灵柩出关,从不搜检,此处虽严,谅无开棺之理。为今之计,何不假充灵柩,混出关去,岂不是好?"徐承志道:"此计虽善,倘关役生疑禀知,定要开棺,那时从何措手? 此事非同儿戏,仍须另想善策。况驸马稽查最严,稍有不妥,必致败露。"唐敖道:"关上见了令旗,既肯放出,莫若贤侄仍将令旗盗出,倒觉省事。"徐承志道:"伯伯!谈何容易! 他这令旗素藏内室,非紧急大事,不肯轻发。前者侄媳不知怎样费力才能盗出。此时既无内应,侄儿又难入内,令旗从何到手?"林之洋道:"据俺主意:到了夜晚,妹夫把公子驼到背上,将身一纵,跳出关外,人不知,鬼不觉,又简便,又爽快,这才好哩。"多九公道:"唐兄只能掇高,岂能负重? 若背上驼人,只怕连他自己也难上高了。"林之洋道:"前在麟凤山,俺闻妹夫说身上负重也能撺高,难道九公忘了么?"唐敖道:"负重固然无碍,惟恐城墙过高,也难上去。"多九公道:"只要肩能驼人,其余都好商量。若虑墙高,好在内外墙根都是大树,如果过高,唐兄先撺树上,随后再撺墙上,分两次撺去,岂不大妙?"唐敖道:"此事必须夜晚方能举行。莫若贤侄领我们到彼,先将道路看在眼内,以便晚上易于下手。"徐承志道:"不知伯伯何以学得此技?"唐敖把蹑空草之话告知。当时算还茶钱,出了茶馆。徐承志由僻径把三人暗暗领到城角下。唐敖看那城墙不过四五丈高,四顾寂然,夜间正好行事。林之洋道:"如今这里无人,墙又不高,妹夫就同公子操练操练,省得晚上费手。"唐敖道:"舅兄之言甚善。"于是驼了徐承志,将身一纵,并不费力,轻轻撺在城上。四处一望,惟见梅树丛杂,城外并无一人。因说道:"贤侄寓处可有紧要之物?如无要物,我们就此出城,岂不更觉省事?"徐承志道:"小侄自从前岁被人撬开房门,惟恐血书遗失,因此紧藏在身,时刻不离,此时房中别无要物,就求伯伯速速走罢。"唐敖随向多、林二人招手,二人会意,即向城外走来。唐敖将身一纵,撺下城去。徐承志随即跳下。走了多时,恰好多、林二人也都赶到,一齐登舟扬帆。徐承志再三叩谢。唐敖进内把徐承志前后各话说了,妩儿才知丈夫却是如此用意,于是转悲为喜。唐敖即将卖契烧毁。来到外舱,与徐承志商量回乡之事。多九公道:"此时公子只好暂往前进,俟有熟船,再回故乡,彼此才能放心。"徐承志点头。

走了几日,到了两面国。唐敖要去走走。徐承志恐驸马差人追赶,设或遇见,又费唇舌,因此不去。多九公道:"此国离海甚远,向来路过,老夫从未至彼,唐兄今既高兴,倒要奉陪一走。但老夫自从东口山赶那肉芝,跌了一交,被石块垫了脚胫,虽已痊愈,无如上了年纪,气血衰败,每每劳碌,就觉疼痛,近来只顾奉陪畅游,连日竟觉步履不便。此刻上去,倘道路过远,竟不能奉陪哩。"唐敖道:"我们且去走走。九公如走得动,同去固妙;倘走不动,半路回来,未为不可。"于是约了林之洋,别了徐承志,一齐登岸。走了数里,远远望去,并无一些影响。多九公道:"再走一二十里,原可支持,惟恐回来费力,又要疼痛,老夫只好失陪了。"林之洋道:"俺闻九公带有跌打妙药,逢人施送,此时自己有病,为甚倒不多服?"多九公道:"这怪彼时少吃两服药,留下病根,今已日久,服药恐亦无用。"林之洋道:"俺今日匆忙上来,未曾换衣,身穿这件布衫,又旧又破。刚才三人同行,还不理会。如今九公回去,俺同妹夫一路行走,他是儒巾绸衫,俺是旧帽破衣,倒像一穷一富。若教势利人看见,还肯睬俺么?"多九公笑道:"他不睬你,你就对他说:'俺也有件绸衫,今日匆忙,未曾穿来。'他必另眼相看了。"林之洋道:"他果另眼相看,俺更要摆架子说大话了。"多九公道:"你说甚么?"林之洋道:"俺说:'俺不独有件绸衣,俺家中还开过当铺,还有亲戚做过大官。'这样一说,只怕他们还有酒饭款待哩。"说着,同唐敖去了。

多九公回船,腿脚甚痛,只得服药歇息,不知不觉,睡了一觉。及至睡醒,疼痛已止,足疾竟自平复,心中着实畅快。正在前舱同徐承志闲谈,只见唐、林二人回来,因问道:"这两面国是何风景?——为何唐兄忽穿林兄衣帽,林兄又穿唐兄衣帽?这是何意?"唐敖道:"我们别了九公,又走十余里,才有人烟。原要看看两面是何形状,谁知他们个个头戴浩然巾[1],都把脑后遮住,只露一张正面,却把那面藏了,因此并未看见两面。小弟上去问问风俗,彼此一经交谈,他们那种和颜悦色、满面谦恭光景,令人不觉可爱可亲,与别处迥不相同。"林之洋道:"他同妹夫说笑,俺也随口问他两句。他掉转头来,把俺上下一望,陡然变了样子:脸上冷冷的,笑容也收了,谦恭也免了。停了半晌,他才答俺半句。"多九公道:"说话只有一句、两句,怎么叫作半句?"林之洋道:"他的说话虽是一句,因他无情无绪,半吞半吐,及至到俺耳中,却只半句。俺因他们个个把俺冷淡,后来走开,俺同妹夫商量,俺们彼此换了衣服,看他可还冷淡。登时俺就穿起绸衫,妹夫穿了布衫,又去找他闲话。那知他们忽又同俺谦恭,却把妹夫冷淡起来。"多九公叹道:"原来所谓两面,却是如此!"

唐敖道:"岂但如此!后来舅兄又同一人说话,小弟暗暗走到此人身后,悄悄把他浩然巾揭起。不意里面藏着一张恶脸,鼠眼鹰鼻,满面横肉。他见了小弟,把扫帚眉一皱,血盆口一张,伸出一条长舌,喷出一股毒气,霎时阴风惨惨,黑雾漫漫。小弟一见,不觉大叫一声:'吓杀我了!'再向对面一望,谁知舅兄却跪在地下。"多九公道:"唐

---

[1] 浩然巾——风帽形式的一种头巾。唐孟浩然戴这种头巾,大家模仿他,所以叫做"浩然巾"。

兄吓的喊叫也罢了,林兄忽然跪下,这却为何?"林之洋道:"俺同这人正在说笑,妹夫猛然揭起浩然巾,识破他的行藏,登时他就露出本相,把好好一张脸变成青面獠牙,伸出一条长舌,犹如一把钢刀,忽隐忽现。俺怕他暗处杀人,心中一吓,不因不由腿就软了,望着他磕了几个头,这才逃回。九公!你道这事可怪?"多九公道:"诸如此类,也是世间难免之事,何足为怪!老夫痴长几岁,却经历不少。揆其所以,大约二位语不择人,失于检点,以致如此。幸而知觉尚早,未遭其害。此后择人而语,诸凡留神,可免此患了。"

当时唐、林二人换了衣服,四人闲谈。因落雨不能开船。到晚,雨虽住了,风仍不止。正要安歇,忽听邻船有妇女哭声,十分惨切。

未知如何,下回分解。

第二十六回

遇强梁义女怀德　　遭大厄灵鱼报恩

话说唐敖听邻船妇女哭的甚觉惨切,即命水手打听,原来也是家乡货船,因在大洋遭风,船只打坏,所以啼哭。唐敖道:"既是本国船只,同我们却是乡亲,所谓'兔死狐悲'。今既被难,好在我们带有匠人,明日不妨略为耽搁,替他修理,也是一件好事。"林之洋道:"妹夫这话,甚合俺意。"随命水手过去,告知此意。那边甚是感激,止了哭声。因已晚了,命水手前来道谢。大家安歇。

天将发晓,忽听外面喊声不绝。唐敖同多、林二人忙到船头,只见岸上站着无数强盗,密密层层,约有百人,都执器械,头戴浩然巾,面上涂着黑烟,个个腰粗膀阔,口口声声,只叫:"快拿买路钱来!"三人因见人众,吓的魄散魂飞!林之洋只得跪在船头道:"告禀大王:俺是小本经纪,船上并无多货,那有银钱孝敬。只求大王饶命!"那为首强盗大怒道:"同你好说也不中用!且把你性命结果了再讲!"手举利刃,朝船上奔来。忽见邻船飞出一弹,把他打的仰面跌翻。只听得刷、刷、刷……弓弦响处,那弹子如雨点一般打将出去,真是"弹无虚发":每发一弹,岸上即倒一人。唐敖看那邻船有个美女,头上束着蓝绸包头,身穿葱绿箭衣,下穿一条紫裤,立在船头,左手举着弹弓,右手拿着弹子,对准强人,只检身长体壮的一个一个打将出去,一连打倒十余条大汉。剩下许多软弱残卒,发一声喊,一齐动手,把那跌倒的,三个抬着一个,两个拖着一个,四散奔逃。

唐敖同多、林二人走过邻船,拜谢女子拯救之恩,并问姓氏。女子还礼道:"婢子姓章,祖籍天朝。请问三位长者上姓?贵乡何处?"唐敖道:"他二人一姓多,一姓林。老夫姓唐名敖,也都是天朝人。"女子道:"如此说,莫非岭南唐伯伯么?"唐敖道:"老夫向住岭南。小姐为何这样相称?"女子道:"当日侄女父亲曾在长安同伯伯并骆、魏诸位伯伯结拜,难道伯伯就忘了?"唐敖道:"彼时结拜虽有数人,并无章姓,只怕小姐认差了。"女子道:"侄女原是徐姓,名唤丽蓉。父名敬功。因敬业叔叔被难,我父无处存身,即带家眷,改徐为章,逃至外洋,贩货为生。三年前父母相继去世。侄女带着乳母,原想同回故乡,因不知本国近来光景,不敢冒昧回去,仍旧贩货度日。不意前日在洋遭风,船只伤损。昨蒙伯伯命人道及盛意,正在感激;适逢贼人行劫,侄女因感昨日之情,拔刀相助,不想得遇伯伯。"只见徐承志也跳过船来。——原来徐承志听见外面喧嚷,久已起来,正想动手,因见邻船有个女子,连发数弹,打倒多人,看其光景,似可得胜,不便出来分功。俟贼人退去,这才露面,走到邻船。——唐敖将他兄妹之事,备细告知,二人抱头恸哭。

忽见岸上尘土飞空,远远有枝人马奔来。多九公道:"不好了!此必贼寇约会多人前来报仇,这便怎好?"徐承志道:"我的兵器前在淑士国匆匆未曾带来,船上可有器械?"徐丽蓉道:"船上向有父亲所用长枪,不知可合哥哥之用?众水手都拿他不动,现在前舱,请哥哥自去一看。"徐承志急忙进舱,把枪取出,恰恰合手,着实欢喜。只见岸上人马已近,个个身穿青衫,头戴儒巾,知是驸马差来兵马,连忙提枪上岸。为首一员大将,手执令旗出马道:"吾乃淑士国领兵上将司空魁。今奉驸马将令,特请徐将军回国,立时重用;如有不遵,即取首级回话。"徐承志道:"我在淑士三年之久,并未见用,何以才出国门,就要重用?虽承驸马美意,但我原是暂时避难,并非有志功名,即使国王让位,我亦不愿。请将军回去,就将此话上覆驸马。此时承志匆匆回乡,他日如来海外,再到驸马跟前谢罪。"司空魁大声说道:"徐承志既不遵令,大小三军速速擒拿!"令旗朝前一摆,众军发喊齐上。徐承志舞动长枪,略施英勇,把众兵杀的四散奔逃。司空魁腿上早着了一枪,几乎坠马,众军簇拥而去。

徐承志等他去远,刚要回船,前面尘头滚滚,喊声渐近,又来许多草寇。个个头戴浩然巾,手执器械,蜂拥而至。为首大盗,头上双插雉尾,手举一张雕弓,大声喊道:"何处来的幼女,擅敢伤我偻㒟!"手举弹弓,对准徐承志道:"你这汉子同那女子想是一路,且吃我一弹!"只听弓弦一响,弹子如飞而至。徐承志忙用枪格落尘埃,挺身上前。大盗掣出利刃,斗在一处。众偻㒟枪刀并举,喊声不绝。那大盗刀法甚精,徐承志只能杀个平手。正想设法取胜,忽见他弃刀跌翻,倒把徐承志吃了一吓。——原来徐丽蓉恐有疏虞,放了一弹,正中大盗面上。随又连放数弹,打倒多人。众偻㒟将主将抢回,纷纷四窜。

徐承志这才回船。丽蓉也到唐敖船上,与司徒妩儿姑嫂见面,并与吕氏及婉如见礼。林之洋命人过去修理船只。徐承志归心似箭,即同妹子商议,带着妩儿同回故乡。唐敖意欲承志就在船上婚配,一路起坐也便。承志因感妻子贤德,不肯草草,定要日后勤王得了功名,方肯合卺。唐敖见他立意甚坚,不好勉强。过了两日,船只修好。林之洋感念徐承志兄妹相救之德,因他夫妇俱是匆促逃出,并未带有行囊,嘱付吕氏做了衣帽被褥,并备路费送去。承志因船上货财甚多,只将衣帽被褥收下,路费璧回。当时换了衣帽,同妩儿、丽蓉别了众人,改为余姓,投奔文隐去了。多九公收拾开船。

走了几日,过了穿胸国。林之洋道:"俺闻人心生在正中。今穿胸国胸都穿通,他心生在甚么地方?"多九公道:"老夫闻他们胸前当日原是好好的;后来因他们行为不正,每每遇事把眉头一皱,心就歪在一边,或偏在一边。今日也歪,明日也偏,渐渐心离本位,胸无主宰。因此前心生一大疔,名叫'歪心疔';后心生一大疽,名叫'偏心疽';日渐溃烂。久而久之,前后相通,医药无效。亏得有一祝由科[1]用符咒将'中山狼'[2]、'波斯狗'[3]的心肺取来补那患处。过了几时,病虽医好,谁知这狼的心,狗的肺,也是歪在一边、偏在一

----

[1] 祝由科——原是古时医学中十三科之一,后来成为专用符咒治病的一种迷信方法的名称。从前湖南辰州地方最流行。所以也叫做"辰州符"。
[2] 中山狼——比喻忘恩负义的人。中山有一只狼,为猎者所追,东郭先生救了它的性命;狼在逃脱危险之后,反要吃东郭先生。故事出春秋宋人寓言。
[3] 波斯狗——一种凶猛的狗。这种狗原产在波斯国,所以称波斯狗。

边的,任他医治,胸前竟难复旧,所以至今仍是一个大洞。"林之洋道:"原来狼心狗肺都是又歪又偏的!"

行了几日,到了厌火国。唐敖约多、林二人登岸。走不多时,见了一群人,生得面如黑墨,形似狝猴,都向唐敖唧唧呱呱,不知说些甚么。唐敖望着,惟有发痰。——一面说话,又都伸出手来。看其光景,倒像索讨物件一般。多九公道:"我们乃过路人,不过上来瞻仰贵邦风景,那有许多银钱带在船上。况贵邦被旱失收,将来国王自有赈济,我们何能周济许多!"那些人听了,仍是七言八语,不肯散去。多九公又道:"我们本钱甚小,货物无多,安能以货济人。"林之洋在旁发躁道:"九公!俺们千山万水出来,原图赚钱的,并不是出来舍钱的。任他怎样,要想分文,俺是不能!"众人见不中用,也就走散。还有数人伸手站着。林之洋道:"九公!俺们走罢,那有工夫同这穷鬼瞎缠!"话才说完,只听众人发一声喊,个个口内喷出烈火,霎时烟雾迷漫,一派火光,直向对面扑来。林之洋胡须早已烧的一干二净。三人吓的忙向船上奔逃。幸亏这些人行路迟缓;刚到船上,众人也都赶到,一齐迎着船头,口中火光乱冒,烈焰飞腾,众水手被火烧的焦头烂额。

正在惊慌,猛见海中撺出许多妇人,都是赤身露体,浮在水面,露着半身,个个口内喷水,就如瀑布一般,滔滔不断,一派寒光,直向众人喷去。真是水能克火,霎时火光渐熄。林之洋趁便放了两枪,众人这才退去。再看那喷水妇人,原来就是当日在元股国放的人鱼。那群人鱼见火已熄了,也就入水而散。林之洋忙命水手收拾开船。多九公道:"春间只说唐兄放生积德,那知隔了数月,倒赖此鱼救了一船性命。古人云:'与人方便,自己方便。'这话果真不错。"唐敖道:"可恨水手还用鸟枪打伤一个。"林之洋道:"这鱼当日跟在船后走了几日,后来俺们走远,他已不见,怎么今日忽又跑来?俺见世人每每受人恩惠,到了事后,就把恩情撇在脑后;谁知这鱼倒不忘恩。这等看来:世上那些忘恩的,连鱼鳖也不如了!请问九公:难道这鱼他就晓得俺们今日被难,赶来相救么?"多九公道:"此鱼如果未卜先知,前在元股国也不被人网着了。总而言之:凡鳞、介、鸟、兽为四灵所属,种类虽别,灵性则一。如马有垂缰之义[1],犬有湿草之仁[2],若谓无知无识,何能如此?即如黄雀形体不满三寸,尚知衔环之报,何况偌大人鱼。"林之洋道:"厌火离元股甚远,难道这鱼还是春天放的那鱼么?"多九公道:"新旧固不可知。老夫曾见一人,最好食犬,后来其命竟丧众犬之口。以此而论:此人因好食犬,所以为犬所伤;当日我们放鱼,今日自然为鱼所救。此鱼总是一类,何必考其新旧。以衔环、食犬二事看来,可见爱生恶死,不独是人之恒情,亦是物之恒

---

[1] 马有垂缰之义——故事传说:前秦符坚和慕容冲打仗,符坚败了,逃走时滚落到山涧里,爬不上来。他骑的那匹马,就跪在涧边,让所系的缰垂下去,他抓住了缰绳爬上来,才脱了难。出《异苑》。
[2] 犬有湿草之仁——故事传说:三国时吴李信纯,养一狗,名黑龙;某天,李大醉不能回家,睡在郊外草地上;猎人放火烧草,将要延烧到李的身边;黑龙跳到水沟里把全身弄湿,然后跑回来把身上的水打湿李周围身边的草,因而李得未被烧死。出《搜神记》。

情。人放他生,他既知感;人伤他生,岂不知恨?所以世人每因口腹无故杀生,不独违了上天好生之德,亦犯物之所忌。"

唐敖道:"他们满口唧唧呱呱,小弟一字也不懂,好不令人气闷!"多九公道:"他这口音,还不过于离奇;将来到了歧舌,那才难懂哩。"唐敖道:"小弟正因音韵学问,盼望歧舌,为何总不见到?"多九公道:"前面过了结胸、长臂、翼民、豕喙、伯虑、巫咸等国,就是歧舌疆界了。"

林之洋道:"今日把俺一嘴胡须烧去,此时嘴边还痛,这便怎处?"多九公道:"可惜老夫有个妙方,连年在外,竟未配得。"唐敖道:"是何药品?何不告诉我们,也好传人济世。"多九公道:"此物到处皆有,名叫'秋葵',其叶宛如鸡爪,又名'鸡爪葵'。此花盛开时,用麻油半瓶,每日将鲜花用箸夹入,俟花装满,封口收贮,遇有汤火烧伤,搽上立时败毒止痛。伤重者连搽数次,无不神效。凡遇此患,如急切无药,或用麻油调大黄末搽上也好。此时既无葵油,只好以此调治了。"唐敖道:"天下奇方原多,总是日久失传。或因方内并无贵重之药,人皆忽略,埋没的也就不少。那知并不值钱之药,倒会治病。即如小弟幼时,忽从面上生一肉核,非疮非疣,不痛不痒,起初小如绿豆,渐渐大如黄豆,虽不疼痛,究竟可厌。后来遇人传一妙方,用乌梅肉去核烧存性,碾末,清水调敷,搽了数日,果然全消。又有一种肉核,俗名'猴子',生在面上,虽不痛痒,亦甚可嫌。若用铜钱套住,以祁艾灸三次,落后永不复发。可见用药不在价之贵贱,若以价值而定好丑,真是误尽苍生!"多九公道:"林兄已四旬以外,今日忽把胡须烧去,露出这副白脸,只得二旬光景,无怪海船朋友把他叫做'雪见羞'。"唐敖道:"舅兄绰号虽叫'雪见羞',但面上无雪;谁知厌火国人,口中却会放火!"多九公道:"这怪老夫记性不好,只顾游玩,就把'生火出其口'这话忘了。林兄现在嘴痛,莫把大黄又要忘了。"随即取出递给。林之洋用麻油敷在面上,过了两天,果然痊愈。

这日大家正在舵楼眺望,只觉燥热异常,顷刻就如三伏一般,人人出汗,个个喘息不止。唐敖道:"此时业已交秋,为何忽然燥热?"多九公道:"此处近于寿麻疆界,所以觉热。古人云:'寿麻之国,正立无影,疾呼无响,爰有大暑,不可以往。'亏得另有岔路可以越过,再走半日,就不热了。"唐敖道:"如此煖地,他们国人如何居住?"多九公道:"据海外传说:彼处白昼最热,每到日出,人伏水中;日暮热退,才敢出水。又有人说:其人自幼如此,倒不觉热,最怕离了本国,就是夏天也要冻死。据老夫看来:伏水之说,恐未尽然;至离本国就要冻死,此话倒还近理。即如花木有喜暖的,一经移植寒地,往往致死,就是此意。"唐敖道:"小弟闻得仙人与虚合体,日中无影;又老人之子,先天不足,亦或日中无影。寿麻之人无影,不知何故?"多九公道:"大约他们受形之始,所禀阳气不足,以致代代如此。即如这样煖地,他能居住,其阳气不足,可想而知,自然立日无影了。"

忽听船上人声喧哗,原来有个水手受了暑热,忽然晕倒。众人发慌,特来讨药。多九公忙从箱中取了一撮药末道:"你将此药拿去,再取大蒜数瓣,也照此药轻重,不多不少,一齐捣烂,用井水一碗和匀,澄清去渣,灌入腹中,自然见效。"众人接了。恰好水舱带有井水,登时配好,灌了下去。不多时,苏醒过来,平复如旧。林之洋道:"九公:这是甚药,恁般灵验?"多九公道:"你道是何妙药?"

未知如何,下回分解。

第二十七回

观奇形路过翼民郡　谈异相道经豕喙乡

话说多九公道:"林兄,你道是何妙药?——原来却是'街心土'。凡夏月受暑昏迷,用大蒜数瓣,同街心土各等分捣烂,用井水一碗和匀,澄清去渣,服之立时即苏。此方老夫曾救多人。虽一文不值,却是济世仙丹。"

这日过了结胸国。林之洋道:"他们国人为甚胸前高起一块?"多九公道:"只因他们生性过懒,且又好吃,所谓'好吃懒做'。每日吃了就睡,睡了又吃,饮食不能消化,渐渐变成积痞,所以胸前高起一块。久而久之,竟成痼疾,以致代代如此。"林之洋道:"这病九公可能治么?"多九公道:"他如请我医治,也不须服药,只消把他懒筋抽了,再把馋虫去了,包他是个好人。"

唐敖道:"此时忽又燥热异常,是何缘故?"多九公道:"我们只顾闲谈,那知今日风帆甚顺,此处已近炎火山。古人所谓:'炎火之山,投物辄燃。'就是指此而言。"林之洋道:"《西游记》有个火焰山,这里又有炎火山,原来海外竟有两座火山。"多九公笑道:"林兄此言未免把天下看的过小了。若论火山,只就老夫所见而言:海外耆薄国之东有火山国,山中虽落大雨,其火仍旧;火中常有白鼠走至山边觅食,猎人捕获,以毛做布,就是如今'火澣布'。又自燃洲有树生于火山,其皮亦可织为'火浣布'。西域且弥山,昼望山孔如烟,夜望如灯。崦嵫之北,其山有石,若以两石相打,登时只觉水润,润后旋即出火。又炎洲有火林山,火洲有火焰山;海中有沃焦山,遇水即燃。这都是老夫向日到过的。其余各书所载火山不能枚举,从前曾否走过,事隔多年,也记不清了。"唐敖道:"据小弟看来:天下既有五湖四海许多水,自然该有沃焦、炎洲许多火,也是天地生物,不偏不倚,水火既济之意。但小弟被这暑热熏蒸,头上只觉昏晕,求九公把街心土见赐一服。"多九公道:"唐兄不过偶尔受些暑气,只消嗅些'平安散'就好了。"即取出一个小瓶。唐敖接过,揭开瓶盖,将药末倒在手中,嗅了许多,打了几个喷嚏,登时神清气爽,道:"如此妙药,九公何不将药方赐我?日后传人,也是一件好事。"多九公道:"此方用西牛黄肆分,冰片陆分,麝香陆分,蟾酥壹钱,火硝叁钱,滑石肆钱,煅石膏贰两,大赤金箔肆拾张,共碾细末,越细越好,磁瓶收贮,不可透气。专治夏月受暑,头目昏晕,或不省人事,或患痧腹痛,吹入鼻中,立时起死回生。如骡马受热晕倒,也将此药吹入即苏,故又名'人马平安散'。古方用朱砂配合,老夫恐他污衣,改用白色。"把方写了。唐敖接过,再三致谢。

炎火山过去,路过长臂国。有几个人在海边取鱼。唐敖道:"他这两臂伸出来竟有两丈,比他身子还长,倒也异样。"多九公叹道:

"凡事总不可强求。即如这注钱财,应有我分,自然该去伸手;若非应得之物,混去伸手,久而久之,徒然把臂弄的多长,倒像废人一般,于事何济!"

又走几日,到了翼民国。将船泊岸。三人上去,走了数里,并未看见一人。林之洋惟恐过远,意欲回船;唐敖因闻此国人头长,有翼能飞不能远,并非胎生,乃是卵生,决意要去看看。林之洋拗不过,只得跟着前进。又走数里,才有人烟。只见其人身长五尺,头长也是五尺;一张鸟嘴,两个红眼,一头白发,背生双翼;浑身碧绿,倒像披着树叶一般。也有走的,也有飞的。——那飞的不过离地二丈。——来来往往,倒也好看。林之洋道:"他们个个身长五尺,头长也是五尺。他这头为甚生得恁长?"多九公道:"老夫闻说此处最喜奉承,北边俗语叫作'爱戴高帽子';今日也戴,明日也戴,满头尽是高帽子,所以渐渐把头弄长了:这是戴高帽子戴出来的。"

唐敖道:"怪不得古人说是卵生,果然像个四足鸟儿。"林之洋道:"若是卵生,这些女人自然都会生蛋了。俺们为甚不买些人蛋?日后到了家乡,卖与戏班,岂不发财么?"多九公道:"班中要他何用?"林之洋道:"俺看这些女人,也有年纪老的,也有年纪小的。若会生蛋:那年纪老的,生的自然是老蛋;年纪小的,生的自然是小蛋。俺们有了老蛋、小蛋,到了家乡,那些戏班为甚不要? 只怕小蛋还更值钱哩!"多九公道:"林兄把'旦'字认作白字了。他们小旦并非鸡蛋之'蛋',你如不信,把他肚腹剖开,里面并无蛋黄,只有一肚曲子。

还有拿[1]的好身段,推[2]的好衫子,并且还有绝妙的小嫩嗓子。"林之洋道:"九公说他并无蛋黄,据俺看来:只怕还有元丝课哩。再要搜寻,大约金镯子也是有的。就是那扛旗儿二等小旦,万不济,也有几块洋钱,也有一个包金镯子。就只令俺不懂的,刚才说的明明是个'旦'字,为甚是'白'字?若是'白'字,下面多了一横,上面少了一撇,这是怎讲?"

唐敖道:"舅兄何必只管谈论小旦。你看这些飞的,飘飘扬扬,比走甚快。我们到此,离船已远。才见几位老翁,竟有雇人驼着飞的。据小弟愚见:我们回船,何不也雇人驼去,岂不爽快?"林之洋正因走的腿酸,听见此话,即雇三个驼夫,一齐伏在肩上,登时展翅飞起,转眼间到了船上,驼夫收翅落下。三人下来,开发脚钱,起锚扬帆。

这日到豕喙国,游了片时回船。唐敖道:"此国人为何生一张猪嘴?而且语音不同,倒像五方杂处一般,是何缘故?"多九公道:"当日我曾打听,不得其详。后在海外遇一奇人,细细谈起,方才明白。原来本地向无此国。只因三代以后,人心不古,撒谎的人过多,死后阿鼻地狱[3]容留不下;若令其好好托生,恐将来此风更甚。因此冥

---

[1] 拿——这里指戏剧中的表演动作。
[2] 推——这里指戏剧中的舞蹈动作。
[3] 阿鼻地狱——阿鼻,空间上没有间隔,时间上没有间断的意思。是梵语的译音。佛家迷信说法:犯了最严重罪恶的人,死后发到这个地狱,到处去受苦,时刻在受苦。

官上了条陈,将历来所有谎精,择其罪孽轻的俱发到此处托生。因他生前最好扯谎,所以给他一张猪嘴,罚他一世以糟糠为食。世上无论何处谎精,死后俱托生于此,因此各人语音不同。其嘴似猪,故邻国都以'豕喙'呼之。"

走了两日,路过伯虑国。唐敖又要上去游玩。多九公因配药不能同去,林之洋同唐敖去了。二人去后,多九公配了许多痢疟及金疮各药,以备沿途济人之用。方才配完,唐、林二人也就回来。

唐敖道:"怪不得九公不肯上去,原来此地另是一种风气。刚才小弟见他们那种瞌睡光景,好无兴趣,并且行路时也是闭目缓步。如此疲倦,何不在家睡睡? 必定勉强出来,这是何意?"多九公道:"海外有两句口号,说这伯虑国的风俗,难道林兄也不知么?"林之洋道:"海外都说:'杞人忧天,伯虑愁眠。'九公所说口号,莫非就是这两句? 怎叫'忧天、愁眠',俺却不懂。"多九公道:"当日杞人怕天落下把他压死,所以日夜忧天,此人所共知的。这伯虑国虽不忧天,一生最怕睡觉:他恐睡去不醒,送了性命,因此日夜愁眠。此地向无衾枕,虽有床帐,系为歇息而设,从无睡觉之说;终年昏昏迷迷,勉强支持。往往有人熬到数年,精神疲惫,支撑不住,一觉睡去,百般呼唤,竟不能醒。其家聚哭,以为命不可保;及至睡醒,业已数月。亲友闻他醒时,都来庆贺,以为死里逃生,举家莫不欢喜。此地惟恐睡觉,偏偏作怪,每每有人睡去竟会一睡不醒,因睡而死的不计其数,因此更把睡觉一事视为畏途。"唐敖道:"此处既有睡去不醒之人,无怪更要愁眠。但睡去不醒，未免过奇，不知何故？"多九公道："他们如果也像常人夜眠昼起，照常过日子，何至睡去不醒。因他终年不眠，熬的头晕眼花，四肢无力；兼之日夜焦愁，胸中郁闷，一经睡去，精神涣散，就如灯尽油干，要想气聚神全，如何能够！自然魄散魂销，命归泉路了。"唐敖道："此地寿相如何？"多九公道："他们自从略知人事，就是满腹忧愁，从无一日开心，也不知喜笑欢乐为何物。你只看他终日愁眉苦脸，年未弱冠[1]，须发已白，不过混一天是一天，那里还讲寿数。"唐敖道："可见过于忧愁，也非养生之道。今听九公之言，小弟从此把心事全都撇去，乐得宽心多活几年。"

又走几时，到了巫咸国。把船收口。林之洋发了许多绸缎去卖。唐敖因肚腹不调，不能上去；多九公向来游玩，原是奉陪的，今见唐敖不去，乐得船上养静。唐敖闷坐无聊，来到后面舵楼，四面望一望道："请教九公：那边青枝绿叶，大小不等，是何树木？"多九公道："大树是桑，居民以此为柴；小树名叫木棉。此地不产丝货，向无绸缎，历来都取棉絮织而为衣，所以林兄特带绸缎来此货卖。"唐敖道："小弟向日因古人传说：'巫咸之人，采桑往来。'以为必是产丝之地，那知却是有桑无蚕。可惜如此好桑，竟为无用之物。舅兄此去，货物可能得利？"多九公道："当初有人来此贩货，如财运亨通，竟可大获其利；因

---

[1] 弱冠——指男子到了二十岁左右的年龄。古时男子二十岁举行"冠礼"，戴上成人戴的帽子，表示是少年而不再是儿童了。由于究竟还不是成人，所以称做"弱冠"。

木棉失收,国人无以为衣,丝货一到,就如得了至宝一般,莫不争着购买。近来此树茂盛,来此贩货的不能十分得利。但木棉究竟制造费力,兼之此地不善织纺,如有丝贩到此,那富贵之家,或多或少,也都出价置买。就只利息不能预定,只要客贩稀少,也就获利了。"唐敖道:"偏偏小弟今日患痢,不能前去一看。"多九公道:"贵恙既是痢疾,何不早说? 老夫有药在此。"即取一包药末道:"药引都在上面,按引调服,不过五六服就可痊愈。"唐敖随即照引服了。当时林之洋也就回来,谈起货物:"原来此地数年前外邦来了两个幼女,带了许多蚕子,在此养蚕织纺,连年日渐滋生;本处也有人学会织机,都以丝绵为衣。俺们丝货虽不获利,还不亏本。喜得前在白民国卖了一半,存的不多,再耽搁两日,就好出脱了。"安歇一宿,次日仍去卖货。

唐敖又把药末用了一服,竟自痊愈,着实欢喜。来至后面,再三拜谢道:"九公此药,不啻仙丹! 是何妙品,如此神效?"多九公道:"当日老夫高祖母常患此病,我曾祖百般医治,总不见好;后来亏得割股煎药,才能脱体。过了几年,我高祖母年已六旬,又患此恙。因素日晓得我曾祖为人最孝,恐有割股等事,到了煎药时,总要亲自过目,方肯下咽。后来日重一日,我曾祖无计可施。因敝处有座大山,名叫小方丈,恐有仙人在内,于是赤足披发,一步一拜,来到山上,叩求神仙垂救,情愿减寿代母。如是三日三夜,水米不曾沾唇;到第四日,有个渔翁传了此方。一连进了五服,这才痊愈。又活四十年,到了一百岁,无疾而终。所以此方流传至今。"唐敖道:"九公令曾祖既割股于前,又叩寿于后,如此孝心,自然该有神仙传此妙方。既这等神效,九公何不刊刻流传,使天下人皆免此患,共登寿域,岂不是件好事?"多九公道:"我家人丁向来指此为生,若刊刻流传,人得此方,谁还来买? 老夫原知传方是件好事,但一经通行,家中缺了养赡,岂非自讨苦吃么?"唐敖摇头道:"那有此事! 世间行善的自有天地神明鉴察。若把药方刊刻,做了偌大善事,反要吃苦,断无此理。若果如此,谁肯行善? 当日于公治狱,大兴驷马之门;窦氏济人,高折五枝之桂;救蚁中状元之选;埋蛇享宰相之荣:诸如此类,莫非因作好事而获善报。所谓:'欲广福田,须凭心地。'九公素称达者,何以此等善事倒不修为? 即如令曾祖以孝心感格,而得仙方之报;今九公传了此方,又安知不别有富贵之报? 况令郎身入黉门,目前虽以舌耕为业,若九公刻了此方,焉知令郎不联捷直上? ——那时食了皇家俸禄,又何须几个药资为家口之计呢?"多九公点头道:"唐兄赐教极是。日后老夫回去,定将此方刊刻流传,并将祖上所有秘方也都发刻,以为济世之道。就以今日为始,我将各种秘方,先写几张,以便沿途施送,使海外人也得此方,岂不更好!"唐敖道:"'人有善念,天必从之。'九公既发这个善心,日后自有好处。请教此方究竟是何妙药?"多九公道:"此方用苍术(米泔浸陈土炒焦)叁两,杏仁(去皮尖,去油)贰两,羌活(炒)贰两,川乌(去皮,面包煨透)壹两伍钱,生大黄(炒)壹两,熟大黄(炒)壹两,生甘草(炒)壹两伍钱,共为细末。每服肆分,小儿减半;孕妇忌服。赤痢,用灯心叁拾寸煎浓汤调服;白痢,生姜叁片,煎浓汤调服;赤白痢,灯心叁拾寸,生姜叁片,煎浓汤调服;水泻,米汤调服。病重的不过五六服即愈。但灯心、生姜,必须照方浓煎,才有药力。"把方写了。唐敖接过,看一看道:"小弟每见医家治痢,用大黄数钱之多,仍不中用;何以此方只消数厘,就能立见奇效?可见用药全要佐使配合得宜,自然与众不同。"说着闲话,忽然想起骆红蕖所托的事来。

未知如何,下回分解。

第二十八回

老书生仗义舞龙泉[1]　小美女衔恩脱虎穴

话说唐敖忽然想起前在东口山闻得薛仲璋逃在此地,今痢疾已愈,意欲前去相访。因将骆红蕖托寄薛蘅香之信带在身边,约了多九公上岸。走了多时,前面一带树林,极其青翠。多九公道:"此树就是前日所说木棉了。"

唐敖听了,正在仰观,忽见树上藏着一人。恰好林之洋回来,唐敖暗暗告知,都把器械取出,以作准备。只见远远有个老孀,同一幼女走过。那大汉见了,从树上跳下,手执利刃,把去路拦住。三人一见,各执器械迎了上去。只听那大汉喊道:"你这女子,小小年纪,下此毒手,害得我们好苦!今日冤家狭路相逢,我且除了此害,替众报仇!"手举利刃,迈步上前,迎着女子,刚要用刀砍去,唐敖早已提防,说声不好,将身一纵,撺至跟前,手执宝剑,把刀朝上一架。大汉震的几乎跌翻;那幼女早已吓的跌倒。——原来唐敖自从服了仙草,两膀添了千斤之力。此时只想救那幼女,谁知用力过猛,大汉那把刀早已飞上天去。唐敖道:"壮士住手,不可行凶。此女有何冒犯?"大汉把唐敖上下打量道:"我看先生这样打扮,想是天朝来的。你们都是明

---
[1] 龙泉——原是古代传说中一把宝剑的名字,后来成为一般剑的代词。

礼之人，只问这个恶女向日所做所为，就知在下并非冒昧行凶了。"登时多、林二人也都赶到。那个老嬷把女子搀起，战战兢兢，娇啼不止。唐敖道："请问女子尊姓？家住何处？为何冒犯壮士？"女子垂泪道："婢子姓姚，名芷馨，现年十四岁。本籍天朝，寄居在此，业已数载。向随父母养蚕为业。父母去世，跟着舅母度日。今同乳母前来扫墓，不幸忽遇强梁。尚求恩人始终垂救，倘脱虎口，没世难忘！"大汉道："你这恶女只顾养那毒虫，那知数万人家都被你害的无以为生！"林之洋道："你这大汉毕竟为甚杀他？从实说来！你莫半吞半吐，俺不明白！"大汉道："我是巫咸国经纪。向来本处所产木棉，都由我手交易。自从此女同织机女子到了此地，养出无数屙丝的毒虫，又织出许多丝片在此货卖；我们生意虽觉冷淡，也还不妨。那知近来他们竟将这个恶术四处传人，以致本地妇女，也都学会养蚕织机，个个都以丝片为衣，不用木棉。此地凡种木棉之家，就如别处田产一般，莫不指此为生；此女只顾把那毒虫流传国内，以致向种木棉之家，大半废了祖业，无以为生。所以在下特来伤他，以除大害。今遇列位，虽是他绝处逢生，那要害此女的岂止亿万，日后何能逃脱！如要保全，惟有即离本国，另投生路。倘执迷不醒，我自另有别法！"将手一拱，寻了利刃，忿忿而去。

唐敖道："贵府还有何人？令尊在日作何事业？"女子道："父名姚禹，曾任河北都督，因同九王爷勤王未遂，家乡不能存身，带着家口，逃至此地，旋即去世；我母亦相继而亡。向同舅母宣氏同居。喜得薛蘅香表姐善于织纺；婢子素跟母亲，亦善养蚕，身边带有蚕子；因见此处桑树极盛,故以养蚕织纺为生。不期在此日久,邻舍妇女也都跟着学会,因此四处轰传,以致忤了众人。今日若非恩人相救,几遭毒手。"说着拜了下去。唐敖还礼道:"请问小姐:那薛蘅香侄女现住何处?他父母可都康健?"姚芷馨道:"蘅香表姐之父乃婢子母舅,久已去世;如今只有舅母宣氏,带着表弟薛选并表姐蘅香,与婢子同居。恩人呼蘅香姐姐为侄女,是何亲故?"唐敖道:"我姓唐名敖,祖籍岭南。向日同蘅香之父结拜至交,今日正来相访,那知却已去世。小姐既与蘅香侄女同居,就请引我一见。"姚芷馨道:"原来如此。"于是同乳母引路进城。

到了薛家,许多人围在门首喊成一片,口口声声只要织机女子出来送命。姚芷馨吓的不敢上前。唐敖同多、林二人挤到门首,只见树林那个大汉也在其内。唐敖因见人众,即大声说道:"诸位且停喧嚷,听我一言奉告:这薛家不过在此暂居,今我三人特来接他们同回天朝。众位暂且各散,自有计较。"那大汉听了,晓得唐敖手头利害,只得带着众人,纷纷四散。乳母把门叫开,姚芷馨引着三人进去,见了宣氏夫人。薛蘅香吓的战战兢兢,带着兄弟薛选,出来见礼。姚芷馨把唐敖树林相救,并劝散众人之话,告诉宣氏一遍。宣氏泣拜,备述历年避难各话,并求唐敖设法筹一安身之地。

多九公道:"前在东口山,骆小姐曾有托寄薛小姐之信,唐兄何不取出?据老夫愚见:夫人莫若投奔彼处,彼此也好照应。"唐敖将信取出,薛蘅香接过看了道:"原来红蕖姐姐候叔叔海外回来,如遇恩赦,即随太公同回家乡,因此来约侄女做伴,以候机缘。他既有信来约,此处又难久居,自应投奔东口为是。"林之洋道:"昨日俺见海口有只熟船,不日就回天朝,夫人搭了这船,倒也甚便。"宣氏道:"如此虽善,但缺路费,这却怎好?"唐敖道:"这个不消嫂嫂过虑,小弟自有预备。"因托林之洋先去看船;薛蘅香即同姚芷馨收拾行李。唐敖见蘅香品貌甚佳,忽然想起魏家兄妹,意欲替他们作伐,即将此意并麟凤山相会的话说了。宣氏甚喜,欲恳唐敖赐一书信,以便顺路到彼,上去望望。唐敖应允。

不多时,林之洋把船看定,众水手搬发行李。唐敖命薛选引到薛仲璋坟墓,恸哭一场,把灵柩搬到船上,一齐登舟。宣氏与吕氏互相拜往。耽搁一日。次日,唐敖写了麟凤、东口书信,并送许多路费,宣氏再三拜谢。姚芷馨、薛蘅香感激唐敖救命之德,恋恋不舍,洒泪而别。行了多时,到了麟凤山,访到魏家,投了书信,两家结为"秦晋之好[1]"。万氏夫人因薛选家传绝好连珠枪,留下宣氏同居,就命薛选在山驱除野兽。后来骆红蕖在水仙村起身,寄信与薛蘅香,众人这才同回故乡。

那日唐敖送过宣氏,也就开船。不多几日,到了歧舌国。林之洋素知国人最喜音乐,因命水手携了许多笙笛,并将劳民国所买双头鸟儿也带去货卖。唐、多二人也就上去。只见那些人满嘴唧唧呱呱,不

---

〔1〕 秦晋之好——春秋时,秦、晋两国的国君彼此要好,世代互相通婚,后来就把联姻叫做"秦晋之好"。

知说些甚么。唐敖道:"此处讲话,口中无数声音,九公可懂得么?"多九公道:"海外各国语音惟歧舌难懂,所以古人说:'歧舌一名反舌,语不可知,惟其自晓。'当日老夫意欲习学,竟无指点之人;后来偶因贩货路过此处,住了半月,每日上来听他说话,就便求他指点,学来学去,竟被我学会。谁知学会歧舌之话,再学别处口音,一学就会,毫不费力。可见凡事最忌畏难,若把难的先去做了,其余自然容易。就是林兄,也亏老夫指点,他才会的。"唐敖道:"九公既言语可通,何不前去探听音韵来路呢?"多九公听了,想了一想,不觉点头道:"唐兄真好记性。此话当日老夫曾在黑齿国言过,若非此时说起,老夫也就忽略过了。今既到此,自然探听一番。海外有两句口号道得好:'若临歧舌不知韵,如入宝山空手回。'可见韵学竟是此地出产。待老夫前去问问。"正要举步,迎面走过一个老者,举止倒也文静。多九公因拱手学着本地声音说了几句,那人也拱手答了几句。谈了多时,那人忽然摇头吐舌,似有为难之状。唐敖趁他吐舌时,细细一看,原来舌尖分做两个,就如剪刀一般,说话时舌尖双动,所以声音不一。二人谈之许久,多九公忽向老者连连打躬,那老者又说了几句,把袖子一摔,佯长而去。多九公痰了一痰,回过头来,望着唐敖,仍学歧舌口音,唧唧呱呱,说个不了。唐敖不觉发笑道:"九公何苦徒费唇舌!你这乡谈暂且留着,等小弟日后学会再说罢。"多九公听了,不觉呸了一口道:"老夫真好昏愦!这总是那老儿把我气昏了。刚才老夫同他说几句闲话,趁势谈起音韵,求他指教。他听了只管摇头说:'音韵一道,乃本国不传之秘。国王向有严示:如有希冀钱财妄传邻邦的,不论臣民,俱要治罪。所以不敢乱谈。'老夫因又恳道:'老丈不过暗暗指教,有谁知道?我们如蒙不弃,赐之教诲,感激尚且不暇,岂有走露风声之理。千万放心!'他道:'"若要人不知,除非己莫为。"此事关系甚重,断不敢遵命。'后来我又打躬,再三相恳。他道:'当日邻邦有人送我一个大龟,说大龟腹中藏着至宝,如将音韵教会,那人情愿将宝取出,以做酬劳。当日我连大龟尚且不要,不肯传他;何况今日你不过作两个揖,就想指教?——难道你身上的揖比龟肚里的宝还值钱?未免把身分看的过高了。'老夫因他以龟比我,未免气恼,只顾出神,那知倒同唐兄说起此地话来。"唐敖不觉发愁道:"送他珠宝尚且不肯。——不意习学音韵竟如此之难,这却怎好?惟有拜求九公,设法想个门路,也不枉小弟盼望一场。"多九公忖一忖道:"今日已晚,我们且回。唐兄既不懂他言语,明日也不必上来,且等老夫破[1]一天工夫,四处探听一番。倘遇年幼的,只要话中露其大概,略得皮毛,就可慢慢追寻了。"回到船上,林之洋货物虽已卖完,因那双头鸟儿有个官长要去孝敬世子,虽出若干价钱,林之洋仍不肯卖,意欲大大拿价,借此多得几倍利息,因此尚有耽搁。

次日,多、林二人分路上岸;唐敖在船守了一日。到了下午,多九公回来,不住摇头道:"唐兄!这个音韵,据老夫看来:只好来生托生此地再学罢。今日老夫上去,或在通衢僻巷,或在酒肆茶坊,费尽唇舌,四处探问,要想他们露出一字,比登天还难。我想问问少年人或

---

〔1〕 破——这里是拼着、耗费的意思。

者有些指望,谁知那些少年听见问他音韵,掩耳就走,比年老人更难说话。"唐敖道:"他们如此害怕,九公可打听国王向来定的是何罪名?"多九公道:"老夫也曾打听。原来国王因近日本处文风不及邻国,其能与邻邦并驾齐驱者,全仗音韵之学,就如周饶国能为机巧,以飞车为不传之秘,都是一意。他恐邻国再把音韵学去,更难出人头地,因此禁止国人,毋许私相传授。但韵学究属文艺之道,倘国人希图钱财,私授于人,又不好重治其罪,只好定了一个小小风流罪过。——唐兄请猜一猜。"唐敖道:"小弟何能猜出。请九公说说罢。"多九公道:"他定的是:如将音韵传与邻邦,无论臣民,其无妻室者,终身不准娶妻;其有妻室者,立时使之离异;此后如再冒犯,立即阉割。有此定例,所以那些少年,一闻请教韵学,那有妻室的,既怕离异;其未婚娶的,正在望妻如渴:听了此话,未免都犯所忌,莫不掩耳飞跑。"唐敖道:"既如此,九公何不请教鳏居之人呢?"多九公道:"那鳏居的虽无妻室,不怕离异,安知他将来不要续弦、不要置妾呢?况那鳏居的面上又无'鳏居'字样,老夫何能遇见年老的就去问他有老婆、无老婆呢?"唐敖听了,不觉好笑起来。

未知如何,下回分解。

第二十九回

服妙药幼子回春　传奇方老翁济世

话说唐敖听了多九公之言,又是好笑,又是气闷道:"看这光景,难道竟无一毫门路么?"多九公道:"今日我已筋疲力尽。如唐兄心犹不死,只好自去探问,老夫实无良策了。"

只见林之洋提着雀笼,笑嘻嘻回来。唐敖道:"舅兄今日为何这样欢喜?"林之洋道:"本地有位官长,连日向俺买这双头鸟儿,出的价钱,俺细细核算,比俺当日买价已有几十倍利息。俺今日原想要卖,因他小厮暗对俺说:'我家主人买这鸟儿,要送世子的,你如不卖,他必添价。我今透个消息给你,俟交易后,分我几分彩头就是了。'俺得这个信息,那里肯卖,果然复又添价。刚才那小厮因天晚叫俺回来,明早再去,他家主人还要添价。俺素日闻得有人谈论,奴仆好的叫做'义仆';这个小厮,恁般用情待俺,果真是个义仆!俺一路想来,因此欢喜。"多九公道:"他是那官长的小厮,林兄认作己仆,不独赖忝知己,过于脸厚;就让你身后跟上许多豪奴,带着无数俊仆,这个架子也薰不动谁,也吓不倒人,令人反觉肉麻!"林之洋道:"俺怎敢认他作仆,混摆架子?俺只恨这万世为奴的,他们总是见钱眼红,从不记得主人衣食恩养;一见了钱,就把主人恩情,撇在九霄云外。如今把俺林之洋待得倒像主人一般,他既这样,俺也只好把他认作奴才了。"大家用饭安歇。次日起个黑早[1],提着雀笼去了。

唐敖因韵学无望,心中烦闷,睡到巳时方起。正同多九公闲话,林之洋提着雀笼,愁眉不展,叹气而归。唐敖道:"舅兄为何这样?莫非那小厮有甚欺骗么?"林之洋道:"俺早间上去,那个官长果又添价。俺本意要卖,那小厮说他主人就要上朝,此时匆忙,莫若等他回来,还可慢慢增价。俺因这鸟他总是要买的,乐得多靠半日,再增几分利息。谁知这官长下朝,忽命小厮回俺不要了。俺暗暗打听,原来那个世子最喜骑射,今日出去打猎,那马失足从高处滚下,把世子跌伤,人事不知,现在只有呼吸之气,国王业已预备棺木。这位官长因得这信,那肯买这鸟儿,只说别处买了。后来随俺减价,他也不要。俺想这鸟惟在歧舌还有人出价,若到别处,有谁来买?只好饭后再去碰碰机会,看来要想昨日一半利息也不能了。"用过饭,又提着雀笼,叹气而去。

唐敖把婉如做的诗赋改了几首,闷坐无聊,同多九公上去闲步。来到闹市,只见许多人围着一道黄榜,在那里高声朗诵。二人近前看时,原来因世子坠马跌伤,命在旦夕,如有名医高士疗治得生:本国之人,赐银五百;邻邦之人,赠银一千。多九公看了,走到黄榜跟前,轻轻把榜揭了。看守兵役见多九公不是本处打扮,有几个飞忙去请通使[2],一面预备车马,将多九公送至迎宾馆。唐敖茫然不解,只好

---

[1] 黑早——天快亮还没有亮的时候。
[2] 通使——翻译官。

跟在后面。登时通使已到,三人见礼归坐。多九公道:"请教老兄尊姓?"通使道:"小子姓枝,名钟。二位尊姓?贵邦何处?来此有何贵干?"多九公道:"老夫姓多,乃天朝人氏,幼年忝列黉门。"因指唐敖道:"今同这位唐敖友贸易,路过贵处,特地上来瞻仰。因见国王张挂榜文,系为世子玉体跌伤之事。老夫于岐黄[1]虽不深知,向来祖上传有济世良方,凡跌打损伤,立时起死回生。但药有外敷内服之不同,必须面看伤之轻重,方能斟酌用药。"通使随即告知国王。多九公托唐敖把药取来。通使请二人来到王府,进了内室,只见世子睡在床上,两腿俱伤,头破血出,因跌的过重,昏迷不醒。多九公托通使取了半碗童便,对了半碗黄酒,把世子牙关撬开,慢慢灌入。又从怀中取出药瓶,将药末倒出,敷在头上破损处;随即取出一把纸扇,一面敷药,一面用力狠扇。众宫人看见,都鼓噪喊叫起来。通使道:"大贤暂停贵手!世子跌到如此光景,命在垂危,避风还恐避不来,如何反用扇扇?岂非雪上加霜么?"多九公道:"老夫所敷之药,名叫'铁扇散',必须用扇扇之,方能立时结疤,可免破伤后患。此方乃异人所传,老夫用之年久。敷药时虽用铁扇扇他,也无妨碍,所以叫作'铁扇散'。尊驾只管放心,老夫岂敢以人命为儿戏!"一面说话,仍是手不停扇。不多时,那些伤处果然俱已结疤。世子渐渐苏醒,口中呻吟不绝。通使道:"大贤妙药,真是起死仙丹!此时头面破伤,虽医治

---

〔1〕 岐黄——历史传说:黄帝和他的臣子岐伯都懂得医道,两个名字在一起,省称"岐黄"。后来就把这两字作为医术的代词。

无碍,但两腿俱已骨断筋折,有何妙药,尚求速为疗治。"多九公道:"贵处可有鲜蟹?"通使道:"此地向无此物,不知有何用处?"多九公道:"凡跌打筋骨损伤,无论轻重,先取童便半碗,以醇黄酒半碗煎热冲服,虽昏迷欲绝,亦能复苏。每日进二三服,伤轻的不过数日即愈。每见跌打损伤而至丧命者,皆因伤筋动骨,痛入肺腑,瘀血凝结,医治稍迟,往往无救。童便、黄酒,行瘀止痛,兼且固本,故有起死回生之妙。世人不知,良为可惜。但须早服,迟即难治。倘骨断筋折,损伤过重,服过童便、黄酒,即取生蟹捣烂,以好烧酒冲服,其渣敷在患处,日日服之,亦能接筋续骨。其童便、黄酒,每日仍不可缺。如无生蟹,或取干蟹烧灰,酒服亦可。——此跌打损伤第一奇方。今贵处既无此物,幸老夫带有七厘散,也是一样。"即将药瓶取出,把药秤了七厘,用烧酒冲调,给世子服了。又取许多七厘散,也用烧酒和匀,敷在两腿损伤处。世子服药,略觉宁静,渐渐睡去。少时睡醒,又将黄酒、童便服了一碗。多九公见世子已有转机,因向通使道:"世子之病,业已无碍,请国王只管放心,大约不过数日,就可痊愈。如世子酒量能够多饮,可将黄酒、童便,时时冲服。老夫暂且告辞,明日再来用药。"通使道:"刚才国王分付,意欲大贤在宾馆暂住几时,以便就近用药。现在酒饭俱已预备,就请二位过去。"大家起身,来至迎宾馆,用过酒饭,就在宾馆宿了。唐敖回船送信。次日,多九公又替世子敷了许多药,又吃了一服七厘散。好在世子酒量极大,就以黄酒、童便当茶,时时冲服。每日仍旧吃药、敷药。不多几日,渐渐平复,惟行路不便。多九公原要留下药料,令他再服几日,就可好了;因要借此访访韵学消息,所以略为耽搁。过了两日,世子虽已全好,韵学仍是杳然。唐敖日日跟着,也因韵学一事,那知各处探听,依然无用,心内十分懊恼。

这日国王排宴,命诸臣替多九公饯行。饭罢,捧出谢仪一千两;外银百两,求赐原方,以为润笔之费。多九公向通使道:"老夫前者虽揭黄榜,因舟中带有药料,可治世子之病,原图济世,并非希图钱财。至于药方,顷刻可写,不过举笔之劳,何须厚赠。所有原银,即恳代为奉还。老夫别无他求,惟求国王见赐韵书一部,或将韵学略为指示,心愿已足,断不敢领厚赐。"通使转奏。谁知国王情愿再添厚赠,不肯传给韵学。多九公又托通使转求,通使道:"韵学乃敝邦不传之秘,国主若在欢喜时,尚恐不肯轻易传人;何况此时二位王妃都有重恙,国主心绪不宁,小子何敢再去转求。"多九公道:"王妃所患何病?"通使道:"据说一位身怀六甲,现在已有五六个月,不意昨日失于检点,偶持重物,以致胎动不安,此时微觉见红,并觉腹痛。那位王妃,因患乳痈,今已两日,虽未破头,极其红肿,也是痛苦呻吟不绝。因此国主甚为焦心。"多九公道:"胎动最忌下血不止,今不过微觉见红,尚有五分可治。至乳痈最怕耽搁日久,虽未破头,若里面已溃,服药也难消散;此时好在才起两日,里面尚未成脓,也有五分可治。老夫虽有秘方,不知国王可肯传授韵学?倘不吝教,老夫自当效劳。"通使即对国王说了。国王一心要治王妃之病,只得勉强应允。通使回了多九公。多九公甚喜,因向唐敖道:"前日林兄因他夫人胎动不安,曾向老夫要了一个安胎方子,就烦唐兄把这药方取来。倘能医

好,我们也好得他韵学。"唐敖点头,将药方取来。多九公递给通使,只见上面写着:

保产无忧散

全当归壹钱伍分　川厚朴(姜汁炒。)柒分　生黄芪捌分　川贝母(研。)壹钱　兔丝子壹钱伍分　川羌活壹钱伍分　炙甘草伍分　川芎壹钱伍分　枳壳(麸炒。)陆分　祁艾柒分　荆芥捌分　白芍(酒炒,春夏秋用,冬不用。)壹钱伍分　生姜叁片

　　专治胎动不安,服之立见宁静。如劳力见红,尚未十分伤动者,即服数剂,亦可保胎。

通使道:"此是安胎之方;不知乳痈可有妙药?"多九公道:"治乳痈,用葱白一斤捣烂取汁,以好黄酒分二次冲服。外用麦芽壹两煎汤频洗。加虾酱少许同煎尤妙,虽咸无妨;盖咸能软坚,虾能通乳,乳通其肿自消。仍用旧梳时常轻轻梳之,自必痊愈。这二方虽极奇效,奈已耽搁两日,此时须急煎服,或可疗治。"通使连连点头,将方拿去。过了几日,王妃病皆脱体。

　　国王虽然欢喜,因想起音韵一事,甚觉后悔,意欲多送银两,不传韵学。通使往返说了数遍,多九公那里肯依,情愿分文不要。国王无法,只得与诸臣计议,足足议了三日,这才写了几个字母,密密封固,命通使交给多九公,再三丁嘱,千万不可轻易传人。俟到贵邦,再为拆看。字虽无多,精华俱在其内,慢慢揣摩,自能得其三昧。多九公把字母交唐敖收了,随即提笔写方:

铁扇散

象皮(切薄片,用铁筛微火焙黄色,以干为度。)肆钱　龙骨(用上白者。)肆钱　古石灰(须数百年者方佳。)肆两　枯白矾(将生矾入锅熬透,以体轻方妙。)肆两　寸柏香(即松香之黑色者。)肆两　松香肆两(与寸柏香一同镕化,倾水中,取出晾干。)

> 共研极细末,收磁罐中。遇刀石破伤,或食嗓割断,或腹破肠出,用药即敷伤口,以扇扇之,立时收口结疤。忌卧热处。如伤处发肿,煎黄连水以翎毛蘸涂之即消。

七厘散

麝香伍分　冰片伍分　朱砂伍钱　红花陆钱　乳香陆钱　没药陆钱　儿茶壹两　血竭肆两

> 共为细末,磁瓶收贮,黄蜡封口。随时皆可修制,五月五日午时更妙,总以虔心洁净为主。专治金石跌打损伤,骨断筋折。血流不止者,干敷伤处,血即止。不破皮者,用烧酒调敷,并用药七厘,烧酒冲服。亦治食嗓割断。无不神效。烧酒须用大麯佳者。

多九公把药方写了,付给通使,通使再三称谢。

未知如何,下回分解。

第三十回

觅蝇头林郎货禽鸟　因恙体枝女作螟蛉[1]

话说多九公将药方写了。通使接过道:"国主因敝邦水土恶劣,向来人民多患痈疽,意欲奉恳大贤赐一妙方,可肯赐教?"多九公道:"金银藤[2]乃疮毒要药,不知贵处可有?"通使道:"敝地此物甚多,因过于寒凉,人皆不用。"多九公道:"这是医家不能深究药性,岂可尽信。昔人言:'忍冬久服,长年益寿。'若果寒凉,岂能如此?况古本《本草》[3]言'忍冬味甘性温',近世《本草》虽有'微寒'之说,不过因其清热败毒,岂是泄火大凉之物。"登时又写了两个药方:

忍冬汤

金银藤(连枝带叶。)伍两(如无鲜的,或用干金银藤肆两伍钱、干金银花伍钱代之。)　生甘草壹两

将金银藤以木槌敲碎,用水两大碗,同甘草放砂锅内,煎至

---

[1] 螟蛉——飞虫螟蛉蛾的幼子。蜂类中的蜾蠃,常捕螟蛉去喂它的幼子;古人错认为蜾蠃养螟蛉做儿子,因此把干儿子称做"螟蛉"。
[2] 金银藤——就是忍冬。蔓性植物,花名忍冬花,也名金银花。
[3] 《本草》——古人治病,多用草药,因而把研究药物的书,叫做本草。最早是汉人的《神农本草经》,其后,有《唐本草》、《经史类证本草》、《本草纲目》、《本草纲目拾遗》等书,所以书中说到古本《本草》、近世《本草》。明李时珍编著的《本草纲目》,是最完善的本子,一般说的《本草》,就指这一部书。

一大碗,加入无灰黄酒一大碗,再煎数沸,共成一大碗,去
渣,分作三服,一日一夜吃尽。专治痈疽、发背、一切无名
肿毒,不论发在头项腰脚等处,并皆治之。未溃即散,已溃
败毒收口。病重者不过数剂即愈。忌铜铁器。

　　　　大归汤

全当归(要整的壹个,酒洗。)捌钱贰分　金银花陆钱　净连翘
伍钱　生黄芪叁钱　蒲公英叁钱　生甘草壹钱捌分(病在上部
加川芎壹钱,中部加桔梗壹钱,下部加牛膝壹钱。)

水对无灰黄酒各壹碗,煎至壹碗,去渣,温服。专治痈疽、发
背、一切无名肿毒。初起者即消,已溃者收功。轻者五剂,
重者十剂即愈。

多九公道:"此二方专治一切肿毒,初起者速服即消,已溃者亦
能败毒收口。大约古人痈疽各方,无出其右了。"说罢拜辞,同唐敖
乘了轿马回船。国王又命大臣前来相送。通使带领人夫,把银子送
来。多九公仍要推辞,通使再三不肯。林之洋道:"国王既实意送
来,想来九公也实意要收的。与其学那俗态,半推半就,耽搁工夫;据
俺主意:不如从实收了,倒也爽快。"多九公只得道谢收下。

通使向三人打躬道:"小子有个小女,乳名兰音,现年十四岁。
自从幼年患了肚腹膨胀之病,服药无数,至今总未脱体。连日病势甚
重。小子欲求大贤一看,恐劳大驾,特命小女乘舆而来,现在外面。
求大贤细细诊视,可有几希之望? 倘能救其一命,真是恩同再造!"
多九公道:"既如此,何不请进?"通使分付仆人。不多时,有个老嬷,

搀着兰音进舱,向众人拜了,一齐归坐。多九公看那女子,生得蛾眉杏目,十分清秀,惟面带青黄,腹胀如鼓。看了多时,摸不着是何病症,只管呆呆发痴。唐敖道:"敝友素日不谙女科。小弟虽不知医,恰好祖上传有秘方,专治小儿肚腹膨胀。令爱此病,还是近日染的,还是自幼染的?若是近日染的,恐有天癸不调等症,小弟素于此道不精,不敢冒昧用药;如系自幼染的,尚可代为医治。"通使道:"小女此病,系五六岁染的,今已七八年了。"唐敖道:"既是五六岁染的,此系幼年停食不化,日久变为虫积,以致膨胀。医家不知,往往误用克食消导之药,徒伤脾胃,与病无益。令爱历年所服何药?可曾服过杀虫之剂?"通使摇头道:"小女向来所服,总是神麯、山查、枳实、大黄之类,并未吃过甚么杀虫之药。"唐敖道:"今日幸遇小弟,也是令爱病要脱体。我家祖传秘方,只用雷丸、使君子二味,不过五六剂,虫下即愈。"说罢,提笔开方。吕氏将女子请进内舱献茶。此女自幼跟着父亲学会三十六国番语,与婉如一见如故,言谈间十分相投。唐敖把药方递给通使道:"小弟这个药方,用雷丸伍钱同苍术贰钱煮熟,将苍术去了,只用雷丸去皮炒干,使君子去壳用肉伍钱炒干,共研细末,分作陆服,俟小儿吃饭时,用鸡蛋壹贰个打破去壳,用药末壹服放入碗内搅匀,照常加油盐葱蒜等物煎炒,给小儿吃了。——那虫只知鸡蛋之香,那知却有药料在内。——每日贰服。不过数日,虫随大解下来,自然痊愈。总而言之:凡小儿面黄肌瘦,肚腹膨胀,大约总因停食日久不化,变为虫积。雷丸、使君子,最能杀虫,故能立见其效。"通使收了药方,十分欢喜,再三拜谢,即同兰音辞别而去。

多九公道："老夫只顾治病,忙了几日,不知林兄双头鸟儿究竟如何?"林之洋道："俺正要拜谢。亏得九公把世子医好,俺的鸟儿才能出脱。虽有几分利息,就只可恨那个'义仆'不肯真心待俺,务要扣俺半价,方肯付银。扳谈多时,讲他不过,只得回来,银子还存他处。就请二位同俺一走,相帮说说,倘得少扣几分,俺自做东相请。"三人一齐上岸,到了大宦人家。林之洋把那小厮唤出,同他讨价。小厮拿出一封银子,仍是半价。唐敖道："我们卖货,诸事劳动,自应重谢;但何至要分一半?未免太过了!"小厮回答几句,唐敖不懂。忽听多九公放开喉音,唧唧呱呱,大声喊叫。小厮吓的只管打躬,随即进内,又取出一封银子。多九公打开,取出两锭,付给小厮;其余交给林之洋。齐归旧路。唐敖道："刚才小厮所说之话,一字不懂。不知小弟同他所说之话,他可晓得?后来九公同他喊叫甚么,他竟如此害怕?"多九公道："我们天朝乃万邦之首,所有言谈,无人不知。那小厮因唐兄说'何至要分一半',他道'本处向例如此,一毫不能相让'。老夫因他'一毫不让'之话,未免气恼,于是大声喊叫,说他私透消息,教我们增价,伙骗主人。他听这话,恐主人听见,急急将银取出。好在我们并不图他下次生意,那个还贩双头鸟儿再来货卖!乐得且多几两银子,大家多醉几日,也是好的。"

来到船上,正要开船,谁知通使忽又带着女儿,也不命人通报,匆匆忙忙,满眼滴泪,走进舱来。唐敖见这光景,只当药用错了,吓的惊疑不止。通使满眼垂泪,向唐敖下拜道："求大贤救我父女两命!"唐敖吓的忙还礼道："二位请起!为何行此大礼?"通使同兰音起来归坐道："小女因这孽病纠缠年久,昼夜不安,屡寻自尽,俱亏乳母相救。小子正在束手无策,忽蒙大贤赐给秘方,我父女以为从此病可脱体。不意雷丸、使君子此处历来不产,虽出千金,亦不可得,问之医家,也都不知。小子因此惊慌,特带小女赶来。幸喜大贤尚未开船,想是他绝处逢生。惟求大贤,或将此药见赐两服,或另赐妙方。倘得身安,定以千金奉谢,决不食言。"唐敖道:"小弟如有此药,早已奉送,不过数十文之事,何须千金之赠。——奈身边并未带来。至另开药方之说,小弟素不知医,从何开起?况令爱之症,细推病源,实系虫积,非雷丸、使君子不能见功;即另有良方,也难见效。当日有人患一怪症,每逢说话,腹中也照样说话;彼时虽有医家识得此症名唤'应声虫',及至用药,仍无效验。后来遇一名医,付给《本草》一部,令病人将上面药名按次读去:病人每读一药,腹中也读一药;及至读到雷丸,腹中忽然无声;再读别药,仍旧有声。于是即用雷丸与病人连进数服,虫下而愈。可见杀虫无过于此。不意贵处竟无此药,这是令爱灾难未退,小弟安能另有别法!"通使听了,默默无言,只管发獃。兰音听见唐敖别无良方,不觉放声恸哭,十分惨切。众人听着,莫不点头叹息。通使在旁,满面愁容,只管搔首。婉如把兰音请入内舱,再三劝解,这才止悲。停了多时,通使不便久坐,因命乳母告知兰音,一同回去。兰音听见要去,复又大放悲声,跪在唐敖面前,只求救命。唐敖命乳母搀起,再三安慰,劝他回去好好将养,将来自然痊愈。兰音那肯动身,啼哭不止。哭了多时,因久病身弱,忽然晕倒,人事不知,亏得乳母极力解救,这才苏醒。通使见女儿这般光景,明知凶多吉少,只急的连连顿足,泪落不止。左思右想,踌躇多时,因向仆人耳边说了几句,即到唐敖面前跪下道:"大贤在上。小子闻古人云:'救人一命,胜造七级浮屠[1]。'今我父女两命皆悬大贤之手,只要大贤肯发慈心,我父女就可超生了。"唐敖忙搀起道:"尊驾此言,小弟不解,尚求明示。倘可为力,岂肯袖手!"通使立起道:"小子今年业已六旬,跟前只此一女。自患病以来,费尽心力,百般医治,从无微效。其母久已忧虑而亡。前有异人,曾言此女必须投奔外邦,如遇唐氏大仙,或可冀其长年。今遇大贤,虽传秘方,奈无此药;失此良缘,岂有病痊之日?所以他十分伤悲。小子因思小女既已命定投奔外邦方能长年,难得大贤恰又姓唐,兼之作人慷慨,一见如故;不揣冒昧,意欲恳求大贤不弃微贱,将小女作为义女,带至天朝。倘得病痊,俟其年长,即求大德代为婚配,完其终身。小子生生世世,永感不忘!如大贤不肯带去:此地既少良医,又无妙药,多则一年,少则半载,无非命归泉路。小子素以此女视为掌珠,数年来因其抱病,代为操劳,须发已白,寝食俱废;若再赌其去世,何能为情?大约此女一死,小子也不能活了!"说罢,不觉大哭。兰音在旁,更是嚎咷不止。合船人无不怜悯。林之洋道:"妹夫素日最喜做好事,如今这样现成好事,你若不应承,俺替你应承了。"

未知如何,下回分解。

----

[1] 胜造七级浮屠——七级,七层;浮屠,佛塔。迷信的说法:修造佛塔是一种"功德",所以有这样一句成语。

第三十一回

谈字母妙语指迷团　看花灯戏言猜哑谜

话说林之洋向通使道:"老兄果真舍得令爱教俺妹夫带去,俺们就替你带去,把病治好,顺便带来还你。"兰音向通使垂泪道:"父亲说那里话来! 母亲既已去世,父亲跟前别无儿女,女儿何能抛撇远去? 今虽抱病,不能侍奉,但父女能得团聚,心是安的,岂可一旦分为两处!"通使道:"话虽如此,吾儿之病,若不投奔他邦,以身就药,何能脱体? 现在病势已到九分;若再耽搁,一经不起,教为父的何以为情?——少不得也是一死! 此时父女远别,虽是下策,吾女倘能病好,便中寄我一信,为父自然心安。以此看来:远别一层,不但不是下策,竟可保全我们两命。况天朝为万邦之首,各国至彼朝觐的甚多,安知日后不可搭了邻邦船只来看我哩。你今远去,虽不能在家侍奉,从此我能多活几年,也就是你仰体尽孝之处。现在承继有人,宗祧一事,亦已无虞。你在船上,又有大贤令甥女作伴,我更放心。为父主意已定,吾儿依我,方为孝女。不必犹疑,就拜大贤为父。此去天朝,倘能病痊,将来自有好处。"即携兰音向唐敖叩拜,认为义父;并拜多、林及吕氏诸人。通使也与唐敖行礼,再再谆托。唐敖还礼道:"尊驾以儿女大事见委,小弟敢不尽心! 诚恐效劳不周,有负所托,甚为惶恐! 此去惟有将令爱之恙上紧疗治。第我等日后回乡,能否绕路再到贵处,不能预定。至令爱姻事,亦惟尽心酌办,以报知己,幸无挂怀!"只见通使仆人取了银子送来。通使道:"这是白银一千:内有五百,乃小弟微敬;其余五百,为小女药饵及婚嫁之费。至于衣服首饰,小弟均已备办,不须大贤费心。"众仆人抬了八只皮箱上来。唐敖道:"令爱衣饰各物既已预备,自应令其带去;所赐之银,断不敢领。至婚嫁之费,亦何须如此之多,仍请尊驾带回,小弟才能应命。"通使道:"小子跟前别无儿女,留此无用。况家有薄田,足可度日。望大贤带去,小子才能心安。"多九公道:"通使大人多赠银两,无非爱女之意,唐兄莫若权且收下,将来俟小姐婚嫁,尽其所有,多办妆奁进去,岂不更妙?"唐敖连连点头,即命来人将银装入箱内,抬进后舱。父女洒泪而别。兰音从此呼吕氏为舅母,呼婉如为表姐;带着乳母,就与婉如一同居住。

众人收拾开船。多九公要到后面看舵,唐敖道:"九公那位高徒向来看舵甚好,何必自去?难道不看字母么?"多九公笑道:"我倒忘了。"唐敖取出字母,只见上面写着:

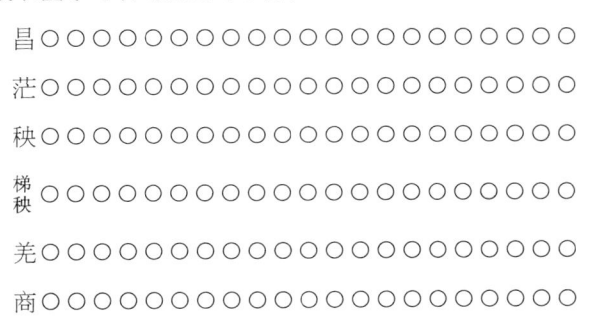

昌〇〇〇〇〇〇〇〇〇〇〇〇〇〇〇〇〇〇〇〇〇〇〇〇

茫〇〇〇〇〇〇〇〇〇〇〇〇〇〇〇〇〇〇〇〇〇〇〇〇

秧〇〇〇〇〇〇〇〇〇〇〇〇〇〇〇〇〇〇〇〇〇〇〇〇

梯秧

羌〇〇〇〇〇〇〇〇〇〇〇〇〇〇〇〇〇〇〇〇〇〇〇〇

商〇〇〇〇〇〇〇〇〇〇〇〇〇〇〇〇〇〇〇〇〇〇〇〇

枪〇〇〇〇〇〇〇〇〇〇〇〇〇〇〇〇〇〇〇〇〇〇

良〇〇〇〇〇〇〇〇〇〇〇〇〇〇〇〇〇〇〇〇〇〇

囊〇〇〇〇〇〇〇〇〇〇〇〇〇〇〇〇〇〇〇〇〇〇

杭〇〇〇〇〇〇〇〇〇〇〇〇〇〇〇〇〇〇〇〇〇〇

批秧〇〇〇〇〇〇〇〇〇〇〇〇〇〇〇〇〇〇〇〇〇〇

方〇〇〇〇〇〇〇〇〇〇〇〇〇〇〇〇〇〇〇〇〇〇

低秧〇〇〇〇〇〇〇〇〇〇〇〇〇〇〇〇〇〇〇〇〇〇

姜〇〇〇〇〇〇〇〇〇〇〇〇〇〇〇〇〇〇〇〇〇〇

妙秧〇〇〇〇〇〇〇〇〇〇〇〇〇〇〇〇〇〇〇〇〇〇

桑〇〇〇〇〇〇〇〇〇〇〇〇〇〇〇〇〇〇〇〇〇〇

郎〇〇〇〇〇〇〇〇〇〇〇〇〇〇〇〇〇〇〇〇〇〇

康〇〇〇〇〇〇〇〇〇〇〇〇〇〇〇〇〇〇〇〇〇〇

仓〇〇〇〇〇〇〇〇〇〇〇〇〇〇〇〇〇〇〇〇〇〇

昂〇〇〇〇〇〇〇〇〇〇〇〇〇〇〇〇〇〇〇〇〇〇

娘〇〇〇〇〇〇〇〇〇〇〇〇〇〇〇〇〇〇〇〇〇〇

滂〇〇〇〇〇〇〇〇〇〇〇〇〇〇〇〇〇〇〇〇〇〇

香〇〇〇〇〇〇〇〇〇〇〇〇〇〇〇〇〇〇〇〇〇〇

当〇〇〇〇〇〇〇〇〇〇〇〇〇〇〇〇〇〇〇〇〇〇

将〇〇〇〇〇〇〇〇〇〇〇〇〇〇〇〇〇〇〇〇〇〇

汤〇〇〇〇〇〇〇〇〇〇〇〇〇〇〇〇〇〇〇〇〇〇

瓤〇〇〇〇〇〇〇〇〇〇〇〇〇〇〇〇〇〇〇〇〇〇

兵○○○○○○○○○○○○○○○○○○○
秧

帮○○○○○○○○○○○○○○○○○○○

冈○○○○○○○○○○○○○○○○○○○

臧○○○○○○○○○○○○○○○○○○○

张真中珠招斋知遮沾毡专 张张张珠珠张珠珠珠珠珠
　　　　　　　　　　　　鸥婀鸦透均莺帆窝洼歪汪

厢○○○○○○○○○○○○○○○○○○○

三人翻来复去,看了多时,丝毫不懂。林之洋道:"他这许多圈儿,含着甚么机关?大约他怕俺们学会,故意弄这迷团骗俺们的!"唐敖道:"他为一国之主,岂有骗人之理？据小弟看来:他这张、真、中、珠……十一字,内中必藏奥妙。他若有心骗人,何不写许多难字,为何单写这十一字？其中必有道理!"多九公道:"我们何不问问枝小姐？他生长本国,必是知音的。"林之洋把婉如、兰音唤出,细细询问。谁知兰音因自幼多病,虽读过几年书,并未学过音韵。三人听了,不觉兴致索然,只得暂且搁起。

　　过了几时,到了智佳国。林之洋上去卖货。唐敖同多九公上岸寻找雷丸、使君子,此处也无此药。后来访到邻国贩货人家,费了若干唇舌,送了许多药资,才买了一料,随即炮制。一连三日,兰音共吃了六服,打下许多虫来,登时腹消病愈,饮食陡长,与好人一样。唐敖欢喜非常,因同多、林二人商议道:"通使跟前别无儿女。此女病既脱体,又常思亲;好在此地离歧舌不远,莫若送他回去,使他骨肉团圆,岂不是件好事!"二人都以为然。兰音闻知甚喜。林之洋道:"这里卖货还有耽搁。据俺主意:索性把他送去,俺们再到智佳卖货也好。"唐敖道:"如此更妙。"随即开船。走了几日,这日刚到歧舌交界,兰音忽然霍乱呕吐不止;吐到后来,竟至人事不知,满口谵语,十分沉重。林之洋道:"这个甥女,据俺看来:只怕是个'离乡病'。"唐敖道:"何谓'离乡病'?"林之洋道:"一经患病,离了本乡,登时就安,就叫'离乡病'。这个怪症,虽是俺新诌的,但他父亲曾说此女必须投奔外邦,方能有命。果然到了智佳,病就好了;如今送他回来,才到他国交界,就患这个怪症。看这光景,他生成是个离乡命。俺们何苦送他回去,枉送性命?据俺主意:快离此地罢。"即命水手掉转船头,仍向智佳而来。刚出歧舌交界,兰音之病,果然痊愈。兰音闻知这个详细,只好把思亲之心,暂且收了。

唐敖在船无事,又同多、林二人观看字母,揣摹多时。唐敖道:"古人云:'书读千遍,其义自见。'我们既不懂得,何不将这十一字读的烂熟?今日也读,明日也读,少不得嚼些滋味出来。"多九公道:"唐兄所言甚是。况字句无多,我们又闲在这里,借此也可消遣。且读两日,看是如何。但这十一字,必须分句,方能顺口。据老夫愚见:首句派他四字,次句也是四字,末句三字,不知可好?"林之洋道:"句子越短,越对俺心路,那怕两字一句,俺更欢喜。就请九公教俺几遍,俺好照着读去。"多九公道:"首句是'张真中珠',次句'招斋知遮',三句'诂毡专',这样明明白白,还要教么?你真变成小学生了。"三人读到夜晚,各去安歇。林之洋惟恐他们学会,自己不会,被人耻笑;

把这十一字高声朗诵,如念咒一般,足足读了一夜。

次日,三人又聚一处,讲来讲去,仍是不懂。多九公道:"枝小姐既不晓得音韵,我想婉如侄女他最心灵,或者教他几遍,他能领略,也未可知。"林之洋将婉如唤出,兰音也随出来,唐敖把这缘故说了。婉如也把"张真中珠"读了两遍,拿着那张字母同兰音看了多时。兰音猛然说道:"寄父请看上面第六行'商'字,若照'张真中珠'一例读去,岂非'商申桩书'么?"唐、多二人听了,茫然不解。林之洋点头道:"这句'商申桩书',俺细听去,狠有意味。甥女为甚道恁四字?莫非曾见韵书么?"兰音道:"甥女何尝见过韵书。想是连日听舅舅时常读他,把耳听滑了,不因不由说出这四字。其实甥女也不知此句从何而来。"多九公道:"请教小姐:若照'张真中珠',那个'香'字怎样读?"兰音正要回答,林之洋道:"据俺看来:是'香欣胸虚'。"兰音道:"舅舅说的是。"唐敖道:"九公不必谈了。俗语说的:'熟能生巧。'舅兄昨日读了一夜,不但他已嚼出此中意味,并且连寄女也都听会,所以随问随答,毫不费事。我们别无良法,惟有再去狠读,自然也就会了。"多九公连连点头。二人复又读了多时,唐敖不觉点头道:"此时我也有点意思了。"林之洋道:"妹夫果真领会?俺考你一考:若照'张真中珠','冈'字怎读?"唐敖道:"自然是'冈根公孤'了。"林之洋道:"'秧'字呢?"婉如接着道:"'秧因雍淤'。"多九公听了,只管望着发癡。想了多时,忽然冷笑道:"老夫晓得了:你们在歧舌国不知怎样骗了一部韵书,夜间暗暗读熟,此时却来作弄老夫。这如何使得?快些取出给我看看!"林之洋道:"俺们何曾见过甚么韵书。如欺九公,教俺日后遇见黑女,也像你们那样受罪。"多九公道:"既无韵书,为何你们说的,老夫都不懂呢?"唐敖道:"其实并无韵书,焉敢欺瞒。此时纵让分辩,九公也不肯信;若教小弟讲他所以然之故,却又讲不出。九公惟有将这'张真中珠'再读半日,把舌尖练熟,得了此中意味,那时才知我们并非作弄哩。"多九公没法,只得高声朗诵,又读起来。读了多时,忽听婉如问道:"请问姑夫:若照'张真中珠',不知'方'字怎样读?"唐敖道:"若论'方'字……"话未说完,多九公接着道:"自然是'方分风夫'了。"唐敖拍手笑道:"如今九公可明白了。这'方分风夫'四字,难道九公也从甚么韵书看出么?"多九公不觉点头道:"原来读熟却有这些好处。"大家彼此又问几句,都是对答如流。林之洋道:"俺们只读得张、真、中、珠……十一字,怎么忽然生出许多文法? 这是甚么缘故?"唐敖道:"据小弟看来:即如五声'通、同、桶、痛、秃'之类,只要略明大义,其余即可类推。今日大家糊里糊涂把字母学会,已算奇了;寄女同侄女并不习学,竟能听会,可谓奇而又奇。而且习学之人还未学会,旁听之人倒先听会:若不亏寄女道破迷团,只怕我们还要乱猜哩。但张、真、中、珠……十一字之下还有许多小字,不知是何机关?"

兰音道:"据女儿看来:下面那些小字,大约都是反切。即如'张鸥'二字,口中急急呼出,耳中细细听去,是个'周'字;又如'珠汪'二字,急急呼出,是个'庄'字。下面各字,以'周、庄'二音而论,无非也是同母之字,想来自有用处。"唐敖道:"读熟上段,既学会字母,何必又加下段？岂非蛇足[1]么？"多九公道："老夫闻得近日有'空谷传声[2]'之说,大约下段就是为此而设。若不如此,内中缺了许多声音,何能传响呢？"唐敖道："我因寄女说'珠汪'是个'庄'字；忽然想起上面'珠洼'二字,若以'珠汪'一例推去,岂非'挓'字么？"兰音点头道："寄父说的是。"林之洋道："这样说来：'珠翁'二字,是个'中'字。原来俺也晓得反切了。妹夫：俺拍'空谷传声',内中有个故典,不知可是？"说罢,用手拍了十二拍；略停一停,又拍一拍；少停,又拍四拍。唐、多二人听了茫然不解。婉如道："爹爹拍的大约是个'放'字。"林之洋听了,喜的眉开眼笑,不住点头道："将来再到黑齿,倘遇国母再考才女,俺将女儿送去,怕不夺个头名状元回来。"唐敖道："请教侄女：何以见得是个'放'字？"婉如道："先拍十二拍,按这单字顺数是第十二行；又拍一拍,是第十二行第一字。"唐敖道："既是十二行第一字,自然该是'方'字,为何却是'放'字？"婉如道："虽是'方'字,内中含着'方、房、仿、放、佛',阴、阳、上、去、入五声,所以第三次又拍四拍,才归到去声'放'字。"林之洋道："你们慢讲,俺这故典,还未拍完哩。"于是又拍十一拍,次拍七拍,后拍四拍。唐敖道：

---

[1] 蛇足——"画蛇添足"的省词。比喻多此一举,劳而无功。寓言出《战国策》：几个人比赛画蛇,约定先画成的喝酒。有一个人先画成,因见别人还没有画成,就又给蛇加上了脚。第二个画成的说："蛇是没有脚的,你画的不是蛇。"就夺过酒去喝了。

[2] 空谷传声——用击鼓、弹指、击几、拍掌各种方法,按照字母排列的次序,做出不同次数的响声,使对方一听就知道是指的什么字。这种方法,叫做"射字",也叫做"空谷传声"。

"若照侄女所说一例推去,是个'屁'字。"多九公道:"请教林兄是何故典?"林之洋道:"这是当日吃了朱草浊气下降的故典。"多九公道:"两位侄女在此,不该说这顽话。而且音韵一道,亦莫非学问,今林兄以屁夹杂在学问里,岂不近于亵渎么?"林之洋道:"若说屁与学问夹杂就算亵渎,只怕还不止俺一人哩。"唐敖道:"怪不得古人讲韵学,说是天籁,果然不错。今日小弟学会反切,也不枉歧舌辛苦一场。"林之洋道:"日后到了黑齿,再与黑女谈论,他也不敢再说'问道于盲'了。"唐敖道:"前在巫咸,九公曾言要将祖传秘方刊刻济世,小弟彼时就说:'人有善念,天必从之。'果然到了歧舌,就有世子王妃这些病症,不但我们叨光学会字母,九公还发一注大财。可见人若存了善念,不因不由就有许多好事凑来。"

这日到了智佳国,正是中秋佳节,众水手都要饮酒过节,把船早早停泊。唐敖因此处风景语言与君子国相仿,约了多、林二人要看此地过节是何光景。又因向闻此地素精筹算[1],要去访访来历。不多时,进了城,只听炮竹声喧,市中摆列许多花灯,作买作卖,人声喧哗,极其热闹。林之洋道:"看这花灯,倒像俺们元宵节了。"多九公道:"却也奇怪!"于是找人访问。原来此处风俗,因正月甚冷,过年无趣,不如八月天高气爽,不冷不热,正好过年,因此把八月初一日改为元旦,中秋改为上元。此时正是元宵佳节,所以热闹。三人观看花

---

[1] 筹算——古代算法的一种,用刻着数字的竹筹来推算数目。

灯,就便访问素精筹算之人。访来访去,虽有几人,不过略知大概,都不甚精。只有一个姓米的精于此技。及至访到米家,谁知此人已于上年中秋带着女儿米兰芬往天朝投奔亲戚去了。——又到四处访问。

访了多时,忽见一家门首贴着一个纸条,上写"春社[1]候教"。唐敖不觉欢喜道:"不意此地竟有灯谜,我们何不进去一看?或者机缘凑巧,遇见善晓筹算之人,也未可知。"多九公道:"如此甚好。"三人一齐举步,刚进大门,那二门上贴着"学馆"两个大字,唐、多二人不觉吃了一吓,意欲退转,奈舍不得灯谜。林之洋道:"你们只管大胆进去。他们如要谈文,俺的'鸟枪打',当日在淑士国也曾有人佩服的,怕他怎的!"二人只得跟着到了厅堂,壁上贴着各色纸条,上面写着无数灯谜,两旁围着多人在那里观看,个个儒巾素服,斯文一脉,并且都是白发老翁,并无少年在内,这才略略放心。主人让坐。三人进前细看,只见内有一条,写着:"'万国咸宁',打《孟子》六字,赠万寿香一束。"多九公道:"请教主人:'万国咸宁',可是'天下之民举安'?"有位老者应道:"老丈猜的不错。"于是把纸条同赠物送来。多九公道:"偶尔游戏,如何就要叨赐?"老者道:"承老丈高兴赐教,些须微物,不过略助雅兴,敝处历来猜谜都是如此。秀才人情,休要见笑。"多九公连道:"岂敢!……"把香收了。唐敖道:"请教九公:前在途中所见眼生手掌之上,是何国名?"多九公道:"那是深目国。"唐

---

[1] 春社——猜灯谜的一种游戏组织。因为多在元宵节前后举行,所以叫做春社。

敖听了,因高声问道:"请教主人:'分明眼底人千里',打个国名,可是'深目'?"老者道:"老丈猜的正是。"也把赠物送来。旁边看的人齐声赞道:"以'千里'刻划'深'字,真是绝好心思!做的也好,猜的也好!"林之洋道:"请问九公:俺听有人把女儿叫作'千金',想来'千金'就是女儿了?"多九公连连点头。林之洋道:"如果这样,他那壁上贴着一条'千金之子',打个国名,敢是'女儿国'了?俺去问他一声。"谁知林之洋说话声音甚大,那个老者久已听见,连忙答道:"小哥猜的正是。"唐敖道:"这个'儿'字做的倒也有趣。"林之洋道:"那'永赐难老'打个国名……"老者笑道:"此间所贴纸条,只有'永锡难老',并无'永赐难老'。"林之洋忙改口道:"俺说错了。那'永锡难老',可是'不死国'?上面画的那只螃蟹,可是'无肠国'?"老者道:"不错。"也把赠物送来。林之洋道:"可惜俺满腹诗书,还有许多'老子、少子',奈俺记性不好,想他不出。"旁边有位老翁道:"请教小哥,这部'少子'是何书名?"唐敖听了,不觉暗暗着急。林之洋道:"你问'少子'么?就是'张真中珠'。"老翁道:"请教小哥:何谓'张真中珠'?"林之洋道:"俺对你说:这个'张真中珠',就是那个'方分风夫'。"老翁道:"请问'方分风夫'又是怎讲?"林之洋道:"'方分风夫',便是'冈根公孤'。"老翁笑道:"尊兄忽然打起乡谈,这比灯谜还觉难猜;与其同兄闲谈,到不如猜谜了。"

未知如何,下回分解。

第二十五回 · 越危垣潜出淑士关 登曲岸闲游两面国

第二十五回·越危垣潜出淑士关　登曲岸闲游两面国

第二十六回·遇强梁义女怀德 遭大厄灵鱼报恩

第二十六回 · 遇强梁义女怀德 遭大厄灵鱼报恩

第二十七回 · 观奇形路过翼民郡 谈异相道经豕喙乡

第三十一回·谈字母妙语指迷团 看花灯戏言猜哑谜

第三十二回·访筹算畅游智佳国 观艳妆闲步女儿乡

第三十三回·粉面郎缠足受困 长须女玩股垂情

第三十二回

访筹算畅游智佳国　　观艳妆闲步女儿乡

话说老者正同林之洋讲话,忽听那边有人问道:"请教主人:'比肩民'打《孟子》五字,可是'不能以自行'?"主人道:"是的。"唐敖道:"九公,你看:那两句《滕王阁序》[1]打个药名,只怕小弟猜着了。"因问道:"请教主人:'关山难越,谁悲失路之人',可是'生地'?"主人道:"正是。"林之洋道:"俺又猜着几个国名。请问老兄:'腿儿相压'可是'交胫国'?'脸儿相偎'可是'两面国'?'孩提之童'可是'小人国'?'高邮人'可是'元股国'?"主人应道:"是的。"于是把赠物都送来。唐敖暗暗问道:"请教舅兄:'高邮人'怎么却是'元股国'?"林之洋道:"高邮人绰号叫作'黑尻',妹夫细细摹拟黑尻形状,就知俺猜的不错了。"多九公诧异道:"怎么高邮人的'黑尻',他们外国也都晓得? 却也奇怪。"林之洋道:"有了若干赠物,俺更高兴要打了。请问主人:'游方僧'打《孟子》四字,可是'到处化缘'?"众人听了,哄堂大笑。唐敖羞的满面通红道:"这是敝友故意

---

[1]《滕王阁序》——故事传说:唐王勃青年的时候,路过南昌,参与都督阎伯屿在滕王阁的宴会,宴会中大家分写纪念文章,王勃写了一篇《滕王阁序》,被认为是写得最好的。这里引用的"关山难越,谁悲失路之人",就是这篇文章里的句子。

取笑。请问主人:可是'所过者化'?"主人道:"正是。"随将赠物送过。多九公暗暗埋怨道:"林兄书既不熟,何妨问问我们,为何这样性急?"言还未了,林之洋又说道:"请问主人:'守岁'二字打《孟子》一句,可是'要等新年'?"众人复又大笑。多九公忙说道:"敝友惯会斗趣,诸位休得见笑。请教主人:可是'以待来年'?"主人应道:"正是。"多九公向唐敖递个眼色,一齐起身道:"多承主人厚赐。我们还要趱路,暂且失陪,只好'以待来年'倘到贵邦,再来请教了。"主人送出门外。三人来到闹市。多九公道:"老夫见他无数灯谜,正想多打几条,显显我们本领;林兄务必两次三番催我们出来,这是何苦!"林之洋道:"九公这是甚话! 俺好好在那里猜谜,何曾催你出来? 俺正怪你打断俺的高兴,九公倒赖起俺来。"唐敖道:"那部《孟子》乃人所共知的,舅兄既不记得,何妨问问我们。你只顾随口乱诌,他们听了,都忍不住笑,小弟同九公在旁,如何站得住? 岂非舅兄催我们走么!"林之洋道:"俺只图多打几个装些体面,那知反被耻笑。他们也不知俺名姓,由他笑去。今日中秋佳节,幸亏早早回来,若只顾猜谜,还误俺们饮酒赏月哩。"

唐敖道:"前在劳民国,九公曾说:'劳民永寿,智佳短年。'既是短年,为何都是老翁呢?"多九公道:"唐兄只见他们须发皆白,那知那些老翁才只三四十岁,他们胡须总是未出土先就白了。"唐敖道:"这却为何?"多九公道:"此处最好天文、卜筮、勾股算法,诸样奇巧,百般技艺,无一不精。并且彼此争强赌胜,用尽心机,苦思恶想,愈出愈奇,必要出人头地,所以邻国俱以'智佳'呼之。他们只顾终日构思，久而久之，心血耗尽，不到三十岁，鬓已如霜；到了四十岁，就如我们古稀之外：因此从无长寿之人。——话虽如此，若同伯虑比较，此处又算高寿了。"林之洋道："他们见俺生的少壮，把俺称作小哥，那知俺还是他老兄哩。"

唐敖道："我们虽少猜几个灯谜，恰好天色尚早，还可尽兴畅游。"三人又到各处观看花灯，访问筹算。好在此地是金吾不禁[1]，花灯彻夜不绝，足足游了一夜。及至回船，饮了几杯，天已发晓。林之洋道："如今月还未赏，倒要赏日了。"水手收拾开船。枝兰音因病已好，即写一封家信，烦九公转托便船寄去；在船无事，惟有读书消遣，或同婉如作些诗赋，请唐敖指点。

行了几日，到了女儿国。船只泊岸。多九公来约唐敖上去游玩。唐敖因闻得太宗命唐三藏西天取经，路过女儿国，几乎被国王留住，不得出来，所以不敢登岸。多九公笑道："唐兄虑的固是。但这女儿国非那女儿国可比。若是唐三藏所过女儿国，不独唐兄不应上去，就是林兄明知货物得利，也不敢冒昧上去。此地女儿国却另有不同：历来本有男子，也是男女配合，与我们一样。其所异于人的，男子反穿衣裙，作为妇人，以治内事；女子反穿靴帽，作为男人，以治外事。男女虽亦配偶，内外之分，却与别处不同。"唐敖道："男为妇人，以治内

----

[1] 金吾不禁——金吾，一种仪仗性质的武器；执掌这种武器的官名叫"执金吾"，是皇帝的警卫官。京城里是不许夜行的，如若夜行，就要受到执金吾的干涉；惟有元宵节的前后共三天，夜里游玩可以不受禁止，因此叫做"金吾不禁"。

事,面上可用脂粉?两足可须缠裹?"林之洋道:"闻得他们最喜缠足,无论大家小户,都以小脚为贵;若讲脂粉,更是不能缺的。幸亏俺生天朝,若生这里,也教俺裹脚,那才坑死人哩!"因从怀中取出一张货单道:"妹夫,你看:上面货物就是这里卖的。"唐敖接过,只见上面所开脂粉、梳篦等类,尽是妇女所用之物。看罢,将单递还道:"当日我们岭南起身,查点货物,小弟见这物件带的过多,甚觉不解,今日才知却是为此。单内既将货物开明,为何不将价钱写上?"林之洋道:"海外卖货,怎肯预先开价,须看他缺了那样,俺就那样贵。临时见景生情,却是俺们飘洋讨巧处。"唐敖道:"此处虽有女儿国之名,并非纯是妇人,为何要买这些物件?"多九公道:"此地向来风俗,自国王以至庶民,诸事俭朴;就只有个毛病,最喜打扮妇人。无论贫富,一经讲到妇人穿戴,莫不兴致勃勃,那怕手头拮据,也要设法购求。林兄素知此处风气,特带这些货物来卖。这个货单拿到大户人家,不过三两日就可批完,临期兑银发货。虽不能如长人国、小人国大获其利,看来也不止两三倍利息。"唐敖道:"小弟当日见古人书上有'女治外事,男治内事'一说,以为必无其事;那知今日竟得亲到其地。这样异乡,定要上去领略领略风景。舅兄今日满面红光,必有非常喜事,大约货物定是十分得彩,我们又要畅饮喜酒了。"林之洋道:"今日有两只喜鹊,只管朝俺乱噪;又有一对喜蛛,巧巧落俺脚上:只怕又像燕窝那样财气,也不可知。"拿了货单,满面笑容去了。

　　唐敖同多九公登岸进城,细看那些人,并无老无少,并无胡须;虽是男装,却是女音,兼之身段瘦小,袅袅婷婷。唐敖道:"九公,你看:他们原是好好妇人,却要装作男人,可谓矫揉造作了。"多九公笑道:"唐兄:你是这等说;只怕他们看见我们,也说我们放着好好妇人不做,却矫揉造作,充作男人哩。"唐敖点头道:"九公此话不错。俗话说的:'习惯成自然。'我们看他虽觉异样,无如他们自古如此;他们看见我们,自然也以我们为非。此地男子如此,不知妇人又是怎样?"多九公暗向旁边指道:"唐兄:你看那个中年老妪,拿着针线做鞋,岂非妇人么?"唐敖看时,那边有个小户人家,门内坐着一个中年妇人:一头青丝黑发,油搽的雪亮,真可滑倒苍蝇;头上梳一盘龙鬏儿[1],鬓旁许多珠翠,真是耀花人眼睛;耳坠八宝金环;身穿玫瑰紫的长衫,下穿葱绿裙儿;裙下露着小小金莲,穿一双大红绣鞋,刚刚只得三寸;伸着一双玉手,十指尖尖,在那里绣花;一双盈盈秀目,两道高高蛾眉,面上许多脂粉;再朝嘴上一看,原来一部胡须,是个络腮胡子!看罢,忍不住扑嗤笑了一声。那妇人停了针线,望着唐敖喊道:"你这妇人,敢是笑我么?"这个声音,老声老气,倒像破锣一般,把唐敖吓的拉着多九公朝前飞跑。那妇人还在那里大声说道:"你面上有须,明明是个妇人;你却穿衣戴帽,混充男人!你也不管男女混杂!你明虽偷看妇女,你其实要偷看男人。你这臊货!你去照照镜子,——你把本来面目都忘了!你这蹄子,也不怕羞!你今日幸亏遇见老娘;你若遇见别人,把你当作男人偷看妇女,只怕打个半死哩!"

---

〔1〕 盘龙鬏儿——把头发编成辫子,盘着堆在头上,是古时妇女的装束。鬏疑髮字之误。

唐敖听了,见离妇人已远,因向九公道:"原来此处语音却还易懂。听他所言,果然竟把我们当作妇人。他才骂我'蹄子':大约自有男子以来,未有如此奇骂,这可算得'千古第一骂'。我那舅兄上去,但愿他们把他当作男人才好。"多九公道:"此话怎讲?"唐敖道:"舅兄本来生的面如傅粉;前在厌火国,又将胡须烧去,更显少壮;他们要把他当作妇人,岂不耽心么?"多九公道:"此地国人向待邻邦最是和睦,何况我们又从天朝来的,更要格外尊敬。唐兄只管放心。"

唐敖道:"你看路旁挂着一道榜文,围着许多人在那里高声朗诵,我们何不前去看看?"走进听时,原来是为河道壅塞之事。唐敖意欲挤进观看。多九公道:"此处河道与我们何干,唐兄看他怎么?莫非要替他挑河,想酬劳么?"唐敖道:"九公休得取笑。小弟素于河道丝毫不谙。适因此榜,偶然想起桂海[1]地方每每写字都写本处俗字,即如'숋'字就是我们所读'稳'字,'歪'字就是'终'字,诸如此类,取义也还有些意思,所以小弟要去看看,不知此处文字怎样。看在眼内,虽算不得学问,广广见识,也是好的。"分开众人进去,看毕,出来道:"上面文理倒也通顺,书法也好;就只有个'夵'字,不知怎讲。"多九公道:"老夫记得桂海等处都以此字读作'矮'字,想来必是高矮之义。"唐敖道:"他那榜上讲的果是'堤岸高夵'之话,大约必是'矮'字无疑。今日又识一字,却是女儿国长的学问,也不虚此一行了。"

----

〔1〕 桂海——指南方广东等地,也称做"南海"。

又朝前走,街上也有妇人在内,举止光景,同别处一样:裙下都露小小金莲,行动时腰肢颤颤巍巍;一时走到人烟丛杂处,也是躲躲闪闪,遮遮掩掩,那种娇羞样子,令人看着也觉生怜。也有怀抱小儿的,也有领着小儿同行的。内中许多中年妇人,也有胡须多的,也有胡须少的,还有没须的。及至细看,那中年无须的,因为要充少妇,惟恐有须显老,所以拔的一毛不存。唐敖道:"九公,你看:这些拔须妇人,面上须孔犹存,倒也好看。但这人中下巴,被他拔的一干二净,可谓寸草不留,未免失了本来面目,必须另起一个新奇名字才好。"多九公道:"老夫记得《论语》有句'虎豹之鞟'。他这人中下巴,都拔的光光,莫若就叫'人鞟'罢。"唐敖笑道:"'鞟'是'皮去毛者也'。这'人鞟'二字,倒也确切。"多九公道:"老夫才见几个有须妇人,那部胡须都似银针一般,他却用药染黑,面上微微还有墨痕,这人中下巴,被他涂的失了本来面目。唐兄何不也起一个新奇名字呢?"唐敖道:"小弟记得卫夫人[1]讲究书法,曾有'墨猪[2]'之说。他们既是用墨涂的,莫若就叫'墨猪'罢。"多九公笑道:"唐兄这个名字不独别致,并且狠得'墨'字'猪'字之神。"二人说笑,又到各处游了多时。

回到船上,林之洋尚未回来;用过晚饭,等到二鼓,仍无消息。吕氏甚觉着慌。唐敖同多九公提着灯笼,上岸找寻。走到城边,城门已闭,只得回船。次日又去寻访,仍无踪影。至第三日,又带几个水手,

---

[1] 卫夫人——卫铄,晋人,历史上著名的女书家。
[2] 墨猪——指字写的肥肿无力,多肉少骨。

分头寻找,也是枉然。一连找了数日,竟似石沉大海。吕氏同婉如只哭的死去活来。唐、多二人仍是日日找寻,各处探信。

谁知那日林之洋带着货单,走进城去,到了几个行店,恰好此地正在缺货。及至批货,因价钱过少,又将货单拿到大户人家。那大户批了货物,因指引道:"我们这里有个国舅府,他家人众,须用货物必多,你到那里卖去,必定得利。"随即问明路径,来到国舅府,果然高大门第,景象非凡。

未知如何,下回分解。

第三十三回

粉面郎缠足受困　长须女玩股垂情

话说林之洋来到国舅府,把货单求管门的呈进。里面传出话道:"连年国主采选嫔妃,正须此货。今将货单替你转呈,即随来差同去,以便听候批货。"不多时,走出一个内使,拿了货单,一同穿过几层金门,走了许多玉路;处处有人把守,好不威严。来到内殿门首,内使立住道:"大嫂在此等候。我把货单呈进,看是如何,再来回你。"走了进去。不多时出来道:"大嫂单内货物并未开价,这却怎好?"林之洋道:"各物价钱,俺都记得,如要那几样,等候批完,俺再一总开价。"内使听了进去,又走出道:"请问大嫂:胭脂每担若干银?香粉每担若干银?头油每担若干银?头绳每担若干银?"林之洋把价说了。内使走去,又出来道:"请问大嫂:翠花每盒若干银?绒花每盒若干银?香珠每盒若干银?梳篦每盒若干银?"林之洋又把价说了。内使入去,又走出道:"大嫂单内各物,我们国主大约多寡不等,都要买些。就只价钱问来问去,恐有讹错,必须面讲,才好交易。国主因大嫂是天朝妇人,天朝是我们上邦,所以命你进内。大嫂须要小心!"林之洋道:"这个不消分付。"跟着内使走进内殿。见了国王,深深打了一躬,站在一旁。看那国王,虽有三旬以外,生的面白唇红,极其美貌。旁边围着许多宫娥。国王十指尖尖,拿着货单,又把各样价钱,轻启朱唇问了一遍。一面问话,一面只管细细上下打量。林之洋忖道:"这个国王为甚只管将俺细看,莫非不曾见过天朝人么?"不多时,宫娥来请用膳。国王分付内使将货单存下,先去回覆国舅;又命宫娥款待天朝妇人酒饭。转身回宫。

迟了片时,有几个宫娥把林之洋带至一座楼上,摆了许多肴馔。刚把酒饭吃完,只听下面闹闹吵吵,有许多宫娥跑上楼来,都口呼"娘娘",磕头叩喜。随后又有许多宫娥捧着凤冠霞帔,玉带蟒衫并裙裤簪环首饰之类,不由分说,七手八脚,把林之洋内外衣服脱的干干净净。——这些宫娥都是力大无穷,就如鹰拿燕雀一般,那里由他作主。——刚把衣履脱净,早有宫娥预备香汤,替他洗浴。换了袄裤,穿了衫裙;把那一双"大金莲"暂且穿了绫袜;头上梳了鬏儿,搽了许多头油,戴上凤钗;搽了一脸香粉,又把嘴唇染的通红;手上戴了戒指,腕上戴了金镯。把床帐安了,请林之洋上坐。此时林之洋倒像做梦一般,又像酒醉光景,只是发痠。细问宫娥,才知国王将他封为王妃,等选了吉日,就要进宫。

正在着慌,又有几个中年宫娥走来,都是身高体壮,满嘴胡须。内中一个白须宫娥,手拿针线,走到床前跪下道:"禀娘娘:奉命穿耳。"早有四个宫娥上来,紧紧扶住。那白须宫娥上前,先把右耳用指将那穿针之处碾了几碾,登时一针穿过。林之洋大叫一声:"疼杀俺了!"望后一仰,幸亏宫娥扶住。又把左耳用手碾了几碾,也是一针直过。林之洋只疼的喊叫连声。两耳穿过,用些铅粉涂上,揉了几揉,戴了一副八宝金环。白须宫娥把事办毕退去。接着有个黑须宫人,手拿一匹白绫,也向床前跪下道:"禀娘娘:奉命缠足。"又上来两个宫娥,都跪在地下,扶住"金莲",把绫袜脱去。那黑须宫娥取了一个矮凳,坐在下面,将白绫从中撕开,先把林之洋右足放在自己膝盖上,用些白矾洒在脚缝内,将五个脚指紧紧靠在一处,又将脚面用力曲作弯弓一般,即用白绫缠裹;才缠了两层,就有宫娥拿着针线上来密密缝口:一面狠缠,一面密缝。林之洋身旁既有四个宫娥紧紧靠定,又被两个宫娥把脚扶住,丝毫不能转动。及至缠完,只觉脚上如炭火烧的一般,阵阵疼痛。不觉一阵心酸,放声大哭道:"坑死俺了!"两足缠过,众宫娥草草做了一双软底大红鞋替他穿上。林之洋哭了多时,左思右想,无计可施,只得央及众人道:"奉求诸位老兄替俺在国王面前方便一声:俺本有妇之夫,怎作王妃?俺的两只大脚,就如游学秀才,多年未曾岁考,业已放荡惯了,何能把他拘束?只求早早放俺出去,就是俺的妻子也要感激的。"众宫娥道:"刚才国主业已分付,将足缠好,就请娘娘进宫。此时谁敢乱言!"

不多时,宫娥掌灯送上晚餐,真是肉山酒海,足足摆了一桌。林之洋那里吃得下,都给众人吃了。一时忽要小解,因向宫娥道:"此时俺要撒尿,烦老兄领俺下楼走走。"宫娥答应,早把净桶掇来。林之洋看了,无可奈何。意欲扎挣起来,无如两足缠的紧紧,那里走得动。只得扶着宫娥下床,坐上净桶;小解后,把手净了。宫娥掇了一盆热水道:"请娘娘用水。"林之洋道:"俺才洗手,为甚又要用水?"宫娥道:"不是净手,是下面用水。"林之洋道:"怎叫下面用水?俺倒不知。"宫娥道:"娘娘才从何处小解,此时就从何处用水。既怕动手,待奴婢替洗罢。"登时上来两个胖大宫娥,一个替他解褪中衣,一个用大红绫帕蘸水,在他下身揩磨。林之洋喊道:"这个顽的不好!诸位莫乱动手!俺是男人,弄的俺下面发痒。不好,不好!越揩越痒!"那个宫娥听了,自言自语道:"你说越揩越痒,俺还越痒越揩哩!"把水用过,坐在床上,只觉两足痛不可当,支撑不住,只得倒在床上和衣而卧。

那中年宫娥上前禀道:"娘娘既觉身倦,就请盥漱安寝罢。"众宫娥也有执着烛台的,也有执着漱盂的,也有捧着面盆的,也有捧着梳妆的,也有托着油盒的,也有托着粉盒的,也有提着手巾的,也有提着绫帕的:乱乱纷纷,围在床前。只得依着众人略略应酬。净面后,有个宫娥又来搽粉,林之洋执意不肯。白须宫娥道:"这临睡搽粉规矩最有好处,因粉能白润皮肤,内多冰麝,王妃面上虽白,还欠香气,所以这粉也是不可少的。久久搽上,不但面如白玉,还从白色中透出一股肉香,真是越白越香,越香越白;令人越闻越爱,越爱越闻:最是讨人欢喜的。久后才知其中好处哩。"宫娥说之至再,那里肯听。众人道:"娘娘既如此任性,我们明日只好据实启奏,请保母过来,再作道理。"登时四面安歇。

到了夜间,林之洋被两足不时疼醒,即将白绫左撕右解,费尽无穷之力,才扯了下来,把十个脚指个个舒开。这一畅快,非同小可,就如秀才免了岁考一般,好不松动。心中一爽,竟自沉沉睡去。次日起来,盥漱已罢。那黑须宫娥正要上前缠足,只见两足已脱精光,连忙启奏。国王教保母过来重责二十,并命在彼严行约束。保母领命,带了四个手下,捧着竹板,来到楼上,跪下道:"王妃不遵约束,奉令打肉。"林之洋看了,原来是个长须妇人,手捧一块竹板,约有三寸宽、八尺长。不觉吃了一吓道:"怎么叫作'打肉'?"只见保母手下四个微须妇人,一个个膀阔腰粗,走上前来,不由分说,轻轻拖翻,褪下中衣。保母手举竹板,一起一落,竟向屁股、大腿,一路打去。林之洋喊叫连声,痛不可忍。刚打五板,业已肉绽皮开,血溅茵褥。保母将手停住,向缠足宫娥道:"王妃下体甚嫩,才打五板,已是'血流漂杵';若打到二十,恐他贵体受伤,一时难愈,有误吉期。拜烦姐姐先去替我转奏,看国主钧谕如何,再作道理。"缠足宫人答应去了。保母手执竹板,自言自语道:"同是一样皮肤,他这下体为何生的这样又白又嫩?好不令人可爱!据我看来:这副尊臀,真可算得'貌比潘安,颜如宋玉[1]'了!"因又说道:"'貌比潘安,颜如宋玉',是说人的容貌之美,怎么我将下身比他?未免不伦。"

只见缠足宫人走来道:"奉国主钧谕,问王妃此后可遵约束?——如痛改前非,即免责放起。"林之洋怕打,只得说道:"都改过了。"众人于是歇手。宫娥拿了绫帕,把下体血迹擦了。国王命人赐了一包棒疮药,又送了一盏定痛人参汤。随即敷药,吃了人参汤,倒在床上歇息片时,果然立时止痛。缠足宫娥把足从新缠好,教他下床来往走动。宫娥搀着走了几步。棒疮虽好,两足甚痛,只想坐下歇息;无奈缠足宫娥惟恐误了限期,毫不放松,刚要坐下,就要启奏;只

---

[1] 潘安、宋玉——潘安,晋人;宋玉,战国楚人:历史传说中两个美貌的男子。

得勉强支持,走来走去,真如挣命一般。到了夜间,不时疼醒,每每整夜不能合眼。无论日夜,俱有宫娥轮流坐守,从无片刻离人,竟是丝毫不能放松。林之洋到了这个地位,只觉得湖海豪情,变作柔肠寸断了。

未知如何,下回分解。

第三十四回

观丽人女主定吉期　　访良友老翁得凶信

话说林之洋两只"金莲",被众宫人今日也缠,明日也缠,并用药水熏洗,未及半月,已将脚面弯曲折作两段,十指俱已腐烂,日日鲜血淋漓。一日,正在疼痛,那些宫娥又搀他行走。不觉气恼夹攻,暗暗忖道:"俺林之洋捺了火气,百般忍耐,原想妹夫、九公,前来救俺;今他二人音信不通,俺与其零碎受苦,不如一死,到也干净!"手扶宫人,又走了几步,只觉疼的寸步难移。奔到床前,坐在上面,任凭众人解劝,口口声声只教保母去奏国王,情愿立刻处死,若要缠足,至死不能。一面说着,摔脱花鞋,将白绫用手乱扯。众宫娥齐来阻挡,乱乱纷纷,搅成一团。保母见光景不好,即去启奏。登时奉命来至楼上道:"国主有令:王妃不遵约束,不肯缠足,即将其足倒挂梁上,不可违误!"林之洋此时已将生死付之度外,即向众宫娥道:"你们快些动手!越教俺早死,俺越感激!只求越快越好!"于是随着众人摆布。谁知刚把两足用绳缠紧,已是痛上加痛;及至将足吊起,身子悬空,只觉眼中金星乱冒,满头昏晕,登时疼的冷汗直流,两腿酸麻。只得咬牙忍痛,闭口合眼,只等早早气断身亡,就可免了零碎吃苦。挨了片时,不但不死,并且越吊越觉明白。两足就如刀割针刺一般,十分痛苦。咬定牙关,左忍右忍,那里忍得住!不因不由杀猪一般喊叫起来，只求国王饶命。保母随即启奏，放了下来。从此只得耐心忍痛，随着众人，不敢违拗。众宫娥知他畏惧，到了缠足时，只图早见功效，好讨国王欢喜，更是不顾死活，用力狠缠。——屡次要寻自尽，无奈众人日夜提防，真是求生不能，求死不得。

不知不觉，那足上腐烂的血肉都已变成脓水，业已流尽，只剩几根枯骨，两足甚觉瘦小；头上乌云，用各种头油，业已搽的光鉴；身上每日用香汤熏洗，也都打磨干净；那两道浓眉，也修的弯弯如新月一般；再加朱唇点上血脂，映着一张粉面，满头朱翠，却也窈窕。国王不时命人来看。这日保母启奏："足已缠好。"国王亲自上楼看了一遍，见他面似桃花，腰如弱柳，眼含秋水，眉似远山。越看越喜，不觉忖道："如此佳人，当日把他误作男装，若非孤家看出，岂非埋没人才。"因从身边取出一挂真珠手串，替他亲自戴上。众宫人搀着万福叩谢。国王拉起，携手并肩坐下，又将金莲细细观玩；头上身上，各处闻了一遍，抚摸半晌，不知怎样才好。林之洋见国王过来看他，已是满面羞惭，后来同国王并肩坐下，只见国王刚把两足细细观玩，又将两手细细赏鉴；闻了头上，又闻身上；闻了身上，又闻脸上：弄的满面通红，坐立不安，羞愧要死。

国王回宫，越想越喜。当时选定吉期，明日进宫。并命理刑衙门释放罪囚。林之洋一心只想唐、多二人前来相救，那知盼来盼去，眼看着明日就要进宫，仍是毫无影响。一时想起妻子，心如刀割，那眼泪也不知流过多少。并且两只"金莲"，已被缠的骨软筋酥，倒像酒醉一般，毫无气力，每逢行动，总要宫娥搀扶。想起当年光景，再看看目前形状,真似两世人。万种凄凉,肝肠寸断。这日晚上,足足哭了一夜。到了次日吉期,众宫娥都绝早起来替他开脸[1];梳裹、搽胭抹粉,更比往日加倍殷勤。那双"金莲"虽觉微长,但缠的弯弯,下面衬了高底,穿着一双大红凤头鞋,却也不大不小。身上穿了蟒衫,头上戴了凤冠,浑身玉佩叮珰,满面香气扑人,虽非国色天香,却是袅袅婷婷。用过早膳,各王妃俱来贺喜,来来往往,络绎不绝。到了下午,众宫娥忙忙乱乱,替他穿戴齐整,伺候进宫。不多时,有几个宫人手执珠灯,走来跪下道:"吉时已到。请娘娘先升正殿,伺候国主散朝,以便行礼进宫。就请升舆。"林之洋听了,倒像头顶上打了一个霹雳,只觉耳中嘤的一声,早把魂灵吓的飞出去了。众宫娥不由分说,一齐搀扶下楼,上了凤舆,无数宫人簇拥,来到正殿,国王业已散朝,里面灯烛辉煌。众宫人搀扶林之洋,颤颤巍巍,如鲜花一枝,走到国王面前,只得弯着腰儿,拉着袖儿,深深万福叩拜。各王妃也上前叩贺。正要进宫,忽听外面闹闹吵吵,喊声不绝,国王吓的惊疑不止。

原来这个喊声却是唐敖用的机关。

唐敖自从那日同多九公寻访林之洋下落,访来访去,绝无消息。这日两人分头去访。唐敖寻了半日,回船用饭,因吕氏母女啼哭,正在解劝。只见多九公满头是汗,跑进船上道:"今日费尽气力,才把

---

[1] 开脸——古时礼俗:女人在出嫁的时候,把脸上毫毛用线绞或用刀剃掉,并描眉毛、画鬓角,叫做"开脸"。开脸的女人就列于妇人,不再是闺女了。

林兄下落打听出来。"吕氏慌忙问道:"俺丈夫现在何处?究竟存亡若何?"多九公道:"老夫问来问去,恰好遇见国舅府中内使,才知林兄因国王看货欢喜,留在宫内,封为贵妃。因他脚大,奉命把足缠好,方择吉日成亲。今脚已裹好,国王择定明日进宫。"话未说完,吕氏早已哭的晕倒。婉如一面哭着,把吕氏唤醒。吕氏向唐、多二人叩头,哭哭啼啼,只求"姑爷、九公,救俺丈夫之命"。唐敖命兰音、婉如把吕氏搀起。

多九公道:"老夫刚才恳那内使求国舅替我们转奏,情愿将船上货物尽数孝敬,赎林兄出来。虽承内使转求,无奈国舅因吉期已定,万难挽回,不肯转奏。老夫无计可施,只得回来。唐兄可有甚么妙计?"唐敖吓的思忖多时道:"此时吉期已到,恐难挽回。为今之计,惟有且写几张哀怜呈词,到各衙门递去,设遇忠正大臣,敢向国王直言谏诤,救得舅兄出来,也未可知。除此实无别法。"吕氏道:"姑爷这个主意想的不差!他们偌大之国,官儿无数,岂无忠臣?这个呈词递去,必能救得丈夫出来。就请姑爷多写几张,早早递去!"唐敖当时作了哀怜稿儿,托多九公酌定。二人分着写了几张,惟恐耽搁,连饭也不敢吃,随即进城,但遇衙门,就把呈词递进。谁知里面看过,仍旧发出道:"这不干我们衙门之事,你到别处递去。"一连几十处,总是如此。二人饿着跑到日暮,只得回船。吕氏问知详细,只哭的死去活来。娘儿两个,足足哭了一夜。唐敖听着,心如剑刺,东方渐亮,急的瞪目痴坐,无计可施。

多九公走来道:"我们与其在船闷坐,何不上去探听?设或改了吉期,就好另想别法了。"唐敖道:"吉期就在今日,何能更改。即使改了,又有何法?"多九公道:"倘能另改吉期,我们船上货物银钱,也还不少,即到邻邦,把船上尽其所有都馈送那国王,恳其代为转求;设或他看邻邦分上,情不可却,放林兄出来,也未可知。"吕氏在内听了,早又带泪出来道:"此计甚好,就求速速上去打听!"唐敖只得答应,同多九公进城。只听四处纷纷传说:今日国主收王妃进宫,释放罪囚,各官都叩贺去了。二人听了,更觉心冷如冰。多九公叹道:"你听这话,还探听甚么!只好回去劝劝他们。如今木已成舟,也是林兄命定如此了。"唐敖道:"这两日我在船上想起舅兄之事,至亲相关,心中已如针刺;此刻回去,他们听见一无指望,更要恼上加恼,教人听着,何能安身。我们只好在此走走,暂且躲避躲避。"多九公只得点头,又向前行。不知不觉,天已正午。多九公道:"此时腹中甚饿,路旁有个茶坊,我们何不进去吃些点心,充充饥也好。"说罢,进去检副座儿坐了,倒了两碗茶,要了两样点心。只见有个起课的走来。唐敖一时无聊,因在课桶内抽了一签,递了过去。

未知如何,下回分解。

第三十五回

现红鸾[1]林贵妃应课　揭黄榜唐义士治河

话说唐敖把签递给起课的看了,随即起了一课道:"此课'红鸾'发现,该有婚姻之喜。可惜遇了'空亡[2]',未免虚而不实,将来仍是各栖一枝,不能鸾凤和鸣。不知尊嫂所问何事?"唐敖道:"我问这段婚姻,可能不成?此人现在难中,可逃得出么?"起课的道:"刚才我已说过:婚姻虚而不实,断难成就。此人灾难已满,指日即有救星;就只要脱火坑,还须耽搁十日。"唐敖付了课资,起课的去了。多九公道:"林兄灾难既满,为何还须十日方离火坑?"唐敖道:"此话离离奇奇,令人不解。"吃过点心,付了茶资,信步走出。

远远有许多人簇拥着走来,二人迎上观看,原来是些人夫担着几十担礼物过去。多九公道:"后面那个押礼的,就是国舅内使,不知到何处送礼去?"唐敖道:"上面俱用锦袱盖着,自然是送国王的了。"多九公忙去打听,回来满面愁容道:"唐兄:你道国舅这礼送给那个的?原来却是送给林兄的。"唐敖道:"此话怎讲?"多九公:"那送

---

[1] 红鸾——星相名词:吉星的一种。卜占时,遇着这个星的将有婚姻之类的喜事。是一种迷信的说法。

[2] 空亡——星相名词:不吉利的时刻的一种。卜占时,遇着这个时刻的事情一定失败,不能成功。是一种迷信的说法。

礼人说:国舅因今日王妃进宫,送这礼物,预备王妃赏赐宫人。岂非送给林兄么?"唐敖听了,只急的抓耳搔腮。再望望,太阳业已西坠,各处官员,都乘轿马叩贺回来;那些罪囚,一个个也都喜笑而归。不多时,国舅送礼人夫,也都挑着空担回去。

二人见天色已晚,无可奈何,只得垂头丧气,回归旧路。唐敖道:"刚才那起课的说:指日就有救星。若过了今日,也还救得出么?"多九公摇头道:"今日如果进宫,生米做成熟饭,岂有挽回之理。"唐敖道:"我刚才也是这样想。若据起课所言,似乎今日又有救星,究竟不知怎样挽回?再四思想,测度不出。大约那起课的不过信口胡谈,偏遇我们只想挽回,也不管事已八九,还要胡思乱想,可谓'痴人说梦'了。但舅兄如此好人,将来竟作异乡之鬼,这样结局,能不令人伤感!"多九公听了,也是叹息不止。

信步行来,又到张挂榜文处。唐敖道:"我们初到此地,舅兄上去卖货,小弟同九公上来,曾见此榜。那知在此耽搁多日,遭此飞灾。这些时,不知舅兄怎样受罪,如何盼望!"一面说着,不觉滴下泪来。猛然心内一急,低头想了一想,走上前去,把榜揭了下来。多九公摸不着唐敖是何主见,当着众人,拦又拦不得,问又问不得,惟有望着发痠。那些看守人役,上前问道:"你是何处妇人,擅揭此榜?那榜上的话,你可看明?"此时众百姓闻得有人揭榜,登时四方轰动,老老少少,无数百姓,都围着观看。唐敖看见人众,因朗声发话道:"我姓唐,乃天朝人氏,从外洋至此。治河一道,我们天朝无人不晓。今路过贵邦,因见国王这榜,备言连年水患,人民被害,如邻邦君王治得河道,小民得免水患,情愿纳贡臣服;若邻邦臣民有能治得河道,财宝禄位,悉听择取:说的甚觉诚恳。因此不辞劳瘁,特来治河,与你们除患。……"话未说完,早有许多百姓,挨挨挤挤,都跪在地下,口口声声,只求天朝贵人大发慈心,早赐救拨。唐敖道:"你们诸位请起。我虽能治河,但财宝禄位,我们天朝那样不有?这些我都不要。只要你们依我一事,我就即日兴工。"众百姓都起来道:"不知贵人所说何事?"唐敖道:"小可有个妻舅,前因卖货进宫,现被国王立为王妃,闻得吉期定于今日。你们如要治河,大家即到朝前哭诉,放了此人,我即兴工。如国王不以民命为重,不肯放他,纵让财宝如山,我亦不愿,只好回乡去了。"说话间,那围着看的人,密密层层,就如人山人海一般。一闻此言,只听得发了一声喊,不约而同,齐向朝门而去。那些人役,也都去回本官。

多九公得空到唐敖耳边问道:"唐兄果然晓得治河么?"唐敖道:"小弟并未做过外工朋友[1],那知治河!"多九公道:"你既不谙,为何把榜揭了?设或修治不妥,虚费他的帑项,岂不连我们也弄出未完[2]么?"唐敖道:"小弟此番揭榜虽觉孟浪,但因要救舅兄,不得已做了一个'火烧眉毛,且顾眼前'之计,实是无可奈何。此时众百姓前去,大约国王难违众情,必是暂缓吉期。明日小弟看过河道,只好设法酌量。倘舅兄五行有救,自然机缘凑巧,河道成功;如光景不佳,

---
〔1〕 外工朋友——外工,指河工;朋友,这里是对技术人员的一种称呼。
〔2〕 未完——不得了的意思。

不能结局,即烦九公将船上货物馈送邻邦,求其拯救:只此便是良策。"多九公听着,只是皱眉摇头。登时有看榜人役,备了轿马,把唐敖送到迎宾馆。多九公只得充作仆人,跟在后面。早有管事人预备酒饭,多九公另有下席一桌。二人正在饥饿,且饱餐一顿。饭后,多九公上船送信,暂安吕氏之心。回到宾馆,仍同唐敖静候佳音。

那些百姓听了唐敖之言,一时聚了数万人,齐至朝门,七言八嘴,喊声震耳。国王正受嫔妃朝贺,忽闻此声,惊疑不止。只见宫人进来奏道:"国舅有要事面奏。"国王即命众人暂避,把国舅传进。国舅行礼毕,就把"天朝妇人揭榜,能修河道,因主上把他亲戚立为王妃,意欲恳求释放,才能兴工。众百姓现在聚了数万人,齐集朝门,吁求主上俯念数十万生灵为重,释放此人,以便即日兴工,救拔生民,以免涂炭"等话,奏了一遍。国王道:"我国向例:凡庶民人家,从无再醮之妇;何以孤家身为人君,反令王妃违此定例呢?"国舅道:"刚才臣已剀切晓谕:'向来国中庶民,既婚后尚且不准改节;何况君上乃一国之主,岂有放回王妃之理?'说之至再。奈众百姓因吉期虽是今日,但王妃尚未进宫,与业已进宫不同,所以才敢吁恳施恩。"国王听了,无言可答。忖了多时道:"既如此,卿就出去回复众民,说寡人业已进宫,今日不能启奏。到了明日,木已成舟,众百姓也不能求我释放,我也有词可托了。"国舅再三恳求,无奈国王执意不肯,只得退出,回复众人。众百姓听了,惟恐到了明日,就难挽回,登时鼓噪,乱乱轰轰,喊成一片。国王听见外面如此,心中着实害怕,明知自己理亏,意欲释放,又难割舍。想了多时,忽听外面人声渐渐闹进宫来,不觉发恨道:"索性给他'一不做二不休'罢!"因命值殿尉官,率领军兵十万,立时征剿。尉官奉命,立刻点兵,只听四面枪炮声震的山摇地动。众百姓那里肯退,都说:与其日后丧在鱼鳖之口,不如今日被国主杀了,倒也干净。哭哭啼啼,更觉喊声震天。国舅见百姓势头已急,惟恐人多激变,分付众兵无许动手伤人,随又再三劝众百姓道:"尔等只管散去。老夫自然替你们转奏,务将揭榜人留下修治河道。明日府中候信,老夫自有道理。"众百姓听了,这才慢慢散去。尉官把兵收了。

　　国王见众百姓已散,随即进宫,命林之洋并肩坐了。映着灯光,复又慢闪俊目,细细观看,只见林之洋体态轻盈,娇羞满面,愁锁蛾眉,十分美貌。看罢,心中大喜。忙把自鸣钟望了一望,因娇声说道:"你同我已订'百年之好',你如此喜事,你为何面带愁容?你今得了如此遭际,你也不枉托生女身一场。你今做了我国第一等妇人,你心中还有甚么不足处?你日后倘能生得儿女,你享福日子正长。你与其矫揉造作,装作男人;你倒不如还了女装,同我享受荣华。我们且饮两杯。"——分付摆宴。又命宫人赐了许多珠宝金银之类。不多时,酒席齐备。众宫娥斟了一杯喜酒,教他奉敬国王。林之洋此时心如死灰,一时想起妻女,就如万箭攒心;兼之一连数日,茶饭不吃,精神恍惚,四肢无力,把杯接在手中,只觉战战兢兢,浑身发抖,那个酒杯倒像千斤之重,那里递得过去。正在勉强,只觉四肢发酸,把手一松,珃瑯瑯酒杯落在桌上。宫娥拾过,又斟一杯,林之洋接着,心中更觉发慌,登时又把酒洒了。众宫娥只得替他代敬国王。国王命人也与林之洋斟了一杯,放在唇边,只得勉强饮了;随后又是一杯,以为成双之意。林之洋素日酒量虽大,无如近来腹中空虚,把酒饮过,只觉天旋地转,幸而还未醉倒。国王又饮数杯,命人把表取过看了一看,分付撤去筵席。霎时桃腮带笑,醉眼矇眬,嘻嘻笑道:"天不早了,我同你睡罢。"众宫人上前把林之洋外面衣裙宽了,又把首饰除去。国王也宽了外面衣服,伸出一双玉手,十指尖尖,把林之洋手腕携住,上了牙床,放下鲛绡帐,竟自睡了。

——这里国王业已成亲。

唐敖还在迎宾馆,痴心妄想,另改吉期。等来等去,吃了晚饭,还无信息。正在盼望,恰好有几个老年百姓从朝中回来,把尉官点兵征剿各话说了。唐敖这才知其详细,只吓的惊慌失色。多九公道:"刚才唐兄说国王必是暂缓吉期,那知全出意料之外,并且大动干戈,用兵征剿。看这光景,国王只知好色,不以民命为重。过了今日,我们只好且充外工朋友,替他修理河道,弄点脩金。若想林兄回来,只怕难了。"唐敖只急的抓耳挠腮。只见国舅那边差了内使,押送铺盖过来;又拨许多人役伺候。内使道:"我家国舅命我多多致意贵人:今日天晚,不能过来;明日上朝见过国主,就来面商修治河道。贵人在此,诸多简慢,只好当面再来请罪。"说罢,同几个庶民都去了。

次日,守候国舅,一直等到夜深,也不见来。多九公又去打听,原来众百姓已将国舅府围的水泄不通,在那里候信。唐敖这一夜更不曾合眼。次日清晨起来,多九公道:"唐兄,你看:不知不觉又是一天了。据老夫看来:若像这样,只怕我们吃了喜蛋才能回去哩。"唐敖道:"此话怎讲?"多九公道:"林兄同国王成亲,今已两日。再过几日,倘恭喜怀了身孕,你是国王的妻妹婿,这样好亲戚,岂不要送喜蛋么?"唐敖急的无计可施,惟有专候国舅之信。

谁知国舅自从那日安顿众百姓,次日上朝,国王只推有病,总不见面。把个国舅急的走出走进,毫无主意。并闻府中已被众百姓团团围住,专等治河回音,更觉着急,又不敢回府。又恐唐敖走脱,因派许多兵役在城门把守。又差人时刻送酒送菜到迎宾馆去,又挑了几担鱼肉鸡鸭之类送到唐敖船上,无非遮人耳目,恐怕冷落之意。当日就在朝堂住了。

第二日,天将发晓,国王起来,大为不乐,将国舅宣来问道:"那揭榜妇人可在么?"国舅奏道:"此人现在宾馆,因国主没有示下,大约今日就要回去。"国王道:"他果能治河,我念生灵为重,原可施恩把王妃释放。不知他治的究竟如何。莫若守他河路治好,再放王妃回去。倘修治不善,不能完功,虚费银两,即将王妃留在此处,日后照数拿银来赎。国舅以为何如?"国舅听了,满心欢喜道:"主上如此办理,既不虚糜帑项,又安众民之心;倘河道成功,也除通国大患:真是一举两便。"国王道:"你就照此办去。"

国舅来至迎宾馆,见了唐敖,彼此叙了寒温。——原来这位国舅姓坤,年纪不满五旬,声音面貌,宛如太监。——二人茶罢。国舅道:

"昨日众百姓齐集朝门,备言贵人因念敝邦水患,特来救援。老夫适值朝中有事,不能趋陪,多有得罪,尚望海涵!至令亲因在王府卖货,忽染重恙,现在仍未获痊;俟略将养,自然即送归舟。至立王妃之说,系小民讹传,断断不可轻信。但治河一事,不知贵人有何高见?"唐敖道:"贵邦河道受病之由,小子尚未目睹,不敢谬执臆见。若论大概情形,当年治河的,莫善于禹。吾闻禹疏九河,这个'疏'字,却是治河主脑:疏通众水,使之各有所归,所谓'来有来源,去有去路'。根源既清,中无壅滞,自然不至为患了。此小子愚昧之见,将来看过河道,尚望国舅大人指教。"国舅听了,连连点头。

未知如何,下回分解。

第三十六回

佳人喜做东床婿　壮士愁为举案[1]妻

话说国舅闻唐敖之言，不觉点头道："贵人所言这个'疏'字，顿开茅塞，足见高明。想来敝邦水患，从此可以永绝了。老夫还要回去复命，暂且失陪，明日再来奉陪去看河道。"分付人役预备酒宴，小心伺候。乘舆呵殿[2]而去。多九公道："林兄之事，若据前日用兵征剿光景，竟是毫无挽回；今日据国舅之言，又像林兄不久就要回来。莫非林兄前日竟未成亲？令人不解。"唐敖道："大约此事全亏众百姓之力。国王恐人众作乱，所以暂缓吉期，也未可知。"

多九公道："这且慢慢再去打听。第治河一事，关系非轻，倘有疏虞，不但林兄不能还乡，就是我们也不知如何结局。老夫颇不放心。明日看过河道，唐兄究竟是何主见？"唐敖道："这个河道，其实看也罢，不看也罢。小弟久已立定一个主意。我想：河水泛滥为害，大约总是河路壅塞，未有去路，未清其源，所以如此。明日看过，我先给他处处挑挖极深，再把口面开宽，来源去路，也都替他各处疏通。

---

[1] 举案——案，同案，有短脚的小托盘。东汉人梁鸿、孟光，夫妻相敬，每逢吃饭时候，孟光把盛菜饭的托盘，高高地齐眉举起，送给梁鸿。后人就称夫妻彼此相敬的为"举案齐眉"。

[2] 呵殿——前呼后拥的意思。呵，指前面喝道的；殿，指后面跟随的。

大约河身挑挖深宽,自然受水就多;受水既多,再有去路,似可不致泛滥了。"多九公道:"治河既如此之易,难道他们国中就未想到么?"唐敖道:"昨日九公上船安慰他们,我唤了两个人役,细细访问。此地向来铜铁甚少,兼且禁用利器,以杜谋为不轨;国中所用,大约竹刀居多,惟富家间用银刀,亦甚希罕。所有挑河器具,一概不知。好在我们船上带有生铁,明日小弟把器具画出样儿,教他们制造。看来此事尚易成功。"多九公道:"原来此地铜铁甚少,禁用利器。怪不得此处药店所挂招牌,俱写'㕮片、咀片[1]';我想好好药品,自应切片,怎么倒用牙咬?腌臜姑且不论,岂非舍易求难乎?老夫正疑此字用的不解,今听唐兄之言,无怪要用牙咬了。我们家乡药店虽用刀切,招牌亦写'㕮咀'字样,虽系遵着古人医书,谁知这故典却出在女儿国的。"

次日,国舅陪唐敖出城看河。一连两日。看毕回来,唐敖道:"连日细看此河受病处,就是前日所说那个'疏'字缺了。以彼处形势而论:两边堤岸,高如山陵,而河身既高且浅,形象如盘,受水无多,以至为患。这总是水大之时,惟恐冲决漫溢,且顾目前之急,不是筑堤,就是培岸。及至水小,并不预为设法挑挖疏通;到了水势略大,又复培壅。以致年复一年,河身日见其高。若以目前形状而论,就如以

---

[1] 㕮(fǔ)片、咀片——㕮,咀嚼的意思。古时不用刀去切药材,却用牙咀嚼细咬,然后煎服。据说,经过牙咬,可以知道药味。"㕮片、咀片",就是咬出来的碎片的意思。

浴盆置于屋脊之上,一经漫溢,以高临下,四处皆为受水之区,平地即成泽国。若要安稳,必须将这浴盆埋在地中。盆低地高,既不畏其冲决,再加处处深挑,以盘形变成釜形,受水既多,自然可免漫溢之患了。"国舅道:"贵人所论河道受病情形,恰中其弊,足见天朝贵人留心时务,识见高明。至浴盆屋脊之说,尤其对症,真是指破迷团。惟求贵人大发恻隐,早赐拯拔,使敝邦'屋脊'之祸水由地中行,永庆安澜,得免涂炭,不独苍生感戴,即敝邦国主,亦当铭感不忘。但挑挖深通,不知天朝向来用何器具? 尚求指教。"

唐敖道:"敝处所用器具甚多,无如贵邦铜铁甚少,无从措办。'工欲善其事,必先利其器'。今既一无所有,纵使大禹重生,亦当束手。幸而我们船中带有钢铁,制造尚易。第河道一时挑挖深通,使归故道,施工甚难。盖堤岸日积月累,培壅过高,下面虽可深挑,而出土甚觉费事;倘能集得数十万人夫,一面深挑,一面去其堤岸,使两岸之土不致壅积,方能易于蒇事。不知人夫一时可能齐集?"国舅道:"若讲人夫,贵人只管放心。此地河道,为患已久,居民被害已深,闻贵人修治河道,虽士商人等,亦必乐于从事;况又发给工钱饭食,那些小民,何乐不为? 但还有一事:昨日所看此河东首刷淤之处,贵人曾言彼处当年办理不善,以致淤沙停积,水无去路,因而不时为患。其受病之由,尚求指教。"唐敖道:"凡河有淤沙,如欲借其水势顺溜刷淤,那个河形必须如矢之直,其淤始能顺溜而下。昨看那边河道到了刷淤之处,河路不直,多有弯曲,其淤遇弯即停,何能顺溜而下? 再者:刷淤之处,其河不但要直,并且还要由宽至窄,由高至低,其淤始得走而不滞。假如西边之淤要使之东去,其西边口面如宽二十丈,必须由西至东,渐渐收缩,不过数丈。是宽处之淤,使由窄路而出,再能西高东低,自然势急水溜,到了出口时,就如万马奔腾一般,其淤自能一去无余。今那边刷淤之处,不但处处弯曲,而且由窄至宽,事机先已颠倒,其意以为越宽越畅;那知水由窄处流到宽处,业已散漫无力,何能刷淤?无怪越积越厚,水无去路了。"国舅连连点头道:"贵人高论,胜如读《河渠书》、《沟洫志》[1]。但开工吉期,定在何时?以便启奏国主,谕令该管各官早为预备。"唐敖道:"此时必须先造器具。明日国舅多派工匠过来。俟器具造齐,再择吉期开工。"国舅点头,即命随从速传工匠,明早伺候;并多派人役,听候差遣。说罢别去。唐敖将器具样儿画了,并托多九公照应把铁发来。次日,许多工人传到,唐敖把样儿取出,一一指点,登时开炉打造。众工人虽系男装,究竟是些妇女,心灵性巧,——比不得那些蠢汉,任你说破舌尖,也是茫然;这些工人,只消略为指点,全都会意。——不过两三日,都造齐备。择了开工吉期。

是日,国舅同至河边。唐敖命人逐段筑起土坝。先把第一段之水车到第二段坝内,即将第一段挑挖深通;就把第二段土坝推倒,将水放入第一段新挑深坑之内,再挑第二段:逐段都动起工来,总是尽力深挑。后来所挖之土,一时竟难上岸,仍命工人把筐垂入坑内,用

---

[1]《河渠书》、《沟洫志》——《河渠书》,《史记》篇名;《沟洫志》,《汉书》篇名,都是记载河工水利的事情。

辘轳搅上，每取土一筐，要费许多气力。好在众百姓年年被这水患闹怕，此番动工，举国之人，齐来用力，一面挑河，一面起堤，不上十日，早已完工。又把各处来源去路，也都挑挖疏通。这里唐敖指点监工：那众百姓见他早起晚归，日夜辛勤，人人感仰。早有几个老者出来攒凑银钱，仿照唐敖相貌，立了一个生祠；又竖一块金字匾额，上写"泽共水长"四个大字。

此事传入宫内，早有一位世子把这情节对林之洋说了。原来林之洋那日同国王成亲，上了牙床，忽然想起："当日在黑齿国，妹夫同俺顽笑，说俺被女儿国留下。今日果然应了。这事竟有预兆。那时九公曾说：'设或女儿国将你留下，你却怎处？'俺随口答道：'他如留俺，俺给他一概弗得知。'这话也是无心说出，其中定有机关。今日国王既要同俺成亲，莫若俺就装作木雕泥塑，给他一概弗得知，同他且住几时，看他怎样。"因存这个主见，心心念念，只想回家。一时想起妻子，身如针刺，泪似涌泉。又想自从到此，被国王缠足、穿耳、毒打、倒吊，种种辱没，九死一生。这国王恁般狠毒，明是冤家对头，躲还躲不来，怎敢亲近！如此一想，灯光之下，看那国王虽是少年美貌，只觉从那美貌之中，透出一股杀气；虽不见他杀人，那种温柔体态，倒像比刀还觉利害。越看越怕，惟恐日后命丧他手，更是心冷如冰，体软如绵。一连两夜，国王费尽心机，终成画饼。虽觉扫兴气恼，因河道一事，究竟牵挂，不敢把他奈何。后来同国舅议定治河一事，思来想去，留此无用，只得将他送归楼上，

第三十五回·现红鸾林贵妃应课 揭黄榜唐义士治河

第三十六回·佳人喜做东床婿 壮士愁为举案妻

第三十七回·新贵妃反本为男 旧储子还原作女

第三十九回·轩辕国诸王祝寿 蓬莱岛二老游山

第四十回・入仙山撒手弃凡尘 走瀚海牵肠归故土

第四十四回·小孝女岭上访红菜 老道姑舟中献瑞草

第四十五回·君子国海中逢水怪 丈夫邦岭下遇山精

第五十回·遇難成祥馬能伏虎 逢凶化吉婦可降夫

索性把缠足、抹粉一切工课也都蠲了。林之洋得了这道恩赦,虽未得归故乡,暂且脚下松动。就只不知将来可能放归,又不知前日众百姓为何喧嚷,细问宫娥,都是支吾。

这日正在思女垂泪,有个年轻世子走来下拜道:"儿臣闻得天朝有位唐贵人来此治河,俟河道治好,父王即送阿母回去。儿臣特地送信,望阿母放心。"林之洋把世子搀起细问,才知揭榜一事。因垂泪道:"蒙小国王念俺被难,前来送信。俺林之洋倘骨肉团圆,惟有焚香报你大德。俺妹夫河道治完,还求送俺一信。更望在老国王跟前,替俺美言,早放俺回去,便是俺救命恩人了。"世子上前替林之洋揩泪道:"阿母不须悲伤。儿臣再去探听,如有佳音,即来送信。"说罢去了。林之洋自从国王送回楼上,众宫娥知他日后仍回天朝,并非本国王妃,那个肯来照管:往往少饭无茶,十分懈怠。幸亏世子日日前来照应,茶饭始得充足。林之洋深为感激。不知不觉,将及半月,两足虽已如旧,但穿上男鞋,竟瘦了许多。这日世子匆匆走来道:"告禀阿母:唐贵人已将工程办完。今日父王出去看河,十分欢喜,因唐贵人乃天朝贵客,特命合朝大臣,许多鼓乐,护送归舟,并送谢仪万两。闻得明日即送阿母回船。儿臣探听真实,特来送信。"林之洋欢喜道:"俺自老国王送回楼上,蒙小国王百般照应,明日回去,不知甚时相见,俺林之洋只好将来再报大情。"

世子见左右无人,忽然跪下垂泪道:"儿臣今有大难,要求阿母垂救!如念儿臣素日一点孝心,大发恻隐,儿臣就有命了。"林之洋忙搀起道:"小国王有甚大难?快告俺知。"世子道:"儿臣自从八岁蒙父王立储〔1〕,至今六载。不幸前岁嫡母去世,西宫阿母专宠,意欲其子继立,屡次陷害儿臣,幸而命不该绝。近日父王听信谗言,痛恨儿臣,亦有要杀儿臣之意。此时若不远走,久后必遭毒手。况父王指日即往轩辕祝寿,内外臣仆,莫非西宫羽翼;儿臣年纪既幼,素日只知闭户读书,又无心腹,安能处处防备?一经疏虞,性命难保。阿母如肯垂怜,明日回船,将儿臣携带同去。倘脱虎穴,自当衔环结草〔2〕,以报大恩。"林之洋道:"俺们家乡风俗与女儿国不同,若到天朝,须换女装。小国王作男子惯了,怎能改得?就是梳头、裹脚,也不容易。"世子道:"儿臣情愿更改。只要逃得性命,就是跟着阿母,粗衣淡饭,我也情愿。"林之洋道:"俺带小国王同去,宫娥看见,这便怎处?莫若等俺回船,小国王暗地逃去,岂不是好?"世子听了,连连摇头。

未知如何,下回分解。

---

〔1〕 储——这里指太子,意思是准备后继的国王。后文的储子、储贰、储君,都是这个意思。
〔2〕 结草——死后报恩的意思。古代神话:春秋时,晋将魏颗打败秦军,捉获秦国的力士杜回。当作战时,魏颗打不赢杜回,因为有一个老人用草把杜回绊跌,这才得胜。夜里,魏颗梦见那个老人来说,他的女儿嫁给魏父为妾,魏父病时,嘱咐死后将妾改嫁,病重时又嘱咐将妾殉葬,后来魏还是将她嫁了,救了他女儿的命,因此他前来报恩。出《左传》。

第三十七回

新贵妃反本为男　旧储子还原作女

　　话说世子摇头道："儿臣无事不能出宫；即使出去，亦有护卫，何能一人上船。好在近日众宫娥不来伺候，明日阿母上轿，儿臣暗藏轿内，即可出去。务望阿母携带！"林之洋道："只要小国王办的严密，俺自遵命。"到了次日，国王命人备轿送林之洋回船，并命众宫娥替林之洋改换男装，伺候上轿。世子在旁看见人众，惟有垂泪，十分着急，忙到轿前附耳道："此时耳目众多，不能同去。儿臣之命，全仗阿母相救。若出十日之外，恐不能见阿母之面。儿臣住在牡丹楼，切须在意！"送了几步，哽咽而去。

　　林之洋回到船上，原来国王昨日备了鼓乐，已将唐敖、多九公护送回来。此时林之洋见了唐、多二人，惟有再三拜谢；吕氏、婉如、兰音，也都相见，真是悲喜交集。林之洋道："妹夫到海外原为游玩，那知是俺救命恩人。俺在那里受罪，本要寻死，因得梦兆，必有仙人相救，俺才忍耐。今仙人还不赏光，却亏妹夫救俺出来。"多九公道："这是林兄吉人天相，所以凑巧得唐兄同来。当日路过黑齿，唐兄曾有'以德报德'之话，今日果然应了。可见林兄这场灾难，久有预兆，我们何能晓得。"唐敖道："舅兄为何步履甚慢？难道国王果真要你缠足么？"林之洋见问，不觉又是好笑，又是愧恨道："他把俺硬算妇人做他的老婆也罢了,偏偏还要穿耳、缠足。俺这两脚好像才出阁的新妇,又像新进馆的先生,这些时好不拘束。偏那宫人要早见功,又用猴骨熬汤,替俺薰洗。今虽放的照旧,奈被猴骨洗的倒像多吃两杯,只觉害酒软弱,至今还是无力。当日上去卖货,曾有一个蟢蛛落在脚上,那知却是这件喜事!"婉如道:"爹爹耳上还有一副金环,俺替你取下来。"林之洋道:"那穿耳宫娥也不顾死活,揪着耳朵就是一针,今日想起,俺还觉痛。这总怪厌火国囚徒把俺胡须烧去,嘴上光光的,国王只当俺年轻,才有这番灾难。闻得国王昨日送妹夫回船,还有谢仪一万两,可送来么?"唐敖道:"久已送来。舅兄何以得知?"

林之洋将世子屡次送信,诸事照应,并后来求救各话,备细说了。唐敖道:"世子既有患难,我们自应设法救他;况待舅兄如此多情,尤当'以德报德'。且世子若非情急,岂肯把现成国王弃了,反去改换女装、投奔他邦之理?我们必须把他救出,方可起身。九公以为如何?"多九公道:"'以德报德',自应如此。但如何设法,必须商酌万全,才好举行。林兄在宫多日,蹊径最熟,可有妙计?"唐敖道:"这位世子可像歧舌世子?——如会骑射,就易设法了。"林之洋道:"世子虽是男装,他是女人,未必晓得骑射。妹夫如真心救他,俺倒有计,除了妹夫,别人都不能。"唐敖道:"此等仗义之事,用着小弟,无不效劳。不知是何妙计?"林之洋道:"据俺主意:到了夜晚,妹夫将俺驮上,一同窜进王宫,将他救出,岂不是好?"唐敖道:"王宫甚大,世子住处,舅兄知道么?"林之洋道:"世子送俺时,他说住在牡丹楼。——他们那里牡丹甚高,到了开时,都是登楼看牡丹。——俺们到彼,只检牡丹多处找他,自然见面了。"唐敖道:"今晚且同舅兄窜进王宫,看是如何,再作计较。"多九公道:"林兄因感世子之情,唐兄只知惟义是趋,都是忿不顾身,竟将王宫内院视为儿戏。请教二位:彼处既是宫院,外面岂无兵役把守?里面岂无人夫巡逻?二位进去,设被捉获,不知又有什么良策?据老夫愚见:还须慢慢商量。如此大事,岂可造次!"唐敖道:"小弟同舅兄至彼,自然加意小心,相机而行,岂敢造次。九公只管放心。"

到了下午,用过晚饭,唐敖身上换了一件短衣;林之洋也把衣服换了。因向日所穿旧鞋甚觉宽大,即命水手上去另买一双合脚的。结束停当,天已昏黑。吕氏恐丈夫上去又惹是非,再三苦劝,林之洋那里肯听,即同唐敖别了多九公,踅进城来。走了多时,到王宫墙下。四顾无人,唐敖驮了林之洋,将身一纵,窜上墙头,四处眺望。只听里面梆铃之声,络绎不绝。随即越过几层高墙,梆铃之声,渐觉稀少。唐敖轻轻道:"舅兄,你看:此处鸦雀无闻,甚觉清静,大约已到内院了。"林之洋道:"迎面这些树木,想是牡丹楼,俺们下去看看。"唐敖随即窜入院内。林之洋轻轻跳下,方才脚踹实地,不防树林跳出两只大犬,狂吠不止,将二人衣服咬住。那些更夫闻得犬吠,一齐提着灯笼,如飞而至。唐敖措手不及,连忙摔脱恶犬,将身一纵,窜上高墙。

众人赶到林之洋跟前,提灯照道:"原来是个女盗。"内中有个宫人道:"你们不可胡说!这是国主新立王妃,不知为何这样打扮?夤夜[1]

----

[1] 夤(yín)夜——深夜。

至此?——必有缘故。国主正在夜宴,且去奏闻,请令定夺。"随即启奏,立刻带到艳阳亭。国王一见,登时把怜香惜玉之心,又从冷处热转过来道:"孤家已命人送你回去,此时你又自来,是何意见?"林之洋见问,无言可答,惟有发痴。国王笑道:"我知你意了:你舍不得此处富贵,又来希冀孤家宠幸。你既有此美意,我又何必固却。只要你从此将足缠小,自然施恩收入宫内。你须自己要好,莫像从前任性,将来自有好处。"分付宫人即送楼上,改换女装,仍派从前宫娥,照旧伺候,俟足缠好,随即奏闻,以便择吉入宫。众宫娥答应,将林之洋搀到楼上,香汤沐浴,换了衣履,仍旧梳头、缠足。林之洋忖道:"今日虽又被难,喜得妹夫未被捉获。他今窜在墙上,必探俺的住处,前来相救。俺且用话把宫人惊吓惊吓,省得两足又要吃苦。"因说道:"俺今日情愿进宫,恨不能两足缠小,好同国王成亲;不劳诸位混来动手。你们待俺有情义,俺日后进宫也有情义;你们待俺利害,少不得俺有报仇日子!俺要得起时来,莫讲你们几个臭宫娥,就是各宫王妃,俺要他命,他也脱不过的。"众宫娥听了,因想起当日启奏打肉各事,惟恐记恨,一齐叩头,只求王妃高抬贵手,莫记前仇。林之洋道:"俺只论已后,不讲从前。你们莫怕,只管起来。你们教俺莫记前仇,只要依俺三件事。"众宫娥立起道:"任凭多少,奴婢无有不遵。不知那三件?——只管分付。"林之洋道:"第一件:缠足、搽粉各事,俺自动手,不准你们费心。可依得?"众人道:"依得。"林之洋道:"第二件:世子如来同俺说话,不劳你们立在跟前。可依得?"众人道:"依得。请问第三件呢?"林之洋道:"这里楼房许多,你们另住一间,

第三十七回　新贵妃反本为男　旧储子还原作女

不要同俺一房。这件可依得?"众人听了,都默默无言。林之洋道:"想是怕俺一人在内,夜间逃走? 也罢,俺在里间居住,你们都在外间。里间楼窗,每到夜晚,你们上锁,将钥匙领出。这样严紧,难道还不放心? 俺要逃走,今日也不来了。"众宫娥听了,都一齐应道:"这件也依得。"于是忙忙乱乱,各去张罗床帐。林之洋假意用力把脚裹了,众人这才放心。天有二更,众宫娥把楼窗锁好,领了钥匙,各去睡了,不多时,酣声如雷。

将及三鼓,林之洋睡在床上,忽听楼窗有人弹指声,忙到窗前,轻轻问道:"外面是妹夫么?"唐敖道:"我自从摔脱恶犬,窜在高墙,后来见众人把你送到楼上,我也就跟来。此时众人已睡,你作速开门,随我回去。"林之洋道:"楼窗上锁,不能开放;若惊醒他们,加意防备,更难脱身。据俺主意:妹夫且去,明日俺同小国王商量计策。你只看楼上挂有红灯,即来相救。速速去罢!"唐敖答应。只听嗖的一声去了。

次日世子闻知,前来探望。林之洋告知详细。世子不觉感激涕零道:"恰好明日乃儿臣诞辰,阿母可分付宫娥备宴与儿臣庆寿,将宴送至儿臣那边,自有道理。"林之洋点头,即命宫人预备送去。天将掌灯,世子命宫人邀楼上众宫娥前去吃酒。众人闻世子赏宴,个个欢喜,都要争去;林之洋随命众人去了。世子见宫娥全到,忙到楼上,开了楼窗,挂起红灯。忽从房上窜进一人。世子知是唐敖,连忙倒身下拜。唐敖忙搀起道:"这位莫非就是世子么?"林之洋连连点头。唐敖道:"事不宜迟,我们走罢。"于是把林之洋驼在背上,怀中抱了世子,将身一纵,跳在墙上;一连越过几层高墙,才窜到宫外。放下世子,林之洋也从肩上跳下。幸有微月上升,尚不甚黑,三人一齐趱行,越过城池,来至船上,见了多九公,随即开船。世子换了女装,拜林之洋为父,吕氏为母;见了婉如、兰音,十分相契。多九公问起名姓,才知世子姓阴,名若花。唐敖听见"花"字,猛然想起当日梦中之事。

未知如何,下回分解。

第三十八回

步玉桥茂林观凤舞　穿金户宝殿听鸾歌

话说唐敖闻世子名叫若花,不觉忖道:"梦神所说十二名花,我到海外,处处留神,至今一无所见。惟所遇女子,莫不以花木为名。即如:婉儿又名蕙儿,红红又名红薇,亭亭又名紫萱;其余如廉锦枫、骆红蕖、魏紫樱、尹红萸、枝兰音、徐丽蓉、薛蘅香、姚芷馨之类,并无一人缺了花木。我正忖度莫决。今日忽然现出'若花'二字,莫非从此渐入佳境?——倒要留意了。"

次日,林之洋同唐、多二人偶然说起:"那日同国王成亲,亏俺给他一概弗得知,任他花容月貌,俺只认作害命钢刀,若不捺了火性,那得有命回来。"唐敖道:"据这光景,舅兄竟是柳下惠坐怀不乱[1]了。"林之洋道:"俺本以酒为命。自从在他楼上,恐酒误事,酒到跟前,如见毒药一般,随你甚等美酒,俺也不吃。——就只进宫那日,俺要借着装醉,吃了两杯,除此并无一滴入口。若比古人,不知又叫什

---

[1] 柳下惠坐怀不乱——展禽,春秋时鲁人,住在柳下,死后谥"惠",后人就叫他柳下惠。他是古代称颂的最有道德、最有信用的人。"坐怀不乱"这句话出自《荀子》。据《荀子》说:虽然有夜晚找不到住处的女子来坐在柳下惠的怀里,别人也会相信他清白,决没有淫乱行为。

么?"多九公道:"当日禹疏仪狄,绝旨酒[1],今林兄把酒视如毒药,如此说来,尊驾又学大禹行为了。"林之洋道:"他们国中以金钱为贵。俺进宫第二日,国王命宫人赐俺珠宝,并命收掌金钱宫人每月送俺金钱一担,随俺用度。俺看那钱就如粪土一般,并不被他打动。若比古人,不知又叫什么?"唐敖道:"当日王衍一生从不言钱。他的妻子故意将钱放在房中,挡住走路,意欲逼他说出一个钱字。谁知王衍看见,因堵住走路,教他妻子把'阿堵物'拿开,毕竟总不言钱。无非嫌他铜臭,所以绝口不谈。那知今人一经讲起银钱,心花都开,不但不嫌他臭,莫不以他为命;——并且历来以命结交他的,也就不少。你只看那钱字身傍两个'戈'字,若妄想亲近,自然要动干戈,闹出人命事来。今舅兄把他视如粪土,又是王衍一流人物了。"林之洋道:"俺在楼上被他穿耳、毒打、倒吊,这些魔难,不过一时,都能耐得。最教俺难熬的,好好两只大脚,缠的骨断筋折,只剩枯骨包着薄皮,日夜行走,十指连心,疼的要死。这般凌辱,俺能忍受逃得回来,只怕古人中要找这样忍耐的也就少了。"多九公道:"当日苏武出使匈奴,吃尽千辛万苦,数年之久,方能逃回,也算受尽苦楚了。"林之洋道:"俺讲的并非这个;要请问受人百般凌辱,能够忍耐的,不知古人中可有一个?"唐敖道:"若讲能够忍耐的,莫若本朝去世不久的娄师德了:

---

[1] 禹疏仪狄,绝旨酒——旨,指食物味道的美好。故事传说:夏禹的臣子仪狄,造了一种美酒,禹吃了这种酒,就说:后代一定会有人因为吃酒而亡国的。于是他疏远仪狄,戒绝旨酒。出《战国策》。

他告诉兄弟,教他唾面自干。人唾他面,他能听其自干,可见凡事都可忍耐。以此而论:舅兄又是娄师德一流人物了。"多九公道:"林兄把这些都能看破,只怕还要成仙哩。"唐敖笑道:"九公说的虽是,就只神仙从未见有缠足的。当日有个赤脚大仙,将来只好把舅兄叫作'缠足大仙'了。"

三人说说笑笑,行了几时。这日,唐敖立在柁楼,远远望去,只见对面霞光万道,从中隐隐现出一座城池。多九公把罗盘看一看道:"唐兄:前面已到轩辕国。此是西海第一大邦,我们要畅游几日了。"当时到了轩辕,将船泊岸。林之洋脚已养好,自去卖货。唐、多二人上岸,远远望那城郭,就如峻岭一般,巍巍荡荡,景象非凡。唐敖道:"城郭离此还有若干路程?"多九公道:"前面有座玉桥。过了玉桥,穿过梧林,不过三四里,就可到了。"不多时,步过玉桥,迎面无数梧桐,一望无际;桐林之内,俱是凤凰来往飞腾。唐敖道:"怪不得古人言:'轩辕之邱,鸾鸟自歌,凤鸟自舞。'果然不错。"只见那边有对凤凰,来来往往,一上一下,盘旋飞舞,就如锦绣一般。越看越爱,不觉赞好道:"前在麟凤山虽见凤凰,却未看他飞舞;那知此处却有如此大观!"多九公道:"唐兄既要领略此国风景,何不且到城中?此地凤凰如别处鸡鸭一般,到处皆是,若看凤舞,终日还看不完哩。"唐敖听罢,即出梧林。走了多时,田野中已有人烟,都是人面蛇身:一条蛇尾,盘交头上;衣冠言谈,与天朝无异;举止面貌,亦甚秀雅。走进城来,街市虽有十数丈之宽,那些作买作卖,来来往往,仍是挨挤不动。

市中所卖凤卵,如别处鸡蛋一样,摆列无数。

忽听吆吆喝喝,街上人都向两旁闪开。只见一人手执一柄黄伞,——写"君子国"三个大字,——伞下罩着一位国王:生得方面大耳,品貌端严;身穿红袍,头戴金冠,腰中佩剑。许多随从。骑着一匹文虎过去。随从又有一伞,——写着"女儿国",——伞下罩着一位国王:生得眉清目秀,面白唇红;头戴雉尾冠,身穿五彩袍;骑着一匹犀牛。也是许多跟随,簇拥过去。唐敖道:"此时君子、女儿两位国王忽然到此,不知何故?莫非都属轩辕所辖,前来朝贺么?"多九公道:"他们各霸一方,向来并无统属。此番到此,大约素日契好,前来拜望,亦未可知。"唐敖摇头道:"小弟记得:我们自从今正来到海外,所过之国,第一先到君子,其次大人、淑士……以至女儿,共计三十国。走了九月之久,才到此地。若君子国王来此,往返岂不要走年半之久?如此遥远,特来拜望,只怕未必。"多九公道:"我们因要卖货,不问道路遥远,只拣商贩通处绕去,所行之地,并非直路,所以耽搁。他们直来直往,何须多日。当日我们在君子国同吴氏弟兄闲谈,他家仆人,曾有'国王要到轩辕'之说;前在女儿国,若花姪女在宫,亦向林兄言过,国王要来轩辕。可见二位国王俱走在我们之后,却到在我们之先。直来直往,即此可为明证。但这两国毕竟为何到此,待老夫且去打听。"

不多时,回来道:"此番我们来的凑巧。此地国王,乃黄帝之后,向来为人圣德。凡有邻邦,无论远近,莫不和好。而且有求必应,最肯排难解纷,每遇两国争斗,他即代为解和,海外因此省了许多刀兵,活了若干民命。今年恰值一千岁整寿,臣民俱献梨园[1]祝嘏,远近各国齐来庆贺。明日就是寿诞之期。今日各国都在千秋殿预祝,大排筵宴,殿外共有数十处梨园演戏。无论军民,只管进去瞻仰,竟是'与民同乐,共跻寿域'之意。我们何不同去看看?"唐敖听罢,不胜之喜,随即举步道:"请教九公:此地国王何以竟有千秋之寿?"多九公道:"老夫记得古人言:'轩辕之人,不寿者八百岁。'大约千岁还不算高寿哩。"唐敖道:"以此看来:轩辕之人,虽非大罗[2]神仙,也可算得地仙了。当日轩辕黄帝骑龙上天,小臣不舍,有持龙须而堕的,有抱其弓而号的。那些小臣,既有随去之意,何必这等号呼?若凡心未退,纵能跟去,又有何益?倘主意拿定,心如死灰,何处不可去,又何必持其龙须以为依附?——未免可笑!"多九公道:"难道今日唐兄之心已如死灰么?"唐敖道:"岂但今日!"多九公笑道:"唐兄又要发呆了!"

说笑间,迎面有座冲霄牌楼,霞光四射,金碧辉煌,上有四个金字,写的是"礼维义范"。穿过牌楼,又是一座金门。走过金门,才望见千秋殿。那殿约有十余丈高,极其宽大;四面都是亭台楼阁,将千秋殿环抱居中。各处音乐不断,接接连连,都是梨园演戏。唐敖一心要看国王,无心看戏,直向千秋殿走来。殿外立着一对青鸾,身高六

---

〔1〕梨园——李隆基(唐玄宗)训练伶人的地方。后来泛指演戏的场所和戏班,因而也泛称伶人做"梨园子弟"。

〔2〕大罗——大罗天的省词。道家迷信的说法:最高天上神仙所住的地方,叫做"大罗天"。

尺，尾长一丈，其形如凤，浑身青翠，鸣的悠扬宛转，就如五音齐奏一般。唐敖道："怪不得古人以鸾鸣叫作'鸾歌'，真比歌儿唱的还妙。九公！你看那个身形略小的，想是雌鸾了？为何雄鸣他鸣，雄不鸣他也不鸣呢？"多九公道："那个小的虽是雌鸾，其实名'和'。《礼》云：'在舆则闻鸾和之音。'上古之时，鸾舆顺动，此鸟辄集车上，雄鸣于前，雌应于后，所以雄鸣雌也鸣了。"

原来殿上也是演戏。那看的人虽如人山人海，好在国王久已出示，毋许驱逐闲人，悉听庶民瞻仰。二人挤在人丛中，也步入殿内。只见主位坐着轩辕国王：头戴金冠，身穿黄袍，后面一条蛇尾，高高盘在金冠上。殿上许多国王，都是奇形怪状。唐敖略略看了一遍，内中除君子、大人、智佳、女儿各国约略晓得，其余俱是素昧平生。因暗暗问道："请教九公：小弟闻得轩辕之人有'尾交首上'之说，想来就是主席国王了。其余这些国王，除了我们到过的，内中许多奇形怪状，小弟看来看去，只觉眼花撩乱，辨不明白。那边有位国王，头上披着长发，两腿伸在殿上约有两丈长，其国何名？"多九公轻轻答道："这是长股国，又名有乔国。我们天朝以双木续足，叫作'高跷'，就是仿他作的。长股之旁有位国王，一个大头、三个身躯的，名叫三身国。三身对面有个身有双翼、人面鸟嘴的，名叫驩兜国。驩兜上首有位头大如斗、身长三尺的，名叫周饶国。——就是能做飞车的周饶。迎面有位脚胫相交的，名叫交胫国。交胫旁边有位面中三目、一只长臂的，名叫奇肱国。奇肱下首坐着一位三首一身的，名叫三首国。"唐敖道："那边一位三身一首，这边一位三首一身，两位设或对看，只怕彼此都有羡慕之意哩。"

林之洋听见此处演戏,也来殿上,恰好三人遇在一处。唐敖道:"这些国王,舅兄都熟识么?"林之洋看了,也有认得的,也有认不得的,——诸如三苗、丈夫之类,都向多九公暗暗请教一番。唐敖道:"内中有个'舅夫国',九公可曾看见?"多九公道:"海外各国,老夫虽未全到,但这国名无有不知,从未见有'舅夫'之说。唐兄从何见来?"唐敖道:"林兄是小弟妻舅,女儿国王又是小弟妻舅之夫,以此而论,那女儿国王岂非小弟'舅夫'么?"多九公笑道:"若论亲眷,唐兄还是女儿国王的妻妹婿哩。据老夫愚见:林兄须要躲避躲避;惟恐令夫见你在外丢丑,把脚放大,一时气恼,倘命保母过来,那定痛人参汤,老兄又要吃一杯了。"林之洋道:"你们二位也躲避躲避才好,俺闻黑齿国王背后狠怪你们哩。"唐敖道:"我们同他毫无干涉,为何要怪?"林之洋道:"他说自从你们到他国中谈了一回文,把他国中文风弄坏,至今染了你们习气,还是黑气冲天哩。"唐敖道:"如今淑士国王四处访拿猎户,智佳国王四处访拿和尚,闻得也因谈文弄的祸根。舅兄可晓得?"林之洋道:"俺不晓得。"多九公道:"据老夫看来:只怕'鸟枪打'同那'到处化缘'旧案发作了。"林之洋道:"两位国王如把俺捉去,俺在他跟前多称几个'晚生',自然把俺放了。"多九公道:"你看殿上厌火国王那张大嘴忽又冒出火光,林兄小心胡须要紧!此时才留几根儿,莫被烧去,教人看着眼馋,又要生出穿耳、裹脚那些花样了。"

未知如何,下回分解。

第三十九回

轩辕国诸王祝寿　蓬莱岛二老游山

话说林之洋同唐、多二人嘲笑,招架不住,渐觉词钝,因众国王在殿上闲谈,就势说道:"九公且莫斗趣。你看那边智佳国王同轩辕国王说话,他把轩辕国王称作'太老太公',这是甚么称呼?"多九公道:"智佳之人向来寿相最短,大约不过四五十岁就算一世。今轩辕国王业已千岁;若论世谊,同他二十代祖宗就算相交。所以智佳国王无可相称,只好称作'太老太公'。好在今日众国王所说之话,都学轩辕口音,十分易懂,省得唐兄问来问去,老夫又作通使了。"

只听那边长臂国王向长股国王道:"小弟同王兄凑起来,却是好好一个渔翁。"长股国王道:"王兄此话怎讲?"长臂国王道:"王兄腿长两丈,小弟臂长两丈。若到海中取鱼,王兄将我驼在肩上:你的腿长,可以不怕水漫;我的臂长,可以深处取鱼。岂非绝好渔翁么?"长股国王道:"把你驼在肩上,虽可取鱼;但你一时撒起尿来,小弟却朝何处躲呢?"翼民国王道:"聂耳王兄耳最长大,王兄尽可躲在其内。"结胸国道:"聂耳王兄耳虽长大,但他近来耳软,喜听谗言,每每误事。"穿胸国王道:"据小弟愚见:莫若躲在两面王兄浩然巾内,倒还稳妥。"毛民国王道:"浩然巾内久已藏着一张坏脸。他的两面业已难防,岂可再添一面。若果如此,我们只好望影而逃了。"两面国王道:"那边现在有位三首王兄,他就是三面,为何王兄又不望影而逃呢?"大人国王道:"莫讲三首王兄只得三面,就是再添几面,又有何妨。他的喜怒爱恶,全摆脸上,令人一望而知,并且形象总是一样,从无参差;不比两面王兄对着人是一张脸,背着人又是一张脸,变幻无常,捉摸不定,不知藏着是何吉凶,令人不由不怕,只得望影而逃了。"淑士国王道:"小弟偶然想起天朝有部书,是夏朝人作的,晋朝人注的[1],可惜把书名忘了。上面注解曾言'长股人常驼长臂人入海取鱼',谁知长臂王兄今日巧巧也说此话,倒像故意弄这故典,以致诸位王兄从中生出许多妙论。"

元股国王道:"此书小弟从未看过,不知载着甚么?"黑齿国王道:"小弟当日曾见此书,上面奇奇怪怪,无所不有,大约诸位王兄同小弟家谱都在上面。"白民国王道:"若果如此,小弟现在正修家谱,将来倒要购求一部考考宗派。"歧舌国王道:"若提家谱,小弟每要修理,竟无从下笔。当初不知何人硬将我国派作歧舌,又有人唤作反舌。那'歧舌'二字,业已可厌;至于'反舌',尤其荒唐。况天朝向来有鸟名叫反舌,将人比鸟,岂非不伦么?"无肾国王道:"小弟闻那反舌一交五月,他即无声;此时已交十月,王兄还照常开谈,其非反舌,可想而知。那是前人把你委屈了。"巫咸国王道:"小弟闻得海外麟凤山有个反舌,他是不按时令只管乱叫,或者王兄是他支派,也未可

----

[1] 天朝有部书,是夏朝人作的,晋朝人注的——指《山海经》。传说《山海经》是夏代禹、益所作,晋代郭璞注解。

知。"小人国王道:"王兄日后如修家谱,这条倒可采取的。"歧舌国王道:"小弟因这'反舌'二字不过说他比得不伦,怎么王兄竟将小弟同禽鸟论起支派?这更胡闹了!"君子国王道:"天朝书上虽有反舌鸟,但世间俗称却是百舌。即如当日蜀王望帝名子规,今杜鹃亦名子规。命名相同的甚多,亦有何碍。"歧舌国王道:"话虽如此,但这名字究竟不雅。小弟意欲奉求诸位替我改换一字。"长人国王道:"敝处国号向以'长人'为名。据小弟愚见:王兄国号莫若也以'长'字为名,就叫'长舌'。我们联起宗来,岂不是好?"歧舌国王道:"小弟即使换个'长'字,何能与兄就算同宗?王兄此话,未免过于矫强。难道如今世上联宗都是这样么?"智佳国王道:"近来世上联宗有两等:有应联而不联的;有不应联而联的。即如,两人论起支派,当初本是一家,此时叙起,原当联宗:无如现在一贫一富,或一贵一贱,那富贵人恐其玷辱,躲之尚恐不及,岂肯与之联宗?只好把那'根本'二字暂置度外。又有一等,论起支派,本非一家,无须联宗:因一时同在富贵场中,彼此门第相等,要图亲热,所以联起宗来;谁知他不认本家,只顾外面混去联宗,把根本弄的糊里糊涂,久而久之,连他自己也辨不出是谁家子孙了。"长人国王道:"这是世俗常情,近来每多如此。弟虽不才,现在忝为一国之主!想来也无玷辱王兄之处。将来我们如果联宗,我算你家支派也可,你算我家子孙也可,这有何妨!"歧舌国王摇头道:"王兄这句话,把我算了你家子孙,未免言重了!别的事情可以矫强算得,怎么把我算起人家子孙?况贵邦人莫不身长,故有'长'字之名;敝处人舌又不长,为何唤作'长舌'?"毘骞国王道:"王兄素精音律,他日小弟敬诣贵邦,王兄如将韵学赐教,小弟定赠美号,以为'投桃之报[1]'。王兄意下如何?"歧舌国王道:"此事虽可,但恐传了韵学,庶民闻知,只怕贱内还有离异之患哩。"

伯虑国王道:"诸位王兄都讲修理家谱,歧舌王兄又要更正旧名,都是极美之事。小弟虽有此志,但终年抱病,兼之俗务纷纭,精神疲惫,近来竟如废人一般。小弟因想人生在世,无论贤愚,莫不秉着气血而生,为何敝处人向多短寿?即如小弟现在年未三旬,业已老迈。女儿王兄比我年长,却如此少壮,想来必有服食养生妙术,何不指教一二?"女儿国王道:"王兄本有养命金丹,今不反本求源,倒去求那服食养生之术,即使有益,何能抵得万分之一,岂非舍实求虚么?"厌火国王道:"王兄如将诸务略为看破,忧虑稍为减些,把心放宽,不必只管熬夜,该睡则睡,该起则起,也就是养生之术了。"劳民国王摇着身子道:"倒是敝处人每日跑来跑去,劳劳碌碌,不知忧愁为何物。到了夜间,把头才放枕上,却已沉沉睡去。无论何时,总是这样。谁知过来过去,无灾无病,倒会敷衍百岁光景。"轩辕国王道:"据这言谈,可见劳心劳力,竟是大相悬殊。"犬封国王道:"伯虑王兄尊躯既弱,何不弄些饮食调养?即如小弟一生无所好,就只最喜讲究享点口福。今日吃了这几样,明日又吃那几样,总是想着法儿,变着样儿,给他一味狠吃。并且把他就算一件工课,每日苦思恶想,自然

----

[1] 投桃之报——别人送我东西,我也回送别人东西作为报答的意思。出《诗经》:"投我以桃,报之以李。"

生出许多可口东西。况心机与其用在别的事上,何不用在自己身上,乐得嘴头快活,岂不有趣?"伯虑国王道:"此说虽善,无如小弟丝毫不谙,这却怎好?"犬封国王道:"这有何难!王兄如高兴,将来小弟即到贵邦奉陪王兄住几时,就近指拨贵庖,不过一年半载,再无不妙。但必须小弟在彼日日亲尝口味,时时指点,方能日见其妙。"豕喙国王道:"小弟素于烹调虽不甚精,也还略知一二。伯虑王兄如邀犬封王兄,小弟也可奉陪,或者可以稍参末议,亦未可知。"

正在谈论,谁知女儿国王忽见林之洋杂在众人中,如鹤立鸡群一般,更觉白俊可爱,呆呆望着,只管发痰。众国王见他出神,也都朝外细看:那深目国王手举一只大眼,对着林之洋更是目不转睛;聂耳国王只将两耳乱摇;劳民国王更将身子乱摆;无肠国王惟有望着垂涎;跂踵国王只管跐着脚尖儿仔细定睛。林之洋被众人看的站立不住,只得携了唐、多二人,走出殿外。多九公道:"看这光景,不独女儿国王难割旧爱,就是众国王也有许多眷恋之意哩。"说的林之洋满面通红,唐敖惟有发笑。

一连游了几日,林之洋货物十去八九。这日,天朝来了一只货船,尹元寄有书信。唐敖拆看,才知骆红蕖姻事业已说定,十分欢悦。登时开船。

行了几时,又过几个小国,如三苗、丈夫之类,唐敖仍同多九公各处游玩,林之洋货物将及卖完。这日,大家谈起海外各国,唐敖偶然想起前在智佳猜谜,林之洋曾以"永锡难老"打个"不死国",因问多九公,才知就在邻近。并闻:国中有座员邱山,山上有颗不死树,食之可以长生;国中又有赤泉,其水甚红,饮之亦可不老。所以唐敖要去走走。无如此国僻处万山中,须过许多海岛,才至其地,乃人迹罕到之处。多九公意欲不去。林之洋闻彼处有个赤泉,心里也想饮些泉水,希冀长生;兼之唐敖因古人有"赤泉驻年,神木养命;禀此遐龄,悠悠无竟"之话,那怕难走,执意要去。因此打起罗盘,竟朝不死国进发。喜得正是小阳春当令,还不甚冷。

这日,三人正在船后闲谈,多九公忽然嘱付众水手道:"那边有块乌云渐渐上来,少刻即有风暴,必须将篷落下一半,绳索结束牢固;惟恐不能收口,只好顺着风头飘了。"唐敖听罢,朝外一望,只见日朗风清,毫无起风形象。惟见有块乌云,微微上升,其长不及一丈。看罢,不觉笑道:"若说这样晴明好天却有风暴,小弟就不信了。难道这块小小乌云就藏许多风暴?那有此事!"林之洋道:"那明明是块风云,妹夫那里晓得。"言还未了,四面呼呼乱响,顷刻狂风大作,波浪滔天。那船顺风吹去,就是乌骓快马也赶他不上。越刮越大,真是翻江搅海,十分利害。唐敖躲在舱中,这才佩服多九公眼力不错。这个风暴,再也不息。沿途虽有收口处,无奈风势甚狂,那里由你做主。不但不能收口,并且船篷被风鼓住,随你用力,也难落下。一连刮了三日,这才略略小些,费尽气力,才泊到一个山脚下。唐敖来到后梢,看众人收拾篷索。林之洋道:"俺自幼年就在大洋来来往往,眼中见的风暴也多,从未见过无早无晚,一连三日,总不肯歇。如今弄的昏头昏脑,也不知来到甚么地方。这风若朝俺们来的旧路刮去,再走两日,只怕就可到家了。"

唐敖道:"如此大风,却也少见。此时顺风飘来,又有若干路程?此处是何地名?"多九公道:"老夫记得此处叫作普度湾。岸上有条峻岭,十分高大,自来从未上去。至于程途,若以此风约计,每日可行三五千里,今三日之久,已有一万余里。"林之洋道:"春间俺同妹夫说'水路日期难以预定',就是这个缘故。"唐敖因风头略小,立在柁楼,四处观望。只见船旁这座大岭,较之东口、麟凤等山甚觉高阔,远远看着,清光满目,黛色参天。望了多时,早已垂涎,要去游玩。林之洋因受了风寒,不能同去;即同多九公上岸。喜得那风被山遮住,并不甚大,随即上了山坡。多九公道:"此处乃海外极南之地,我们若非风暴,何能至此!老夫幼年虽由此地路过,山中却未到过,惟闻人说,此地有个海岛,名叫小蓬莱。不知可是?我们且到前面,如有人烟,就好访问。"又走多时,迎面有一石碑,上镌"小蓬莱"三个大字。唐敖道:"果然九公所说不错。"绕过峭壁,穿过崇林,再四处一看:水秀山清,无穷美景;越朝前进,山景越佳,宛如登了仙界一般。

未知如何,下回分解。

第四十回

入仙山撒手弃凡尘　　走瀚海牵肠归故土

话说二人游玩多时,唐敖道:"我们前在东口游玩,小弟以为天下之山,无出其右;那知此山处处都是仙境。即如这些仙鹤麋鹿之类,任人抚摩,并不惊走,若非有些仙气,安能如此?到处松实柏子,啖之满口清香,都是仙人所服之物。如此美地,岂无真仙?原来这个风暴,却为小弟而设。"多九公道:"此山景致虽佳,我们只顾前进,少刻天晚,山路崎岖,如何行走?今且回去。明日如风大不能开船,仍好上来。林兄现在有病,我们更该早回才是。"唐敖正游的高兴,虽然转身,仍是恋恋不舍,四处观望。多九公道:"唐兄:要像这样,走到何时,才能上船?设或黄昏,如何下得山去?"唐敖道:"不瞒九公说:小弟自从登了此山,不但利名之心都尽,只觉万事皆空。此时所以迟迟吾行者,竟有懒入红尘之意了。"多九公笑道:"老夫素日常听人说:读书人每每读到后来入了魔境,要变成'书呆子'。尊驾读书虽未变成书呆子,今游来游去,竟要变成'游呆子'。唐兄快些走罢,不要斗趣了。"唐敖听罢,仍是各处观望。忽见迎面走过一个白猿,手中拿着一枝灵芝,身长不满二尺,两只红眼,一身硃砂斑,极其好看。多九公道:"唐兄:你看白猿手中那枝灵芝,必是仙草。我们何不把他捉住,将灵芝分吃,岂不是好?"唐敖点头。都向白猿赶来,登时赶到跟前,刚要用手去捉,那白猿连撺带跳,却又跑远。一连数次,总未捉住。好在白猿所去之路,就是下山旧路。正在追赶,路旁有个石洞,白猿跑了进去。唐敖赶至跟前,恰好此洞甚浅,毫不费力,用手捉住,将灵芝夺过,给多九公吃了。多九公十分欢喜,把白猿接过,抱在怀中,急急下山。

到了船上,林之洋因身上不爽,业已睡了。婉如听见捉住白猿,向多九公讨来,用绳缚住,与兰音、若花一同顽耍。唐敖吃了晚饭,将衣囊收拾安置。次日转过顺风,众人收拾开船,唐敖却早早上山去了。等候到晚,吕氏不见唐敖回来,甚不放心;林之洋病在床上,听见此事,也甚着急。次日,托多九公同众水手分路去找。多九公因吃了灵芝,只觉腹泻,不能前去。众水手寻访一日,毫无消息。林之洋病体略好,也支撑上去。一连找了几日,那有踪影。这日多九公肚腹已好,因向林之洋道:"我看唐兄此番来至海外,名虽游玩,其实并不为此,大约久有修行了道之意。前者林兄有病,老夫同他上山游了多时,他竟懒于下山。后来因我再三催逼,明知不能脱身,就借赶捉白猿同老夫回来。到了次日,并不约我,却一人独往。岂非看破红尘,顿开名缰利索么?况他久已服了肉芝,又食朱草,并非毫无根基之人。我们三人一路同游,这些肉芝、朱草,独他一人得去,岂是等闲?而且前在东口、轩辕等处,口中业已露意;兼之林兄前在女儿国又有异梦;那歧舌通使又闻异人有唐氏大仙之称:以此看来,此人必是成仙而去。今已数日,岂有回来之理?我劝林兄不必找了。你就再找两月,也是枉然。"林之洋听了,虽觉有理;但至亲相关,何能歇心?

仍是日日寻找。众水手也不知催过几十遍,要想回去,无奈林之洋夫妻务要等唐敖回来,才肯开船。

这日众水手因等的心焦,大家约齐,来至船中,向林之洋道:"这座大岭既无人烟,又多猛兽,我们每夜提着器械,轮流巡更,还不放心,何况唐相公一人独往?今已去了多日,即不遭猛兽之害,就是饿也饿死了,何能等到今日?我们再不开船,徒然耽搁。趁着顺风不走,一经遇了逆风,缺了水米,只顾等他一人,大家性命只怕都要送在此处了。"众人说之再再,林之洋只管搔首,毫无主意。吕氏在内说道:"你们众人说的也是。但俺们同唐相公乃骨肉至亲,如今不得下落,怎好就走?倘唐相公回来不见船只,岂不送他性命?你们既要回去,俺们也不多耽时日,就以今日为始,再等半月,如无消息,任凭开船就是了。"众人无可奈何,只得静静等候,每日怨声不绝。林之洋只作不知,仍是日日上山。不知不觉,到了半月之期,众水手收拾开船。林之洋心犹不死,务要约了多九公再到山上看看,方肯开船。多九公只得同了上山,各处跑了多时,出了几身大汗,走的腿脚无力,这才回归旧路。行了数里,路过小蓬莱石碑跟前,只见上面有诗一首,写的龙蛇飞舞,墨迹淋漓,原来是首七言绝句:

逐浪随波几度秋,此身幸未付东流。今朝才到源头处,岂肯操舟复出游!

诗后写着:"某年月日,因返小蓬莱旧馆,谢绝世人,特题二十八字。唐敖偶识。"多九公道:"林兄可看见了?老夫久已说过,唐兄必是成仙而去,林兄总不相信。他的诗句且不必讲,你只看他'谢绝世人'

四字，其余可想而知。我们走罢，还去痴心寻找甚么！"回到船上，将诗句写出，给吕氏诸人看了。林之洋无可奈何，只得含着一把眼泪，听凭众人开船。兰音望着小蓬莱惟有恸哭；婉如、若花也泪落不止。登时扬帆往岭南而来。一路无话。

　　走有半年之久，于次岁六月到了岭南。多九公各自交代回去。林之洋同妻女带着兰音、若花回家，见了江氏，彼此见礼。众水手将行李发来。再细细查点唐敖包裹，所有衣履被褥都在行囊之内，惟笔砚不知去向。林之洋夫妇睹物伤情，好不悲感。江氏问知详细，也甚叹息，因说道："姑娘那边这两年不时着人问信，并嘱如有回来之期，千万送个信去，以免悬望。"林之洋不觉顿足道："这事教俺怎对妹子！他埋怨还是小事，倘悲恸成病，又送一条性命，这便怎处？"吕氏道："此时莫若暂且隐瞒。俺们见了姑娘，就说姑爷已上长安，等赴试后，方能回来。如此支吾，且保眼下清静。俟过几时，再作商量。"林之洋道："你身上有孕，不便前去。明日俺去见见妹子，只好权且扯谎。但妹夫包裹须要藏好，惟恐妹子回来看见，不大稳便。"

　　吕氏道："刚才兰音甥女要去见他寄母，明日就便把他带去。"林之洋道："论理自应把他送去；倘他口角不稳，露出话来，那便怎好？——也罢，俺同九公商量，且把兰音、若花暂寄九公家内，同他甥女且去作伴，俺们慢慢再议长久之计。"当时同多九公议定，把兰音、若花送了过去。二人摸不着头脑，又不敢违拗，只得暂且住下。喜得多九公把两个甥女也接来作伴，一名田凤翾，一名秦小春，幼年都跟多九公读书,生得品貌俊秀,诗书满腹,而且都是一手好针黹,兰音、若花就便跟着习学。好在四人年纪相仿,每逢闲暇,谈谈文墨,倒也消遣。林之洋谆托多九公一切照应。回到家中,嘱付丈母女儿千万不可露风。次日,雇了小船,带了水手,把女儿国所送银子发到船上,向唐家而来。

那唐敖妻子林氏自从得了唐敖降为秀才之信,日日盼望。后来得了家书,才知丈夫虽回岭南,因郁闷多病,羞归故乡,已同哥嫂上了海船,飘洋去了。林氏听了此信,恐丈夫受不惯海面辛苦,不时焦心,常与女儿小山埋怨哥嫂不了;就是唐敏夫妇,也是时常埋怨。不知不觉,过了一年。这日,唐小山因想念父亲,闷坐无聊,偶然题了一首思亲诗,是七言律诗一首:

梦醒黄粱击唾壶,不归故里觅仙都。九皋有路招云鹤,
三匝无枝泣夜乌。松菊荒凉秋月淡,蓬莱缥缈客星孤。
此身虽恨非男子,缩地能寻计可图。

小山写完,只见唐敏笑嘻嘻走来,把诗看了,不觉点头道:"满腔思亲之意,句句流露纸上。不意侄女诗学近来竟如此大进!末句意思虽佳,但茫茫大海,从何寻访?大约不久也就同你母舅回来了。"小山侍立一旁道:"今日叔父为何满面笑容?莫非得了父亲回来之信么?"唐敏道:"刚才我在学中见了一道恩诏,乃盛世旷典,自古罕有。欣逢其时,所以不觉欢喜。"小山道:"是何恩诏?莫非太后把天下秀才赏了官职,叔父从此可以作官么?"唐敏笑道:"若把天下秀才都去

作官,那教书营生倒没人作了。你道此诏为何而发?原来太后因女后为帝,自古少有;今登极以来,十有余年,屡逢大有[1],天下太平;明年恰值七旬万寿,因此特降恩旨十二条。——至于百官纪录[2],士子广额[3],另有恩旨十余条,不在此诏之内。——此十二条专指妇女而言,真是自古未有旷典。"小山道:"叔父可曾把诏抄来?"唐敏道:"我因这诏有十二条之多,兼之学中众友都要争看,未曾抄来。喜得逐条我都记得。你且坐了,听我慢慢细讲:

第一条　太后因孝为人之根本,凡妇女素有孝行,或在家孝敬父母,或出嫁孝敬公姑,如贤声著于闺阃,令地方官查奏,赐与旌表牌匾。

第二条　太后因'孝悌'二字皆属人之根本,但世人只知妇女以孝为主,而不言悌;并且自古以来,亦无旌奖。殊不知'悌'之一字,妇人最关紧要,其家离合,往往关系于此,乃万不可缺的。苟能姒娣[4]和睦,妯娌同心,互相敬爱,彼此箴规,即是克尽悌道,查明亦赐旌奖。

第三条　太后因'贞节'二字自古所重,凡妇女素秉冰霜,

---

[1] 大有——指年岁的丰收。
[2] 百官纪录——奖励官吏的方法的一种,犹如说纪功。纪录四次,可以加一级。原是清代的制度。
[3] 广额——放宽考试录取的名额。科举时代,遇到国家或皇帝家中有什么喜庆之类的事情,常将考试录取名额放宽,多取若干名,表示"恩惠"。
[4] 姒(sì)娣(dì)——古时哥哥的老婆称兄弟的老婆为娣妇,兄弟的老婆称哥哥的老婆为姒妇,姒娣,也就是妯娌。

或苦志守节,或被污不屈,节烈可嘉者,俱赐旌表。

第四条　太后因寿为五福[1]之首,凡妇人年届古稀,家世清白者,赐与寿杖牌匾。

第五条　太后因大内宫娥,抛离父母,长处深宫,最为凄凉。今命查明,凡入宫五年者,概行释放,听其父母自行择配;嗣后采选释放,均以五年为期。其内外臣民人等,凡侍婢年二十以外尚未婚配者,令其父母领回,为之婚配;如无父母亲族,即令其主代为择配。

第六条　太后因贫寒老媪,肩不能担,手不能提;既无六亲之靠,又乏薪水之资;每逢饥寒,坐以待毙,情实堪伤。今命天下郡县设造养媪院。凡妇人四旬以外,衣食无出;或残病衰颓,贫无所归者:准其报名入院,官为养赡,以终其身。

第七条　太后因贫家幼女,或因衣食缺乏,贫不能育;或因疾病缠绵,医药无出:非弃之道旁,即送入尼庵,或卖为女优。种种苦况,甚为可怜。今命郡县设造'育女堂'。凡幼女自襁褓以至十数岁者,无论疾病残废,如贫不能育,准其送堂,派令乳母看养;有愿领回抚养者,亦听其便。其堂内所育各女,俟年至二旬,每名酌给妆资,官为婚配。

第八条　太后因妇人一生衣食莫不倚于其夫,其有夫死而

---

[1] 五福——一,寿;二,富;三,健康;四,好德;五,善终。古人认为这五种现象都是有福的,因之,总称为"五福"。出《尚书》。

孀居者,既无丈夫衣食可恃,形只影单,饥寒谁恤。今命查勘,凡孀妇苦志守节,家道贫寒者,无论有无子女,按月酌给薪水之资,以养其身。

第九条　太后因古礼'女子二十而嫁'。贫寒之家,往往二旬以外,尚未议婚;甚至父母因无力妆奁,贪图微利,或售为侍妾,或卖为优娼,最为可悯。今命查勘,如女年二十,其家实系贫寒,无力妆奁,不能婚配者,酌给妆奁之资,即行婚配。

第十条　太后因妇人所患各症,如经癸带下各疾,其症尚缓;至胎前产后以及难产各症,不独刻不容缓,并且两命攸关。故孙真人著《千金方》[1],特以妇人为首,盖即《易》基乾坤,《诗》首《关雎》[2]之义,其事岂容忽略。无如贫寒之家,一经患此,既无延医之力,又乏买药之资,稍为耽延,逐至不救。妇人由此而死者,不知凡几。亟应广沛殊恩,命天下郡县延访名医,各按地界远近,设立女科;并发御医所进经验各方,配合药料,按症施舍。

第十一条　太后因《内则》[3]有'不涉不撅'之训,盖言妇

---

[1] 孙真人著《千金方》——唐孙思邈著《千金要方》,内容谈的是诊病、针灸和养生之道。真人,道家对他们认为修炼成仙的仙人的称呼。由于孙思邈被道家说成是仙人,所以一般叫他孙真人。《千金方》,《千金要方》的省词。
[2] 《易》基乾坤,《诗》首《关雎》——《易经》用乾、坤两卦做基础,推演成为六十四卦;《诗经》第一首诗起句是"关关雎鸠"。这里引用的意思,是说这两部书首先都是平等地提出男女关系,把女人放在重要的位置上。
[3] 《内则》——《礼记》篇名,记载封建社会家庭生活中的礼教教条,主要是侍奉父母、公婆的方法。

人不因涉水则不褰裳,是妇女之体,最宜掩密,其尸骸尤不可暴露。倘贫寒之家,妇女殁后,无力置备棺木,令地方官查明,实系赤贫,给与棺木殡葬;如有暴露道途者,亦即装殓掩埋。

第十二条　太后因节孝妇女生前虽得旌表,但殁后邃使泯灭无闻,未免可惜。特沛殊恩,以光泉壤,命各郡县设立'节孝祠'。凡妇女事关节孝,无论生前有无旌表,殁后地方官查明,准其入祠,春秋二季,官为祭祀。

你道这十二条恩诏可是旷古未有之事么?谁知此诏甫经颁发,太后因见苏蕙织锦回文《璇玑图》,甚为喜爱,时刻翻阅,竟于八百言中,得诗二百余首,欢喜非常,即亲自作了一篇序文。恰好就从这个《璇玑图》上生出一段新闻,却是你们闺中千载难逢际遇。你道奇也不奇?"说罢,把序文取了出来。

未知如何,下回分解。

第四十一回

观奇图喜遇佳文　述御旨欣逢盛典

话说唐敏把序文取出道:"此序就是太后所做。你看太后原来如此爱才!"小山接过,只见上面写着:

前秦苻坚时,秦州刺史扶风窦滔妻苏氏,陈留令武功苏道质第三女也。名蕙,字若兰。智识精明,仪容秀丽;谦默自守,不求显扬。年十六,归于窦氏,滔甚爱之。然苏氏性近于急,颇伤嫉妒。

滔字连波,右将军于真之孙,朗之第二子也。风神秀伟,该通经史,允文允武,时论尚之。苻坚委以心膂之任,备历显职,皆有政闻。迁秦州刺史,以忤旨谪戍敦煌。会坚克晋襄阳,虑有危逼,藉滔才略,诏拜安南将军,留镇襄阳。

初,滔有宠姬赵阳台,歌舞之妙,无出其右。滔置之别所。苏氏知之,求而获焉,苦加棰辱,滔深以为憾。阳台又专伺苏氏之短,谗毁交至,滔益忿恨。苏氏时年二十一。及滔将镇襄阳,邀苏同往,苏氏忿之,不与偕行。滔遂携阳台之任,绝苏音问。

苏氏悔恨自伤,因织锦为回文:五采相宣,莹心耀目。纵横八寸,题诗二百余首,计八百余言,纵横反覆,皆为文章。——其

苏氏蕙若兰织锦回文璇玑图

私淑女弟子史幽探谨绎

琴清流楚激弦商秦曲发声悲摧藏音和咏思惟空堂心忧增慕怀惨伤仁
芳廊东步阶西游王嫠骚宛伯邵南周风兴自后妃荒经离所怀叹嗟中情智怀
兰休桃林阴翳桑怀归思广河卫郑楚樊厉节中闱淫遐旷路伤中情圣
涧翔飞燕巢双鸠土逸逯路遐志咏歌长叹不能奋飞妾清帏房君无家虞德
茂流泉情水激扬眷其人硕兴齐商双发歌我衮衣想华饰容朗镜明周
熙长君思悲好仇旧藜藏縶翠荣曜流华观冶容始英曜珠光纷葩贞
闾愁叹发容摧伤乡悲情我感伤佳徽宫羽同声相追感多思感谁为荣妙
春方殊离仁君荣身苦惟艰生患多殷忧缠情将如何钦苍穹誓终笃志显
墙禽心滨均深身加怀忧是婴藻文繁虎龙宁自感思岑形荧城荣明庭华
面伯改汉物日我兼思何漫荣曜华彫旂孜孜伤情幽岩未犹倾苟难闱重
殊在者之品润乎愁悴是丁丽壮观饰容侧君在时岩在炎在不受乱荣臣
意诚惑步育浸集悴我生何冀颜曜绣衣梦想芳形峻慎盛戒义消作配贞
感故遗亲飘施浃故遗新恻盛壹诗端无终始诗仁颜贞寒嵯盛戒汉骄思皇
新旧闻离天罪辜精徽盛壹风比平始璇情贞丧物岁峨渐摩班祸谗害圣
霜婆远微地积何遣徽业孟鹿作苏心玑明别改知识深微至变女因奸配
冰故离隔德怨因幽元倾宣鸣辞厘兴义怨士容始松渊察大赵嫕所佞凶
齐君殊乔贵其备旷悼思伤怀往感年衰念是旧涯祸用飞辞愬害圣
洁子我太平根尝叹永感思忧远劳情谁为独居经在昭燕辇极我配皇
志惟同谁知难苦惠凤岁月时殊浮寄怀何如罗防青实汉骄思
新衾阴匀寻辛凤皇舛我君思遗网萌青青盛盈贞
贞志一专所当鳞沙流颓逝异浮沉华英曜潜阳林西昭景薄榆桑伦四
微精感通明神昭躬穷无盘无倦必盛有衰无旦下陂窝忠体一违心意志殊愤激何施思萨贞淑思圣皇辞成者作体下遗葑菲采者无差
微精感通明神昭龙污不盈无俟必盛有衰无旦下陂光滋愚逸漫顽凶离
云浮寄防燮殊文德窝忠体一违心意志殊愤激何施流蒙谦退休孝慈飘
辉光饬粲殊文义容仰荣曜华终谁与诰防疑危远家和雍浮
群离散妾孤遗何情忧思惟哀志节上通神祗逝容节敦贞淑恭思
悲哀声殊乖分圣贤何情忧思惟哀志节上通神祗推持所贞记自是
春伤应翔雁归皇辞成者作体下遗葑菲采者无差从是敬孝为基湘
亲刚柔有女为贱人房幽处己悯微身长路悲旷感生民梁山殊塞隔河津

文点画无阙。——才情之妙,超古迈今。名《璇玑图》。然读者不能悉通。苏氏笑曰:"徘徊宛转,自为语言,非我佳人,莫之能解。"遂发苍头赍至襄阳。滔览之,感其妙绝,因送阳台之关中,而具车从盛礼迎苏氏归于汉南,恩好愈重。

苏氏所著文词五千余言,属隋季之乱,文字散落,而独锦字回文盛传于世。朕听政之暇,留心坟典[1],散帙之次,偶见斯图。因述若兰之多才,复美连波之悔过,遂制此记,聊以示将来也。大周天册金轮皇帝[2]制。

小山看了道:"请问叔父:太后见了《璇玑图》,因爱苏蕙才情之妙,古今罕有,才做此序。但何以生出一段新闻呢?"唐敏道:"此序颁发未久,外面有个才女,名唤史幽探,却将《璇玑图》用五彩颜色标出,分而为六,合而为一,内中得诗不计其数,实得苏氏当日制图本心。此诗方才轰传,恰好又有一个才女,名唤哀萃芳,从史氏六图之外,复又分出一图,又得诗数百余首。传入宫内,上官昭仪呈了太后,因此发了一道御旨,却是自古未有一个旷典。我将此图都匆匆抄来。"说罢,取出。小山接过,只见上面写着:

---

[1] 坟典——《三坟》、《五典》的省词。《三坟》、《五典》都是失传的古书,后来就用"坟典"二字作为一般古书的代词。
[2] 大周天册金轮皇帝——天册是武则天的年号。佛家的说法:金轮王生时,有金轮宝自然出现,各国都望风归顺,是帝王中最有势力的。所以武则天以此自称。

四围四角红书读法

自仁字起顺读,每首七言四句;逐字逐句逆读,俱成回文:

　　仁智怀德圣虞唐,贞妙显华重荣章,臣贤惟圣配英皇,
　　伦匹离飘浮江湘。

仁智至惨伤、贞志至虞唐、钦所至穹苍、钦所至荣章、贞妙至山梁、臣贤至路长、臣贤至流光、伦匹至幽房、伦匹至榆桑。伦匹由臣贤、由贞妙,至虞唐。余仿此。

湘江由皇英、由章荣,至智仁。余仿此。

以下三段读俱同前:津河至柔刚、亲所至兰芳、琴清至惨伤。

中间井栏式红书读法

自钦字起顺读,每首七言四句:

　　钦岑幽岩峻嵯峨,深渊重涯经网罗,林阳潜曜翳英华,
　　沉浮异逝颓流沙。

深渊至幽邅、林阳至兼加、沉浮至患多、麟凤至如何、神精至嵯峨、身苦至网罗、殷忧至英华。

自沉字起,逐句逆读,回文。余仿此:

　　沉浮异逝颓流沙,林阳潜曜翳英华,深渊重涯经网罗,
　　钦岑幽岩峻嵯峨。

自沙字起,逐字逆读,回文:

　　沙流颓逝异浮沉,华英翳曜潜阳林,罗网经涯重渊深,

峨嵯峻岩幽岑钦。

间一句、间二句顺读,或两边分读、上下分读,俱可。

自初行退一字成句:

  岑幽岩峻嵯峨深,渊重涯经网罗林,阳潜曜翳英华沉,浮异逝颓流沙麟。

渊重至遐神、阳潜至加身、浮异至多殷、凤离至何钦、精少至峨深、苦惟至罗林、忧缠至华沉。

黑 书 读 法

自嗟字起,反复读,三言十二句:

  嗟叹怀,所离经;遐旷路,伤中情;家无君,房帏清;华饰容,朗镜明;葩纷光,珠曜英;多思感,谁为荣?

荣为至叹嗟、经离至思多、多思至离经。

左右分读:

  怀叹嗟,所离经;路旷遐,伤中情;君无家,房帏清;容饰华,朗镜明;光纷葩,珠曜英;感思多,谁为荣。

谁为至叹嗟、所离至思多、感思至离经。

半段回环读,三言六句:

  嗟叹怀,伤中情;家无君,朗镜明;葩纷光,谁为荣?

荣为至叹嗟、经离至思多、多思至离经。

半段顺读:

  怀叹嗟,伤中情;君无家,朗镜明;光纷葩,谁为荣?

谁为至叹嗟、所离至思多、感思至离经。

以下三段,读俱同前:游西至摧伤、凶顽至为基、神明至雁归。

左右间一句,罗文分读:

嗟叹怀,路旷遐,家无君,容饰华;葩纷光,感思多。

荣为至离经、经离至为荣、多思至叹嗟。

从中间一句,罗文分读:

怀叹嗟,路旷遐;君无家,容饰华;光纷葩,感思多。

所离至为荣、谁为至离经、感思至叹嗟。

中间借一字,四言六句:

怀所离经,伤路旷遐;君房帏清,朗容饰华;光珠曜英,谁感思多?

谁感至离经、所怀至为荣、感谁至叹嗟。

两分各借一字互用:

怀所离经,路伤中情;君房帏清,容朗镜明;光珠曜英,感谁为荣?

谁感至叹嗟、所怀至思多、感谁至离经。

中间借二字,五言六句:

叹怀所离经,中伤路旷遐;无君房帏清,镜朗容饰华;纷光珠曜英,为谁感思多?

为谁至离经、离所至为荣、思感至叹嗟。

两分各借二字,互用分读:

叹怀所离经,旷路伤中情;无君房帏清,饰容朗镜明;纷光珠曜英,思感谁为荣?

为谁至叹嗟、离所至思多、思感至离经。

以下三段,读俱同前:阶西至摧伤、漫顽至为基、通明至雁归。

蓝 书 读 法

自中行各借一字,互用分读,四言十二句:

邵南周风,兴自后妃;卫郑楚樊,厉节中闱;咏歌长叹,不能奋飞;齐商双发,歌我衮衣;曜流华观,冶容为谁?情徵宫羽,同声相追。

情徵至后妃、周南至情悲、宫徵至淑姿。

取两边四字成句,四言六句:

兴自后妃,厉节中闱;不能奋飞,歌我衮衣;冶容为谁?同声相追。

同声至后妃、窈窕至情悲、感我至淑姿。

两边分读,四言十二句:

兴自后妃,窈窕淑姿;厉节中闱,河广思归;不能奋飞,遐路逶迤;歌我衮衣,硕人其颀;冶容为谁?翠粲葳蕤;同声相追,感我情悲。

司声至淑姿、窈窕至相追、感我至后妃。

两边各连一句,或两边遥间一句,俱可读。

以下三段,读俱同前:惟时至成辞、佞奸至防萌、何辜至惟新。

两边分读,左右递退,六言六句:

周风兴自后妃,卫女河广思归;长叹不能奋飞,
齐兴硕人其颀;华观冶容为谁?情伤感我情悲。

宫羽至淑姿、邵伯至相追、情伤至后妃。

以下三段,读俱同前:年殊至成辞、逸人至防萌,愍殃至惟新。

互用分读:

周风兴自后妃,楚樊厉节中闱;长叹不能奋飞,双发歌
我衮衣;华观冶容为谁?宫羽同声相追。

宫羽至后妃、邵伯至情悲、情伤至淑姿。

虚中行左右分读,六言十二句:

周风兴自后妃,邵伯窈窕淑姿;楚樊厉节中闱,
卫女河广思归;长叹不能奋飞,咏志遐路逶迤;
双发歌我衮衣,齐兴硕人其颀;华观冶容为谁?
曜荣翠粲葳蕤;宫羽同声相追,情伤感我情悲。

情伤至后妃、邵伯至相追、宫羽至淑姿。

左右连一句亦可读。

以下三段,读俱同前:年殊至成辞、逸人至防萌、愍殃至惟新。

紫 书 读 法

自岁寒反覆读,五言四句:

寒岁识凋松,贞物知终始;颜丧改华容,仁贤别行士。
士行至岁寒、松凋至贤仁、仁贤至凋松。

自寒字蛇行读:

寒岁识凋松,始终知物贞;颜丧改华容,士行别贤仁。
仁贤至岁寒、松凋至行士、士行至凋松。

从外读入:

寒岁识凋松,仁贤别行士;颜丧改华容,贞物知终始。
仁贤至华容、松凋至物贞、士行至丧颜。

从内读出:

贞物知终始,颜丧改华容;仁贤别行士,寒岁识凋松。
颜丧至行士、始终至岁寒、容华至贤仁。

以下一段,读俱同前:诗风至微元。

自龙字起顺读,五言四句:

龙虎繁文藻,旍彤华曜荣;容饰观壮丽,衣绣曜颜充。

从外读入:

藻文繁虎龙,充颜曜绣衣;丽壮观饰容,荣曜华彤旍。
充颜至饰容。

从内读出:

荣曜华彤旍,丽壮观饰容;充颜曜绣衣,藻文繁虎龙。

丽壮至绣衣。

以下一段,读俱同前:衰年至异世。

回环读:

龙虎繁文藻,荣曜华彤旂;容饰观壮丽,充颜曜绣衣。衣绣至虎龙。

顺读:

藻文繁虎龙,荣曜华彤旂;丽壮观饰容,充颜曜绣衣。充颜至虎龙。

以下一段,读俱同前:衰年至奇倾。

黄 书 读 法

自诗情起,五言四句:

诗情明显怨,怨义兴理辞;辞丽作比端,端无终始诗。诗始至情诗、辞丽至理辞、辞理至丽辞、端比至无端、怨显至义怨、端无至比端、怨义至显怨。

自思感起,四言四句:

思感自宁,孜孜伤情;时在君侧,梦想劳形。形劳至感思。

顺读:

宁自感思,孜孜伤情;侧君在时,梦想劳形。梦想至感思。

以下三段,读俱同前:愆旧至何如、婴是至何冤、怀伤至者谁。

　　从外读入：

　　　　宁自感思,梦想劳形;侧君在时,孜孜伤情。

梦想至在时。

　　从内读出：

　　　　孜孜伤情,侧君在时;梦想劳形,宁自感思。

侧君至劳形。

　　从下一句间逆读：

　　　　孜孜伤情,宁自感思;梦想劳形,侧君在时。

侧君至伤情。

　　以下三段,读俱同前：念是至独居、怀忧至漫漫、悼思至感悲。

　　自诗情起,四言四句：

　　　　诗情明显,怨义兴理;辞丽作比,端无终始。

始终至情诗、辞丽至兴理、理兴至丽辞、情明至始诗、丽作至理辞、无终至比端、义兴至显怨、显明至义怨、比作至无端。

　　余如始终无端,显明情诗,回环读,仍得四言四句八首。

苏氏蕙若兰织锦回文璇玑图

私淑女弟子哀萃芳谨绎

```
琴清流楚激弦商秦曲发声悲摧藏音和咏思惟空堂心忧增慕怀惨伤仁
芳廊    王      南        荒      嗟智
兰桃    怀      郑        淫    中怀
凋燕    土      歌        妄    君德
茂  水  眷      商        想    容圣
熙    好旧      流        感  曜  虞
阳    伤乡      微          所多  唐
春方殊离仁君荣身苦惟艰生患多殷忧缠情将如何钦苍穹誓终笃志贞
墙      加怀      繁        思岑      妙
面      兼何      华        伤幽      显
殊      愁是      观        君岩      华
意      悴冤      曜        梦峻      重
感      少端      终        诗嵯      荣
故      精平      始璇        峨    章
新旧闻离天罪辜神恨昭感兴作苏心玑明别改知识深微至嬖女因奸臣
霜    遐        氏诗图        渊    贤
冰    幽    辞兴怨          重    惟
齐    旷    怀感念          涯    圣
洁    远    感远  为        经    配
志    离    戚殊    怀        网  英
清      凤知    浮      如罗    皇
纯贞志一专所当麟沙流颓逝异浮沉华英翳曜潜阳林西昭景薄榆桑伦
望    神龙      时      光滋      匹
谁      轻昭      盛      流谦    离
思    絷德      意      电远      飘
想    散怀      丽      逝        贞浮
怀    哀圣        哀      推      自江
所春      皇      遗        生      基湘
亲刚柔有女为贱人房幽处己悯微身长路悲旷感生民梁山殊塞隔河津
```

自初行退一字,每首七言四句,俱逐句退成回文:

　　智怀德圣虞唐贞,妙显华重荣章臣,贤惟圣配英皇伦,匹离飘浮江湘津。

智怀至西林、至罗林、至玑心、至岑钦、至奸臣、至识深、至如林、至浮沉、至知麟、至恨神、至怀身、至繁殷、至始心、至苦身、至南音、至和音、至伤仁、至忧心、至唐贞。

以下十五段,读俱同前:所怀至芳琴、河隔至刚亲、清流至伤仁、妙显至梁民、生感至望纯、清志至商秦、曲发至唐贞、贤惟至长身、微悯至霜新、故感至藏音、和咏至章臣、匹离至房人、贱为至墙春、阳熙至堂心、忧增至皇伦。

自上横行退一字成句,逐句逐字逆读,俱成回文:

　　伤惨怀慕增忧心,堂空惟思咏和音,藏摧悲声发曲秦,商弦激楚流清琴。

伤惨至乡身、至苦身、至始心、至何钦、至南音、至繁殷、至怀身、至恨神、至知麟、至浮沉、至如林、至识深、至玑心、至罗林、至奸臣、至章臣、至智仁、至唐贞、至忧心。

以下十五段读俱同前:芳兰至所亲、刚柔至河津、湘江至智仁、堂空至阳春、墙面至贱人、房幽至匹伦、皇英至忧心、藏摧至故新、霜冰至微身、长路至贤臣、章荣至和音、商弦至清纯、望谁至生民、梁山至妙贞、唐虞至曲秦。

自两间行退一字成句,以下递退一句成章,又纵横返复读:荒淫至生民、王怀至皇人、志笃至方春、桑榆至贞纯、方殊至志贞、贞志至桑伦、岑幽至长身、加兼至刚亲、何如至故新、阳潜至所亲、罗网至和音、凤离至清琴、苦惟至章臣、沙流至湘津、渊重至房人、遐嵯至望纯、多患至清纯、浮异至墙春、峨嵯至曲秦、精少至阳春、忧缠至皇伦、华英至梁民、光流至刚亲、龙昭至霜新、当所至芳琴、荣君至所亲、乡旧至故新、所感至清琴、苍穹至湘津、西昭至长身。

自中行退一字成句，以下递退一句成章：南郑至遗身、奸因至旧新、遗哀至南音、旧闻至奸臣、繁华至房人、识知至清纯、浮殊至曲秦、恨昭至皇伦、诗兴至刚亲、苏作至所亲、始终至清琴、玑明至湘津、时盛至望纯、辜罪至贱人、徵流至阳春、微至至梁民。

自角斜退一字成句，以下递退一句成章：

嗟中君容曜多钦，思伤君梦诗璇心，氏辞怀感戚知麟，神轻粲散哀春亲。

嗟中至贞纯、至浮沉、至遐神、至遗身、至阳林、至沙麟、至旧新、至凤麟、至加身、至基津、至桑伦、至生民、至渊深、至华沉、至廊琴、至方春、至王秦、至精神、至多殷、至奸臣、至罗林、至苦身、至南音、至基津、至图心、至妙贞、至皇伦、至恨神、至知麟、至怀身、至繁殷、至如林、至思钦、至平心、至识深、至曲秦、至堂心、至忧心、至皇伦、至微深、至徵殷、至唐贞、至多钦。

以下十五段同前：廊桃至基津、春哀至嗟仁、基自至廊琴、思伤至望纯、怀何至梁民、知戚至忧心、如怀至阳春、氏辞至霜新、图怨至长身、璇诗至和音、平端至故新、神轻至墙春、滋谦至房人、多曜至曲秦、伤好至清纯。

　　自中心诗兴起,各顶字倒换互旋,八面分读:

　　　　诗兴感远殊浮沉,时盛意丽哀遗身,始终曜观华繁殷,
　　　　徵流商歌郑南音。

始终至遗身、玑明至旧新、苏作至奸臣。

四正左旋读:诗兴至旧闻、苏作至南音、始终至识深、玑明至浮沉。

四正右旋读:诗兴至奸臣、玑明至南音、始终至旧新、苏作至遗身。

四隅左旋读:璇诗至廊琴、平端至春亲、氏辞至基津、图怨至嗟仁。

四隅右旋读:璇诗至基津、图怨至春亲、氏辞至廊琴、平端至嗟仁。

双句左旋读:诗兴至春亲、氏辞至旧闻、苏作至廊琴、平端至南音。始终至嗟仁、璇诗至奸臣、玑明至基津、图怨至遗身。

双句右旋读:诗兴至基津、图怨至奸臣、玑明至嗟仁、璇诗至南音。始终至廊琴、平端至旧新、苏作至春亲、氏辞至遗身。

　　各行退一字,于八面各取一句,右旋颠倒回文:

　　　　南郑歌商流徵殷,廊桃燕水好伤身,旧闻离天罪辜神,
　　　　春哀散粲轻神麟。

廊桃至时沉、旧闻至滋林、春哀至微深、遗哀至多钦、基自至徵

殷、奸因至伤身、嗟中至辜神。

八面右旋读：南郑至滋林、嗟中至时沉、奸因至神麟、基自至辜神、遗哀至伤身、春哀至徵殷、旧闻至多钦、廊桃至微深。

各行退一字，四正面各取一句，左旋读：

南郑歌商流徵殷，旧闻离天罪辜神，遗哀丽意盛时沉，奸因女嬖至微深。

旧闻至徵殷、遗哀至辜神、奸因至时沉。

四正右旋读：南郑至辜神、奸因至徵殷、遗哀至微深、旧闻至时沉。

四隅左旋读：嗟中至滋林、廊桃至多钦、春哀至伤身、基自至神麟。

四隅右旋读：嗟中至伤身、基自至多钦、春哀至滋林、廊桃至神麟。

小山看罢，不觉叹道："苏氏以闺中弱质，意欲感悟其夫，一旦以精意聚于八百言中，上陈天道，下悉人情，中稽物理，旁引广譬，兴寄超远，此等奇巧，真为千古绝唱。今得太后制序，已可流传不朽；又得史氏、哀氏两个才女，寻其脉络，疏其神髓，绎出诗句，竟可盈千累万，使苏氏当日制图一片巧思，昭然在目，殆无余恨。这两个才女如此细心，不独为苏氏功臣，其才情之高，慧心之巧，亦可想见。侄女生逢其时，得觌如此奇文，可谓三生有幸。不知太后有何旷典？"唐敏道："太后自见此图，十分喜爱。因思如今天下之大，人物之广，其深闺绣阁能文之女，固不能如苏蕙超今迈古之妙，但多才多艺如史幽探、哀萃芳之类,自复不少。设俱湮没无闻,岂不可惜?因存这个爱才念头,日与廷臣酌议,欲令天下才女俱赴廷试,以文之高下,定以等第,赐与才女匾额,准其父母冠带荣身。不独鼓励人才,为天下有才之女增许多光耀;亦是千秋佳话。因谕部臣议定条款,即于前次所颁覃恩〔1〕十二条之外,续添考才女恩诏一条。闻得明年改元'圣历',大约来春正月颁行天下。考期虽尚未定,此信甚确。侄女须赶紧用功,早作准备。据你学问,要竖才女匾额,只算探囊取物。去年你曾问我女科,谁知此话今日果真应了。"小山不觉喜道:"天下竟有如此奇事!怪不得叔叔说是我们闺中千载难逢际遇,真是旷古少有。话虽如此,侄女何能有这福分,就竖才女匾呢。况学业未精,如何敢萌妄想?此后惟有勉力习学,尚求叔叔不时教诲,或者可以前去观光。如考期尚有时日,还有几希之望;倘明年就要考试,侄女只好把这妄想歇了。"唐敏诧异道:"侄女此话怎讲?"

　　未知如何,下回分解。

---

〔1〕 覃恩——深恩。封建时代专指皇帝给予的恩典。

第四十二回

开女试太后颁恩诏　笃亲情佳人盼好音

话说唐敏问小山道:"何以明年考试,就把想头歇了,这却为何?"小山道:"考期如迟,还可赶紧用功;若就要考试,侄女学问空疏,年纪过小,何能去呢?"唐敏道:"学问却是要紧;至于年纪,据我看来,倒是越小越好。——将来恩诏发下,只怕年纪过大,还不准考哩。你只管用功。即或明年就要考试,你的笔下业已清通,也不妨的。"小山连连点头,每日在家读书。

到了次年,唐敏不时出去探信。这日,在学中得了恩诏,连忙抄来,递给小山道:"考才女之事,业已颁发恩诏,还有规例十二条,你细细一看就知道了。"小山接过,只见上面写着:

奉天承运[1]皇帝制[2]曰:朕惟天地英华,原不择人而畀;帝王辅翼,何妨破格而求。丈夫而擅词章,固重圭璋[3]之品;

----

[1] 奉天承运——接受天的意旨,继承祖先,给天做代表的意思。封建时代,皇帝为了欺骗人民,就在自己皇帝的头衔上加上"奉天承运"四个字,表示是天命有归。原是明代开始的。
[2] 制——皇帝的命令。
[3] 圭璋——圭和璋都是美玉,比喻人品的高贵。

女子而娴文艺,亦增蘋藻[1]之光。我国家储才为重,历圣相符;朕受命维新,求贤若渴。辟门吁俊,桃李已属春官[2];《内则》遴才,科第尚遗闺秀。郎君既膺鹗荐[3],女史未遂鹏飞。奚见选举之公,难语人才之盛。昔《帝典》[4]将坠,伏生之女传经[5];《汉书》未成,世叔之妻续史。讲艺则纱橱、绫帐[6],博雅称名;吟诗则柳絮、椒花[7],清新独步。群推翘秀,古今历重名媛;慎选贤能,闺阁宜彰旷典。况今日:灵秀不锺于男子,贞吉久属于坤元;阴教咸仰敷文,才藻益徵竞美。是用博谘群议,创立新科,于圣历三年,命礼部诸臣特开女试。所有科条,开列于后:

(一)考试先由州县考取,造册送郡;郡考中式,始与部

---

[1] 蘋藻——古时妇女采水里的蘋藻祭祀祖先,后人就把"蘋藻"二字做妇女的代称。
[2] 桃李已属春官——桃李,指贤才之士;春官,指礼部。因为礼部主持考试,录取士人,所以说"桃李已属春官"。
[3] 鹗荐——推荐人才的意思。原出东汉孔融荐祢衡时文字:"鸷鸟累百,不如一鹗。"
[4] 《帝典》——指《尚书》里的《尧典》、《舜典》。
[5] 伏生之女传经——汉伏生老了,话说得不清楚,就教女儿羲娥传授《尚书》给晁错。
[6] 讲艺则纱橱、绫帐——古时有学问的妇女,和男人谈学问或向男学生讲学,总在屋内设置纱帐之类的东西,表示内外的隔绝。如晋谢道蕴和韦逞母宋氏,都是这样。
[7] 吟诗则柳絮、椒花——谢道蕴曾以"柳絮因风起"比喻雪的形状,成为名句。晋刘臻妻陈氏曾在元旦作《椒花颂》送给皇帝。

试;部试中式,始与殿试。其应试各女童,先于圣历二年,在本籍呈递年貌、履历,及家世清白切结。以是年八月县考,郡考以十月为期,均在内廷出题考试。仍令女亲属一二人伴其出入。其承值各书役,悉令回避。

(一)县考取中,赐"文学秀女"匾额,准其郡考;郡考取中,赐"文学淑女"匾额,准其部试;部试取中,赐"文学才女"匾额,准其殿试。殿试名列一等,赏"女学士"之职;二等,赏"女博士"之职;三等,赏"女儒士"之职:俱赴"红文宴",准其半支俸禄。其有情愿内廷供奉[1]者,俟试俸一年,量材擢用。其三等以下,各赐大缎一匹;如年岁合例,准于下科再行殿试。

(一)殿试一等者:其父母翁姑及本夫如有官职在五品以上,各加品服一级;在五品以下,俱加四品服色;如无官职,赐五品服色荣身。二等者:赐六品服色。三等者,赐七品服色。余照一等之例,各为区别。女悉如之。

(一)郡考、部试取中后见试官仪注,俱师生礼。其文册榜案,俱照当时所赐字样,如县考则填"文学秀女",郡考则填"文学淑女"。

(一)试题:自郡、县以至殿试,俱照士子之例,试以诗

---

[1] 内廷供奉——在宫里面伺候皇帝的官名。唐代曾任用很多擅长文学或其他专门技艺的人做这个官。

赋,以归体制。均于寅时进场,酉时出场,毋许给烛;违者试官听处。至试卷:除殿试,余俱弥封誊录[1],以杜私弊。

(一)籍贯:无须拘定。设有寄居他乡,准其声明,一体赴试;或在寄籍县考,而归原籍郡考,亦听其便。

(一)郡县各考,或因患病未及赴试,准病痊时于该衙门呈明补考;如逾殿试之期,不准。

(一)值部试,如因路远乏人伴送,或因患病未能赴试者,如果文学出众,准原考各官据实保奏,另降谕旨。

(一)凡郡考取中,女及夫家,均免徭役。其赴部试者,俱按程途远近,赐以路费。

(一)命名:不必另起文墨及嘉祥字样,虽乳名亦无不可;或有以风花雪月、以梦兆、以见闻命名者,俱仍其旧,庶不失闺阁本来面目。

(一)年十六岁以外,不准入考。其年在十六岁以内,业经出室[2]者,亦不准与试。他如体貌残废,及出身微贱者,俱不准入考。

(一)诏下之日,亟拟科试以拔真才。第路有远近,势难骤集;兼之向无女科,遽令入试,学业恐未精纯。故于圣

---

[1] 弥封誊录——弥封,把试卷上的名字封起来;誊录,把所有的试卷都派人重行誊录一遍:是避免考官认识姓名和笔迹的一种防止舞弊的方法。后文第六十三回"誊录房",就是专门办理誊录工作的地方。
[2] 出室——出嫁。

历三年三月部试,即于四月举行殿试大典,以示博选真才至意。

于戏!诗夸织锦,真为夺锦[1]之人;格比簪花[2],许赴探花之宴[3]。从此珊瑚在网[4],文博士本出宫中;玉尺量才[5],女相如[6]岂遗苑外?丕焕新猷,聿昭盛事。布告中外,咸使闻知。

小山看罢,不觉喜道:"我怕考期过早,果然天从人愿!今年侄女十四岁,若到圣历三年,恰恰十六岁,有这两年功夫,尽可慢慢习学。"唐敏道:"我才见这条例,也甚欢喜。不但为期尚缓,可以读书;并且一诗一赋,还不甚难。我家才女匾额,稳稳拿在手中了!"

小山自此虽同小峰日日读书,奈父亲总无音信,不免牵挂;林氏也因悬念丈夫,时刻令人回家问信。这日,正在盼望,恰好唐敏领林之洋进来。林氏见了,只当丈夫业已回家,不胜之喜。慌忙见礼让

---

[1] 夺锦——夺取锦标的意思。
[2] 簪花——字写得很秀丽,像头上插着花的美女一样的好看,是晋袁昂批评书家卫恒的话。
[3] 探花之宴——唐代制度:新进士要在杏园聚会,叫做"探花宴";在宴会中,推选两位年轻漂亮的进士到各有名花园去游览,并采取花枝。
[4] 珊瑚在网——珊瑚,比喻有才学的人。"珊瑚在网",意思是贤才都一齐被收罗了。
[5] 玉尺量才——指考试。原出李白诗句:"仙人持玉尺,量君多少才。"
[6] 女相如——相如,指汉文学家司马相如。杨广(隋炀帝)曾称赞他的妃子吴绛仙为"女相如"。后来一般用"女相如"指有才学的妇女。

坐;小山、小峰也来拜见。林氏道:"哥哥只顾将你妹夫带上海船,这两年,合家大小,何曾放心!……"小山不等说完,即接着说道:"今舅舅既已回家,怎么父亲又不同来?"林之洋道:"昨日俺们船只抵岸,正发行李,你父亲因革了探花,恐街邻耻笑,无颜回家,要到京里静心用功,等下科再中探花才肯回来。俺同你舅母再三劝阻,无奈执意不听。今把海外赚的银子,托俺送来,他向京里去了。"林氏同小山听罢,不觉目瞪口呆。唐敏道:"哥哥向日虽功名心胜,近来性情为何一变至此?岂有相离咫尺,竟过门不入?况功名迟早,何能拿得定,设或下科不中,难道总不回家么?"林之洋道:"这话令兄也说过,若榜上无名,大家莫想他回来。他这般立志,俺也劝不改的。"林氏道:"这怪哥哥不该带到海外。今游来游去,索性连家也不顾了!"林之洋道:"当日俺原不肯带去,任凭百般阻挡,他立意要去,教俺怎能拦得住!"

小山道:"当日我父亲到海外,是舅舅带去的;今我父亲到西京[1],又是舅舅放去的:舅舅就推不得干净了。为今之计,别无良策,惟有求舅舅把我送到西京。即或父亲不肯回家,甥女见父亲之面,也好放心。"林之洋被小山几句话吃了一吓道:"你恁小年纪,怎吃外面劳苦? 当年你父亲出游在外,一去两三年,总是好好回来。俺闻人说,他这名字,就因好游取的,你只细想这个'敖'字,可肯好好在家? 今在西京读书,下科考过,自然还家,甥女为甚这样性急? 岭

---
[1] 西京——唐时以长安为西京。

南到彼几千路程,这样千山万水,问你令叔,你们女子如去得,俺就同令叔送你前去。"唐敏听见林之洋教他同去,连忙说道:"据我主意:好在将来侄女也要上京赴试,莫若明年赴过郡考,早早进京,借赴试之便,就近省亲,岂非一举两便?况你父亲向来在外闲散惯的,在家多住几时,就要生灾害病,倒是在外无拘无束,身子倒觉强壮。他向来生性如此,也勉强不来。当日父母在堂,虽说好游,还不敢远离;及至父母去世,不是一去一年,就是一去两载。这些光景,你母亲也都深知。侄女只管放心,他虽做客在外,只怕比在家还好哩。"小山听了,滴了几点眼泪,只得勉强点头道:"叔父分付也是。"

林之洋将女儿国一万银子交代明白,并将廉家女子所送明珠也都交代。唐敏款待饭毕,又坐了半晌。因妹子、甥女口口声声只是埋怨,一时想起妹夫,真是坐立不安,随即推故有事,匆匆回家。把燕窝货卖,置了几顷庄田。过了几时,生了一子,着人给妹子送信。

林氏听了,甚觉欢慰,喜得林家有后。到了三朝,带了小山、小峰来家与哥嫂贺喜。谁知吕氏产后,忽感风寒;兼之怀孕半年之久,秉气又弱,血分不足,病势甚重。幸亏县官正在遵奉御旨,各处延请名医,设立药局,吕氏趁此医治,吃了两服药,这才好些。林氏见嫂子有病,就在娘家住下。这日,小山同婉如在江氏房中闲话,只见海外带来那个白猿,忽从床下把唐敖枕头取了出来。

未知如何,下回分解。

第四十三回

因游戏仙猿露意　念劬劳[1]孝女伤怀

话说小山这日正同江氏闲谈,只见海外带来那个白猿,忽从江氏床下取出一个枕头在那里顽耍。小山见了,向江氏笑道:"婆婆:原来这个白猿却会淘气,才把婉如妹妹字帖拿着翻看,此时又将舅舅客枕取出乱掷。怪不得古人说是'意马心猿',果然竟无一刻安宁。但如此好枕,为何放在床下?"因向白猿手中取过,看了一看,却像自己家中之物;随即掀起床帏,朝下一看,只见地板上放着一个包裹。正要动手去拉,江氏忙拦住道:"那是我的旧被,上面腌腌臜臜,姑娘不可拿他!"小山见江氏举止惊慌,更觉疑惑,硬把包裹拉出,细细一看,却是父亲之物。正向江氏追问,适值林氏走来,听见此事,见了丈夫包裹,又见江氏惊慌样子,只吓的魂不附体,知道其中凶多吉少,不觉放声恸哭。小峰糊里糊涂,见了这个样子,也跟着啼哭。

小山忍着眼泪,走到吕氏房中把林之洋请来,指着包裹,一面哭泣,一面追问父亲下落。林之洋暗暗顿足道:"他的包裹,起初原放在橱内,他们恐妹子回家看见,特藏在丈母床下。今被看破,这便怎

----

[1] 劬(qú)劳——劳苦的意思。《诗经》有"哀哀父母,生我劬劳"这两句,一般就以"劬劳"专指父母养育子女的劳苦。

处?"思忖多时,明知难以隐瞒,只得说道:"妹夫又不生灾,又不害病,如今住在山中修行养性,为甚这样恸哭!你们略把哭声止止,也好听俺讲这根由。"林氏听了,强把悲声忍住。林之洋就把"遇见风暴,吹到小蓬莱,妹夫上去游玩,竟一去不归。俺们日日寻找,足足候了一月,等的米也完了,水也干了,一船性命难保,只得回来"前前后后,说了一遍。小山同林氏听了,更恸哭不止。江氏再三解劝,何能止悲。小山泣道:"舅舅同我父亲骨肉至亲,当日寻找,既未见面,一经回家,就该将这情节告诉我们,也好前去寻访,怎么一味隐瞒?若非今日看见包裹,我们还在梦中。难道舅舅就听父亲永在海外么?此时甥女心如刀割!舅舅若不将我父亲好好还出,我这性命也只好送给舅舅了!"说罢,哭泣不已。林之洋无言可答。江氏只得把他母女劝到吕氏房中。吕氏因身体虚弱,还未下床,扎挣起来,同林之洋再三相劝;无奈小山口口声声只教舅舅还他父亲。林之洋道:"甥女要你父亲,也等你舅母病好,俺们再到海外替你寻去;如今坐在家中,教俺怎样还你?"吕氏道:"甥女向来最是明理,莫要啼哭,将来俺们少不得要去贩货,自然替你寻来。"林之洋把唐敖所题诗句向婉如讨来,递给小山道:"这是你父亲在小蓬莱留的诗句,你看舅舅可曾骗你?"小山接过看了,即送林氏面前,细细读了一遍。林之洋道:"他后两句,说是:'今朝才到源头处,岂肯操舟复出游!'看这话头,他明明看破红尘,贪图仙景,任俺寻找,总不出来。"

小山道:"母亲且免伤悲。据这诗句,且喜父亲现在小蓬莱。此时只好权且忍耐,俟舅母过了满月,女儿跟随舅舅同到海外去找父亲便了。"林氏道："你自幼未曾上过海船,并且从未远出,如何去得!看来只好你同兄弟在家跟着叔叔读书,我同他们前去,就是在外三年五载,也不误你们读书。将来倘能中个才女,不但你自己荣耀,就是做父母的也觉增光。你若跟着舅舅去到海外,这水面程途,最难刻期,设或误了考试,岂不可惜!"小山道："如今父亲远隔数万里之外,存亡未卜,女儿心里只知寻亲一事,那里还讲考试!若教母亲一人前去,女儿何能放心?还是母亲同兄弟在家,女儿去的为是。若不如此,就让母亲寻见父亲,也恐父亲未必肯来。"林氏道："这话怎讲?"小山道："母亲倘竟寻见父亲,父亲因看破红尘,执意不肯回来,母亲又将如何?若女儿寻见父亲,如不肯来,女儿可以哭诉,可以跪求,还可谎说母亲焦愁患病。女儿一因母病,二因父亲远隔外洋,所以不惮数万里特来寻亲。父亲听了这番说话,又见女儿悲恸跪求,或者怜我一点孝心,一时肯回,也未可知。况母亲非女儿可比:女儿此去,虽说抛头露面,不大稳便,究竟年纪还轻,就是这边寻寻,那边访访,行动也还容易;至于母亲,非我们幼女可比,何能抛头露面,各处寻访?"林氏听了,半晌无言。林之洋道："甥女虽然年幼,也觉不好出头露面。据俺主意:你们都不用去,还是俺去替你寻访,倒还省事。"小山道："此话虽是;但舅舅设或寻不回来,甥女岂能甘心?少不得仍要劳动舅舅同我前去。与其将来费事,莫若此番同去。只要到了小蓬莱寻着父亲,无论来与不来,甥女也就无怨了。"

　　林之洋见拗不过,只得说道："甥女这等悬念,立意要去,俺们也难相阻。只好等你舅母满月,俺置些货物同去便了。"于是大家议定八月初一日起身。林氏要替女儿置办行装,随即带着女儿别了哥嫂,把丈夫包裹也带了回来。唐敏问知详细,手足关心,好不伤感。小山回来,每日令乳母把些桌椅高高下下罗列庭中,不时跳在上面盘旋行走。这日林氏看见,问道:"我儿:你这两日莫非入了魔境?为何只管跳上跳下,四处乱跑,这是何意?"小山道:"女儿闻得外面山路难行,今在家中,若不预先操练操练,将来到了小蓬莱如何上山呢?"林氏道:"原来如此,却也想的到。"不知不觉到了七月三十日。小山带着乳母拜别母亲、叔、婶。林氏千丁宁,万嘱付,无非"寻着父亲,早早回来"的话,洒泪而别。

唐敏把小山送到林家,并将路费一千两交代明白。别了林之洋,仍去处馆。后来本郡太守因太后开了女科,慕唐敏才名,聘请课读女儿去了。

林之洋置了货物。因多九公老诚可靠,仍要恳他同去照应。无奈多九公因在歧舌得了一千银子,颇可度日;兼之前在小蓬莱吃了灵芝,大泻之后,精神甚觉疲惫:如今在家,专以传方舍药济世消遣,那肯再到海外。禁不起林之洋再再恳求,情不可却,只得勉强应了。

当时商量兰音、若花作何安置。多九公道:"此时唐小姐既到海外,林兄何不就将兰音小姐送与令妹做伴?况此人乃唐兄义女,自应送去为是。至若花小姐,乃尊驾义女,仍带船上与侄女同居,日后回来,替他择一婚配,完其终身,也算以德报德了。"林之洋连连点头。当时将兰音、若花接到家中;田凤翙、秦小春也都过来,与小山诸人见礼。林之洋一一告知详细,小山这才明白。大家一经聚谈,倒像都有凤缘,莫不亲热。彼此序了年齿,都是姐妹相称。小山问起若花为何远出之故,若花把立储被害各话说了,那眼泪不因不由就落将下来。小山道:"姐姐以龙凤之质,储贰之尊,忽遭此患,固为时势所迫,亦是命中小有驳杂,何足为害?妹子细观姐姐举止,真是大度汪洋,器宇不凡,将来必有非常奇遇,断不可因目前小有不足,致生烦恼,有伤贵体。久后姐姐才知妹子眼力不错哩。"若花道:"承阿妹过奖,无非宽慰愚姐之意,敢不自己排解,仰副尊命!"林之洋又把要送兰音与妹子做伴之意说了。小山大喜道:"甥女正愁母亲在家寂寞,今得兰音妹妹过去,不但诸事可代甥女之劳,并可免了母亲许多牵挂。"于是谆托兰音在家照应:"日后寻亲回来,再为拜谢。"兰音道:"姐姐说那里话来!妹子当日若非寄父带来医治,久已性命不保。如此大德,岂敢相忘!今姐姐海外寻亲,妹子分应在家侍奉寄母,何须相托。此去千万保重!妹子在家静候好音。"

小山道:"妹子向闻凤翾、小春二位姐姐都是博学,可惜才得相逢,就要奉别,不能畅聆大教,真是恨事!"二人连道:"不敢!……"田凤翾道:"姐姐此去,明年六月可能回来?"小山道:"道路甚远,即使来往风顺,明秋亦难赶回,将来只好奉扰二位姐姐高中喜酒了。"秦小春道:"我们虽有观光之意,奈路途遥远,无人伴送。前已同母舅商议,原想到了彼时,如姐姐高兴赴试,我姐妹可以附骥[1]一往。不意姐姐忽有海外之行,我

---
[1] 附骥——原意是指依靠别人而成功、成名的意思,这里作追随解释。古人说:苍蝇虽然飞不远,但附在良马的尾上,也可以跑到千里以外。语出《史记》。

家母舅又被林叔叔邀往船上照应,看来我们这个妄想也只好中止了。"

林之洋道:"去年俺同妹夫正月起身,今年六月才回,足足走了五百四十天。今同甥女前去,就算沿途顺风,各国不去耽搁,单绕那座门户山,也须绕他几个月,明年六月怎能赶回?前日俺得考才女这信,也想教俺婉如随着甥女同去考考,倘碰个才女,也替俺祖上增光。那知甥女务必要教俺同到海外;看来俺这封君[1]也做不成,纱帽也戴不成。据俺想来:如今有这考试旷典,也是千载难逢的,甥女何不略停一年,把才女考过再去寻亲?倘中才女,替你父母挣顶纱帽,挣副冠带,岂不是好?"小山道:"甥女如果赴试,这个才女也未必轮到身上。即使有望,一经中后,挣得纱帽回来,却教那个戴呢?若把父亲丢在脑后,只顾考试,就中才女,也免不了'不孝'二字。既是不孝,所谓衣冠禽兽,要那才女又有何用?"说着,不觉滴下泪来。若花暗暗点头。兰音道:"姐姐此话,实是正论,自应寻亲为是。但大家明日就要起身,乳母此地又生,却教那个把我送去?"林之洋道:"此时俺又有事,只好托俺丈母送甥女回去。好在往返不过四五十里,他于夜间赶回,也不误事。"当时雇了一只熟船,托江氏带了乳母把兰音送交林氏,即于半夜赶回。到了次日,田凤翾、秦小春拜辞回去。

林之洋仍托丈母在家照应,同妻、女、小山、若花由小船来到海

---

[1] 封君——对因子孙做官而受到皇帝封赠官爵的人的尊称。

边,上了大船。登时扬帆。走了三月之久,才绕出门户山。林之洋惟恐小山思亲成病,沿途凡遇名山,必令小山朝外看看,谁知小山看了,倒添愁烦,每每堕泪。林之洋甚觉不解。这日,同多九公闲谈道:"当日俺妹夫来到海外,凡遇名山大川,一经他眼,处处都是美景,总是赞不绝口。今俺甥女来到海外,俺要借这山景替他开心,那知他见这些景致,倒添烦闷。这是甚意?难道海外景致与当日不同么?"多九公道:"海外景致,虽然照旧,各人所处境界不同:当日唐兄一意游玩,毫无挂牵,只觉逍遥自在,但凡耳之所闻,目之所见,皆属乐境,甚至游玩之时,还恐不能尽兴,往往恋恋不舍;如今唐小姐一意寻亲,心中无限牵挂,只觉愁绪填胸,忧思满腹,所以耳闻目见,不是触动在外离思,就是感动父亲流落天涯之苦,纵有许多景致,到他眼中,也变作无限苦境了。昔人云:'无云之月,有目者所快睹也,而盗贼所忌;花鸟之玩,以娱人也,而感时惜别者因之堕泪惊心。'故或见境以生情,或缘情而起境,莫不由于心造,丝毫不能勉强。"林之洋点头道:"原来有这讲究,等俺慢慢再去劝他。"

这日,小山在船闷坐。林之洋道:"前在岭南,俺见甥女带有书来;今若烦闷,为甚不去看书?婉如、若花都闲在那里,就是讲讲学问,也是好的。俺们此去,倘能常遇顺风,将来回家,赶上赴考,也难定的。俺们行路,必须把这路程不放心上。若像甥女今日也问,明日也问,日日盼望,只怕一年路程比十年还长哩!"小山道:"舅舅议论虽是;无如书到面前,就觉瞌睡。好在连日静坐,倒觉清爽。舅舅只管放心:甥女虽然不时盼望,晓得路途遥远,却不敢着急,只要寻得父亲回来,那怕多走三年两载,亦有何妨。至于考试得中才女,固替父母增光;但未见父亲之面,何能计及于此?况明年六月即要报名入考,就让往返顺风,也赶不上了。"林之洋无计可施,惟有时常解劝而已。

未知如何,下回分解。

第四十四回

小孝女岭上访红蕖　老道姑舟中献瑞草

话说林之洋惟恐小山忧闷成疾,不时解劝,每逢闲暇,就便谈些海外风景,或讲些各国人物以及所出土产之类,意欲借此替他消遣。谈来谈去,恰好小山向在家中,如海外各书,都曾看过,因事涉虚渺,将信将疑,不意今听舅舅所言,竟有大半都是古人书中所有的,于是疑团顿释。沿途就借这些闲话,倒也解闷。无如林之洋虽在海外走过几次,诸事并不留心,究竟见闻不广,被小山盘根问底,今日也谈,明日也谈,腹中所有若干故典,久已告竣。幸喜多九公本系吕氏至亲,兼之年已八旬,向来吕氏、小山,也都时常见面,到了无事时,林之洋无话可谈,就把多老翁邀来闲话。多九公本是久惯江湖,见多识广,每逢谈到海外风景,竟是滔滔不绝。一路上不独小山解去许多愁烦,就是婉如、若花也长许多见识。——虽不寂寞,奈小山受不惯海面风浪,兼之水土不服,竟自大病,卧床不起。足足病了一月,这才好些。眠食虽然照旧,身体甚弱。不知不觉,已交新春。

这日到了东口山,将船泊岸。林之洋说起当日骆红蕖打虎一事:"妹夫因他至孝,甚为喜爱,曾托业师尹大人作媒替外甥求婚。后来到了轩辕,接着尹大人书信,才晓这段婚姻业已定了。"小山道:"前者甥女看见父亲行囊内有书一封，内中提着兄弟姻事，甥女正要请问舅舅，后来匆匆忙忙，也就忘了，适闻舅舅说起，才知有这缘故。今既到此，甥女自应上去探望，问他何日才回家乡，日后住在何处，彼此也好通个音信。况他既能打虎，若肯陪伴甥女同去寻亲，那更好了。"林之洋道："甥女这话甚是。但你身子甚弱，上面山路又不好走，这便怎处？"小山道："将来到了小蓬莱，甥女还要寻访父亲，若怕难走，岂有不去之理？好在甥女前在家中，已将腿脚练的灵便，如今正好借这山路操练操练，省得到了小蓬莱又要费事。此时身子虽弱，借此走走，倒可消遣消遣。"林之洋点头。随即带了器械。婉如、若花也要同去。林之洋托多九公在船照应，带了几个水手，一同登岸。小山姊妹三人一同携手慢慢上了山坡，略为歇息，又朝前进。走了多时，歇息数次，才到了莲花菴。走进里面，并无一人。正在诧异，只见菴旁走过两个农人，林之洋上前访问骆太公下落。那两个农人道："我们就是骆太公佃户。自从前年太公去世，骆小姐搬到水仙村居住，就把这些田地赏给我们种了。此山大虫，亏得骆小姐杀的一干二净，我们才能在此安业。今年正月，骆小姐忽把太公灵柩搬去，闻得要回天朝，不知何时才来。这位小姐在此除了大害，至今人人感仰。但愿他配个好女婿，也不枉众人感戴一场。"小山听了，闷闷不乐，只得同众人仍归旧路。

　　慢慢来到岸边，离船不远，只见多九公站在岸上同一年老道姑在那里讲话。一齐进前，看那道姑身穿一件破衣，手中拿着一枝芝草，满面青气，好不怕人。林之洋道："这个花子既来化缘，九公就该教水手随便拿些钱米与他,同他谈甚么!"多九公道:"这个道姑疯疯颠颠,并非化缘。手中拿着灵芝,口里唱着歌儿,要求我们渡到前面,他将灵芝就算船钱。及至老夫问他渡到甚么地方,他说要到'回头岸'去。老夫在海外多年,从未听见有个甚么'回头岸'。这样颠颠倒倒,岂非是个疯子么?"只听那道姑口中又唱起歌儿。他唱的是:

> 我是蓬莱百草仙,与卿相聚不知年;因怜谪贬来沧海,愿献灵芝续旧缘。

小山听了,忽觉心中动了一动,连忙上前合掌道:"仙姑既要渡过彼岸,我就渡你过去。不知那枝灵芝可肯见赐?"道姑道:"女菩萨如发慈心,渡我过去,这枝灵芝,岂敢不献?况女菩萨面带病容,非此不能平复。"小山道:"既如此,就请登舟,我们也好趱路。"道姑听了,即同三人上船。多、林二人望着,不好拦挡,只得收拾扬帆。

多九公道:"他这灵芝,并非仙品,唐小姐须要留神,不可为妖人所骗。老夫前在小蓬莱吃了一枝,破腹多日,几乎丧命,近来身体疲惫,还是这个病根。"道姑道:"这是老翁与这灵芝无缘,其实灵芝何害于人。即如桑椹,人能久服,可以延年益寿;斑鸠食之,则昏迷不醒。又如人服薄荷则清热;猫食之则醉。灵芝原是仙品,如遇有缘,自能立登仙界;若误给猫狗吃了,安知不生他病?此是物类相感,各有不同,岂能一概而论!"多九公听了,晓得道姑语带讥刺,只气的火星乱冒。

小山把道姑让进舱内,同婉如、若花一齐归坐。刚要问话,那道姑把灵芝递给小山道:"且请女菩萨把这仙芝用过,涤荡涤荡凡心,倘悟些前因出来，我们更好谈了。"小山接过，一面道谢，一面把灵芝吃了，登时只觉神清气爽。再把道姑一看，只见满面仙风道骨，极其和蔼，脸上并无一毫青气。因向婉如耳边暗暗问道："这位仙姑脸上本有一股青气，此时忽然不见，另变做慈善模样，你可见么？"婉如暗暗答道："他的脸上那股青气，妹子看着正在害怕，姐姐怎说不见？这也奇了！"二人正在附耳议论，只见道姑道："请问女菩萨：《毛诗》云：'谁知乌之雌雄？'此言人非其类，所以不能辨其雌雄。不知这些鸟儿，他们可能自辨？"小山道："他是一类，如何不辨？自然一望而知。"道姑道："既如此，何以人仙就不各有一类呢？《易》云：'仁者见之谓之仁，智者见之谓之智。'女菩萨若明此义，其余就可想见了。"小山不觉忖道："怎么我同婉如妹妹暗中之话，他竟有些知觉？好生奇怪！"因问道："请教仙姑大号？"道姑道："我是百花友人。"小山暗暗诧异道："他这'百花'二字，我一经入耳，倒像把我当头一棒，只觉心中生出无限牵挂。莫非'百花'二字与我有甚宿缘？他说他是'百花友人'，若以'友人'二字而论，他非'百花'，可想而知。俗语说的：'真人不露相。'我且用话探他一探。"因问道："仙姑此时从何处至此？"道姑道："我从不忍山烦恼洞轮回道上而来。"小山暗暗点头道："因其不能容忍，所以要生烦恼；既生烦恼，自然要堕轮回了。此话不知说的还是'百花'，还是'友人'？含含糊糊，令人不解。他这言谈，句句含着禅机，倒也有些意味。"因又问道："仙姑此时何往？"道姑道："我要到苦海边回头岸去。"小山忖道："据这禅语，明是'苦海无边''回头是岸'了。"连忙问道："那'回头岸'上，可有名山？可有仙洞？"道姑道："彼处有座仙岛，名唤返本岛；岛内有个仙洞，名唤还原洞。"小山不等说完，即又问道："仙姑所访何人？"道姑道："我所访的，并非别人，是那总司群芳的化身。"小山听了，心中若悟若迷，如醉如醒，不知怎样才好。呆了半晌，不觉下拜道："弟子愚昧，今在苦海，求仙姑大发慈悲，倘能超度，脱离红尘，情愿作为弟子。"

这里小山只顾求那道姑。那知多九公因被道姑讥刺，着实气恼，因同林之洋暗在前舱窃听。今见小山如此光景，因向林之洋道："令甥女不知利害。受了道姑蛊惑，忽要求他超度，若不急急把他赶去，只怕唐小姐还有性命之忧哩！……"林之洋不等说完，一脚跨进舱去，指着道姑道："你这怪物，敢在俺的船上妖言惑众？还不快走！且吃俺一拳！"小山忙拦住道："舅舅：他是真仙，不可动手！"道姑冷笑道："'缠足大仙'何必动怒！——我今到此，原因当日红孩大仙有言，意欲稍效微劳，解脱灾患，庶不负同山之谊；谁知无缘，竟不能同往。幸而前途有人，谅无大害。"因向小山道："此时暂且失陪，我们后会有期，大约回头岸上即可相见。"说罢，下船去了。小山埋怨舅舅，不该把这道姑得罪。林之洋道："俺不看甥女情面，早已给他一顿好打；如今还算待他好的。"小山道："刚才仙姑忽把舅舅称作'缠足大仙'，彼时我见舅舅听他相称，脸上忽然通红，不知何故？"林之洋道："你看他疯疯颠颠，随嘴乱说，俺那有工夫同他搬驳，只好随他说去。"小山见林之洋支吾，不便细问。走了几时，不独百病消除，只觉精神大长。

这日船泊水仙村。小山因东口山农人所言骆红蕖之事不甚明白,即托舅舅上去访问。原来廉锦枫已于正月同骆红蕖回家乡去了。林之洋得了此信,随即回来。离船不远,忽见海中撺出许多水怪,跳在船上,一个个青面獠牙,跑进船去。适值众水手都在岸上。林之洋喊叫:"快些上船放枪!"众人手忙脚乱,才上三板,还未渡到大船,那些水怪忽从舱内把小山拖出,一齐撺入海内。

未知如何,下回分解。

第四十五回

君子国海中逢水怪　丈夫邦岭下遇山精

话说那群水怪把小山拖下海去,林之洋这一吓非同小可,连忙上船,只见婉如、若花、乳母,都放声恸哭。吕氏向林之洋哭道:"俺们正在闲话,不意来了许多妖怪,忽把甥女拖去,你可看见?"林之洋顿足道:"俺在岸上怎么不见!如今已将甥女拖下海去,这便怎处?"登时多九公得了此信,即从船后走来道:"幸喜天气和暖,为今之计,且教水手下去看是何怪,再作道理。"二人来至船头,就教当日探听廉锦枫那个水手下去。水手听了,因刚才看见那些水怪,心中害怕,不敢独往,又拉了一个会水的一同下去。不多时,上来回报道:"此处并非大洋,里面并无动静。那些水怪,不知都藏何处,无处寻找。"说罢,都到后梢换衣去了。

林之洋不觉恸哭道:"我的甥女!你死的好苦!你教俺怎么回去见你母亲!俺也只好跟你去了!"将身一纵,撺入海中。多九公措手不及,吓的只管喊叫救人。那两个水手正在后面换衣,听见外面喊叫,慌忙穿了小衣,跳下海去。迟了半晌,才把林之洋救了上来,业已腹胀如鼓,口中无气。吕氏同婉如、若花哭成一片。多九公即命水手取了一口大锅,将林之洋轻轻放在锅上,控了片时,口中冒出许多海水,腹胀已消,苏醒过来,——婉如同若花上前搀扶进舱,换了衣服。——口口声声,只哭"甥女死的好苦"。多九公走来道:"林兄才吃许多海水,脾胃未免受伤,休要悲恸。老夫适才想起一事,唐小姐似乎该有救星。"林之洋道:"俺在海里,不过喝了两口水,就人事不知,俺的甥女下海多时,怎么还能有救?"多九公道:"前在东口所遇那个道姑,虽是疯疯颠颠,但他曾言解脱甚么灾难,又言:'幸而前途有人,尚无大害。'据他这话,岂非尚有可救么?况'缠足大仙'四字,乃唐兄在船同你斗趣之话,除了唐兄,只有你知、我知。这个道姑才见林兄,就呼缠足大仙,此人若无来历,何能道此四字?"林之洋连连点头道:"九公说的是。俺就出去求神仙相救。"说罢,拿了拐杖,勉强举步,来到外面,分付水手岸上排了香案;随即登岸,净手拈香,跪在地下,暗暗祷告,只求神仙救命。跪了多时,天已日暮。多九公道:"林兄身上欠安,今日已晚,只好回船养息养息,明日再求罢。"林之洋道:"这样大月色,俺正好跪求,九公只管请便。俺林之洋既发这个愿心,若无人救,只得跪死方休,今生今世,叫俺起来也不能了。"不觉放声大哭。多九公在旁惟有连声叹气。

不知不觉,皓月当空,船上已交三鼓。忽见远远来了两个道人,手执拂尘[1],飘然而至。生的甚觉丑陋,月光之下看的明白:一个黄面獠牙,一个黑面獠牙,头上都戴束发金箍,身后跟着四个童儿。林之洋一见,连连叩头,口口声声只求:"神仙救俺甥女之命!"两个

------

[1] 拂尘——驱散蚊蝇的用具,是用马尾或麈尾做成的掸子。

道人道:"居士[1]请起。我们今既到此,自然要助一臂之力,何须相求。"因唤:"屠龙童儿! 剖龟童儿! 速到苦海,即将孽龙、恶蚌擒来,立等问话!"二童答应,撺下海去。林之洋立起道:"俺的甥女现在海内,还求神仙慈悲相救。"两个道人道:"这个自然。"因向身旁两个童儿,暗暗分付几句,二童答应,也都撺入海去。不多时,回报道:"已将百花化身护送归舟。"两个道人将手一摆,二童仍立两旁。

只见剖龟童儿手中牵着一个大蚌从海中上来,走到黑面道人跟前,交了法旨。

随后屠龙童儿也来岸上,向黄面道人道:"孽龙出言不逊,不肯上来。弟子本要将其屠戮,因未奉法旨,不敢擅专,特来请示。"黄面道人道:"这孽畜如此无礼,且等我去会他一会。"将身一纵,撺入海中,两脚立在水面,如履平地一般。手执拂尘,朝下一指,登时海水两分,让出一路,竟向海中而去。迟了片晌,带着一条青龙来至岸上,道:"你这孽畜,既已罪犯天条,谪入苦海,自应静修,以赎前愆,今又做此违法之事,是何道理?"孽龙伏在地下道:"小龙自从被谪到此,从未妄为。昨因海岸忽然飘出一种异香,芬芳四射,彻于海底。偶然问及大蚌,才知唐大仙之女从此经过。小龙素昧平生,原无他意。大蚌忽造谣言,说唐大仙之女,乃百花化身,如与婚配,即可寿与天齐。小龙一时被惑,故将此女摄去。不意此女吃了海水,昏迷不醒。小龙

---

[1] 居士——和尚、道士对在家学佛、修道的人的称呼。

即至海岛,拟觅仙草以救其命。到了蓬莱,路遇百草仙姑,求他赐了回生草,急急赶回。那知才把仙草觅来,就被洞主擒获。现有仙草为证,只求超生!"

黑面道人道:"你这恶蚌,既修行多年,自应广种福田,以求善果,为何设此毒计,暗害于人?从实说来!"大蚌道:"前年唐大仙从此经过,曾救廉家孝女。那孝女因感救命之恩,竟将我子杀害,取珠献于唐大仙,以报其德。彼时我子虽丧廉孝女之手,究因唐大仙而起。昨日适逢其女从此经过,异香彻入苦海,小蚌要报杀子之仇,才献此计。只求洞主详察。"黑面道人道:"当日你子性好饕餮,凡水族之类,莫不充其口腹。伤生既多,恶贯乃满。故借孝女之刀,以除水族之患。此理所必然,亦天命造定。岂可移恨于唐大仙,又迁害其女?如此昏愦奸险,岂可仍留人世,遗害苍生?剖龟童儿!立时与我剖开者!"

黄面道人道:"大仙且请息怒。这两个孽畜,如此行为,自应立时屠剖。但上苍有好生之德;兼且孽龙业已觅了仙草,百花服过,不独起死回生,并可超凡入圣。他既有这功劳,自应法外施仁,免其一死。第孽龙好色贪花,恶蚌移祸害人,都非良善之辈。据小仙之意:即将二畜禁锢[1]无肠国东厕,日受粪气熏蒸,食其秽物,以为贪花害人者戒。大仙以为何如?"黑面道人点头道:"大仙所见极是。二

---

[1] 禁锢——原意是指禁止做官或做政治活动,这里作监禁解释。

畜罪恶甚重,必须禁锢在无肠国富室的东厕,始足蔽辜[1]。"黄面道人道:"加等办理,固觉过刻,亦是二畜罪由自取。"因将回生草取了递给林之洋道:"居士即将此草给令甥女服了,自能起死回生。我们去了。"林之洋接过下拜道:"请神仙留下名姓,俺日后也好感念。"黄面道人指着黑面道人道:"他是百介山人,贫道乃百鳞山人。今因闲游,路过此地,不意解此烦恼,莫非前缘,何谢之有!"正要举步,那孽龙、大蚌都一齐跪求道:"蒙恩主禁于无肠东厕,小畜业已难受;若再迁于富室东厕,我们如何禁当得起?——不独三次四次之粪臭不可当,而且那股铜臭尤不可耐。惟求法外施仁,没齿难忘[2]!"林之洋上前打躬道:"俺向大仙讲个人情:他们不愿东厕,把他罚在西席,可好?"孽龙、大蚌道:"西席虽然有些酸臭,毕竟比那铜臭好挨。我们愿在西席。"两个道人道:"且随我来,自有道理。"一齐去了。众水手在旁看着,人人吐舌,个个称奇。

多、林二人回船,将仙草给小山灌入,吐了几口海水,登时复旧如初,精神更觉清爽。大家都替他道喜。小山道:"只要寻得父亲回来,就是受些魔难,我也情愿。"林之洋把水仙村之话说了。随即开船,向小蓬莱进发。

---

[1] 蔽辜——抵罪。
[2] 没齿难忘——没齿,终身的意思。"没齿难忘"和后文"没世不忘",同是永远忘记不了的意思。

又走多时，如轩辕、三苗等国都已过去。这日，多、林二人在船后闲谈。多九公道："林兄，你看：去岁起风，岂不就在此地？今年有意要到小蓬莱，偏又不遇风暴。若像去年，何等爽快！老夫素于此处甚生，恰好前面有个小国，只好到彼问问。"随即收口，上去打听。原来此间是丈夫国交界。及至细问小蓬莱路径，众国人听了，莫不害怕，都说："离此千余里，地名田木岛，有一亥木山，近来忽生许多妖怪出来伤人，来往船只，每每被害。"二人慌忙回来，告诉众人，都不愿去；小山那里肯依。多、林二人说之至再，小山宁死也要前去。二人明知劝也无用，只得拼命朝前进发。

这日正行之际，迎面有座大岭，细看路径，须由山角绕过，方能出口。走了多时，离岭不远，只见上面密密层层许多果树，如桃、李、橘、枣之类，四时果品，无般不有。那股果香，阵阵向面上扑来，令人好不垂涎。柁工被这果香钻入鼻孔，一心想啖，不因不由把船靠了山角。方才泊岸，船上众人早已一拥齐上，遇见鲜果，不论好歹，摘来就吃，口中莫不叫好。多、林二人也饱餐一顿。林之洋摘了许多桃、李、橘、枣之类，送上船来。吕氏正在垂涎，即同小山姐妹大家分吃。小山道："舅舅为何将船泊在此处？前日打听路径，都说前面有妖怪，怎么今日就忘了？"林之洋道："俺自闻了这股果香，心里迷迷惑惑，只顾想吃，那里还顾甚么妖怪！俺去催他们开船。"于是来至外面道："俺们走罢！莫要遇着妖怪出来。"众水手道："今日吃了这样鲜果，浑身绵软，就如酒醉一般，好不快活！那个还有气力开船！"说着，个个睡在树下。

多、林二人站在船头，只觉天旋地转，遍体酥麻，站立不住。正在发慌，山中忽然走出许多妇女，来到船上，把吕氏、小山、婉如、若花、乳母，搀扶上岸；又有两个，把多、林二人也搀了下船；还有几十个，把众水手也都搀起，走上山来。众人心里虽觉明白，就只口不能言，浑身发软。小山此时虽然照旧，因见众人这宗光景，明知寡不敌众，只好且装酒醉，跟着同来，看他怎样，再作道理。不多时，来至石洞跟前。进了石洞，又走两层庭院，进了厅堂。正面坐着一个女妖，头戴凤冠，身穿蟒衫，极其美貌；面上有条指痕，从那指痕之中，更增许多妩媚。旁边坐着一个男妖，年纪不到二旬，生得齿白唇红，面如傅粉，虽是男妖，却是女装。多九公看了，身上虽觉瘫软，心里却还明白，暗暗忖道："这个男妖，怎是妇女打扮？此时林兄见这模样，回想当日女儿国风味，只怕又要吃惊了。"只见下首还有两个男妖：一个面如黑枣，一个脸似黄橘，赤发蓬头，极其凶恶。

忽听女妖笑道："他们只知吃果，那知其中藏有酒母[1]。果然毫不费事，就都跟来。此皆贤妹并二位爱卿赞画之力，将来自然慢慢一同受享。但这倮儿[2]有三十余口之多，不知贤妹可能别出心裁，另有炮制？"少年男妖答道："这些倮儿刚才已吃酒母，皮肉未免带有酒味，若照向日烹调，恐不合口。据妹子愚见：莫若竟将这些倮儿酿为美酒，其名就叫'倮儿酒'。姐姐以为何如？"女妖喜道："如此极

---
〔1〕 酒母——酿酒的和头，就是酒曲。
〔2〕 倮儿——倮，同裸。倮儿，指人。古人把没有羽毛鳞介的动物，总称做"倮虫"，人也是倮虫之一。

妙!"黑面男妖道:"以婢为酒,固是美品,但清浊不分,亦恐酒味不佳。据臣看来:女婢之味必清,男婢之味必浊,将来酿时,必须预分两处,庶清浊不致紊乱。"黄面男妖道:"今日婢儿如此之多,其中酒量大的谅亦不少,莫若先将好酒给他尽量而饮,教他吃的烂醉,日后酿出酒来,岂不更觉有力?"

女妖道:"两位爱卿所见极是。"因指林之洋向少年男妖笑道:"这个婢儿与贤妹模样相仿,莫若把他留下,给贤妹做伴如何?"少年男妖笑道:"这婢儿生的虽好,就只嘴上新留几根须儿,令人可厌。他如拔的光光如人鞟一般,我才笑纳哩。"因向黄面,黑面二妖道:"二位可要留他做伴?"二妖道:"弥君嫌他新留几根须儿,所以不喜;那知我二人因他须儿过少,也不慊意。他如满部胡须,抑或络腮,我倒喜的。"少年男妖道:"这却为何?"二妖道:"这叫作'人弃我取'。"少年男妖笑道:"若据二公之言,难道世间胡子都是弃物么?你要晓得:'十个胡子九个臊。'他要发起臊风,比那没须的还更有趣哩。"说着,一齐大笑。

女妖分付手下,将众婢儿带至后面,多将好酒令其畅饮,以便蒸熟酿酒。众妖答应,把众人带到后面,七手八脚,各去取酒。小山随即跪下,望空垂泪,暗暗祷告道:"我唐小山因来海外寻亲,忽遇妖魔,性命只在顷刻。务望过往神灵,早赐拯拔!倘脱火坑,情愿身入空门,一世焚顶[1]。"——忽见有个道姑走来道:"女菩萨休要害怕,

---

[1] 焚顶——焚香顶礼的省词。顶礼,把头顶接触被尊敬者的脚,是佛家最敬的礼节。

小道特来相救。"

　　未知如何,下回分解。

第四十六回

施慈悲仙子降妖　发慷慨储君结伴

话说道姑向小山道："女菩萨不消焦心,小道特来相救。"随即杂在众人之中。众小妖把酒取到,道姑道："他们不会饮酒。我的量大,拿来我吃。"众小妖道："刚才进来,未曾留神,原来却是六个女傈。"把酒送至道姑面前。道姑饮完,又教快去取酒。这些小妖来往取酒,就如穿梭一般。一面取酒,一面只说："好量!"道姑一面饮着,一面只教取酒。登时把洞内若干美酒,饮的一滴无存,还是催着取酒。众小妖无酒可取,只得禀知女妖。女妖那里肯信,即同三个男妖来至后面。道姑一见,把口一张,那酒就如涌泉一般,一道白光,滔滔不断,直向四妖喷去。登时洞里洞外,酒气扑鼻。这股酒香,非比泛常,乃百种鲜果酿成,芬芳透脑,若教好饮的闻了,真可神迷心醉,望风垂涎。道姑一面喷酒,把手一张,只听呱剌剌雷声振耳,霹雳之中,现出一朵彩云;彩云之上,端端正正托着桃、李、橘、枣四样果品,直向四怪顶门打将下去。道姑大声喝道："四个孽畜!尔等胞衣巢穴,现俱在此,还不速现原形,等待何时!"四怪刚要逃走,不防云中四样果品落下,只打的满地乱滚,霎时变出本相。远远看去,个个小如弹丸,不知何物。道姑上前,拾在手内。众小妖都变本相,无非山精水怪,四散奔逃。

此时大家都已苏醒,俱向道姑叩谢。小山道:"请问仙姑尊姓大名?这四个是何妖怪?"道姑道:"我是百果山人。因与女菩萨有缘,特来相救。"手中取出四个物件道:"女菩萨请看:这就是四怪原形。"小山同众人进前观看,原来却是一个李核,一个桃核,一个枣核,一个橘核。多九公道:"世间此物甚多,何以竟能为怪?莫非都是异种么?"道姑道:"此核虽非异种,但俱生于周朝,至今千有余年。李核名叫'嶲李',当初西施因其味美,素最喜食;桃核虽非仙品,当年弥子瑕曾以其半分之卫君;橘核,昔日晏子至楚,楚王曾有黄橘之赐;枣核名唤'羊枣',当日曾晳最喜。这四核虽是微末废物,因昔年或在美人口中受了口脂之香,或在贤人口内染了翰墨之味,或在姣童口边感了龙阳[1]之情,或在良臣口里得了忠义之气,久而久之,精气凝结,兼之受了日精月华,所以成形为患。今遇贫道,也是他气数当绝。"多九公忖道:"怪不得男相女装,原来却是'分桃主人'。"因问道:"请教仙姑:刚才那美妇人同那美男子,自然就是西施、弥子瑕形状了。但那两怪,一个面如黑枣,一个脸似黄橘,难道当年曾晳同晏子就是这个模样么?"道姑道:"西施、弥子瑕俱以美色蛊惑其君,非正人可比,故精灵都能窃肖其形;至曾晳、晏子,身为贤士,名传不朽,其人虽死犹生,这些精灵,安能窃肖其形?所谓邪不能侵正。故枣怪面似黑枣,橘怪面似黄橘。任他变幻,何能脱却本来面目!"小山道:

------

〔1〕 龙阳——人名,故事传说中战国时魏王宠幸的臣子。魏王有了他,就不要别人再介绍美女。古时因用"龙阳"二字做男色的代词。

"请问仙姑:此去小蓬莱,还有若干路程?"道姑道:"远在天边,近在眼前,女菩萨自去问心,休来问我。"收了四核,出洞去了。

多、林二人把人数查明,一齐上船前进。一路谈起仙姑相救之事。多九公道:"这是唐小姐至孝所感,故屡遇异人相救。若据前日大蚌所言,唐兄已成神仙无疑了。"林之洋道:"俺妹夫如成了神仙,俺甥女遇了灾难,自然该有仙人来救。俗语说的:'官官相护',难道不准'仙仙相护'? 俺最疑惑的:他们所说'百花'二字,不知隐着甚么机关? 莫非俺甥女是百花托生么?"小山笑道:"若谓百花,自然是百样花了。岂有百花俱托生一人? ——断无此理。即使竟是百花托生,甥女也不情愿。舅舅莫把这件好事替我揽在身上。"林之洋道:"若是百花托生,莫不红红绿绿,甥女为甚倒不情愿?"小山道:"舅舅要知:这些百花无非草木之类,有何根基? 此时甥女如系天上列宿托生,将来倘要修仙,有此根基或者可冀得一善果;若是草木托生,既无根基,何能再萌妄想? 即使苦修,亦觉费事。当日有人言:狐狸修仙最苦,因其素无根基,必须修到人身,方能修仙,须费两层工夫。即如甥女,若是百花托生,如要修仙,必须修的有了根基,方能再讲修仙,岂不过于费事?"林之洋道:"若这样,俺倒盼你根基浅些,倒觉安静,省得胡思乱想,又生别的事来。"

若花道:"刚才那个少年男妖,为何搽胭抹粉,装作女人模样?"多九公道:"侄女:你不知么? 他这模样,是从你们女儿国学的;并且还会缠的上好小足,穿的绝妙耳眼哩。"林之洋忍不住要笑。小山不解,再三追问。婉如把当日女儿国穿耳缠足之事说了。小山这才明白,道:"怪不得前在东口那个道姑把舅舅称作'缠足大仙',舅舅满面绯红,原来是这缘故。"

忽听众水手喊道:"刚走的好好的,前面又要绕路了!"多、林二人忙至船头,只见迎面又有一座大岭拦住去路。多九公道:"前年到此,被风暴刮的神魂颠倒,并未理会有甚山岛。今年走到这条路上,纯是大岭。要像这样乱绕,只怕再走一年还不到哩。"林之洋道:"俺们上去探探路径。"将船停泊,二人上了山坡。走了多时,迎面有一石碑,上面写的也是"小蓬莱"三个大字。多、林二人看了,这才晓得此山就是小蓬莱。多九公道:"怪不得那道姑说:'远在天边,近在眼前。'谁知今已到了。"随即走回,告知小山。

小山欢喜非常,惟有暗暗念佛。因天色已晚,不能上山。次日,起个绝早;吕氏同婉如、若花也都起来。水手已备早饭,大家饱餐一顿。婉如、若花也要陪着同去。林之洋手拿器械,带了水手,一同登岸,上了山坡。上面有条山路,弯弯曲曲,虽觉难走,幸喜接连树木,可以攀藤附木而行。林之洋搀着小山,小山手挽婉如,婉如手拉若花,慢慢步上山来。到了平川之地,歇息片晌,又朝前行。转过"小蓬莱"石碑,只见唐敖当日所题诗句,仍是墨迹淋漓。小山一见,泪落不止。又向四处细细眺望,暗暗点头道:"看了此山景致,凡念皆空,宛如登了仙界。如此洞天福地,无怪父亲不肯回来。此处不独清秀幽僻,而且前面层岩错落,远峰重叠,一望无际,不知有几许路程。

此时只好略观大概，少刻回船，再同舅舅商议。"

不知不觉天已下午。林之洋恐天晚难行，即同小山姐妹下山。及至到船，业已日暮。吃了晚饭，吕氏问问山上光景。小山道："今日细看此山，道路甚远，非三五天可以走遍。甥女父亲既要修行，自然该在深山之内。若照今日这样寻访，除非父亲出来，方能一见；若不自己露面，就再找一年，也是无用。今甥女立定主意：明日舅舅在此看守船只；甥女一人深入山内，耽搁数日，细细搜寻，或者机缘凑巧，也未可知。"林之洋道："甥女独去，俺怎放心？自然俺要同去。"小山道："话虽如此。奈船上都是水手，并无着己之亲；多老翁虽有亲谊，究竟过于年老；此处又非内地可比；若舅舅同去，虽可做伴，船上无主，甥女反添牵挂，何能在内过于耽搁？与其寻的半途而废，终非了局，莫若甥女自去，倒觉爽利。好在此山既少人烟，又无野兽，纯是一派仙景，舅舅只管放心。甥女此去，多则一月，少则半月。如能寻着固妙；即或寻不着，略将里面大概看看，亦即回来先送一信，使舅舅放心，然后再去细访。必须如此，两下方无牵挂。甥女主意已定，务望舅舅曲从。"若花道："阿父如不放心，女儿向在东宫，也曾习过骑射，随常兵器，也曾练过。莫若女儿带了器械，与阿妹同去，也好照应。"婉如道："若是这样，俺也同去。"小山道："妹妹与乳母一样，行路甚慢，如何去得？至若花姐姐近日虽然缠足，他自幼男装走惯，尚不费力，倘能同去，倒可做伴。"

吕氏道："甥女上去，上面既无房屋，又无茶饭，夜间何处栖身？日间所吃何物呢？"小山听了，不觉痨了一痨。沉思半晌道："甥女今日细观此山,层岩峭壁,怪石攒峰,错错落落,接连不断,虽无屋宇,到处尽可藏身;就是那些松阴茂林之下,也可栖止;设遇现成石洞,那更好了。至所食之物,甥女细想:古人草根树皮,尚可充饥,何况此山果木甚多,柏子松实,处处皆有,岂有腹饥之患!"吕氏道:"那些东西,岂能当饭? 此时俺倒想起一事:当日俺们制有救荒豆末,自从初次飘洋用过一次,喜得后来从未绝粮。今甥女上山,倒可用着了。"林之洋道:"亏你提起,俺倒忘了。"从箱中取出一包豆面并一包麻子,递给小山道:"你明日未曾上山,先将豆面尽量吃饱,就可七日不饥。至第八日再吃一顿,就可四十九日不饥。如觉口干,可将麻子拌些水吃,就不渴了。这是俺们海船救命仙丹,须好好收了。"

小山接过道:"此豆怎样炮制,就有如此功效? 如果灵验,若到荒年济世,岂不好么?"林之洋道:"这个原是备荒用的。你道这方俺怎得知?——是你父亲传给俺的。据说当初晋惠帝永宁二年,黄门侍郎刘景先因年岁荒旱,曾具表奏道:'臣遇太白山隐士传授"济饥辟谷仙方"。臣家大小七十余口,以此为粮,不食别物。若不如斯,臣一家甘受刑戮。'其方:用黑大豆五斗,淘净,蒸三遍,去皮;用火麻子三斗,浸一宿,亦蒸三遍,令口开,取仁,去皮;同大豆各捣为末,和捣做团如拳大。入甑内,从戌时蒸至子时止,寅时出甑,午时晒干,为末。干服之,以饱为度,不得再吃别物。第一顿七日不饥;第二顿四十九日不饥;第三顿三百日不饥;第四顿二千四百日不饥:不必再服,永不饥了。不问老少,但依法服食,不但辟谷,且令人强壮,容貌红白,永不憔悴。口渴,研麻子汤饮之,更润脏腑。若要重吃他物,用葵子三合为末,煎汤冷服,解下药如金色;任吃他物,并无所损。前知随州郡守,教民用之有验,序其原委,勒石[1]于汉阳兴国寺。还有一方:用黑豆五斗,淘净,蒸三遍,晒干,去皮为末;火麻子三升,浸去皮,晒研为末;糯米三升,做粥,入前二样和捣为团,如拳大。入甑内,蒸一宿,取晒为末;用小红枣五斗,煮去皮核,入前末和捣如拳大。再蒸一夜,晒干为末。服之以饱为度,最能辟谷。如渴,饮麻子水,能润脏腑;或饮脂麻[2]水亦可,但不得食一切物。当日你父亲传俺此方,俺配一料带在船上。那知头一次飘洋,就遭风暴,偏遇连阴大雨,耽搁多日,缺了柴米,幸亏这物才救一船性命。这是你父亲积的阴德,俺同你舅母至今还是感念。"吕氏道:"谁知这样一个好人,偏偏教他功名蹭蹬[3]!若早早做了官,他又何能到此访甚么仙、炼甚么性呢?"小山听了,触动思亲之心,更觉伤感。当时议定若花同去。次日,姐妹二人,绝早起来。

未知如何,下回分解。

----

[1] 勒石——在石上刻字。
[2] 脂麻——就是胡麻。由于可以榨油,所以也叫做脂麻。现在写作芝麻。
[3] 蹭蹬——倒霉、爬不上去的意思。

第四十七回

水月村樵夫寄信　镜花岭孝女寻亲

　　话说小山同若花清晨起来,梳洗已毕,将衣履结束,腰间都系了丝绦,挂一口防身宝剑;外面穿一件大红猩猩毡箭衣;头上戴一顶大红猩猩毡帽兜;外带一件棉衣,用包袱包了;又带一个椰瓢,同豆面都放包袱内。——二人打扮不差上下,惟若花身穿杏黄箭衣。——将豆面饱餐一顿。收拾完毕,各把包袱背在肩上,一齐告别。吕氏见这样子,不由心酸落泪道:"甥女一路小心! 若花女儿务须好好照应! 虽说此山并无虎豹,到了夜晚,究竟寻个掩密藏身之处,才觉放心。甥女如此孝心,上天自必垂怜,一切事情,自然逢凶化吉。但愿此去寻得父亲,早早回来!"婉如也垂泪道:"姐姐千万保重,莫教人两眼望穿! 俺不远送了。"小山答应,同若花上岸。林之洋仍旧搀扶送到平阳之处,又丁宁几句,洒泪而别。林之洋见他们去远,这才止泪回船。

　　姐妹两个,背着包袱,朝前走了数里。小山因山路弯曲,恐将来回转认不清楚,每逢行到转弯处,就在山石树木上用宝剑画一圆圈,或画"唐小山"三字,以便回来好照旧路而行。一面走着,歇息数次,越过几个峰头,幸喜山路平坦。走了一日,看看日暮,二人商议找一宿处。看来看去，并无可以栖身之地，只得又向前进。正在探望，只见路旁许多松树，都大有数围。内有一株古松，枝叶虽青，因年代久了，其本已枯，外面虽有一层薄皮，里面却是空的。二人见了，不胜之喜，即将包袱取下，一齐将身探入。内中松叶堆积甚厚，坐下倒也绵软。姐妹两个，因一路走乏，身子困倦，把包袱放在树内，坐在上面；睡了一觉，早已天明，连忙探出身来，背上包袱，离了松林。走了半日，小山道："昨日吃了豆面，腹中果然不饥；此时喉中微觉发干。姐姐可觉口渴？妹子意欲吃些泉水才好。"若花道："如此甚妙。"各用椰瓢就在山泉取了一瓢凉水，拌些麻子，胡乱饮了几口；又取一瓢凉水，略把手面洗洗。仍望前走。到了日暮，恰喜那边峭壁下有一天然石洞，尽可存身，就在石洞住了。次日，又朝前进。一路上看不尽的怪竹奇树，观不了的异草仙花。沿途景致虽多，无如小山之意并不在此，若花也不过略略领略。

一连走了几日，各处寻踪觅迹，再朝前面望去，那些山冈仍是一望无际。小山道："姐姐：你看这个光景，大约非数十日不能走到。妹子前在舅舅面前，曾说无论寻着寻不着，总在一月半月回去送信。今再前进，设或遥远，一时骤难转回，岂不失信么？"若花道："今既到此，据我愚见：只好且朝前进。我们就是耽迟几日，阿父也断无埋怨之理，何必回去送信。"小山道："妹子之意：并非专为送信，意欲借此将姐姐送回，妹子才好独往。"若花道："愚姐正要同你前去，为何忽发此言？"小山道："连日细看此山，道路甚远，一经前进，归期竟难预定。因此要将姐姐送回，以便一人前进。即使回来过迟，舅舅不能守候,妹子得能寻见父亲,就同父亲在彼修炼,也是人生难得之事。倘不能寻见父亲,纵让舅舅终年守候,妹子何颜归家去见母亲?以此看来:惟有寻到此山尽头,非见父亲之面,不能回家。若姐姐同去,妹子何能只管前进呢?"若花道:"愚姐若怕路远,也不来了。此时前进若无消息,不独阿妹不应回转,就是愚姐也无半途而废之理。况我本是虎口余生,诸事久已看破,设或耽搁过迟,阿父不能守候,我就在此同你静修,也未尝不可。阿妹倒不必虑及于我。即如我今日到此,还是图名呢?还是为利呢?无非念阿妹一团孝心,惟恐孤身无人照应,才肯挺身而来。若要误认我不过一时高兴上来走走,并未虑及后来之事,那就错了。"小山不觉滴泪道:"姐姐如此用心,真令妹子感激涕零,此时也不敢以套言相谢,惟有永铭心版了。"说罢,又向前进。

若花道:"今日忽觉饥饿,这是何意?"小山道:"只顾走路,原来今已八日。那豆面第一顿只能管得七日不饥,今日如何不饿?恰好此处遍地松实柏子,我才吃了几个,只觉满口清香;姐姐何不也吃几个?如能充饥,我们就以此物为粮,岂不更觉有趣?"若花随即吃了许多。走了多时,也就不觉甚饿。于是日以松实柏子充饥。路上或讲讲古迹,谈谈诗赋。不知不觉又走了六七日。

这日正望前进,猛见迎面倒像一人走来。小山道:"我们走了十余日,未见一人,怎么今日忽然走出人来?"若花道:"莫非前面已有人家?"只见那人渐渐临近,再细细一看,原来是个白发樵夫。小山见是老年人,因站路旁问道:"请问老翁:此山何名?前面可有人家?"樵夫也立住道:"此山总名小蓬莱。前面这条长岭,名叫镜花岭；岭下有一荒塚；过了此塚，有个乡村，名叫水月村。此地已是水月村交界。前面村内，虽有居民，无非几个山人。你问他怎么？"小山道："我问路境，不为别事。只因我们天朝大唐国有位姓唐的，前年曾入此山，如今可在前面乡村之内？敢求老翁指示，永感不忘！"樵夫道："你问的莫非岭南唐以亭么？"小山喜道："我问的正是此人。老翁何以得知？"樵夫道："我们常在一处，如何不知。前日他有一信托我带到山下，交天朝便船寄至河源，今日恰好凑巧。"于是把书取出，放在斧柄上递去。小山接过，只见信面写着"吾女闺臣开拆"。虽是父亲亲笔，那信面所写名字，却又不同。只听樵夫道："你看了家书，再到前面看看泣红亭景致，就知书中之意了。"说着，飘然而去。

小山把信拆开，同若花看了一遍，道："父亲既说等我中过才女与我相聚，何不就在此时同我回去，岂不更便？并且命我改名'闺臣'，方可应试，不知又是何意。"若花道："据我看来，其中大有深意：按'唐闺臣'三字而论，大约姑夫因太后久已改唐为周，其意以为将来阿妹赴试，虽在伪周中了才女，其实乃唐朝闺中之臣，以明并不忘本之意。信内嘱阿妹若不速回，误了考期，不替父亲争气，就算不孝。既有如此严命，阿妹竟难再朝前进哩。"小山道："话虽如此；但我们迢迢数万里至此，岂有不见一面之理？况父亲既在此山，也未有寻不见的。且到前面，再作计较。"

一齐举步越过岭去，只见路旁有一坟墓。小山道："此是仙境，为何却有坟墓？莫非就是樵夫所说荒塚么？"若花道："阿妹：你看那边峭壁上镌着'镜花塚'三个大字,原来此墓所葬却是'镜花';不知是何形象?可惜刚才未曾问问樵夫。"略为歇息,转过峭壁,走未一里,正面有一白玉牌楼,上镌"水月村"三个大字。穿过牌楼,四面观望,并无人烟。迎面有一长溪拦住去路。虽无桥梁,喜得溪边有株数人合抱不来的一颗大松,由这边山坡,歪歪斜斜一直铺到对面山坡,倒像推倒一般,天然一座松根桥梁。二人攀着松枝,渡了过去。面前一带松林,密密层层,约有半里之遥。穿过松林,再四处一看,真是水秀山清,无穷美景。远远望那山峰上面,俱是琼台玉洞,金殿瑶池,那派清幽景象,竟是别有洞天。正在观看,忽见对面祥云缭绕,紫雾缤纷,从那山清水秀之中,透出一座红亭。

未知如何,下回分解。

第四十八回

睹碑记默喻仙机　　观图章微明妙旨

　　话说唐小山同阴若花渡过小溪,因景致甚佳,正在观玩,忽见迎面清光之中,透出一座红亭,只觉金光万道,瑞气千条,灿烂辉煌,华彩夺目。随即举步上前。只见那参天的奇松怪柏,冲霄的野竹枯藤,都在亭子四面盘转,几如翠盖一般;四壁厢异草奇花,也不知多少。亭子面前悬一金字大匾,上书"泣红亭"三个大字。旁边有一对联,写的是:

　　　　桃花流水杳然去,朗月清风到处游。

小山道:"刚才那樵夫教我望望泣红亭景致,那知却在此地。内中有何美景,我们何不进去看看?"若花道:"原来阿妹认得科斗文字[1],却也难得。"刚要举步,忽听亭内响了一声,现出万道红光。红光之内,撺出一位魁星:左手执笔,右手执斗;生得花容月貌,美如天仙。驾着彩云,四面红光旋绕,霎时起在空中,直向斗宫去了。若花道:"我同阿妹素日最敬魁星,谁知此间竟遇女身出现。原来魁星却有两像。"小山道:"将来回到家乡,如遇庙宇供有魁星,妹子发个心愿,

---
〔1〕 科斗文字——科斗,就是蝌蚪。上古的篆字,头粗尾细,很像蝌蚪,所以有这个名称。

于男像之旁，另塑一尊女像，也不枉今日瞻仰一番。"二人随即对空叩拜。走进亭内，只见当中设一碧玉座，座旁安两条石柱，柱上也有一副对联：

红颜莫道人间少，薄命谁言座上无？

正面也有一匾，写的是"镜花水月"。那碧玉座上竖一白玉碑，高不满八尺，宽可数丈，上镌百人名姓：

司曼陀罗花仙子第一名才女"蠹书虫"史幽探

司虞美人花仙子第二名才女"万斛愁"哀萃芳

司洛如花仙子第三名才女"五色笔"纪沉鱼

司青囊花仙子第四名才女"科斗书"言锦心

司疗愁花仙子第五名才女"雕虫技"谢文锦

司灵芝花仙子第六名才女"指南车"师兰言

司玫瑰花仙子第七名才女"绮罗丛"陈淑媛

司珍珠花仙子第八名才女"锦绣林"白丽娟

司瑞圣花仙子第九名才女"升平颂"国瑞徵

司合欢花仙子第十名才女"普天乐"周庆覃

司百花仙子第十一名才女"梦中梦"唐闺臣

司牡丹花仙子第十二名才女"女中魁"阴若花

司木笔花仙子第十三名才女"风月主"印巧文

司洛阳花仙子第十四名才女"回文锦"卞宝云

司兰花仙子第十五名才女"血泪笺"由秀英

司菊花仙子第十六名才女"玉无瑕"林书香

司琼花仙子第十七名才女"龙凤质"宋良箴
司莲花仙子第十八名才女"蓝田玉"章兰英
司梅花仙子第十九名才女"百链霜"阳墨香
司海棠花仙子第二十名才女"花御史"郾锦春
司桂花仙子第二十一名才女"水中月"田舜英
司杏花仙子第二十二名才女"小太史"卢紫萱
司芍药花仙子第二十三名才女"玉交枝"邬芳春
司茉莉花仙子第二十四名才女"珊瑚玦"邵红英
司芙蓉花仙子第二十五名才女"玉玲珑"祝题花
司笑靥花仙子第二十六名才女"个中人"孟紫芝
司紫薇花仙子第二十七名才女"一剪红"秦小春
司含笑花仙子第二十八名才女"蕙兰风"董青钿
司杜鹃花仙子第二十九名才女"小嫦娥"褚月芳
司玉兰花仙子第三十名才女"锦绣肝"司徒妩儿
司蜡梅花仙子第三十一名才女"神弹子"余丽蓉
司水仙花仙子第三十二名才女"凌波仙"廉锦枫
司木莲花仙子第三十三名才女"小杨香"洛红蕖
司素馨花仙子第三十四名才女"赛锺繇"林婉如
司结香花仙子第三十五名才女"碧玉环"廖熙春
司铁树花仙子第三十六名才女"女学士"黎红薇
司碧桃花仙子第三十七名才女"鹦鹉舌"燕紫琼
司绣球花仙子第三十八名才女"天孙锦"蒋春辉

司木兰花仙子第三十九名才女"三面网"尹红萸
司秋海棠花仙子第四十名才女"小猎户"魏紫樱
司刺蘼花仙子第四十一名才女"女英雄"宰玉蟾
司玉簪花仙子第四十二名才女"梦中人"孟兰芝
司木棉花仙子第四十三名才女"织机女"薛蘅香
司凌霄花仙子第四十四名才女"女中侠"颜紫绡
司迎辇花仙子第四十五名才女"离乡草"枝兰音
司木香花仙子第四十六名才女"采桑女"姚芷馨
司凤仙花仙子第四十七名才女"芙蓉剑"易紫菱
司紫荆花仙子第四十八名才女"清风翼"田凤翾
司蔷薇花仙子第四十九名才女"广寒月"掌红珠
司秋牡丹花仙子第五十名才女"鸾凤俦"叶琼芳
司锦带花仙子第五十一名才女"鸿文锦"卞彩云
司玉蕊花仙子第五十二名才女"夜光璧"吕尧蓂
司八仙花仙子第五十三名才女"清虚府"左融春
司子午花仙子第五十四名才女"意中人"孟芸芝
司青鸾花仙子第五十五名才女"睿文锦"卞绿云
司旌节花仙子第五十六名才女"君子风"董宝钿
司瑞香花仙子第五十七名才女"五彩虹"施艳春
司荼蘼花仙子第五十八名才女"鸳鸯带"窦耕烟
司月季花仙子第五十九名才女"朝霞锦"蒋丽辉
司夜来香花仙子第六十名才女"水晶珠"蔡兰芳

司罂粟花仙子第六十一名才女"书中人"孟华芝

司石竹花仙子第六十二名才女"绮文锦"卞锦云

司蓝菊花仙子第六十三名才女"连理枝"邹婉春

司丁香花仙子第六十四名才女"玉壶冰"钱玉英

司棣棠花仙子第六十五名才女"锦帆风"董花钿

司迎春花仙子第六十六名才女"双凤钗"柳瑞春

司千日红花仙子第六十七名才女"雄文锦"卞紫云

司翦春罗花仙子第六十八名才女"画中人"孟玉芝

司夹竹桃花仙子第六十九名才女"罗纹锦"蒋月辉

司荷包牡丹花仙子第七十名才女"连城璧"吕祥蓂

司西番莲花仙子第七十一名才女"比目鱼"陶秀春

司金丝桃花仙子第七十二名才女"蛾眉月"掌骊珠

司翦秋纱花仙子第七十三名才女"鸳鸯锦"蒋星辉

司十姊妹花仙子第七十四名才女"花上露"戴琼英

司丽春花仙子第七十五名才女"如意风"董珠钿

司山丹花仙子第七十六名才女"尧文锦"卞香云

司玉簪花仙子第七十七名才女"月中人"孟瑶芝

司金雀花仙子第七十八名才女"瑶台月"掌乘珠

司栀子花仙子第七十九名才女"麒麟锦"蒋秋辉

司真珠兰花仙子第八十名才女"女菩提"缁瑶钗

司佛桑花仙子第八十一名才女"龙文锦"卞素云

司长春花仙子第八十二名才女"比翼鸟"姜丽楼

司山矾花仙子第八十三名才女"持筹女"米兰芬

司宝相花仙子第八十四名才女"浣花石"宰银蟾

司木槿花仙子第八十五名才女"胭脂萼"潘丽春

司蜀葵花仙子第八十六名才女"镜中人"孟芳芝

司鸡冠花仙子第八十七名才女"同心结"锺绣田

司蝴蝶花仙子第八十八名才女"仁风扇"谭蕙芳

司秋葵花仙子第八十九名才女"眼中人"孟琼芝

司紫茉莉花仙子第九十名才女"铺地锦"蒋素辉

司梨花仙子第九十一名才女"荆山璧"吕瑞蓂

司藤花仙子第九十二名才女"太平风"董翠钿

司芦花仙子第九十三名才女"潇湘月"掌浦珠

司蓼花仙子第九十四名才女"鹤顶红"井尧春

司葵花仙子第九十五名才女"海底月"崔小莺

司杨花仙子第九十六名才女"铁笛仙"苏亚兰

司桃花仙子第九十七名才女"赛赵娥"张凤雏

司苹花仙子第九十八名才女"小毒蜂"闵兰荪

司菱花仙子第九十九名才女"笔生花"花再芳

司百合花仙子第一百名才女"一卷书"毕全贞

小山把人名看过,不觉忖道:"父亲命我改名,那知此碑一等第十一名就是'唐闺臣',并且若花姐姐同婉如、兰音妹妹也在上面。我闻古人有'梦观天榜'之说,莫非此碑就是天榜?为何又有司花字样?以此看来,又非天榜了。"因向若花道:"姐姐:你看此碑可是天榜么?"若花道:"我看此碑都是篆文,一字不识,谁见甚么天榜?"小山道:"妹子真心请问,怎么姐姐忽然斗起趣来?"若花道:"愚姐怎么斗趣?"小山道:"此碑所镌都是随常楷书,姐姐说是篆文,岂非斗趣么?"若花听了,把眼揉了一揉,又朝碑上细看道:"上面各字,与外面匾对一样,都是科斗古文,若有一字认得,算我有心欺你。果真不识,岂有戏言!"小山不觉诧异道:"明明都是楷书,为何到了姐姐眼里,却变作古文?世间竟有如此奇事?怪不得姐姐说我认得科斗文字,原来却是这个缘故。以此看来,可见凡事只要有缘:妹子同他有缘,所以一望而知;姐姐同他无缘,因此变成古篆。"

若花道:"此碑我虽不识,幸喜阿妹都知,就请费心把这情节讲说一遍,愚姐也就如同目睹了。"小山道:"上面所载,俱是我们姊妹日后之事,约计百人之多。此时姐姐既于碑上一无所见,可见仙机不可泄漏。妹子若要捏造虚言,权且支吾,未免欺了姐姐;若说出实情,又恐泄漏天机,致生灾患。好在碑上之事,将来总要出现,妹子意欲等待事后再细细面陈。姐姐以为何如?"若花道:"阿妹所见极是。但我望着此碑,只觉红光四射,两眼被这红光耀的只觉发昏。字既不识,站在这里甚觉无味,莫若且到亭外走走。阿妹在此,把这情节细细记在心里,事后告诉我们,也是一段佳话。"小山道:"姐姐言这碑上红光四射;与我所见,又是两样,妹子望去,只觉一股清气。今姐姐看是红光,可见姐姐将来必是受享洪福之人,与妹子迥不相同。"若花道:"我现在离乡背井,孑然一身,将来得能附骥,考个才女,心愿足矣,那里还有甚么洪福轮到身上!——若有洪福,也不投奔他邦了。"说着,滴下两点眼泪,把包袱取下放在石几上,走出去了。

小山又朝后看,人名之后,还有一段总论,写的是:

> 泣红亭主人曰:以史幽探、哀萃芳冠首者,盖主人自言穷探野史,尝有所见,惜湮没无闻,而哀群芳之不传,因笔志之。或纪其沉鱼落雁[1]之妍,或言其锦心绣口之丽,故以纪沉鱼、言锦心为之次焉。继以谢文锦者,意谓后之观者,以斯为记事则可;若目为锦绣之文,则吾既未能文,而又何有于锦?矧寿夭不齐,辛酸满腹,往事纷纭,述之惟恐不逮,讵暇工于文哉!则惟谢之。而师仿兰言,案其迹敷陈表白而传述之,故谢文锦后,承之以师兰言、陈淑媛、白丽娟也。结以花再芳、毕全贞者,盖以群芳沦落,几至澌灭无闻,今赖斯而得不朽,非若花之重芳乎?所列百人,莫非琼林琪树,合璧骈珠,故以全贞毕焉。

总论后有个篆字图章,写的是:

> 茫茫大荒,事涉荒唐。唐时遇唐,流布遐荒。

小山看罢,忖道:"这'唐时遇唐,流布遐荒'八个字,细细揣夺,如今正当唐时,我又姓唐,又亲见此碑,岂非教我流传海内么?仙机虽是如此,奈此碑所列百人之多,不独头绪纷繁,就是人名也甚难记,这是苦我所难了!"思忖多时,因走路辛苦,要寻坐处歇息,恰好旁边有一

---

[1] 沉鱼落雁——对美貌女人形象的形容词。原出《庄子》:"毛嫱、丽姬,人之所美也,鱼见之深入,鸟见之高飞。"意思是:纵然是美人,鱼见了沉到水底,鸟见了举翼高飞;是因为鸟鱼不知美人之美。后来一般戏曲、小说借用这个比喻,把飞鸟改成"落雁",专指美人,和《庄子》的本义不同了。

石几,石几面前有条石凳,就在凳上坐了。把包袱取下,放在几上,歇息片晌。复又想道:"这个碑记,明明教我流传海内,偏偏笔砚又未带来,这却怎好？——也罢,莫若把他读的烂熟,记在心里,也是一样。"于是望着玉碑从头读去。读了几句,甚觉拗口。正在为难,只见若花走了进来。

未知如何,下回分解。

第四十九回

泣红亭书叶传佳话　流翠浦寒裳觅旧踪

话说若花走进亭子,也在石凳坐下,道:"阿妹可曾记清?外面绝好景致,何不出去看看?"小山道:"姐姐来的正好,妹子有件难事正要请教。"因把图章念了一遍,道:"姐姐:你看这个图章,岂非教我流传么?上面字迹过多,强记既难,就是名姓也甚难记。又无笔砚,这却怎处?"若花道:"阿妹若要笔砚,刚才愚姐因看山景要想题诗,却有绝好笔砚在此。"即到外面取了几片蕉叶进来道:"阿妹何不就以此叶权且抄去?俟到船上,再用纸笔誊清,岂不好么?"小山道:"蕉叶虽好,妹子从未写过,不知可能应手。"随到亭外,用剑削了几枝竹签进来,将蕉叶放在几上,手执竹签,写了数字,笔画分明,毫不费事。不觉大喜。

刚要抄写,因向若花道:"刚才未进此亭时,远远望着对面都是琼台玉洞,金殿瑶池,宛如天堂一般。如此仙境,想我父亲必在其内。此时既到了可以寻踪觅迹处,只应朝前追寻,岂可半途而废?况这碑记并非立时就可抄完,莫若且把父亲寻来,慢慢再抄,也不为迟。"若花道:"阿妹话虽有理,但恐寻而不遇,也是枉然。我们只好且到前面,再作道理。"各人背了包袱,步出亭外;走了多时,那些台殿渐渐相近。正在欢喜,忽听水声如雷。连忙趱行,越过山坡,迎面有一深潭,乃各处瀑布汇归之所,约宽数十丈,竟把去路拦住。小山看罢,只急的暗暗叫苦。即同若花登在高峰,细细眺望。谁知这道深潭,当中冒出这股水,竟把此山从中分为两处,并无一线可通。二人走来走去,无计可施。若花道:"今日那个樵夫,转眼间无踪无影,明是仙人前来点化。我想姑夫既托仙人寄信,那仙人又说常聚一处,岂是等闲!信中既催阿妹速去考试,允你日后见面,想来自有道理。为今之计,莫若抄了碑记,早早回去。不独可以赴试,就是姑母接了此信,见了阿妹,也好放心,也免许多倚闾之望〔1〕。愚见如此,阿妹以为何如?"小山听了,虽觉有理,但思亲之心,一时何能撇下? 正在犹疑,只见路旁石壁上有许多大字。上前观看,原来是首七言绝句:

义关至性岂能忘? 踏遍天涯枉断肠! 聚首还须回首忆,蓬莱顶上是家乡。

诗后写着"某年月日岭南唐以亭即事偶题"。小山看到末二句,猛然宁神,倒像想起从前一事;及至细细寻思,却又似是而非。惟有呆呆点头,不知怎样才好。若花道:"阿妹不必发呆了!你看诗后所载年月,恰恰就是今日! 诗中寓意,我虽不知,若以'即事'二字而论,岂非知你寻亲到此? 那'踏遍天涯枉断肠'之句,岂非说你寻遍天涯也是枉然? 况且前日阿妹所谈去年题的思亲之诗,我还记得第六句是'蓬莱缥缈客星孤';今姑夫恰恰回你一句'蓬莱顶上是家乡'。彼时

---

〔1〕 倚闾之望——闾,里弄的大门。倚闾之望,指父母期待儿子。故事传说:战国时,王孙贾的母亲和王孙贾说:你早出晚归,我倚门而望;你晚出而不回来,我倚闾而望。出《战国策》。

阿妹不过因'蓬莱'二字都是草名,对那松菊,觉的别致;那知今日竟成了诗谶。可见此事已有先兆。并且刚才从此走过,壁上并无所见;转眼间,就有诗句题在上面,若非仙家作为,何能如此?此时我们只好权遵慈命,暂回岭南,俟过几时,安知姑夫不来度脱你我都去成仙呢?"说罢,携了小山的手,仍向泣红亭走来。一路吃些松实柏子。又摘了许多蕉叶,削了几枝竹签。来至亭内,放下包袱,略为歇息。

若花道:"此碑共有若干字?"小山道:"共约二千。赶紧抄写,明日可完。"若花道:"既如此,阿妹只管请写,不必分心管我。好在此地到处皆是美景,即或耽搁十日,也游不厌的。"于是自去游玩。小山写了一日,到晚同若花就在亭内宿歇。次日正要抄写,只见碑记名姓之下,忽又现出许多事迹,自己名下写着:"只因一局之误,致遭七情之磨。"若花名下写着:"虽屈花王之选,终期藩服之荣。"其余如兰音、婉如诸人,莫不注有事迹。看罢,不觉忖道:"我又不会下棋,这一局之误,从何而来?"因将碑记现出事迹之话,告诉若花。若花道:"既有如此奇事,自应一总抄去为是。我还出去游玩,好让阿妹静写。"说罢,去了。小山写了多时,出来走动走动。若花正四处观玩,忽见小山出来,不觉忖道:"碑上仙机固不可泄漏;他所抄之字不知可是古篆?趁他在外,何不进去望望?"即到石几跟前一看,蕉叶上也是科斗文字。连忙退出。只见小山从瀑布面前走来。若花道:"原来阿妹去看瀑布,可谓'忙里偷闲'了。"小山道:"妹子前去净手,并非去看瀑布。姐姐忽从亭内走出,莫非偷看碑记么?倘泄漏仙机,乃姐姐自己造孽,与妹子无涉。"若花道:"愚姐岂肯如此!因要领教尊书,进去望望;谁知阿妹竟写许多古篆,仍是一字不识。你弄这些花样,好不令人气闷。"小山道:"这又奇了!妹子何尝会写篆字?倒要奉请再去看看。"一齐走进亭内。若花又把二目揉了一揉道:"怎么我的眼睛今日忽然生出毛病,竟会看差了?"小山笑道:"姐姐并非看差,只怕是眼岔了。"若花道:"莫要使巧骂人!准备孽龙从无肠东厕逃回,只怕还要托人求亲哩。'乘龙〔1〕'佳婿倒还不差,就只近来身上有些臭气,若非配个身有异香的,就是熏也熏死了。"于是看那蕉叶上面,明明白白都是古篆,并无一字可识。又把玉碑看了道:"你这抄的笔画,同那碑上都是一样;碑上字我既不识,又何能识此呢?"

小山不觉叹道:"妹子所写,原是楷书,谁知到了姐姐眼中,竟变成古篆!怪不得俗语说是:'有缘千里来相会,无缘对面不相逢。'妹子可谓有缘,姐姐竟是无缘了。"若花道:"我虽无缘,今得亲至其地,亦算无缘中又有缘了。"小山道:"姐姐虽善于词令,但你所说'有缘'二字,究竟牵强,何能及得妹子来的自然。"若花一道:"据我看来:有缘固妙;若以现在情形而论,倒不如无缘来的自在。"小山道:"此话怎讲?"若花道:"即如此时遍山美景,我能畅游;阿妹惟有拿着一枝毛锥在那里钻刺,不免为缘所累:所以倒不如无缘自在。"小山道:"姐姐要知:无缘的不过看看山景;那有缘的不但饱览仙机,而且能

---

〔1〕 乘龙——对他人女婿的赞词。故事传说:东汉桓焉有两个女儿,一嫁黄尚,一嫁李膺。黄、李二人,都有声誉,当时人说:桓焉两女乘龙。意思比喻桓焉选得的两个女婿都像天上的龙。出《初学记》。

知未来,——即如姐姐并婉如诸位妹妹一生休咎,莫不在我胸中。可见又比观看山景胜强万万。"

若花道:"据你所言,我们来历,我们结果,你都晓得了。我要请问阿妹:你的来历,你的结果,你可晓得?"小山听了,登时汗流浃背,不觉痠了一痠道:"姐姐:你既不自知,你又何必问我?至于我知、我不知,我又何必告诉你?况你非我,你又安知我不自知?俗语说的:'工夫各自忙。'姐姐请去闲游,妹子又要写了。"若花道:"你知,固好;我不知,也未尝不妙。总而言之:大家'无常'一到,不独我不知的化为飞灰,依然无用;就是你知的也不过同我一样,安能又有甚么长生妙术!"说着,出亭去了。小山听了,心里只觉七上八下,不知怎样才好。思忖多时,只得且抄碑记。写了半晌,天色已晚,又在亭中同若花歇了一宿。

次日抄完,放在包袱内。二人收拾完毕,背了包袱,步出泣红亭。小山朝着上面台殿跪下,拜了两拜,不觉一阵心酸,滴下泪来。拜罢起身,一同回归旧路,仍是泪落不止,不时回顾。不多时,穿过松林,渡过小溪,过了水月村,越过镜花岭,真是归心似箭。走了一日,到晚寻个石洞住了。一连走了两日。这日正朝前进,路旁有一瀑布,只闻水声如雷,峭壁上镌着"流翠浦"三个大字。瀑布流下之水,漫延四处,道路甚滑。二人只得携手,提起衣裙,缓缓而行。走了多时,过了流翠浦。前面弯弯曲曲,尽是羊肠小道,岔路甚多,甚难分辨。小山道:"前日来时,途中虽有几处瀑布,并无如许之大。今日莫非走差了?我们且找来时所画字迹,照着再走。"寻了半晌,虽将字迹寻着,及至细看，竟将“唐小山”三字改做“唐闺臣”。小山看了诧异道：“怎么竟有如此奇事！”若花道：“此非仙家作为，何能如此？看来又是姑夫弄的手段了。”大家于是放心前进。恰好走到前面，凡遇歧途难辨之处，路旁山石或树木上总有“唐闺臣”三字。二人也不辨是否，只管顺着字迹走去。

这日走到一条大岭，高高下下，走了多时，早已嘘嘘气喘。朝上望了一望，惟见怪石纵横，峭壁重叠，其高无对。若花道：“当日上山，途中并无此岭，为何此时忽又冒出这条危峰？这几日走的两脚疼痛，平坦大道，业已勉强，何能行此崎岖险路？偏偏此岭又高，这却怎好！”小山道：“喜得上面树木甚多，只好妹子搀着姐姐缘木而上。”二人攀藤附葛，又朝上走。走不多时，若花只觉两足痛入肺腑，登时喘作一团，连忙靠着一颗大树，坐在山石上，抱着两足，泪落不止。

小山正在着急，忽听树叶刷刷乱响，霎时起了一阵旋风，只觉一股腥气，转眼间，半山中撺下一只斑毛大虫。二人一见，只吓的魂不附体，战战兢兢，各从身上拔出宝剑，慌忙携手站起。那大虫连撺带跳，朝下走来。看看相离不远，眼睛忽然放出红光，把尾竖起，摇了两摇，口内如山崩地裂一般，吼了一声，将身一纵，离地数丈，竟自迎头扑来。二人忙举宝剑，护住头顶。耳内只闻一阵风声，那大虫直从头上撺了过去。二人把头摸了一摸，喜得头在颈上；慌忙扭转身躯看那大虫。原来身后有个山羊在那里吃草，却被大虫看见，扑了过去，就如鹰拿燕雀一般，抱住山羊，张开血盆大口，羊头吃在腹内；把口一张，两只羊角飞舞而出。顷刻把羊吃完，扭转身躯，面向二人，把前足朝下一按,口中吼了一声。

未知如何,下回分解。

第五十回

遇难成祥马能伏虎　　逢凶化吉妇可降夫

话说那虎望着小山、若花,按着前足,摇着大尾,发威作势,又要迎面扑来。二人连说"不好!……"正在惊慌,忽闻一阵鼓声如雷鸣一般,振的山摇地动。从那鼓声之中,由高峰撺下一匹怪马:浑身白毛,背上一角,四个虎爪,一条黑尾。口中放出鼓声,飞奔而来。大虫一见,早已逃撺去了。若花道:"此兽虽然有角,无非骡马之类,生的并不凶恶,为何虎却怕他?阿妹可知其名么?"小山道:"妹子闻得驳马一角在首,其鸣如鼓,喜食虎豹。此兽角虽在背,形状与驳马相仿,大约必是驳马之类。"只见此兽走到跟前,摇头摆尾,甚觉驯熟,就在面前卧下,口食青草。小山见他如此驯良,用手在他背上抚摩,因向若花道:"妹子闻得良马最通灵性。此时我们既不能上山,何不将他骑上?或能驼过岭去,也未可知。况他背上有角,又可抱住,不致倾跌。必须把他颈项缚住,就如丝缰一般,带在手里,才不致乱走。不知他可听人调度?——我且试他一试。"随将身边丝绦解下,向驳马道:"我唐闺臣因寻亲至此,蒙若花姐姐携伴同行,不意一时足痛不能上山,今幸得遇良马。吾闻良马比君子,若果能通灵性,即将我们驼过岭去,将来回归故土,当供良马牌位,日日焚香,以志大德。"一面说着,将丝绦缚在驳马项上,包袱都挂角上,牵至一块石旁,把若花搀扶上去,一手抱角,一手牵着丝缏。小山登在石上,就在若花身后,也骑在駮马背上。若花道:"阿妹将我身背抱紧,我放辔头了。"手提丝缏抖了两抖,駮马放开四足,竟朝岭上走去。二人骑在马上,甚觉平稳,欢喜非常。不多时,越过高岭,来到岭下。那个大虫正在赶逐野兽,駮马一见,早已放出鼓声,要想奔去。若花忙提丝缏,带到一块石旁,把马勒住,都由石上慢慢下来,取了包袱,解下丝缏。駮马连撺带跳,转眼间越过山峰,追赶大虫去了。

二人略略歇息,背了包袱,又走数里。小山恐若花足痛,早早寻个石洞歇了。次日又朝前进。若花道:"今日喜得道路平坦,缓步而行,尚不费力。但我自从吃这松实柏子,腹中每每觉饿,连日虽然吃些桑椹之类,也不济事。此地离船甚远,必须把那豆面再吃一顿,方好行路;不然,腿上更觉无力了。"小山道:"妹子自从吃了松实柏子,只觉精神陡长,所以日日以他为粮。那知姐姐却是如此。何不早说?"即将豆面取出。若花饱餐一顿,登时腿脚强健。又走两日。这日在路闲谈,小山道:"我们自从上山,走了半月,才到镜花岭;如今从泣红亭回来,已走七日,看来已有一半路程。这二十余日,舅舅、舅母,不知怎样盼望!"若花道:"婉如阿妹缺了伴侣,只怕还更想哩。"

忽听林内有人叫道:"好了!好了!你们回来了!"二人不觉吃了一吓,忙按宝剑,将脚立住。遥见林之洋气喘嘘嘘跑来道:"俺在那边树下远远看着两人,头戴帽兜,背着包袱,俺说必是你们回来。好极!好极!几乎盼杀俺了!"小山道:"甥女别后,舅母身上可好?舅舅为何不在山下看守船只,却走出若干路程,吃这辛苦?"若花道:

"阿父山下何日起身？离船几日了？阿母、阿妹，身体可安？"林之洋道："你们两个想是把路走迷了？前面已到小蓬莱石碑，顷刻就要下山，怎说这话？俺因你们去了二十多日不见回来，心里记挂，每日上来望望。今日来了多时，正在盼望，那知你们巧巧回来。"二人听了，如梦方醒，更叹仙家作用之奇。

即同林之洋下山上船，放下包袱，见过吕氏、婉如；乳母替他们除了帽兜，脱去箭衣。喘息定了，小山才把"遇见樵夫，接着父亲之信，嘱我回去赴试，俟中才女，方能相见"的话，告诉一遍。林之洋把信看了，欢喜道："妹夫说等甥女中过方能相聚。——不过再隔一年，就可相见了。"小山道："话虽如此，安知父亲不是骗我？况海外又无便船，如何就能回乡？"林之洋听了，惟恐小山又要上去，连忙说道："据俺看来：这话决不骗你。他若立意不肯回家，为甚寄信与你？甥女只管放心！好在这路俺常贩货来往，将来甥女考过，你父亲如不回家，俺们仍旧同来；如今早早回去，也免你母亲在家挂念。"小山听罢，正中下怀，暗暗欢喜，故意说道："舅舅既允日后仍旧同来，甥女何必忙在一时？就遵舅舅之命，暂且回去，将来再作计较。"林之洋点头道："甥女这话才是。但你父亲信内嘱你改名'闺臣'，自然有个道理，今后必须改了，才不负你父亲之意。"因向婉如道："已后把他叫作闺臣姐姐，莫叫小山姐姐了。"随即张罗开船。唐闺臣把信收过。吕氏见闺臣肯回岭南，也甚喜道："此番速速回去，不独你母亲放心，那考才女也是一桩大事。你若中了才女，你父母面上荣耀，不必说了；就是俺们在亲友面前，也觉光彩。倘能携带若花、婉如也能得中,那更好了。"

大家一路闲谈。姊妹三个,都将诗赋日日用功。闺臣偷空,把泣红亭碑记另用纸笔抄了。因蕉叶残缺,即包好沉入海中。又将碑记给婉如观看,也是一字不识。因此更觉爱护,暗暗忖道:"此碑虽落我手,上面所载事迹,都是未来之事,不能知其详细;必须百余年后,将这百人一生事业,同这碑记细细合参,方能一一了然。不知将来可能得遇有缘?倘能遇一文士,把这事迹铺叙起来,做一部稗官野史,也是千秋佳话。"正要放入箱内,只见婉如所养那个白猿忽然走来,把碑记拿在手内,倒像观看光景。闺臣笑道:"我看你每每宁神养性,不食烟火,虽然有些道理;但这上面事迹,你何能晓得,却要拿着观看?如今我要将这碑记付给有缘的,你能替我办此大功么?大约再修几百年,等你得道,那就好了。"一面说笑,将碑记夺过,收入箱内。因与白猿斗趣,偶然想起骏马,随即写了良马牌位,供在船上,早晚焚香。

一路顺风。光阴迅速,这日到了两面国,起了风暴,将船收口。林之洋道:"俺在海外,那怕女儿国把俺百般磨折,俺也不惧,就只最怕两面国:他那浩然巾内藏着一张坏脸,业已难防;他还老着面皮,只管讹人钱财。"闺臣道:"他们怎样讹人?"林之洋就把当日在此遇盗,亏得徐丽蓉兄妹相救的话说了一遍。若花道:"前年既有此事,阿父倒不可大意。到了夜晚,大家都不可睡;并命众水手多带鸟枪来往巡更,阿父不时巡查:一切谨慎,也可放心了。"林之洋连连点头,即到外面告知众人。到了日暮,前后梆铃之声,络绎不绝;多、林二人不时出来巡查。

天将发晓,风暴已息,正收拾开船。忽有无数小舟蜂拥而至,把大船团团围住,只听枪炮声响成一片。船上众人被他这阵枪炮吓的鸟枪也不敢放。登时有许多强盗跳上大船。为首一个大盗,走进中舱,在上首坐了;旁列数人,都是手执大刀,个个头戴浩然巾,一脸杀气。闺臣姊妹在内偷看,浑身发抖。众偻啰把多、林二人并众水手如鹰拿燕雀一般,带到大盗面前。二人朝上望了一望,那上面坐的,原来就是前年被徐丽蓉弹子打伤的那个大盗。只见他指着林之洋喊道:"这不是口中称'俺'的囚徒么?快把他首级取来!"众偻啰一齐动手。林之洋吓的拼命喊道:"大王杀我,我也不怨;剐我,我也不怨;任凭把我怎样,我都不怨:就只说我称'俺',我甚委屈!我生平何曾称'俺'?我又不知'俺'是甚么。求大王把这'俺'字说明,我也死的明白。"众偻啰道:"禀大王:他连'俺'的来历还不知,大王莫认差了?刚才来时,夫人分付,倘误伤人命,回去都有不是。求大王详察。"

大盗道:"既如此,把他放了。你们再把船上妇女带来我看。"众偻啰答应,将吕氏、乳母、闺臣、若花、婉如带到面前。大盗看了道:"其中并无前年放弹恶女。他这船上共有若干货物?"众偻啰道:"刚才查过,并无多货,只有百十担白米,二十担粉条子,二十担青菜,还有十几只衣箱。"大盗笑道:"他这礼物虽觉微末,俗语说的:'千里送鹅毛,礼轻人意重。'只好备个领谢帖儿,权且收了。你们再去细看,莫把燕窝认作粉条子;若是燕窝,我又有好东西吃了。——但他们那知我大王喜吃燕窝,就肯送来?那三个女子生的都觉出色,恰好夫人跟前正少丫鬟,既承他们美意远远送来,所谓'却恐不恭,受之有愧',也只好备个领谢帖儿。尔等即将他们带至山寨,送交夫人使用。一路须要小心,倘有走失,割头示众!"众偻儸答应。多、林二人再三跪求,那里肯听。不由分说,把闺臣、若花、婉如掳上小舟。所有米粮以及衣箱,也都搬的颗粒无存。一齐跳上小船。只听一声胡哨,霎时扯起风帆,如飞而去。吕氏嚎咷恸哭;林之洋只急的跺脚捶胸,即同多九公坐了三板,前去探信。

闺臣姊妹三人,被众人掳上小舟,明知凶多吉少,一心只想撺下海去;无奈众人团团围住,步步堤防,竟无一隙之空。不多时,进了山寨。随后大盗也到,把他三人引进内室。里面有个妇人迎出道:"相公为何去了许久?"大盗道:"我恐昨日那个黑女不中夫人之意,今日又去寻了三个丫鬟回来,所以耽搁。"因向闺臣三人道:"你们为何不给夫人磕头?"三人看时,只见那妇人年纪未满三旬,生的中等人材,满脸脂粉,浑身绫罗,打扮却极妖媚。三人看了,只得上前道了万福,站在一旁。大盗笑道:"这三个丫鬟同那黑女都是不懂规矩,不会行礼,连个以头抢地[1]也不知道。夫人看他三个生得可好?也还中意么?"妇人听了,把他三人看了,不觉瘵了一瘵,脸上红了一红,因

---

[1] 抢(qiāng)地——触地。

笑道："今日山寨添人进口，为何不设筵席？难道喜酒也不吃么？"旁边走过两个老嬷道："久已预备，就请夫人同大王前去用宴。"妇人道："就在此处摆设最好。"老嬷答应。登时摆设齐备，夫妻两个对面坐了。

大盗道："昨日那个黑女同这三个女子都是不知规矩，夫人何不命他都到筵前跟着老嬷习学，将来伺候夫人，岂不好么？"妇人点头，分付老嬷即去传唤。老嬷答应，带了一个黑女走来。闺臣看时，那黑女满面泪痕，生的倒也清秀，年纪不过十五六岁。老嬷把黑女同闺臣姊妹带至筵前，分在两旁侍立。大盗一面看着，手里拿着酒杯，只喜的眉开眼笑，一连饮了数杯道："夫人何不命这四个丫鬟轮流把盏，我们痛饮一番，何如？"妇人听了，鼻中哼了一声，只得点头道："你们四个都与大王轮流敬酒。"四人虽然答应，都不肯动身。若花忖道："这个女盗既教我们斟酒，何不趁此将大盗灌醉，然后再求女盗放我们回去，岂不是好？"随即上前执壶，替他夫妻满满斟了下来；因向闺臣、婉如暗暗递个眼色。二人会意，也上前轮流把盏。那个黑女见他们都去斟酒，只得也去斟了一巡。

大盗看了，乐不可支，真是酒入欢肠，越饮越有精神。那里禁得四人手不停壶，只饮的前仰后合，身子乱幌；饮到后来，醉眼朦胧，呆呆望着四人只管发笑。妇人看着，不觉冷笑道："我看相公这个光景，莫非喜爱他们么？"大盗听了，满面欢容，不敢答言，仍是嘻嘻痴笑。妇人道："我房中向有老嬷服侍，可以无须多婢。相公既然喜爱，莫若把他四个都带去作妾，岂不好么？"闺臣姊妹听了，暗暗只说:"不好!性命要送在此处了!"大盗把神宁了一宁道:"夫人此话果真么?"妇人道:"怎好骗你!我又不曾生育;你同他们成了喜事,将来多生几个儿女,也不枉连日操劳一场。"

若花听了,只管望着闺臣;闺臣把眼看着婉如:姊妹三个,登时面如傅土,身似筛糠。闺臣把他二人衣服拉了一把,退了两步,暗暗说道:"适听女盗所言,我们万无生理。但怎样死法,大家必须预先议定,省得临时惊慌。"若花道:"我们还是投井呢?还是寻找厨刀自刎呢?"闺臣道:"厨房有人,岂能自刎;莫若投井最好。"婉如道:"二位姐姐千万携带妹子同去。倘把俺丢下,就没命了!"若花道:"阿妹真是视死如归。此时性命只在顷刻,你还斗趣!"婉如道:"俺怎斗趣?"若花道:"你说把你丢下就没命了,——难道把你带到井里倒有命了?"

只听那妇人道:"此事不知可合你意?如果可行,我好替你选择吉期。"大盗听了,喜笑颜开,浑身发软,望着妇人深深打躬道:"拙夫意欲纳宠,真是眠思梦想,已非一日;惟恐夫人见怪,不敢启齿。适听夫人之言,竟合我心。……"话未说完,只听碗盏一片声响,那妇人早把筵席掀翻,弄了大盗一身酒菜;房中所有器具,撂的满天飞舞。将身倒在地下,如杀猪一般,放声哭道:"你这狠心强贼!我只当你果真替我寻丫鬟,那知借此为名,却存这个歹意!你既有心置妾,要我何用?我又何必活在世上,讨人憎嫌!"说罢爬起,拿了一把剪刀,对准自己咽喉,咬定银牙,紧皱蛾眉,眼泪汪汪,气喘嘘嘘,浑身乱抖,两手发颤,直向颈项狠狠刺来。大盗一见,吓的胆战心惊,忙把剪刀夺过，跪求道："刚才只因多饮几杯，痰迷心窍，酒后失言，只求夫人饶恕，从此再不妄生邪念了。"妇人仍是啼哭，口口声声，只说丈夫负义，务要寻死。一面哭着，又用带子套在颈上，要寻自尽，又被大盗抢去；猛然一头要朝壁上撞去，也被大盗拦住。大盗心忙意乱，无计可施，只得磕头道："我已立誓不敢再存恶念，无如夫人执意不信。如今只好教他们打个样子，已后再犯，就照今日加倍责罚，也是情愿。"因命老嬷把四个行杖偻㑩传进内室道："我酒后失言，忤了夫人，以致夫人动怒，只要寻死。只得烦你们照军门规矩，将我重责二十。如夫人念我皮肉吃苦，回心转意，就算你们大功一次。我虽惧怕夫人，你们切莫传扬出去，设或被人听见强盗也会惧内，那才是个笑话哩。"将身爬在地下。四个偻㑩无可奈何，只得举起竹板，一递一换，轻轻打去。大盗假意喊叫，只求夫人饶恕。刚打到二十，妇人忽然手指大盗道："你存这个歹意，我本与你不共戴天；今你既肯舍着皮肉，我又何必定要寻死？但刚才所打，都是虚应故事；如果要我回心转意，必须由我再打二十，才能消我之气。"大盗听了，惟有连连叩首。

未知如何，下回分解。